初唐詩格律演變研究

李斐 著

陝西師範大學人文社會科學高等研究院資助出版

踵繼前修征程遠

——序李斐《初唐詩格律演變研究》

魯國堯

人，應該有擔當，有識見。

陳寅恪先生是史學大家，學界景仰。他的百篇論文中竟有三篇是關於語言學的，其中之一是《從史實論切韻》，堪稱考據語史學的經典。不揣譾陋，踵繼前修，18年前，我曾經發表過一篇《顏之推謎題及其半解》，今雖垂垂老矣，意猶未已，我又在琢磨隋初開皇年間"長安論韻"的問題。再次讀《隋書》，不由得對隋代名相高熲的敬意增加了好幾分：其人"立德""立功"，爲隋代第一人，即使在整個中國史上如高熲這樣的政治家也很罕見。《隋書·高熲傳》："當朝執政將二十年，朝野推服，物無異議，治致升平，熲之力也，論者以爲真宰相。"《隋書》謂高熲立身行事，"以天下爲己任"，我認爲，我中華民族古代賢者的這種擔當精神應該大力頌揚。北宋時范仲淹的名句，"先天下之憂而憂，後天下之樂而樂"，傳頌千年而不衰，這就是中華傳統文化的精粹！

能夠稱得上"先賢"的將相們有他們闊大的胸懷和熱烈的擔當精神，自然爲常人所不能企及。但是，我以爲"位卑"的我輩書生也應有擔當和識見。我是語言學工作者,從上大學本科起知學志學治學,幾十年來,"埋頭拉車",到老年時,"抬頭看路",環顧語言學的大多數分支學科,至 21 世紀初,都有長足的發展,能不令人欣慰?有些如中古、近古詞彙史研究的豐贍成果尤足驕人。但是也有個別分支學科竟如荒漠,從無人顧及,此即"中國語言學思想史",中外研究漢語的專門家,即使在境外自視甚高俯視他人的某些學人亦噤若寒蟬,無隻字道及。

另有一些學科,雖然存在,但進展遲緩,如"漢語詩律學"。在世界文學史上,中國是個詩國,絕無疑義,詩歌創作,從公元前的《詩經》時代開始,綿延至今,燦爛輝煌。事物總有規律,詩歌必有格律。王力先生的《漢語詩律學》一書,氣勢恢宏,巍然巨著,總攬古今,涵蓋周贍。此書是王先生在抗日戰爭勝利前後所著,自 20 世紀 50 年代問世以來,垂六十載,是公認的漢語詩律學的經典著作。王先生還濃縮爲科普作品《詩詞格律》《詩詞格律概要》《詩詞格律十講》。兩類書的陸續面世,使得詩律學成了莘莘學子衆所周知並喜愛的一門學問。

王力先生除了著書立說以外,還口講親授,這是研究詩律學史的學者們如李斐學友所沒有注意到的,我在此敘述一段歷史。我是北京大學中文系語言專門化 55 級學生,1958 年,王先生爲我們開了一門新課,即"漢語詩律學",每週兩學時,講一個學期。王先生總是準時上課,準時下課,無一句閑言,無一句廢話,全程都是學術。最後的考試試題是作一首詩或填一首詞,我填了一首詞,詞牌名忘記了,當時伊拉克軍人政變,推翻了國王,我只記得我的所謂"詞作"裏,有一句就是"王冠落地"。

我們高興地看到,六十年來坊間出版的有關詩詞曲格律的書,有幾十種之多,這對於普及古典文化,厥功甚偉。但是若論學術,漢語詩律學的進展並不理想,不少書只是王力先生《詩詞格律》的仿製品,將引證的古代詩詞換換例子,學術上無多進展。本世紀初,我思考,我憂慮,一個學科幾十年進步甚微,是不太應該的。詩律學需要進步,要進步,就需要培養後繼者。1981 年我們中國也建立了學位制度,那就可以培養少量博士生從事詩律學的專業研究。可是,詩律學,嚴格説起來,是一門"邊緣學科"或"交叉學科",跨文學和語言學兩個大學科,而語言學的碩士生博士生,他們的專業方向、論文選題往往着眼在正宗的語言學範圍內,如某個時代的語言現象的探討,某本專著的研究,等等,這令人犯難。我認爲,爲了中國學術的承傳和發展,帶博士研究生的教師,應該有擔當,有識見,有作爲。我所從事的專業主要是音韻學,音韻學這門學問跟詩律學關係很是密切,詩律學的三大組成部分,有兩項與音韻學有關聯,即用韻與平仄。經思考後,我認爲,作爲音韻學的導師,我應該擔負起詩律學人才的培養任務! 這要物色人選,從年輕的博士生中選拔人才。2003年,李斐從教育部直屬的陝西師範大學碩士畢業,考入南京大學攻讀博士學位。在他的學習過程中,我們熟悉了,我看出他的品行、素質、悟性都較好,就建議他以詩律學爲專攻方向,他接受了我的建議。僅舉一例,他將逯欽立先生編的《先秦漢魏晉南北朝詩》三厚册大書中的南北朝及隋代部分近 600 位元詩人的詩作以及《全唐詩》中初唐時期的 2400 多首詩的每個字都標注出中古聲調,這需要毅力,需要恒心! 他的博士論文通過了答辯,走上工作崗位後,他仍然念兹在兹,繼續"磨劍"14 年,終於成就了這本《初唐詩格律演變研究》專著,可嘉可嘉!

王力先生《漢語詩律學》是詩律學的開山著作，繼起者宜作精細化（或"精密化"）的工作，看來這是學術史研究的一般規律，例如作爲通史的《中國文學史》出版後，繼起登場的應該是斷代史《漢代文學史》《宋代文學史》和分體史《中國詩歌史》《中國散文史》之類。李斐撰作的《初唐詩格律演變研究》是地道的斷代詩律史，這就是精細化的體現。這本書敘述的是漢語詩律由六朝過渡至盛唐的中間階段的狀況。李斐又將他所研究的初唐時期分作三個階段，逐一縷述，其細密，非"精"而何？我希望李斐及其他研究詩律史的朋友乘勝前進，繼續研究、撰作《盛唐詩律史》《宋代詩律史》，等等，使詩律學蔚爲大觀，在學術園地裏綻放更多的鮮艷的花朵。

我讀李斐的書稿，讀到他提出的"平仄等量說"，不由興奮起來，默言"深得我心"。我近十多年來，"衰年變法"，我的學術思想與學術實踐，由具體研究進到理論升華，力求"兩手硬"。李斐提出"平仄等量說"即是具體研究的理性升華，令我引爲同道。寫到此處，我借爲李斐寫序的機會"推銷"我的探研漢語詩律學的一點心得，不妨自我標榜，稱作"理論"，即"詩律偏重（或"偏愛"）平聲說"，簡敘涵義：1. 近體詩絕大多數押平聲韻，押仄聲韻的極少，如宋金之著名詩人王安石、范成大、元好問三人所作近體詩都在千首以上，王安石、范成大全押平聲韻，元好問唯有兩首押仄聲韻；2. 忌孤平，即不得只有一個平聲字；3. "拗救"，爲了表情達意等原因，不得不出現孤平，即"拗"，則須在該字之後或下句救之，就是救孤平；4. 忌"三平調"。以上四點我在好幾年前評郭芹納教授《詩律》一文中提到。但是我退休後在杭州任教時花了八個月的時間，讀了十幾本美學的書，如朱光潛先生的《西方美學史》《文藝心理學》，我是逐字讀的，因此對美學的大致路數有所知曉。現在我試用美學來解釋上述的若干現象，是否可以這樣説：忌孤平，講拗救，忌三平，綜而論之，其底層存在個美學原則，借用我中華至聖的“過猶不及”之言，我試作引申，“過猶不及”，不及猶過，唯中庸爲正。孤平與拗，不及也；三平，過也，中庸爲美。書此就正於李斐學友及方家。

李斐此書附録有“王力《漢語詩律學》詩律補正”，如果王先生生前看到，一定會高興的。我曾經寫過一篇回憶文章，略敍於下。1965 年上學期王力先生要我做他的助教，某日我到王先生家彙報學生的學習情況。畢，我懷着惴惴不安的心情對先生説：“您主編的《古代漢語》第一册似乎有個問題……”王先生打斷我的話説：“等一等。”他起身上樓，不一會兒，噔，噔，噔，王先生左手拿着本書，右手執一支筆，下樓來坐下，翻開書説道：“請講，哪一頁？什麼問題？”聽我講完，王先生都記下了，然後合起書來：“以後發現什麼問題，什麼錯誤的地方，隨時告訴我。”半個多世紀逝矣，然此情此景，歷歷如在目前。

我再嘮叨幾句。當代研究漢語古代詩律學者，不外乎兩種學人，一是漢文學史家，另一是漢語言史家。前者之作，可以兩字概括，曰“空靈”，優處在兹，負面也在兹。後者亦可以兩字概括，曰“平實”，開山之著《漢語詩律學》，踵繼之作《初唐詩格律演變研究》皆是。何謂“平實”？現迻録範文瀾先生《中國通史》第二册語：《顏氏家訓》的佳處在於立論平實。平而不流於凡庸，實而多異於世俗。”窮盡搜討後的資料、精確的統計不就是“平實”的體現？

李斐這本書，許多章節，我有興趣，無奈精力衰敝，視字昏眊,奈何奈何！書中的勝義必多,惜我未能抉發、揄揚,望李斐原諒。今後我不再爲人作序了,因爲掩没他人大著的靚點,罪過罪過,雖然不是有意。

此序標題爲"踵繼前修征程遠",其義有二：作爲王力先生的再傳弟子踵繼太老師,李斐積十數年之功成此專著,可賀。又,較之太老師的名山之著,李斐此書自然還是很"嫩"。相信李斐會鍥而不舍,力爭上游,故以"征程遠"贈之。

其實,這"踵繼前修征程遠"亦是我自勵自勉之語。

寫到最後,兹引朱子語作結："老來始覺讀書有味,所恨來日無多,光陰真可惜也。"

南秀村民改畢於 2020 年 11 月 3 日晚

目　録

第一章 導　言

一、選題意義及研究回顧

> 絳幘雞人報曉籌，尚衣方進翠雲裘。
>
> 九天閶闔開宮殿，萬國衣冠拜冕旒。
>
> 日色纔臨仙掌動，香煙欲傍袞龍浮。
>
> 朝罷須裁五色詔，佩聲歸到鳳池頭。
>
> ——王維《和賈舍人早朝大明宮之作》

（一）隋唐五代是中國歷史上的一個重要時期，隋唐五代文學是中國文學史上極其輝煌的一章。

從公元 581 年到 960 年，在綿延近四百年，經歷七個王朝的這段漫長歲月中，中國經歷了歷史上非常重要的社會變革，由南北朝的分疆對峙走向以漢文化爲主體的多民族文化融合，由五代戰亂割據走向宋王朝的多民族統一國家。在社會的高度發展和巨大變革中，文學也有容乃大，因承載無比豐富的歷史內容，接受無比豐厚的文化遺産而登陟藝術的頂峰。

隋唐五代，尤其是 8 世紀初到 9 世紀中葉的一百多年，是中國古代封建社會政治、經濟和文化最繁榮、最發達的時期。隋朝的建立，結束了三百年南北分裂的局面，民族文化得到空前的交流和融合，文質相兼，剛柔並濟，爲唐代社會的高度發展奠定了堅實的基礎。經過隋末農民戰爭的衝擊，通行於漢魏六朝時期的貴族門閥制度漸趨瓦解，庶族地主和寒士通過科舉登上政治舞臺，成爲政治、文化的主角。唐初的開明政治和休養生息，使農村經濟得到極大的發展，士民富庶，城市繁榮，首都長安成爲當時亞洲的經濟、文化中心，吸引了無數商賈、僧侶和留學生。廣泛的貿易和文化交流，與周邊國家、民族的往來融合，使唐帝國大量吸收了外來文化的菁華，推動了華夏文化的多元發展，並形成了一種包容、開放的性格，書法、繪畫、音樂、舞蹈各種藝術形式都在這種適宜的環境中發展起來，達到空前的高度。在詩歌領域，各種詩歌體裁具備，正如沈德潛在《唐詩別裁集》的"凡例"中說的那樣，"詩至於唐，菁華極盛，體制大備"。因詩歌的各種體裁在唐代已經完備，所以後人創作時，皆以唐詩爲正統或圭臬。清人王堯衢在《唐詩合解箋注》"凡例"一節中指出"詩至唐而諸體皆備，唐以後至今，皆本唐詩以爲指歸"。對詩歌發展最爲重要的一環就是，唐代詩人創造並完善了中國古典詩歌的經典形式——近體詩。

唐詩繁榮的原因有很多，自古至今說法紛紜。宋代嚴羽《滄浪詩話》（評詩七）謂："或問唐詩何以勝我朝？唐以詩取士，故多專門之學"，這是由科舉制度著眼解釋唐詩繁榮與科舉試詩的關繫。由於隋唐開始科舉考試，士子在考試時當場賦詩，詩意高超、格律正確者纔能在科舉考試中取得功名。唐初的進士科考時務策五道，帖一大經。高宗永隆二年（681 年），開始加試詩賦各一篇。自兹之後，進士考試雖分爲三大部分，但都以詩賦爲重。楊萬里《誠齋集‧黃御史集序》説："詩至唐而盛，至晚唐而工，蓋當時以此設科取士，士皆爭竭其心思而爲之，故其工後無及焉。"詩歌，尤其是近體詩的規範及繁榮，科舉取士起到了積極的促進作用。正如明代大文學家李東陽在《懷麓堂詩話》中所説："唐以詩取士，畿甸之地，王化所先，文軌車書所聚，雖欲不能，不可得也。"詩賦才能壓倒時務、帖經，成爲進士科取録的決定性因素。從另一個角度來説，由於近體詩的定型，也就是説，講求音韻格律和諧統一的詩歌形式的定型，並在各種科舉考試的外因與格律和諧的内因雙重影響之下，最終使近體詩逐步定型並走向繁榮。這一項原因非常重要，就是近體詩的形成，聲調格律的完成促進了唐詩的繁榮。

在人們不斷試驗近體詩形式的歷程中，唐詩自然地形成了它的階段性的性質。後人往往根據不同的標準去把握唐詩的歷史發展。北宋蔡寬夫《詩話》曾説："唐自景雲以前，詩人猶習齊梁之氣，不除故態，率以纖巧爲工。開元後，格律一變，遂超然越度前古，當時雖李杜獨據關鍵，然一時輩流，亦非大和、元和間諸人可跂望。"蔡寬夫認爲從唐朝開國（618 年）至景雲（710—712 年）年間，也就是從李世民即位到唐睿宗李旦登基前的這近百年的時間裏，詩人以齊梁詩風爲主，視纖巧爲上。就算孔武開國的太宗世民也不免在詩作中流露綺靡纖麗之態，其詩如：

採 芙 蓉

結伴戲方塘，攜手上雕航。

船移分細浪，風散動浮香。

遊鶯無定曲，驚鳧有亂行。

蓮稀釧聲斷,水廣棹歌長。

棲鳥還密樹,泛流歸建章。

賦得花庭霧

蘭氣已熏宮,新蕊半妝叢。

色含輕重霧,香引去來風。

拂樹濃舒碧,縈花薄蔽紅。

還當雜行雨,仿佛隱遙空。

秋日斆庾信體

嶺銜宵月桂,珠穿曉露叢。

蟬啼覺樹冷,螢火不溫風。

花生圓菊蕊,荷盡戲魚通。

晨浦鳴飛雁,夕渚集棲鴻。

颯颯高天吹,氛澄下熾空。

喜　雪

碧昏朝合霧,丹卷暝韜霞。

結葉繁雲色,凝瓊遍雪華。

光樓皎若粉,映幕集疑沙。

泛柳飛飛絮,妝梅片片花。

照璧臺圓月,飄珠箔穿露。

瑤潔短長階,玉叢高下樹。

映桐珪累白,縈峰蓮抱素。

斷續氣將沉,徘徊歲雲暮。

懷珍愧隱德，表瑞佇豐年。

蕊間飛禁苑，鶴處舞伊川。

儻詠幽蘭曲，同歡黃竹篇。

雖然李世民在文學思想上可以提出"釋實求華，以人從欲，亂於大道，君子恥之"（《帝京篇·序》）這樣的論點，來反對辭藻華麗，但他筆下的詩作卻不能跳脫當時的詩歌綺麗華靡的風氣。據《貞觀政要·禮樂論》記載，李世民曾在太常少卿祖孝孫奏新的樂曲的時候，特別提到："禮樂之作，是聖人象物設教，以爲撙節，治政善惡，豈此之由？"御史大夫杜淹對曰："前代興亡，實由於樂。陳將亡也，爲《玉樹後庭花》，齊將亡也，而爲《伴侶曲》。行路聞之，莫不悲泣，所謂亡國之音。以是觀之，實由於樂。"太宗曰："不然，夫音聲豈能感人？歡者聞之則悅，哀者聽之則悲，悲悅在於人心，非由樂也。將亡之政，其人必苦，然苦心所感，故聞而則悲耳。何有樂聲哀怨，能使悅者悲乎？今《玉樹》《伴侶》之曲，其聲具存，朕當爲公奏之，知公必不悲耳。"尚書右丞魏徵進曰："古人稱：禮云、禮云，玉帛云乎哉？樂云、樂云，鍾鼓云乎哉？樂在人和，不在音調。"太宗然之。音樂、歌詩俱是如此，藝術不以淫靡爲上，而應以教化爲佳。李世民在創作時，卻並不會因應強調教化而致使詩風板滯擁塞，相反，重視辭藻與文采這種特色恰好也代表了初唐詩風格的總體特徵。同時，因李世民的勵精圖治，世事太平，文學的重要性更加凸顯。《資治通鑑·唐紀五·武德四年》："世民以海內浸平，乃開館於宮西，延四方文學之士。出教以王府屬杜如晦，記室房玄齡、虞世南，文學褚亮、姚思廉，主簿李玄道，參軍蔡允恭、薛元敬、顏相時，諮議點籤蘇勗,天策府從事中郎于志寧,軍諮祭酒蘇世長,記室薛收,倉曹李守素,國子助教陸德明、孔穎達,信都蓋文達,宋州總管府户曹許敬宗,並以本官兼文學館學士,分爲三番,更日直宿,供給珍膳,恩禮優厚。世民朝謁公事之暇,輒至館中,引諸學士討論文籍,或夜分乃寢。又使庫直閻立本圖像,褚亮爲贊,號十八學士。士大夫得預其選者,時人謂之'登瀛洲'。"李世民君臣爲文學集團登上歷史舞臺,因其爲文學的領導者,他開創了初唐詩前期的特有風格,也影響着其他詩人的創作風格,其文學主張亦在初唐諸臣的詩歌中有所體現。《舊唐書·李百藥傳》記載李世民常常在"罷朝之後,引進名臣,討論是非,備盡肝膈,唯及政事,更無異辭。才及日昃,命才學之士,賜以清閒,高談典籍,雜以文詠,間以玄言,乙夜忘疲,中宵不寐"。李世民以君王之姿,和臣子談論詩歌藝術,實在具有啓發作用,正如《全唐詩·序》中説:"有唐三百年風雅之盛,帝實有以啓之焉。"帝王的提倡與推動,使得唐代詩歌有了不斷發展的源動力,具有了初唐時期特有的風格,《舊唐書·文苑列傳》指出:"文皇帝解戎衣而開學校,飾賁帛而禮儒生;門羅吐鳳之才,人擅握蛇之價。靡不發言爲論,下筆成文,足以緯俗經邦,豈止雕章縟句。韻諧金奏,詞炳丹青,故貞觀之風,同乎三代。高宗、天后,尤重詳延;天子賦橫汾之詩,臣下繼柏梁之奏;巍巍濟濟,輝爍古今。"雖初唐詩壇以應制、奉和、答贈、述懷、遊宴、詠物爲主,雖也有華麗綺靡之作,然剛健、清新的詩風亦間雜其中,形成了初唐詩特殊的風格體式。

上文説過,宋蔡寬夫《詩話》謂,從開元(713年)唐玄宗朝始,詩歌的格律發生了變化,尤其以李白、杜甫爲關鍵人物。這雖不是論唐詩的嚴格分期,但已可以看出對唐詩之階段特徵的意識，初具唐詩分期的雛形。

　　但上溯唐詩分期最早的雛形，還要從盛中唐時人殷璠的《河岳英靈集》算起。《河岳英靈集》原書二卷，後通行本爲三卷，選錄唐開元二年至天寶十二載（714—753 年）期間常建、李白、王維、高適、岑參、孟浩然、王昌齡等二十四人詩二百三十四首（今本實存二百二十八首），每人各有評語。殷璠在《河岳英靈集序》中説："貞觀初，微波尚在；貞觀末，標格漸高；景雲中，頗通遠調；開元十五年，聲律風骨始備矣！"這段話簡要地概括了唐詩從唐初開始格調漸漸變高，至初唐之交，已經能表現高遠的境界，而到開元中纔形成兼備聲律和風骨的發展大勢。這段話算是抓住了初唐詩風格的特徵，尤其是針對其特點，提出了較爲粗略的分期，並對每個時期的風格加以總結歸納。這種從年號更迭作爲依據，對初唐詩劃爲四個時期的作法，實爲首倡之功。時光倏忽，百年後唐代末年的司空圖（837—908）在《詩品》中總結了唐詩的風貌，尤其是在其《與王駕評詩書》中提到了唐詩的分期和不同時期的風格，司空圖説："國初，主上好文雅，風流特盛。沈宋始興之後，傑出於江寧，宏肆於李杜極矣。左丞蘇州，趣味澄夐，若清風之出岫。大曆十數公，抑又其次焉。力勍而氣孱，乃都市豪估耳。劉公夢得、楊公巨源，亦各有勝會。閬仙、東野、劉得仁輩，時得佳致，亦足滌煩。厥後所聞，逾褊淺矣。"此文強調唐代初年，太宗世民對文學的熱愛，導致了詩文的盛行。強調了沈佺期、宋之問對初唐詩歌發展的推動作用，其後對李白、杜甫等都有點評，雖篇幅不長，但在總體上概括性地把握了唐代詩歌分期發展的特點。明人胡應麟在《詩藪·外編》對之評價爲："唐人評騭當代詩人，自爲意見，挂一漏萬，未有克舉其全者。唯圖此論,擷重概輕,繇巨約細,品藻不過十數公,而初、盛、中、晚肯榮悉投,名勝略盡。後人綜核萬端,其大旨不能易也。"胡應麟指出唐人評論唐詩,多隨意點評,各有意見,難免挂一漏萬,不能盡全。司空圖的説法雖不全面,但能提綱挈領,綜合地把握了唐代詩歌的分期。

對唐詩全面的分期工作,自宋代開始逐漸完善。由歐陽修(1007—1072)、宋祁(998—1061)等編纂的《新唐書》在慶曆五年(1045 年)由宋仁宗敕令刊修,於嘉祐五年(1060 年)完成。《新唐書・文藝傳序》提出:"唐有天下三百年,文章無慮三變。高祖、太宗,大難始夷,沿江左餘風,綈句繪章,揣合低卬。故王、楊爲之伯。玄宗好經術,群臣稍厭雕瑑,索理致,崇雅黜浮,氣益雄渾,則燕、許擅其宗。是時,唐興已百年,諸儒爭自名家。大曆、貞元間,美才輩出,擩嚌道真,涵詠聖涯。於是韓愈倡之,柳宗元、李翱、皇甫湜等和之。排逐百家,法度森嚴,抵轢晉、魏,上軋漢、周,唐之文完然爲一王法,此其極也。"雖然《新唐書・文藝傳》沒有明確提出對唐詩分期的看法,但它對文章的分期風格也可以理解爲對詩賦的看法。

後來嚴羽(南宋寧宗初年至理宗中葉間人,約 1195—1254)基於風格的體認,在《滄浪詩話》中將唐詩分爲唐初體、盛唐體、大曆體、元和體、晚唐體。嚴羽在《滄浪詩話詩辨》中説:"論詩如論禪。漢、魏、晉與盛唐之詩,則第一義也。大曆以還之詩,則小乘禪也,已落第二義矣;晚唐之詩,則聲聞、辟支果也。學漢、魏、晉與盛唐詩者,臨濟下也。學大曆以還之詩者,曹洞下也。大抵禪道惟在妙悟,詩道亦在妙悟。"其於《滄浪詩話・詩評》中説:"大曆以前,分明是一副言語;晚唐分明別是一副言

語。"又於《滄浪詩話・詩體》指出："以時而論,則有建安體,黃初
體,正始體,太康體,元嘉體,永明體,齊梁體,南北朝體,唐初體,
盛唐體,大曆體,元和體,晚唐體,本朝體,元祐體,江西宗派體。"
"唐初體,唐初猶襲陳隋之體。盛唐體,景雲以後,開元、天寶諸
公之詩。大曆體,大曆十才子之詩。元和體,元、白諸公。晚唐
體。"其中大曆體和元和體正相當於後世所界定的中唐時期。嚴
羽的創見除了用"五體"分別指代"五唐",還在於將"初唐"這個
時期獨立提出,初唐成爲唐詩發展的一個獨立的階段,也是唐代
詩歌分期的首要階段。

　　到了明代的高棅(1350—1423)所編著的《唐詩品彙》則用
初、盛、中、晚劃分時段。《唐詩品彙・五言古詩序目・正變》:
"唐詩之變漸矣。隋氏以還,一變而爲初唐,貞觀、垂拱之詩是
也。再變而爲盛唐,開元、天寶之詩是也。三變而爲中唐,大曆、
貞元之詩是也。四變而爲晚唐,元和以後之詩是也。"高棅將唐
詩分爲四期的依據是先以詩歌形式爲由,再加以年代確定界限。
其以初唐詩定正始,盛唐爲正宗,中唐類接武,晚唐作餘響。此
論一出,後人遂奉之爲圭臬。

　　隨着學術的不斷發展,研究的不斷深入,至今爲止,影響最
大的分期當屬胡雲翼《唐詩研究》(1927 年)、朱炳煦《唐代文學
概論》(1929 年)的分期。他們秉承高棅在《唐詩品彙》對唐詩
初、盛、中、晚的劃分,並進一步界定出具體的起止時間。他們認
爲初唐是從高祖武德元年(618 年)至玄宗開元元年(713 年),盛
唐是從玄宗開元元年(713 年)至代宗大曆元年(766 年),中唐是
從代宗大曆元年(766 年)至文宗大和九年(835 年),晚唐是從文
宗開成元年(836 年)至哀帝(後唐明宗時改諡爲昭宣帝)天祐三

年(906 年)。這種分期是基於歷史發展和文學風格的交互影響
與發展上的研究成果,基本上可以概括唐代文學尤其是詩歌的
發展過程。這種分期在今日之文學文獻研究領域影響廣大且深
遠。若研究唐詩,無論是研究其風格、詩意還是格律,一般都會
採用這樣的分期。

(二)自初唐開始,詩歌創作逐步進入了成熟、規律、繁榮的
時期,其表現之一就是詩歌的創作規則漸漸穩定,並且爲詩人所
遵守。"出律"、"落調"(出韻)等不符合詩歌格律的現象呈遞減
趨勢。詩歌格律就是對這些創作經驗和創作規則的總結,並將
之具體化、格式化。

廣義的詩歌格律主要由三個組成部分,一是用韻,一是對仗
(對偶),一是平仄。狹義的詩歌格律僅指平仄規律。從廣義詩
歌格律來看,用韻、對仗、平仄研究的重心,分佈並不平均。

三項之中,就唐代詩歌的用韻研究最爲突出,這也是音韻學
研究領域的重點問題之一。唐詩用韻研究的成果相當多,具體
成果可參看黃笑山《二十世紀唐代音韻研究綱要》(《浙江大學漢
語史研究中心簡報》,2001 年第 4 期)和劉靜《二十世紀唐代音
韻研究》(《二十世紀唐研究》,中國社會科學出版社,2002 年)。
綜合兩文成果,統計到從 1944 年張世祿的《杜甫詩的韻系》(《中
央大學文史哲季刊》第 2 卷第 1 期,1944 年)開始至 2000 年,詩
韻研究著作、論文共列舉 70 多篇,可謂成果豐碩,基本上概括了
唐代詩人中無論是文人創作還是敦煌變文及俗文學的用韻情
況。還有一些論文單就聲調問題進行考證,例如史存直《唐七家
詩中的"陽上作去"現象》(《説文月刊》第 68 期,1948 年);池曦
朝、張傳曾《白居易詩歌韻腳中的"陽上作去"現象》(《語言論叢》

第一輯，中國人民大學出版社，1980 年）；居思信《是“濁上變去”還是“上去通押”：與池曦朝、張傳曾兩同志商榷》（《齊魯學刊》1982 年第 5 期）；馬重奇《從杜甫詩用韻看“濁上變去”問題》（《福建師範大學學報》1982 年第 3 期）；賴江基《從白居易詩用韻看“濁上變去”》（《暨南學報》1982 年第 4 期）；國赫彤《從白居易詩文用韻看濁上變去》（《語言研究》1994 年增刊）、《從白居易詩文用韻中的異讀字看唐音別義》（《語言研究》1996 年增刊）；金周生《韓愈詩文“濁上變去”例再補正》（《輔仁學志》1998 年）；李斐《王梵志詩歌異調通押現象辨析》（《漢語史學報》2013 年第 13 輯）等。上述諸文多爲内地學者的研究成果。

臺灣學者也做過一系列研究，但在内地流傳不廣，爲方便學界，今悉録如下：耿志堅《唐代近體詩用韻通轉現象之探討》（《中華學苑》1984 年第 29 卷）、《初唐詩人用韻考》（《語文教育集刊》1987 年第 6 期）、《盛唐詩人用韻考》（《臺灣教育學院學報》1989 年第 14 期）、《唐大曆前後詩人用韻考》（《復興崗學報》1989 年總 41 期）、《唐貞元前後詩人用韻考》（《復興崗學報》1989 年總 42 期）、《唐元和前後詩人用韻考》（《彰化師範大學學報》1990 年總 15 期）、《中唐詩人用韻考》（《聲韻論叢》第三輯，1991 年）、《晚唐及唐末五代近體詩用韻考》（《彰化師範大學學報》1991 年第 2 期）、《晚唐及唐末五代僧侶詩用韻考》（《聲韻論叢》第四輯 1992 年），上述文章基本上都出自耿志堅先生的博士論文《唐代近體詩用韻之研究》，該論文由臺灣政治大學於 1983 年出版。此外，耿志堅先生的碩士論文也是研究詩歌用韻的，名爲《宋代律體詩用韻之研究》，該論文於 1978 年由臺灣政治大學出版。雖該書並非涉及唐代詩律，但由於在内地流傳不廣,在此一併列舉,以便同行查閱參考。敦煌詩韻研究還有林炯陽《敦煌寫本王梵志詩用韻研究》(《東吳文史學報》第 9 卷,1991 年)等,因敦煌文學屬於古典文學研究中另一個專門的門類,自 1909 年羅振玉《敦煌石室書目及發見之原始》(《東方雜誌》第 6 卷第 10 期,第 42—67 頁)開始,逐步成爲顯學,海内外研究者衆多,成果豐碩。文獻侈多,具體可參看張涌泉《敦煌寫本文獻學》(甘肅教育出版社,2013 年)中的記載和論述。

對偶是詩歌格律三項研究内容中古人談論最多的一項,也是古代詩話中涉及最多的一項。關於對偶的研究,翻閱宋代詩話可以看出無一不涉。宋人將對偶的使用情況,以及各種形式都做了詳細的總結,甚至一些不常用的對偶形式都有所論及。例如明代單宇《菊坡詩話》中説,律詩的頷聯須用對偶,但是"蜂腰體"的頷聯不能用對偶。又如宋代邵博《邵氏聞見後録》中提到"假對律",並以杜甫"枸杞因吾有,雞棲奈汝何"爲例,説明諧音者是爲假對。再如胡仔的《苕溪漁隱叢話》裏總結了"扇對法",嚴有翼的《藝苑雌黃》裏總結了"蹉對法",等等。今人朱承平的著作《對偶辭格》以及各種修辭學著作已將對偶研究得比較充分了。

(三)在格律研究的三項内容中,平仄研究的歷史最悠久,但研究也最爲薄弱。如若論及源頭,大約自沈約開始,"詩病"漸爲人所知,其後有劉勰《文心雕龍》、王斌《五格四聲》、元兢《詩髓腦》等均立專章講述如何避免詩病。這時所説的"詩病"主要是指"四聲八病",它們和後世所謂的出律落韻還有所區別。因爲格律詩直至隋唐才基本定型,所以唐代之前的人不可能跨越時空,不顧歷史發展的順序去研究後世出現的事物,但令人不解的是對於其格律的研究自唐至明千年左右，幾乎無人問津，只有一些隻言片語的記録。例如白居易的《和令公問劉賓客歸來稱意無之作》：

　　水南秋一半，風景未蕭條。

　　皂蓋回沙苑，藍輿上洛橋。

　　閒嘗黄菊酒，醉唱紫芝謠。

　　稱意那勞問，請錢不早朝。

"請"下原注"平聲"，這應該是白居易爲了防止孤平而作的注釋。再如元代吳師道所著的《吳禮部詩話》特別舉例説："朱文公《贈人》詩云：'知君亦念我，相望平聲兩咨嗟'，[1]今按'望'字作去聲讀自可，而注平聲者，豈以其音之調乎？"吳師道批評朱熹將"望"注爲平聲，他認爲"望"字讀去聲"自可"，這一批評可以看出吳師道懂得平仄規律，因爲根據格律要求，"望"在這裏應該讀去聲，而不能作平聲。明代真空和尚所著《篇韻貫珠集》云："平對仄，仄對平，反切要分明。有無虛與實，死活重兼輕。上去入音爲仄韻，東西南字是平聲。一三五不論，二四六分明。"這個口訣説明了律詩用字時的平仄基本原則。又如明朝中葉，以"聲律爲聞於時"的"後七子"之一謝榛，其所著的《詩家直説》（又名《四

----

　　① 朱熹該詩原題爲《謝張彦輔留别之作》，詩句爲："一別屢更歲，思君無已時。知君亦念我，相望兩嗟咨。我病卧田間，君行護疆陲。隱顯既殊迹，會合安可期。今年定何年，有此一段奇。我來五峰陽，君歸九江湄。聞君肯來辱，歡喜不自持。迎君紫霄峰，舉觴白鵝池。强健初共欣，艱棘旋相悲。相顧出危涕，薄言首東岐。留連十日飲，愴恨八哀詩。散懷水石幽，遂忘筋力疲。雄篇既鼎來，逸韻方翦追。云胡遽告别，牙纛風披披。攬袪不得留，酌酒前致辭。願君醻此觴，去上白玉墀。國論罄忠益，廟謨參設施。一請正紀綱，再請誅羌夷。及時樹勳業，慰我空山饑。"

濱詩話》)說:"夫平仄以成句,抑揚以合調,揚多抑少,則調勻,抑多揚少,則調促。"這段論述說明了律詩一個很重要的原則,即平仄相間,纔可以使詩歌節奏和諧悅耳。同時,也說明了在詩句中,平聲字和仄聲字的比例應該數量相當,如果平聲字多,仄聲字少,那麼吟誦的時候會有聲情比較悠長的效果;相反,如果仄聲字多,平聲字少,那麼旋律、節奏就會顯得急促。本書第五章《餘論》中第一節《論近體詩的平仄等量現象》對此問題有所討論。

　　總的來說,清代以前,諸種詩話中關於平仄格式的論述還是比較零散的,不太完整,也不夠全面,有的甚至還有錯誤,如此則定不能全面、綜合地揭示詩歌的平仄規律。

　　在清代以前,除了這些少量的、片斷的論述,人們對聲調格式的掌握方法,通常是先熟讀或背誦一些標準的名作,再去揣摩它們的平仄規律。恰如清人蘅塘退士孫洙在《唐詩三百首》序言裏說的那樣:"熟讀唐詩三百首,不會作詩也會吟。"到了有清一代,一些詩人、學者則把詩歌作品劃出平仄譜子來記誦,還有人統計若干詩歌的正體格式和變體格式,輯錄成"詩譜",並對之進行簡單的說明和分析,這就是最早的詩律研究著作。就目前所能見到的資料來看,第一部研究詩歌平仄格律的著作是清人王士禎(1634—1711)所著的《律詩定體》(可參看李斐《王士禎〈律詩定體〉所反映的近體詩格律問題》,《中國音韻學》,2019 年)。此外,清朝重要的著述還有王士禎的甥婿趙執信(1662—1744)的《聲調譜》,乾嘉時期安徽歙縣人吳紹澯的《聲調譜說》,同治年間山西洪洞人董文渙的《聲調四譜圖說》,乾隆時人翟翬

(1752—1792)的《聲調譜拾遺》,乾隆時人李汝襄的《廣聲調譜》等。自茲之後,談格論律的書籍纔日漸增多,直至民國時期,已經有三十種之多。

　　王力先生出版於 1958 年的《漢語詩律學》是目前詩律研究領域中最全面、最詳盡的著作。從王力先生的《漢語詩律學》出版迄今爲止,雖有七八十種談論詩詞格律的著作出版,尤其是近三十年出版數量大增的情況下,這些書籍卻大都不能追上王力先生的研究水平,更無從去談後來居上。然而,由於王力先生所處的時代條件限制,一些重要的文獻資料,或未完備,如當時只有《全唐詩》,而無《全唐詩補編》等補遺性質的著作;或尚未整理,如宋詩最重要的全本《全宋詩》直到 1991 年纔全部完成出版。所以《漢語詩律學》在現在看來並不是盡善盡美。後人對《漢語詩律學》修訂或補充的論文,還不算太多,大致可參看李斐《"主從通韻""等立通韻"分界補説》(《中國韻文學刊》2005 第 4 期)、《王力〈漢語詩律學〉詩律補正》[《理論語言學研究》(日本)2008 年第 2 期]、《王力〈漢語詩律學〉研讀劄記・一》(《北斗語言學刊》第三輯,2017 年);蔡振念《王力五言律詩兩種格式補證》(《成功大學中文學報》第 20 期,2008 年);《盛唐五言古詩格律談論——兼評王力五古格律説》(《成功大學中文學報》第 51 期,2015 年),等等。在王力先生《漢語詩律學》刊行之後的六十年間,講詩詞格律的書籍大量出版,因此類書籍的出版目的主要是爲了詩詞愛好者創作時做參考之用,所有大多數同類書籍内容重複,在研究的廣度和深度上,基本上不能跳出王力先生的研究範圍,很少人能做出更加深入的研究。相對而言,此類書籍

中較爲重要的有，啓功的《詩文聲律論稿》，吳丈蜀的《詩詞曲格
律講話》，耿振生的《詩詞曲的格律和用韻》，塗宗濤《詩詞曲格律
概要》《詩詞曲答問》，郭芹納《詩律》等，這些著作對王力先生的
《漢語詩律學》或有所補充，或改正個別錯誤。較爲特殊的有施
文德的《詩詞格律》用拉丁字母標注詩詞格律，頗爲新穎，但是對
於格律的發明甚少。

　　專門研究唐詩格律的書籍亦有數種陸續面世，目前涉及初
唐詩格律的著作主要有徐青《古典詩律史》（青海人民出版社，
1980 年）和《唐詩格律通論》（當代中國出版社，2002 年），何偉棠
《永明體到近體》（廣東高等教育出版社，1994 年），酈健行《詩賦
與律調》（中華書局，1994 年），杜曉勤《齊梁詩歌向盛唐詩歌的
嬗變》（臺灣商鼎文化，1996 年）、《初盛唐詩歌的文化闡釋》（東
方出版社，1997 年），吳小平《中古五言詩研究》（江蘇古籍出版
社，1998 年），吳相洲《唐代歌詩與詩歌——論歌詩傳唱在唐詩創
作中的地位和作用》（北京大學出版社，2000 年）、《唐詩創作與詩
歌傳唱關係研究》（北京大學出版社，2004 年），沈亞丹《寂靜之
音——漢語詩歌的音樂形式及其歷史變遷》（上海人民出版社，
2007 年），姜書閣《詩學廣論》（浙江大學出版社，2010 年），宇文
所安《中國早期古典詩歌的生成》（三聯書店，2014 年），錢志熙
《唐詩近體源流》（北京大學出版社，2015 年），馮勝利《漢語韻律
詩體學論稿》（商務印書館，2015 年），葛曉音《詩國高潮與盛唐
文化》（北京大學出版社，1998 年）、《先秦漢魏六朝詩歌體式研
究》（北京大學出版社，2012 年）、《唐詩流變論要》（商務印書館，
2017 年）、《杜詩藝術與辨體》（北京大學出版社，2018 年）。徐青

的《古典詩律史》分析了自先秦至唐代近體確立之後詩體的發展。由於該書是内地同類書中的首部著作，篳路藍縷之功不可湮没。該書的優點在於它全面地分析了詩體的發展過程，以及各個時期詩歌理論對於詩體的規定及其影響，重點考察了近體詩的用韻和對仗等情況。《唐詩格律通論》的優點在於按照聲律和韻律的特點，將唐詩的格律分爲黏式律、對式律、混合律三類，並且逐一舉例説明它們的格律要求。本書專章提到"初唐時期詩律概況"，總結了初唐五言詩的詩律和七言詩的詩律。然而這兩本書的不足之處在於對於詩歌格律的研究尚處於分類舉例階段，深入不夠。《永明體到近體》一書運用了定量分析方法，歸納出各種類型的聲律格式及其出現率，文中得出了"永明體二五字異聲、四聲分明"，而非"二四異聲"的觀點，更符合永明體的聲病理論和創作實際。然而何著考察的只是五言詩句、律聯格式，而忽視了律聯之間的組合關係，對於律體形成的關鍵問題——聯間的黏綴法則的研究則没有突破。

再看香港和臺灣的研究著作，隨着兩岸的交流增多，互聯網溝通的日益便捷，曾經比較少見的香港和臺灣出版物（澳門大學施議對先生的研究主要集中在詞律上，不在本文的研究範圍之内，不特別列舉）也逐漸走入内地學者的視野。目前見到的研究唐詩格律的著作，就有數十本之多。不過有些著作的發行量不高，甚至有些是碩士或博士學位論文，爲了方便學術研究的交流和發展，故在此儘量臚列。

先説香港學者的研究著作，主要集中於下列一些著作，例如：

1. 鄺健行（香港中文大學）《中國詩歌論稿》（香港新亞研究

所,1984 年)

　　2. 鄺健行《科舉考試文體論稿》(臺灣書店,1999 年)

　　3. 何文匯(香港中文大學)《雜體詩例釋》(香港中文大學出版社,1986 年)

　　4. 何文匯《詩詞曲格律淺説》(臺灣書店,1999 年)

　　5. 何文匯《漢唐詩雜説》(商務印書館香港有限公司,2018 年)

　　6. 黃坤堯(香港中文大學)《詩歌之審美與結構》(臺灣文史哲出版社,1996 年)

　　7. 蔡宗齊(香港嶺南大學)《漢魏晉五言詩的演變：四種詩歌模式與自我呈現》(北京大學出版社,2015 年)

　　8. 蕭振豪(香港中文大學)《從音韻學窺探六朝隋唐詩律理論之起源》(京都大學博士論文,2015 年)

　　臺灣學者的著作亦不算少,依照出版時間順序,從 1930 年起到 2011 年止,粗略統計到有 39 種之多,這些書籍列舉如下:

　　1. 范况《中國詩學通論》(上海商務印書館,1930 年;又臺灣商務印書館 1959 年)

　　2. 洪爲法《絶句論》(上海商務印書館,1934 年;臺灣經氏出版社 1976 年)

　　3. 洪爲法《古詩論》(上海商務印書館,1937 年;臺灣經氏出版社 1976 年)

　　4. 洪爲法《律詩論》(上海商務印書館,1938 年;臺灣經氏出版社 1976 年)

　　5. 胡才甫《詩體釋例》(北京中華書局,1934 年;臺灣中華書

局,1969 年)

　6. 王忠林《中國文學之聲律研究》(臺灣師範大學,1963 年)

　7. 朱寶瑩《詩式》(臺灣中華書局,1968 年)

　8. 方瑜《唐詩形成的研究》(臺灣大學碩士論文,1969 年)

　9. 席涵靜《唐人七言近體詩格律的研究》(臺灣昌言出版社,1976 年)

　10. 王夢鷗《初唐詩學著述考》(臺灣商務印書館,1977 年)

　11. 王夢鷗《古典文學論探索》(臺灣正中書局,1984 年)

　12. 許清雲《現存唐人詩格著述初探》(臺灣東吳大學碩士論文,1978 年)

　13. 黃盛雄《唐人絕句研究》(臺灣文史哲出版社,1979 年)

　14. 耿志堅《唐代近體詩用韻研究》(臺灣政治大學,1983 年)

　15. 盧清青《齊梁詩探微》(臺灣文史哲出版社,1984 年)

　16. 張夢機《近體詩發凡》(臺灣中華書局,1984 年)

　17. 張夢機《古典詩的形式結構》(臺灣駝峰出版社 1997 年)

　18. 徐秋珍《律詩格律與文字對偶互動關係之研究》(臺灣大學博士論文,1985 年)

　19. 王敬身《詩法指要》(臺灣商務印書館,1987 年)

　20. 蔡添錦《近體詩析微》(臺灣新文豐出版公司,1988 年)

　21. 郭玉雯《宋代詩話的詩法研究》(臺灣大學博士論文,1989 年)

　22. 蔡瑜《宋代唐詩學》(臺灣大學博士論文,1990 年)

　23. 蔡瑜《唐詩學探索》(臺灣里仁書局,1998 年)

　24. 簡明勇《律詩研究》(臺灣文史哲出版社,1990 年)

　25. 陳怡蓉《初唐詩意觀念與詩語理論研究》(臺灣輔仁大

學碩士論文,1990 年）

　　26. 呂珍玉《從〈全唐詩〉中六句詩看四句詩及八句詩之定體並附論六言詩》（臺灣東海大學碩士論文,1990 年）

　　27. 施逢雨《李白詩的藝術成就》（臺灣大安出版社,1992 年）

　　28. 塗淑敏《初盛唐五言近體詩聲律研究》（臺灣東海大學碩士論文 1992 年）

　　29. 羅載光《近體詩的理論和作法》（臺灣復文出版社,1993 年）

　　30. 林繼柏《五言近體詩格律形成研究》（臺灣東海大學碩士論文,1993 年）

　　31. 陳本益《漢語詩歌的節奏》（臺灣文津出版社,1994 年）

　　32. 向麗頻《南北朝至初唐五言律詩格律形成之研究》（臺灣中山大學碩士論文,1995 年）

　　33. 林于弘《初唐前期詩歌研究》（臺灣師範大學碩士論文,1995 年）

　　34. 許清雲《近體詩創作理論》（臺灣洪葉文化,1997 年）

　　35. 陳柏全《清詩話的格律論研究》（臺灣東海大學碩士論文,1997 年）

　　36. 林哲庸《永明聲律説研究》（臺灣清華大學碩士論文,1998 年）

　　37. 葉桂桐《中國詩律學》（臺灣文律出版社,1998 年）

　　38. 劉萬青《宋代詩話的格律論研究》（臺灣逢甲大學博士論文,花木蘭出版社,2008 年）

　　39. 楊文惠《五言律詩聲律的形成》（臺灣清華大學博士論文,2011 年）

這些列舉，雖不至於掛一漏萬，但遺漏應該在所難免。只能盡我所知，將書目羅列，希望方便學界同人參考。

初唐詩格律研究的論文較多，主要關注兩個問題，一是近體詩形成的過程，二是近體詩形成的年代。

關於近體詩形成的過程，郭紹虞曾經寫過系列論文，如《永明聲病説》《再論永明聲病説》《從永明體到律體》《聲律説考辨》。郭先生主要從五言詩的音步角度，來説明"古"和"律"之間的不同，而忽視了五言詩的黏對法則以及具體環節。鄺健行的《初唐五言律體律調完成過程之考察及其相關問題之討論》一文，通過對初唐五言律詩逐首逐句的格律分析和統計，運用數據和表格初步勾勒了初唐五言律詩形成的過程。這個方法是合理的、可取的，但是由於他只考察了初唐五言四韻之五律，將與五律同屬五言律體的絶句、三韻小律、五韻以上之長律均不計，就不可能對永明體到律體的演變過程作出準確的考察，因爲永明體本是無論長短的，沈宋律體也不限於五律一種形式。杜曉勤《從永明體到沈宋體》一文中，對從永明體到沈宋體之間的各種體裁詩歌進行了分析，其特點是在分析律聯的同時，涉及了唐代詩學著作的歷史文化背景。該文除了結論令人信服，其方法論的意義更加值得參考。

關於近體詩形成的年代，世人多從中唐元稹之論。元稹在《唐故工部員外郎杜君墓係銘并序》中説："唐興，官學大振，歷世之文，能者互出。而又沈、宋之流，研練精切，穩順聲勢，謂之律詩。由是之後，文變之體極焉。"（《元稹集》，冀勤點校，中華書局,1982 年,第 601 頁)《舊唐書·杜甫傳》悉録之,並特別加上一句"自後屬文者,以稹論爲是"。目前學界對律詩定型歸於何人,衆説紛紜,但對律詩定型於沈宋之説,多不以爲然。例如鄺健行《初唐五言律體律調完成過程之考察及其相關問題之討論》(《香港中文大學中國文化研究所學報》第 21 卷,1990 年)認爲律詩聲律定型於沈佺期和宋之問不太準確,細細分析,宋之問的詩作在句與聯的"對"與"黏"上,合格的比例不太高。也有學者認爲可能律詩定型於其他詩人。例如韓成武、陳菁怡《杜審言與五言、五排聲律的定型》指出杜審言詩歌中五言、五排入律比例高於同時代其他詩人,所以主張應該將律詩定型於杜審言,而非沈宋。韓成武《試論七律的定型與成熟》否定了七律定型於沈宋的舊説,通過逐篇分析,得出七律定型於李嶠而成熟於杜甫的結論。木齋《論孟浩然律詩之多不合律》分析了孟浩然詩歌多不合近體詩律的現象,作者認爲孟浩然詩歌的這種現象説明了詩人對於近體詩格律的揚棄,轉而探索新的詩歌表現手段。但是該文探討的出律現象主要是指"對偶"的意義層面,與格律關聯不大。林繼中《崔融的啓示——小議詩律化研究的一個盲點》指出崔融的詩歌從一聯的和諧到聯間和諧都符合近體詩律,但是該文的缺點在於沒有窮盡地研究崔融所有詩歌,文章的材料僅僅是舉例性質,並且沒有關注初唐時期的其他詩人。但也有學者指出律詩的定型應非一人之功,例如陳鐵民在《論律詩定型於初唐諸學士》(《文學遺産》2000 年第 1 期)中提出武則天、唐中宗朝的珠英學士、修文館學士,是律詩定型的主要作者群體。李斐《律詩定型及其成因淺探》(《語言學論叢》四十一輯,2010 年)將之細化,把律詩定型於初唐的第二個階段,即唐高宗至唐中宗時期。上述的這些文章，其分析方法是可取的，但是有的文章過分強調個別詩人在律詩定型過程中的重要性，忽視了群體性；有的文章又缺少具體詩人詩作的分析。綜合來看，律詩定型應該是一個漫長的過程，這一過程是逐漸完成的，是由群體完成的，而非個別詩人可以達成。

　　港澳臺的研究論文數量較多，上文所列舉的著作，其某些章節通常會以單篇論文的形式發表出來，因爲内容有所重疊，故不再贅述。此外，香港中文大學的黃耀堃先生，他的《唐代近體首句用韻研究》(《黃耀堃語言學論文集》，鳳凰出版社，2004 年)等。臺灣東海大學的李立信先生，他的《"律詩"試釋》(六朝隋唐文學學術研討會論文，1994 年)、《近體"首句借臨韻說"商榷》(唐代文化學術研討會，1998 年)、《王力〈漢語詩律學〉古體用韻說商榷》(《臺灣東海大學文學院學報》第 41 卷，2000 年)、《董文渙〈聲調四譜圖說〉辯疑》(香港浸會大學《人文中國學報》第 8 期，2001 年)等都對詩歌格律問題多有關注並提出自己的見解。

　　香港最早研究詩律的前賢是曾任香港中文大學文學院院長的李棪(1907—1995)，李棪字勁庵，號棪齋，甲骨學專家。曾在北京大學中文系求學，肄業於香港大學中文系，1952 年曾在英國倫敦大學東方及非洲研究所任教，1964 年回到香港中文大學聯合書院任教直至退休。李棪的祖父乃清朝探花李文田(1834—1895)，李文田是咸豐九年一甲第三名進士，官至禮部右侍郎、工部右侍郎，清代著名的蒙古史專家、碑帖及版本專家、書法家，著有《元秘史注》《元史地名考》《和林金石録》等。《清史稿》謂"文田學識淹通，述作有體，尤諳究西北輿地。屢典試事，類能識拔績學，士皆稱之"。受家學薰陶，李棪曾遍購金石原拓和名家考校版本,藏於"壁書樓"中,由清末國學保存會創始人黃節(1873—1935)爲之書額。部分藏書後被京師圖書館(今北京圖書館)收購,其餘被北京大學史學專家鄧之誠(1887—1960)保存,後捐於中國科學院圖書館。李棪精通甲骨學、歷史學,著有《西柏時期橫置式卜骨與易卦卜甲所載筮符契刻方位試釋》(Hong Kong Pamphlet,1940 年)、《東林黨籍考》(人民出版社,1957 年)、《卜辭貞人何在同版中之異體》(香港新亞,1967 年)、《金文選讀》(香港龍門書局,1969 年)、《現代語言文學論文選讀》(香港東亞書局,1971 年)、《北美所見甲骨選萃考釋》(香港中文大學,1971 年)、《周原出土早周甲骨文字纂述》(香港學海書樓,1993 年)等。李棪工舊體詩,一時稱爲"棪齋體",可見影響之大、詩之工,其詩作結集爲《棪齋詩稿》。李棪的詩論,尤其是格律論文,見於《學海書樓論文集》中。因現在較少人提及,甚至已經淹沒於故紙堆中,資料難尋,甚爲可惜。感謝香港中文大學黃耀堃先生兩次告知,故而詳細錄之,望學界能重視李氏研究成果。

綜觀目前的研究可謂成果卓著,但也還存在收詩不全、引證不廣等一些遺憾。同時,內地、香港和臺灣的交流不夠多,兩岸的學術研究還存在著重複研究的問題。希望本書可以當作一個橋樑,在總結兩岸三地的研究成果的基礎上,使唐詩格律的研究向前更進一步。

(四)在漢語詩律的研究領域中,最爲重要的是近體詩格律的定型和發展。近體詩上承漢魏六朝詩歌,下啓唐宋諸體,地位特殊且關鍵。學術界對於近體詩的主要關注點集中於兩個問題,一是近體詩形成的過程,二是近體詩形成的年代。這兩個問題的時間點都定位於初唐時期,所以説,初唐詩格律的研究是非常重要的。隨着學術的不斷發展,漢語詩律研究的精深化,其條件已經比較成熟了。對唐詩格律,尤其是對初唐詩格律的深入研究,應該提上日程。初唐詩格律的研究意義,大致可以歸納爲如下三點:

第一,詩歌在有唐一代最爲繁盛,其數量之巨、質量之高、流派之多,爲世人所矚目。近體詩在中、晚唐之後,格律、形式基本定型,宋代之後的律詩落韻者有之,但是出律者罕見。初唐詩上承南北朝詩歌,格律初定,下啓盛唐近體詩,爲其圭臬。對它的研究,可以看到律詩詩體經歷了形成、發展、定型的過程,具有非常重要的學術價值。

第二,唐詩分期是不爭的事實。其原因不僅是歷時的變遷,而且還因詩歌體裁、詩歌内容、詩歌風格等産生了變化。除了這些歷史及文學的影響因素之外,詩歌格律的變化也是促成詩歌發展變化的重要原因之一。古人早就認識到這一點,例如《新唐書·宋之問傳》指出:"魏建安迄江左,詩律屢變。"明人宋孟清在《詩學體要類編》中也特別指出"詩律屢變"。"詩律屢變"這一論斷在詩律研究中,其意義不亞於陳第"時有古今,地有南北"對古音研究的影響。"詩律屢變"是對詩律發展的高度概括,它對於詩律研究具有極高的理論指導作用。例如王力《詩詞格律十講》:"用孤平拗救來進行本句自救和對句相救,中晚唐以後成爲一種風尚。(舉例)"①王力《漢語詩律學》:"(首句借鄰韻)盛唐以前此例甚少,中晚唐漸多,宋代……幾乎可説是一種時髦,越

---

① 王力:《詩詞格律十講》,商務印書館,2002 年,第 60 頁。

來越多了”，“中晚唐以後，後者(平仄仄平平仄仄，仄平平仄仄平
平)差不多成爲一種風尚。(舉例)”①然而這種强調變化發展的
觀念在詩律研究中並没有成爲主導理念，絶大多數研究者仍把
詩律看作是一個一成不變的、平面的、静止的東西，缺乏歷史發
展的眼光。初唐詩歌格律變化較多，能夠充分體現“詩律屢變”
這一特點。

第三，民國之前的詩歌格律研究著述多以初唐詩和盛唐詩
作爲例證(因明清人對中、晚唐詩評價不高，故很少作爲例證)進
行分析，頗有見解。例如，一直以來，人們認爲絶句是律詩之半，
“絶”者“截”也。明人胡應麟(1551—1602)在《詩藪》内編卷六中
説：“漢詩載《古絶句》四首，當時規格草創，安得此稱？蓋歌謡之
類，編集者冠以唐題”，“六朝短古，概曰歌行，至唐方曰絶句。”可
以看出胡應麟認爲唐代纔有“絶句”這種體裁，唐前的只能稱之
爲“歌行”而已。清代歷史學家趙翼(1727—1814)在《陔餘叢考》
(卷二三)中也持相同觀點，他説：“楊伯謙(按：楊士弘，元朝人，
字伯謙，選唐詩1 341首，編爲《唐音》，矯南宋至元以來鼓吹中
晚唐之流風而開明人推崇盛唐詩風之先河。《唐音》分唐詩爲三
唐，上承嚴羽《滄浪詩話》之理論，下啓高棅《唐詩品彙》之選評，
意義重大)云：‘五言絶句，唐初變六朝子夜體也。七言絶句初唐
尚少，中唐漸甚。然梁簡文《夜望單雁》一首已是七絶’云云。今
按《南史》，宋晉熙王昶奔魏在道，慷慨爲斷句詩，曰：‘白雲滿鄣
來，黃塵半天起。關山四面絶，故鄉幾千里。’梁元帝降魏，在幽
逼時，製詩四絶。其一曰：‘南風且絶唱，西陵最可悲。今日還嵩

---

① 王力：《漢語詩律學》，上海教育出版社，2002年增訂本，第55、97頁。

里,終非封禪時。'曰斷句,曰絕句,則宋梁時已稱絕句也。"

　　然而,清人董文渙(1833—1877)在《聲調四譜》中卻指出:"絕句之名,唐以前即有之。……實古詩之支派。至唐則法律愈嚴,不惟與律體異,即與古體也不同。或稱'截句',或稱'斷句'。世多謂分律詩之半即爲絕句,非也。蓋律由絕增,非絕由律減也。絕句云者,單句爲句,句不能成詩;雙句爲聯,聯則生對;雙聯爲韻,韻則生黏;句法平仄各不相重。無論律古,黏、對、聯、韻必四句而後備,故謂之'絕'由此遞增,雖至百韻可也,而斷無可減之理。"可以看出,董氏認爲"絕句"之名,並非唐代纔有,唐代之前就已經有了。

　　同時,古人對於非近體絕句的"古絕"即"齊梁調詩"的發展也有不同的看法,亦有不同的看法。《文鏡秘府論・天卷・調聲》認爲"齊梁調詩"是古絕向近體詩過度的中間狀態。何謂"齊梁調體"? 清人錢木庵(1645—?)在《唐音審體》一書中認爲五絕中"不相黏綴者,謂之折腰體","折腰體"就是"齊梁調體"。而清人趙執信的《聲調譜》直接將"不對"(對句平仄相同)及"不黏"(兩聯不黏綴)的詩稱爲"齊梁體"。

　　瞭解了近體絕句和齊梁體後,再回望"古絕"。王力先生《漢語詩律學》認爲古絕的特點是要麼詩歌用仄聲押韻,要麼詩歌不用律句平仄,有時還有不黏、不對的現象。古絕的歷史可以上溯至漢代,《玉臺新詠》認爲漢代的樂府和民歌正是古絕的源頭。例如樂府詩《枯魚過河泣》"枯魚過河泣,何時悔復及。作書與魴鱮,相教慎出入。"民歌《漢末洛中童謠》"雖有千黃金,無如我斗粟。斗粟自可飽,千金何所直。"而文人的創作可能要到南北朝時期的何遜(約 480—519)和庾信(513—581)時代了。

可以看出隨着時間的發展,學術亦有所發展。清人對明代的學術研究有更深入的批判和更縱深的探索,學術問題研究的脈絡和方向也變得越來越清晰。但是這些前人的研究成果長期以來一直爲學者所忽視。如果在研究詩律的同時,再聯繫、反觀古人的研究成果,則既可以從詩律史的角度更加清楚地解釋詩律發展變化的來龍去脈,又可以檢驗前人研究的價值,可謂一舉兩得。

二、研究材料

(一) 總集

研究唐詩詩律,最重要的文獻資料就是《全唐詩》。《全唐詩》共九百卷,是清康熙時任江寧織造的曹寅奉康熙帝之命,起用當時已經退居揚州的彭定求、楊中訥、沈三曾、潘從律、汪士鋐、徐樹本、車鼎晉、汪繹、查嗣瑮、俞梅等十位翰林,假揚州天寧寺開局編纂。主要内容以明人胡震亨的《唐音統籤》和清初錢謙益等的《唐詩纂》整合、增補而成,又旁涉稗史雜著、斷碑殘碣,採擷而成。其編目次序:"冠以帝王、后妃,次以樂章樂府,殿以聯句、逸句、名媛、僧道、外國、仙神、鬼怪、諧謔及諸雜體。其餘皆以作者先後爲次,而以補遺六卷,詞十二卷別綴於末。"(《四庫全書·總目》)該書編纂自康熙四十四年(1705 年),康熙四十五年(1706 年)十月成書,僅一年五月即成書九百卷,共收唐五代詩四萬八千九百多首,作者二千二百餘人,可謂最全的唐詩總集。

雖該書匯多位學者之功集體編收,但因用時有限,故仍存在不少問題，缺漏逸疏在所難免。故早在乾隆時期，日邦之上毛河世寧輯録三卷《全唐詩逸》（《知不足齋》本），現行之《全唐詩》多於書後附此資料。據陳尚君《全唐詩誤收詩考》（《文史》第二十四輯，後收入《唐詩求是》，有改動）統計《全唐詩》誤收唐前、宋及宋後詩 782 首又 53 句，詞 34 首，所涉作者 115 人。此外《全唐詩》還存在漏收、重出等問題。中華書局於五十年代中期對於《全唐詩》做過校點，改正了一些錯誤。其後，王重民出版了《補全唐詩》《補全唐詩拾遺》，孫望出版了《全唐詩補逸》，童養年出版了《全唐詩續補遺》等，中華書局把這四部書合訂在一起，於1982 年出版，並命名爲《全唐詩外編》。1992 年中華書局又根據陳尚君輯得的四千六百多首逸詩，與《全唐詩外編》合訂爲《全唐詩補編》。1996 年陝西人民出版社出版了佟培基的《〈全唐詩〉重出誤收考》，訂正了一些《全唐詩》裏的收詩錯誤。1999 年中華書局把《全唐詩補編》附於《全唐詩》之後，出版全新版《全唐詩》。此版《全唐詩》共 15 巨冊，共收録詩作五萬三千五百餘首，作者二千九百餘人，凡 871 萬字，是目前所能見到最全面、最好的版本。但是該版本仍有不盡如人意的地方，首先是失收的問題。隨着出土文獻的不斷面世，新整理的唐代詩歌或詩句不斷增加。陳尚君對此有多篇論文發表，例如《〈全唐詩〉誤收詩考》《〈全唐詩補編〉以外新見唐五代逸詩輯存》《伏見宮舊藏〈雜抄〉卷十四中的唐人逸詩》《最近二十年新見之唐佚詩》《最近十五年來出土石刻所見唐詩文獻舉例》等，對《全唐詩》多有考證及補充。就目前所見的多種研究文獻來看，1999 年中華書局出版的增訂重印本，同時參考上海古籍出版社 1986 年出版的《全唐詩》、陝西人民出版社 2014 年由周勳初、傅璇琮、郁賢皓、吳企明、佟培基等聯合編纂的《全唐五代詩》,三書相互比照,可作爲研究唐詩格律的藍本。

(二) 別集

在參考《全唐詩》的同時,還需參考詩人別集的今人校注本。例如《李世民集》《武則天集》《王無功文集》《王績詩注》《盧照鄰集》《盧照鄰集箋注》《楊炯集》《駱臨海集箋注》《曲江集》《沈佺期宋之問集校注》《王子安集校注》《日藏古抄李嶠詠物詩注》《杜審言詩注》《蘇味道詩譯注》等。要留心的是,詩人的別集詩歌數量有時和《全唐詩》所收詩數量不同。例如王績的《王無功文集》(韓理洲點校,上海古籍出版社,1987 年)共收錄王績詩 36 首,而《全唐詩》收王績詩 6 首。今人整理的《王無功文集》要比《全唐詩》收詩數量多了 30 首,這一點需要特別留意。

(三) 隋、初唐與盛唐的作品甄別

有些詩人其生卒年跨隋、初唐和盛唐,研究時應該儘量依照作品繫年來進行甄別與取捨。

首先,自隋入唐之詩人,可以將其作品儘量錄入。例如虞世南(558—638),《全唐詩》收錄其作品 32 首。逯欽立《先秦漢魏南北朝詩》錄 5 首虞世南作於隋朝之詩,分別是《奉和御製月夜觀星示百僚詩》《追從鑾輿夕頓戲下應令詩》《奉和幸江都應詔詩》《奉和獻歲宴宮臣詩》《奉和出穎至淮應令詩》。同時這 5 首詩均見於《全唐詩》虞世南名下,只是題目略有不同。《全唐詩》中這 5 首詩的詩題是:《奉和月夜觀星應令》《和鑾輿頓戲下》

《奉和幸江都應詔》《奉和獻歲宴群臣》《奉和出潁至淮應令》。在分析時,將這 5 首詩也一並計入。

其次,横跨初唐、盛唐的詩人,研究時應該儘量不收錄其作於盛唐時期的作品。例如張説(667—730),其晚年已至開、寶年間,通常較難判斷哪些詩作是作於初唐時期的,哪些詩作是作於盛唐時期的。在現存的張説詩中,只有部分詩歌可以判定時間,比如《玄武門侍射》這首詩,原詩爲:

玄武門侍射

開元之初,季冬其望。天子始禦北闕,朝羽林軍禮修事。厥後二日,乃命紫微、黄門、九卿、六事,與熊羆之將、爪牙之臣合宴焉。侑以純錦,頒以珍器。爾其射埒新成,布侯既設,樂仗林立,帷軒霧布。衆官半醉,皇情載悦。捲珠箔,臨玉除,唐弓在手,夏箭斯發,應弦命中(應弦屢中),屬羽連飛,弧矢以來,未之有也。若夫天地合道,星辰獻儀,端視和容,内正外直,自近而制遠,耀威而觀德,無不通神,無不極用。是射也,其惟聖人乎? 於時繁雲覆城,大雪飛苑,天人同澤,上下交歡。退食懷恩,賦詩頌義,凡若干篇。

射觀通玄闕,兵欄辟御筵。

雕弧月半上,畫的暈重圓。

羿后神幽贊,靈王法暗傳。

貫心精四返,飲羽妙三聯。

雪鶴來銜箭,星麟下集弦。

一逢軍宴洽,萬慶武功宣。

其詩"序"開首就提到了"開元之初",時間明確,所以可以在初唐詩的範疇內剔除這首詩。

另外,張説詩作中有大量的"奉和"詩,核對唐明皇的詩歌,其"奉和"之作共32首。二者詩題有的雖略有不同,但仍可判斷其爲同時之作。

表1 唐明皇、張説同題詩作比較表

	唐明皇	張 説
1	賜諸州刺史以題座右	奉和聖製賜諸州刺史應制以題座右
2	過晉陽宮	奉和聖製過晉陽宮應制
3	行次成皋途經先聖擒竇建德之所緬思功業感而賦詩	奉和聖製行次成皋應制
4	溫湯對雪	奉和聖製溫湯對雪應制
5	校獵義成喜逢大雪率題九韻以示群官	奉和聖製義成校獵喜雪應制
6	初入秦川路逢寒食	奉和聖製初入秦川路寒食應制
7	同玉真公主過大哥山池(五言)	奉和聖製同玉真公主過大哥山池題石壁應制(五言)
8	過大哥山池題石壁(七言)	奉和聖製同玉真公主過大哥山池題石壁(七言)
9	千秋節賜群臣鏡	奉和聖製賜王公千秋鏡應制
10	經鄒魯祭孔子而嘆之	奉和聖製經鄒魯祭孔子應制
11	同劉晃喜雨	奉和聖製同劉晃喜雨應制
12	觀拔河俗戲	奉和聖製觀拔河俗戲應制
13	途次陝州	奉和聖製途次陝州應制
14	野次喜雪	奉和聖製野次喜雪應制

	唐明皇	張　説
15	惟此温泉是稱愈疾豈餘獨受其福思與兆人共之乘暇巡遊乃言志	奉和聖製温泉言志應制
16	春日出苑遊矚	奉和聖製春日出苑應制
17	喜雪	奉和聖製喜雪應制
18	賜崔日知往潞州	奉和聖製賜崔日知往潞州應制
19	春晚宴兩相及禮官麗正殿學士探得風字	奉和聖製侍宴麗正殿探得開字
20	首夏花萼樓觀群臣宴寧王山亭回樓下又申之以賞樂賦詩	奉和聖製花萼樓下宴應制
21	早度蒲津關	奉和聖製度蒲關應制
22	途經華嶽	奉和聖製途經華嶽應制
23	過王浚墓	奉和聖製過王浚墓應制
24	經河上公廟	奉和聖製經河上公廟應制
25	幸鳳泉湯	奉和聖製幸鳳湯泉應制
26	春中興慶宮酺宴	奉和聖製春中興慶宮酺宴應制
27	千秋節宴	奉和聖製千秋節宴應制
28	早登太行山中言志	奉和聖製太行山中言志應制
29	遊興慶宮作	奉和聖製暇日與兄弟同遊興慶宮作應制
30	餞王晙巡邊	奉和聖製送王晙巡邊應制
31	巡省途次上黨舊宮賦	奉和聖製爰因巡省途次舊居應制
32	潼關口號	奉和聖製潼關口號應制

在分析初唐詩時，需將這 32 首詩悉數排除，不計入統計、分析、研究的範圍。

其他橫跨初、盛唐詩人詩作均仿此例處理爲宜。

三、研究方法及研究特點

研究方法

第一，材料的窮盡性研究

目前學術界對初唐詩的研究，其前期工作大多是對初唐詩歌逐字標音，這裏的"音"主要是指聲調，歸納平仄。然後依照句、聯、篇的分類對其格律進行歸納、總結，分析其入律比例及其出律類型。這麼做，是儘可能希望做到窮盡性研究，雖然初唐詩歌的散佚較多，但隨着出土文物及文獻的增多，數據可以不斷調整，逐漸接近歷史原貌，總結出初唐詩格律發展的脈絡和規律。

窮盡分析還指對詩歌數量的窮盡性收集和分析。據筆者（2006 年）統計，《全唐詩》（不含各種補編）中的初唐詩歌，共計 2 400 多首。另外，再具體甄別各種別集中的詩歌，同時還統計了前人沒有注意到的《補全唐詩》《補全唐詩拾遺》《全唐詩補逸》《全唐詩續補遺》等輯佚性書籍中的初唐詩歌，得到總共 730 多首"新"的初唐詩。同時，在研究時還要儘可能地參考當代音韻學、古典文學、古典文獻、古典文學批評等不同學科的學術成果，尤其是當今學者對《全唐詩》的考辨文章。通過參考這些成果，可以剔除重收、誤收的初唐時期詩歌凡 115 首。如此，初唐詩總數超過 3 000 首，這 3 000 多首詩就是初唐詩格律研究的主要材料。

第二,歷史文獻的本體性研究

歷史文獻考據的研究方法是研究古籍文獻的最重要的方法之一。對初唐詩歌文本之本體逐字分析,並且將文本置於歷史的發展之中,考察其前後發展的關係,找出詩律發展的源與流。具體而言,在對初唐詩歌進行分析前,先對照各種詩人別集和歷代選本,校驗錯字、異文,選擇最佳的工作底本。同時,前人的研究只注意到了與齊梁體的比較,而現代詩律學的研究除了將這二者進行比較之外,還與盛唐詩歌進行了對比,初唐詩處於"律古之間"的性質決定了其格律的特殊性,這也否定了古人將初唐詩籠統地看作古體詩的觀點。並且,爲了説明詩體的演變,還需要引用自唐至清的多種詩話著作,希望對於每一個問題的解答,都能有歷史文獻爲根據,做到言之有據,言之有物。

第三,綜合性、動態化的研究

前人的詩歌格律著作偏重於單句研究,講到"聯"和"篇"這些單位的時候,往往論述不足。然而"聯"纔是律詩最重要的單位,雖然"對"是律詩重要的特質之一,但它們存在於"聯"中。而"篇"是律詩形成的最後一環,"黏"使數聯有序相連,形成律詩。

前人對詩歌格律總結時,選取的語料是全部律詩,忽視了每個時期詩歌的特點。尤其是初唐詩早期階段,它的特點和盛唐詩區別比較明顯,兩者的性質不能混爲一談。同樣,前人的著作偏重靜態的描寫,即把詩律當作一個靜態的結構,而忽視了其發展變化的一面。而現代詩律學則希望勾勒出詩律發展的動態過程。

第二章 初唐詩格律及流變

一、初唐詩概説

（一）初唐時期，一般是指公元 618 年唐朝建立開始，大致延伸至 712 年玄宗即位時。對於詩歌研究而言，學界一般都把隋代詩歌也歸入初唐時期。綜觀初唐詩歌，它承襲了宮體詩，逐漸向盛唐詩風轉變，並没有呈現出統一的風格。在初唐時期，宮體詩尚處於中心地位，在現存的詩文集中也佔了相當大的比例。

到了七世紀前半葉，宮體詩風格日益變得空洞刻板、矯揉做作，而另外一種新的詩風則作爲其對立面得到迅速發展。詩人越出了宮體詩所嚴格控制的題材和場合，詩歌主題開始擴大。並且，宮體詩嚴格的修飾技巧對於創作的束縛也減輕了。通過這些變化，再加上其他原因，七世紀後期、八世紀初期的詩人在保留了舊風格諸多特點的同時，開啓了新的創作方向。

對於初唐詩的評價，一般都以《新唐書·杜甫傳贊》之"唐興，詩人承陳隋風流，浮靡相矜"爲標準。中國科學院文學研究所編寫的《中國文學史》就説："初唐前期的詩壇，除自隋入唐的王績獨標一格之外，佔統治地位的是'以綺錯婉媚爲本'的'上官體’，它是繼齊、梁頹靡遺風而又變本加厲的貴族形式主義文學。
到初唐後期，沈佺期、宋之問、‘四傑’（王勃、楊炯、盧照鄰、駱賓
王）、陳子昂出現後，詩風纔逐漸改變”，“在唐初浮艷詩風泛濫的
時候，當時寫作宮體詩或艷情詩的詩人多不勝數。”①全國十三
所高等院校聯合編著的《中國文學史》也説：“在唐代開國初的一
段時間裏，詩壇是十分冷落的，六朝餘風還是佔着統治地位，没
有出現更新的氣象。以上官儀（？ —664）的創作爲代表的上官
體，以‘綺錯婉媚爲本’，風靡了整個貞觀時代。它的内容局限在
描寫貴族風格和殿苑風光，用空虚的辭藻來歌頌皇帝和皇
族。”②這種觀點，不僅在中國流行，在日本也頗有影響。日本漢
學家倉石武四郎説：“初唐指的是從高祖到睿宗約百年時間
（618—712），大致説來，這一時期可看作齊梁體的延續，以所謂
的初唐四杰爲代表”，“在六朝詩風佔上風的時期，有影響的詩人
是陳子昂和張九齡兩家，他們以風骨爲鳴倡導雄壯高雅的詩
風。”③日本學者前野直彬提到：“（太宗貞觀年間），代表這種詩
風的就是虞世南的詩。太宗親自作了許多齊梁體詩，以虞世南
爲首的許多宮廷詩人侍奉在他周圍，在奉和、應制作品當中互競
才能”，“繼虞世南之後，最受太宗和高宗寵幸的詩人是上官儀。
他的婉媚的女人氣的詩風被稱爲上官體，在顯貴者中産生了很
多的模仿。”④

---

①　中國科學院文學研究所《中國文學史》編寫組：《中國文學史》，人民文學出
版社，1962 年。

②　十三所高等院校《中國文學史》編寫組：《中國文學史》，江西人民出版社，
1979 年。

③　倉石武四郎：《中國文學史》，中央公論社，1980 年，第 54、55 頁。

④　前野直彬：《中國文學史》，東京大學，1975 年，第 94 頁。

今天看來,這些説法並不全面。李世民李世民輔助其父李淵起兵反隋,戎馬倥傯,其施政亦可謂開明。他除了寫一些風花雪月的詩歌和群臣唱和之外,還有很多氣勢恢宏的作品。正如他在《帝京篇十首》"序"中所説:

> 予以萬幾之暇,遊息藝文。觀列代之皇王,考當時之行事。軒昊舜禹之上,信無間然矣。至於秦皇、周穆、漢武、魏明,峻宇雕牆,窮侈極麗;微稅殫於宇宙,轍迹遍於天下;九州無以稱其求,江海不能贍其欲,覆亡顛沛,不亦宜乎?予追蹤百王之末,馳心千載之下,慷慨懷古,想彼哲人。庶以堯舜之風,蕩秦漢之弊;用咸英之曲,①變爛熳之音;②求之人情,不爲難矣。故觀文教於六經,閲武功於七德。臺榭取其避燥濕,金石尚其諧神人,皆節之於中和,不繫之於淫放。故溝洫可悦,何必江海之濱乎?麟閣可玩,何必山陵之間乎?忠良可接,何必海上神仙乎?豐鎬可遊,何必瑶池之上乎?釋實求華,以人從欲,亂於大道,君子耻之。故述《帝京篇》以明雅志云爾。

可以看出李世民是個有抱負、有追求,且有高尚情操的人,而非一味地單純講求風花雪月、玩樂淫逸的生活。正因如此,纚

---

① "咸英之曲"是堯樂《咸池》與帝樂《六英》的并稱。《周禮·春官·大司樂》:"乃奏大蔟,歌應鍾,舞《咸池》,以祭地示。"《吕氏春秋·古樂》:"帝嚳令咸里作爲聲歌:《九招》《六列》《六英》。"

② "爛熳之音"與"咸英之曲"相對,指有傷風化的樂曲。漢代劉向《列女傳·夏桀末喜》:"桀既弃禮義,淫於婦人。求美女積之於後宫,收倡優侏儒狎徒能爲奇偉戲者,聚之於傍。造爛漫之樂,日夜與末喜及宫女飲酒,无有休時。"《魏書·樂志》:"三代之衰,邪音間起,則有爛漫靡靡之樂興焉。"

會有貞觀之治這樣的盛世。《全唐詩》中所收李世民的 86 首詩歌，多爲剛健、清新之作。例如：

飲馬長城窟行

塞外悲風切，交河冰已結。

瀚海百重波，陰山千里雪。

迴戍危烽火，層巒引高節。

悠悠捲斾旌，飲馬出長城。

寒沙連騎迹，朔吹斷邊聲。

胡塵清玉塞，羌笛韻金鉦。

絕漠干戈戢，車徒振原隰。

都尉反龍堆，將軍旋馬邑。

揚麾氛霧靜，紀石功名立。

荒裔一戎衣，靈臺凱歌入。

還有《正日臨朝》《過舊宅》《經破薛舉地》等詩歌，都反映出李世民詩風的硬朗與剛健。

上官儀的詩歌確實存在“綺錯婉媚”這一特點，例如下舉之五言及七言詩各一首：

奉和山夜臨秋（五言）

殿帳清炎氣，輦道含秋陰。

凄風移漢築，流水入虞琴。

雲飛送斷雁，月上淨疏林。

滴瀝露枝響，空蒙煙壑深。

春日(七言)

花輕蝶亂仙人杏,葉密鶯啼帝女桑。

飛雲閣上春應至,明月樓中夜未央。

但是在"四傑"出現之後,詩壇綺靡之風銳消,列舉其名作即
可察之:

送杜少府之任蜀州

王 勃

城闕輔三秦,風煙望五津。

與君離別意,同是宦遊人。

海內存知己,天涯若比鄰。

無爲在歧路,兒女共沾巾。

從軍行(其四)

楊 炯

青海長雲暗雪山,孤城遙望玉門關。

黃沙百戰穿金甲,不破樓蘭終不還。

曲 池 荷

盧照鄰

浮香繞曲岸,圓影覆華池。

常恐秋風早,飄零君不知。

在獄詠蟬

駱賓王

西陸蟬聲唱，南冠客思深。

不堪玄鬢影，來對白頭吟。

露重飛難進，風多響易沉。

無人信高潔，誰爲表予心。

其時，陳子昂高舉復古主義大旗，六朝的形式詩風被徹底蕩除。例如其千古傳頌的名篇《登幽州臺歌》，就完全沒有齊梁詩歌的柔婉靡媚之感，而是充盈着一股悲鬱之氣：

登幽州臺歌

陳子昂

前不見古人，後不見來者。

念天地之悠悠，獨愴然而涕下。

（二）在隋至初唐的 130 年間，詩人多如過江之鯽。在《全唐詩》中留下詩作的初唐詩人逾 200 人，詩作達 3 000 多首。

這些詩人的活躍年代按照時間先後，大概可以分爲三個階段。

第一階段，隋開皇元年（581 年）至唐貞觀二十三年（649 年）近七十年時間。這一階段，活躍在詩壇上的詩人主要有虞世南、楊師道、褚亮、李百藥、王績、李世民、許敬宗、上官儀等。

第二階段，唐高宗朝，具體而言是永徽元年（650 年）到弘道元年（683 年）共三十四年。這一階段，活躍在詩壇上的代表詩人主要有"四杰"、杜審言、李嶠、蘇味道、劉希夷、崔融等。

第三階段，從唐中宗嗣聖元年（684 年）開始，經過武周時期，至唐玄宗先天二年（713 年），前後三十年。這一階段，活躍在詩壇上的詩人主要有徐彥伯、陳元光、宋之問、沈佺期、陳子昂、張説、蘇頲、崔湜、張九齡等。

這些詩人的詩作主要收録在《全唐詩》中，另外《全唐詩逸》《補全唐詩》《補全唐詩拾遺》《全唐詩補逸》《全唐詩續補遺》《全唐詩續拾》以及一些單篇論文有所增補，甚至有些詩人增補的詩歌篇數遠遠大於《全唐詩》的收録數量。前文提過，《全唐詩》收録初唐重要詩人王績的詩歌 56 首，而《全唐詩續補遺》和《全唐詩續拾》就補詩 69 首。這樣，不僅大大豐富了初唐詩的數量，還對於格律分析有着非常重要的幫助。

（三）初唐詩比較難以界定其爲哪一種詩體。按照一般的看法，隋至初唐開國這七十年間，律詩還沒有形成。也不存在後人所謂的擬古式的"古風"詩歌。所以，對於這一段歷史時期的詩歌，只能根據最直觀的格律要求，例如其字數的多寡，詩聯是否整齊，押韻的單一與否，簡單地把它們劃分成古體詩、准律詩和律詩。

律詩是特指沈佺期、宋之問、杜審言、張九齡等初唐中後期詩人的有意識的律體創作。准律詩是指從古體向近體過渡的一種形態的詩歌，它是初唐詩歌的主要組成部分。其他的均屬於古體詩。關於這些律詩的分類及其特點，詳見下文分析。

二、初唐詩格律分析

初唐詩根據其格律大致可以分成古體詩、准律詩和律詩。

(一) 古體詩

本節所説的古體詩不等於後世所謂的"古風"。通常把古體詩也叫古風,但是爲了和初唐時的古體詩有所區別,不妨把初唐的叫"古體詩",後世的叫"古風"。"古風"特指後世詩人有意識地進行的擬古創作。王力先生説:"自從唐代近體詩産生之後,詩人仍舊不放弃古代的形式,有些詩篇並不依照近體詩的平仄、對仗和語法,卻模仿古人那種較少拘束的詩。"① 它和初唐時期的古體詩是有所區別的,"唐宋以後的古風畢竟大多數不能和六朝以前的古詩相比,因爲詩人們受近體詩的影響既深,做起古風來,總是不免潛意識地摻雜着多少近體詩的平仄、對仗或語法"。② 雖然古風在格律上没有像律詩那樣的嚴格要求,但是在其創作主體的意識上卻是有嚴格規定的,例如楊載説:"凡作古詩,體格、句法俱要藏古。"③

在初唐時期,古體詩既不屬於律詩,也不能算作典型的"古風"。具體來説,它有以下幾個特點。

第一,古體詩字數不拘。

嚴羽曾在《滄浪詩話・詩體》中指出詩歌的體制:"有古詩,有

---

① 　王力:《漢語詩律學》,上海教育出版社,2002 年增訂本,第 315 頁。
② 　王力:《漢語詩律學》,上海教育出版社,2002 年增訂本,第 315 頁。
③ 　(元)楊載:《詩法家數》,見《歷代詩話》,中華書局,1981 年,第 731 頁。

近體,有絶句,有雜言,有三五七言,有半五六言,有一字至七字,有三句之歌,有兩句之歌,有一句之歌。"胡應麟《詩藪·外編》則進一步説:"詩之盛於唐,其體則三四五言,六七雜言,樂府歌行,近體絶句,靡弗備矣。"由此可見,唐詩的體制、形式是非常豐富多樣的。這些不同字數、不同體制的詩歌主要以古體詩爲主。

古體詩又可以細分爲均言詩和雜言詩。均言詩是指每句字數相等,例如三言詩、四言詩等。雜言詩是指每句字數不等,例如五七雜言、三七雜言等。

1. 均言詩

(1) 三言。前人較少提到過三言詩的情況,因爲三言的古詩非常罕見。三言詩歷來多爲皇家祭祀宴饗之作。在整個初唐時期,現在只留存一首三言詩。

唐封泰山樂章·豫和

張 説

禮樂終,煙燎上。
懷靈惠,結皇想。
歸風疾,回風爽。
百神來,衆神往。

(2) 四言。四言古體詩自《詩經》濫觴,《文選》中有一些四言詩歌。王力先生説,四言詩在唐人詩歌中非常罕見。[①] 然而在初唐時期,四言詩卻不難見到,尤其是一些祭祀詩歌、入樂歌

---

① 王力:《漢語詩律學》,上海教育出版社,2002 年增訂本,第 316 頁。

曲以及孫思邈的一首湯頭歌，都是四言。例如：

慶 雲 章

陳子昂

昆侖元氣，實生慶雲。

大人作矣，五色氤氳。

昔在帝媯，南風既薰。

叢芳爛熳，郁郁紛紛。

曠矣千祀，慶雲來止。

玉葉金柯，祚我天子。

非我天子，慶雲誰昌。

非我聖母，慶雲誰光。

慶雲光矣，周道昌矣。

九萬八千，天授皇年。

而文人案頭創作的，作爲文學作品的四言詩歌則比較少見，例如：

咏方圓動静示李泌

張　説

方如棋局，圓如棋子。

動如棋生，静如棋死。

它是初唐時期唯一一首文人創作的、不用於祭祀、不入饗樂的四言詩。

（3）五言。五言詩是古體詩的主要形式，它上承《古詩十九

首》,繼六朝五言詩歌格律,其數量在初唐所有詩歌中佔 90％以
上,蔚爲大觀。舉一首爲例:

咏漢高祖

王　珪

漢祖起豐沛,乘運以躍鱗。

手奮三尺劍,西滅無道秦。

十月五星聚,七年四海賓。

高抗威宇宙,貴有天下人。

憶昔與項王,契闊時未伸。

鴻門既薄蝕,滎陽亦蒙塵。

蟻虱生介胄,將卒多苦辛。

爪牙驅信越,腹心謀張陳。

赫赫西楚國,化爲丘與榛。

該詩爲何屬於古體而非律詩? 主要是由於其平仄不合格律所
致,全詩的平仄及分析如下:

詠漢高祖

王　珪

仄仄仄平仄,平仄仄仄平。

(出句孤平,對句第二、四字未異聲,兩句第二字平仄不對立)

仄仄平平仄,平仄平平平。

(出句孤平,兩句二、四字未異聲,兩句第二、四字平仄不對立)

仄仄仄平仄,仄平平仄平。

（出句孤平）

　　　　平仄平仄仄，仄仄平仄平。

（兩句均二、四字未異聲，兩句第二、四字平仄不對立）

　　　　仄仄仄仄平，仄仄平仄平。

（出句孤平，兩句均二、四字未異聲，兩句第二、四字不對）

　　　　平平仄仄仄，平平仄平平。

（對句二、四字未異聲，兩句第二字未異聲）

　　　　仄仄平仄仄，仄仄平仄平。

（出句孤平，兩句二、四字均未異聲，且平仄不對立）

　　　　仄平平仄仄，仄平平平平。

（對句二、四字未異聲，對句四仄，兩句第二字平仄不對立）

　　　　仄仄平仄仄，仄平平仄平。

（出句二、四字未異聲，兩句第四字平仄不對立）

　　（4）六言。六言詩歌比較罕見。宋人葉置説："詩之六言，古今獨少。洪氏云，編唐人絕句，七言七千五百首，五言二千五百首，合爲萬首。而六言不滿四十，信乎其難也。後村劉氏選唐宋以來絕句，至續選始入六言，其叙云：'六言尤難工，柳子厚高才，集中僅得一篇。惟王右丞、皇甫補闕所作，妙絕古今。學者所未講也，使後世崇尚六言自予始，不亦可乎？'……又云：'野處編六言，終唐三百年止得三十餘篇。'"①六言詩歌的特點是，它們入律度較高，古人通常將之視爲律詩，其平仄亦應合律。據林亦（1996 年）的研究，"唐以後的六言詩，多講求聲律，屬對工巧，

———————

　　① （宋）葉置：《愛日齋叢鈔》，見《宋人詩話外編》，國際文化出版公司，1996 年，第 1527 頁。

當屬格律詩之一體。"①然而説起初唐時期的六言詩,卻很少有人關注。在初唐時期,六言詩入律其實也非常高,但是細究格律,發現它們還不能算是嚴格意義上的律詩。下文選取十一首初唐時期具有代表性的六言詩歌,並分析其平仄格律如下:

破陣樂詞二首

張 説

漢兵出頓金微,照日明光鐵衣。

（仄平仄仄平平,仄仄平平仄平）

百里火幡焰焰,千行雲騎騑騑。

（仄仄仄平仄仄,平平平仄平平）

廬踏遼河自竭,鼓噪燕山可飛。

（仄仄平平仄仄,仄仄平平仄平）

正屬四方朝賀,端知萬舞皇威。

（仄仄仄平平仄,平平仄仄平平）

少年膽氣凌雲,共許驍雄出群。

（仄平仄仄平平,仄仄平平仄平）

匹馬城南挑戰,單刀薊北從軍。

（仄仄平平仄仄,平平平仄平平）

一鼓鮮卑送款,五餌單于解紛。

（仄仄平平仄仄,仄仄平平仄平）

誓欲成名報國,羞將開口論勳。

（仄仄平平仄仄,平平平仄仄平）

---

① 林亦:《論六言詩的格律》,《文學遺産》1996 年第 1 期。

舞馬詞六首

張　説

萬玉朝宗鳳扆，千金率領龍媒。
（仄仄平平仄仄，平平仄仄平平）
眄鼓凝驕躞蹀，聽歌弄影徘徊。（聖代升平樂）
（仄仄平平仄仄，平平仄仄平平）

天鹿遙征衛叔，日龍上借羲和。
（平仄平平仄仄，仄平仄仄平平）
將共兩驂爭舞，來隨八駿齊歌。（聖代升平樂）
（平仄仄平平仄，平平仄仄平平）

彩旄八佾成行，時龍五色因方。
（仄平仄仄平平，平平仄仄平平）
屈膝銜杯赴節，傾心獻壽無疆。（四海和平樂）
（仄仄平平仄仄，平平仄仄平平）

帝皂龍駒沛艾，星蘭驥子權奇。
（仄仄平平仄仄，平平仄仄平平）
騰倚驤洋應節，繁驕接迹不移。（四海和平樂）
（平仄平平仄仄，平平仄仄仄平）

二聖先天合德，群靈率土可封。
（仄仄平平仄仄，平平仄仄仄平）

擊石驂驔紫燕,搣金顧步蒼龍。(四海和平樂)

(仄仄仄平仄仄,平平仄仄平平)

聖君出震應籙,神馬浮河獻圖。

(仄平仄仄平仄,平仄平平仄平)

足踏天庭鼓舞,心將帝樂躊躕。(四海和平樂)

(仄仄平平仄仄,平平仄仄平平)

回 波 樂
沈佺期

回波爾時佺期,流向嶺外生歸。

(平平仄平平平,平仄仄仄平平)

身名已蒙齒録,袍笏未復牙緋。

(平平仄平仄仄,平仄仄仄平平)

回 波 樂
李景伯

回波爾時酒卮,微臣職在箴規。

(平平仄平仄平,平平仄仄平平)

侍宴既過三爵,喧嘩竊恐非儀。

(仄仄仄平平仄,平平仄仄平平)

回 波 樂
裴 談

回波爾時栲栳,怕婦也是大好。

（平平仄平仄仄，仄仄仄仄仄仄）

外邊只有裴談，內裏無過李老。

（仄平仄仄平平，仄仄平平仄仄）

  這 11 首詩共有 26 聯 52 句。這 26 聯詩歌中，單句雙字大部分依"平-仄-平"或"仄-平-仄"排列，符合律句要求。其中有"照日明光鐵衣"（仄-平-平）、"鼓噪燕山可飛"（仄-平-平）、"共許驍雄出群"（仄-平-平）、"五餌單于解紛"（仄-平-平）、"神馬浮河獻圖"（仄-平-平）、"回波爾時酒卮"（平-平-平）、"回波爾時栲栳"（平-平-仄）、"怕婦也是大好"（仄-仄-仄）、"回波爾時佺期（平-平-平）"、"流向嶺外生歸（仄-仄-平）"、"身名已蒙齒錄（平-平-仄）"、"袍笏未復牙緋（仄-仄-平）"這些詩句不合格律，總共 12 句，佔全部 52 句詩的 23％，比例不算低。

  一聯之內的兩小句基本上能做到平仄相對，只有 4 聯失對，佔全部的 15％。不合者如："彩旄八佾成行，時龍五色因方"，其平仄格式爲仄平仄仄平平，平平仄仄平平，上下句第二字、第四字和第六字聲調相同，不合格律要求。

  而 26 聯中，相"黏"的只有 5 聯，例如"漢兵出頓金微，照日明光鐵衣。百里火幡焰焰，千行雲騎騑騑"。首聯對句第二字"日"和下聯出句第二字"里"均爲仄聲，是爲"黏"，符合格律要求。但可惜的是，該詩的"照日明光鐵衣"一句，第四字"光"與第六字"衣"均爲平聲字，不合格律要求，所以還不能算是嚴格的格律詩。

  可以看出，這些六言詩講究平仄相對，而在上下聯相黏成篇上，還沒有達到律詩的要求。另外從上文所引的詩歌中也可以看出,六言詩多是樂曲之詞,完全入律者寥寥無幾。

（5）七言。七言詩歌起源較晚,雖然柏梁體已經在西漢時期出現,可是從柏梁體到魏文帝的《燕歌行》都是句句押韻。只有到了鮑照的《擬行路難》,纔有了隔句押韻的七言詩,所以唐代七言詩常體的開端是在南北朝,約公元五世紀。其原因正如王力先生説的:"唐宋七言古詩的格律又多從近體七言詩演變而來。"①初唐時期,七言古體詩只有兩首,郭震《古劍篇》、謝偃《樂府新歌應教》。

古 劍 篇

郭　震

君不見,

（平仄仄）

昆吾鐵冶飛炎煙,紅光紫氣俱赫然。

（平平仄仄平平平,平平仄仄仄仄平：出句三平,對句第四、六字未異聲）

良工鍛煉凡幾年,鑄得寶劍名龍泉。

（平平仄仄平仄平,仄仄仄仄平平平：出句四、六字未異聲,對句三平且二、四字未異聲）

龍泉顏色如霜雪,良工諮嗟歎奇絶。

（平平平仄平平仄,平平平平仄仄仄：對句第二、第四字未異聲）

琉璃玉匣吐蓮花,錯鏤金環映明月。

（平平仄仄仄平平,仄仄平平仄平仄：對句第四、第六字未異聲）

---

①　王力:《漢語詩律學》,上海教育出版社,2002 年增訂本,第 317 頁。

正逢天下無風塵，幸得周防君子身。

（仄平平仄平平平，仄仄平平平仄平：出句三平）

精光黯黯青蛇色，文章片片綠龜鱗。

（平平仄仄平平仄，平平仄仄仄平平：單句合律，但兩句二四六字不對）

非直結交遊俠子，亦曾親近英雄人。

（平仄仄平平仄仄，仄平平仄平平平：對句三平）

何言中路遭棄捐，零落漂淪古獄邊。

（平平平仄平仄平，平仄平平仄仄平：出句四、六字未異聲）

雖復塵埋無所用，猶能夜夜氣沖天。

（平仄平平平仄仄，平平仄仄仄平平：合律）

可以看出，全詩僅最後一聯符合格律，其他均不入律，該詩是典型的古風，而非律詩。

樂府新歌應教

謝　偃

青樓綺閣已含春，凝妝艷粉復如神。

（平平仄仄仄平平，平平仄仄仄平平：單句合律，兩句失對）

細細輕裙全漏影，離離薄扇詎障塵。

（仄仄平平平仄仄，平平仄仄仄平平：合律）

樽中酒色恒宜滿，曲裏歌聲不厭新。

（平平仄仄平平仄，仄仄平平仄仄平：合律）

紫燕欲飛先繞棟，黃鶯始哢即嬌人。

（仄仄仄平平仄仄，平平仄仄仄平平：合律）

撩亂垂絲昏柳陌，參差濃葉暗桑津。

（仄仄平平平仄仄，平平平仄仄平平：合律）

上客莫畏斜光晚，自有西園明月輪。

（仄仄仄仄平平仄，仄仄平平平仄平：出句二、四字未異聲，兩句第二字失對）

謝偃的這首《樂府新歌應教》共六聯，其中四聯合律，兩聯或失對，或二四字未用相異平仄，但有一半詩聯失黏，所以也應該歸入古風一類，而非律詩。

2. 雜言詩

（1）三五雜言。三五雜言比較罕見，主要是五言中雜三言句子。初唐詩中只有兩首。雖雜言詩從字數上可以直接歸入非律體詩歌，但同樣也可從平仄格律上加以判斷和確認。例如：

春桂問答二首

王　績

問春桂，桃李正芬華。

（仄平仄，平仄仄平平：出句字數不合近體詩要求，對句合律）

年光隨處滿，何事獨無花。

（平平平仄仄，平平仄仄平平：出句孤仄，對句合律）

春桂答，春華詎能久。

（平仄仄，平平仄平仄：出句字數不合近體詩要求，對句二四字未異聲）

風霜搖落時，獨秀君知不。

（平平平仄平，仄仄平平仄：出句孤仄，對句合律）

王績的《春桂問答二首》除去每闋首句字數不合律詩要求外，其他句存在孤仄、二四字未異聲的問題，是典型的古體詩。

　　（2）五七雜言。五七雜言比較常見，宋之問的《初宿淮口》和駱賓王的《疇昔篇》分別代表了兩種形式。前者是先五言後七言，後者五言七言錯綜使用。其詩及平仄格律如下：

初宿淮口
宋之問

孤舟汴河水，去國情無已。

（平平仄平仄，仄仄平平仄：出句二四字未異聲，對句合律，兩句第四字失對）

晚泊投楚鄉，明月清淮裏。

（仄仄平仄平，平仄平平仄：出句二四字未異聲，對句合律，兩句第二字失對）

汴河東瀉路窮茲，洛陽西顧日增悲。

（仄平平仄仄平平，仄平平仄仄平平：兩句失對）

夜聞楚歌思欲斷，況值淮南木落時。

（仄平仄平平仄仄，仄仄平平仄平平：出句二四字未異聲，對句合律）

該詩共四聯，前兩聯爲五言，均不合律，後兩聯爲七言，亦不合律。

疇昔篇（平仄格律分析從略）

駱賓王

少年重英俠，弱歲賤衣冠。

既托寰中賞，方承膝下歡。

遨遊灞水曲，風月洛城端。

且知無玉饌，誰肯逐金丸。

金丸玉饌盛繁華，自言輕侮季倫家。

五霸爭馳千里馬，三條競騖七香車。

掩映飛軒乘落照，參差步障引朝霞。

池中舊水如懸鏡，屋裏新妝不讓花。

意氣風雲倏如昨，歲月春秋屢回薄。

上苑頻經柳絮飛，中園幾見梅花落。

當時門客今何在，疇昔交朋已疏索。

莫教憔悴損容儀，會得高秋雲霧廓。

淹留坐帝鄉，無事積炎涼。

一朝披短褐，六載奉長廊。

賦文慚昔馬，執戟嘆前揚。

揮戈出武帳，荷筆入文昌。

文昌隱隱皇城裏，由來奕奕多才子。

潘陸詞鋒駱驛飛，張曹翰苑縱橫起。

卿相未曾識，王侯寧見擬。

垂釣甘成白首翁，負薪何處逢知己。

判將運命賦窮通，從來奇舛任西東。

不應永弃同芻狗，且復飄飄類轉蓬。

容鬢年年異，春華歲歲同。

榮親未盡禮，徇主欲申功。

脂車秣馬辭鄉國，縈紆西南使邛僰。

玉壘銅梁不易攀，地角天涯眇難測。

鶯囀蟬吟有悲望，鴻來雁度無音息。

陽關積霧萬里昏，劍閣連山千種色。

蜀路何悠悠，岷峰阻且修。

回腸隨九折，迸淚連雙流。

寒光千里暮，露氣二江秋。

長途看束馬，平水且沈牛。

華陽舊地標神制，石鏡蛾眉真秀麗。

諸葛才雄已號龍，公孫躍馬輕稱帝。

五丁卓犖多奇力，四士英靈富文藝。

雲氣橫開八陣形，橋形遙分七星勢。

川平煙霧開，遊戲錦城隈。

墉高龜望出，水淨雁文回。

尋姝入酒肆，訪客上琴臺。

不識金貂重，偏惜玉山頹。

他鄉冉冉消年月，帝裏沈沈限城闕。

不見猿聲助客啼，唯聞旅思將花發。

我家迢遞關山裏，關山迢遞不可越。

故園梅柳尚餘春，來時勿使芳菲歇。

解鞍欲言歸，執袂愴多違。

北梁俱握手，南浦共沾衣。

別情傷去蓋，離念惜徂輝。

知音何所托，木落雁南飛。

回來望平陸，春來酒應熟。

相將菌閣臥青溪，且用藤杯泛黃菊。

十年不調爲貧賤，百日屢遷隨倚伏。

只爲須求負郭田，使我再干州縣祿。

百年鬱鬱少騰遷，萬里遙遙入鏡川。

浹江拂潮衝白日，淮海長波接遠天。

叢竹凝朝露，孤山起暝煙。

賴有邊城月，常伴客旌懸。

東南美箭稱吳會，名都隱軫三江外。

塗山執玉應昌期，曲水開襟重文會。

仙鏑流音鳴鶴嶺，寶劍分輝落蛟瀨。

未看白馬對蘆芻，且覺浮雲似車蓋。

江南節序多，文酒屢經過。

共踏春江曲，俱唱採菱歌。

舟移疑入鏡，棹舉若乘波。

風光無限極，歸楫礙池荷。

眺聽煙霞正流眄，即從王事歸艫轉。

芝田花月屢裴回，金谷佳期重遊衍。

登高北望嗟梁叟，憑軾西征想潘掾。

峰開華岳聳疑蓮，水激龍門急如箭。

人事謝光陰，俄遭霜露侵。

偷存七尺影，分没九泉深。

窮途行泣玉，憤路未藏金。

茹茶空有嘆，懷橘獨傷心。

年來歲去成銷鑠，懷抱心期漸寥落。

挂冠裂冕已辭榮，南畝東皋事耕鑿。

賓階客院常疏散，蓬徑柴扉終寂寞。

自有林泉堪隱棲，何必山中事丘壑。

我住青門外，家臨素滻濱。

遙瞻丹鳳闕，斜望黑龍津。

荒衢通獵騎，窮巷抵樵輪。

時有桃源客，來訪竹林人。

昨夜琴聲奏悲調，旭旦含顰不成笑。

果乘驄馬發囂書，復道郎官禀綸誥。

冶長非罪曾縲絏，長孺然灰也經溺。

高門有閱不圖封，峻筆無聞斂敷妙。

適離京兆謗，還從御史彈。

炎威資夏景，平曲況秋翰。

畫地終難入，書空自不安。

吹毛未可待，搖尾且求餐。

丈夫坎壈多愁疾，契闊迍邅盡今日。

慎罰寧憑兩造辭，嚴科直挂三章律。

鄒衍銜悲繫燕獄，李斯抱怨拘秦桎。

不應白髮頓成絲，直爲黃沙暗如漆。

紫禁終難叫，朱門不易排。

驚魂聞葉落，危魄逐輪埋。

霜威遙有厲，雪枉遂無階。

含冤欲誰道，飲氣獨居懷。

忽聞驛使發關東，傳道天波萬里通。

涸鱗去轍還游海，幽禽釋網便翔空。

舜澤堯曦方有極，讒言巧佞儻無窮。

誰能局迹依三輔，會就商山訪四翁。

在五七雜言這一類型中，五言雜七言較少，初唐詩中只有一首，即虞世南《門有車馬客》；七言雜五言較多，初唐詩中共有四首，即王績《北山》、宋之問《放白鷴篇》、宋之問《桂州三月三日》、喬知之《贏駿篇》。

門有車馬客
虞世南

陳遵重交結，田蚡擅豪華。

（平平仄平仄，平平仄平平：出句及對句二四字均未異聲，兩句失對）

曲臺臨上路，高軒抵狹斜。

（平仄平仄仄，平平仄仄平：出句二四字未異聲，兩句第四字失對）

赭汗千金馬，繡軸五香車。

（仄仄平平仄，仄仄仄平平：兩句失對）

白鶴隨飛蓋，朱鷺入鳴笳。

（仄仄平飛仄，平仄仄平平：兩句失對）

夏蓮開劍水，春桃發綬花。

（仄平平仄仄，平平仄仄平：兩句失對）

高談辯飛兔，離藻握靈蛇。

（平平仄平仄，平仄仄平平：出句二四字未異聲）

逢恩出毛羽，失路委泥沙。

（平平仄平仄，仄仄仄平平：出句二四字未異聲）

　　　　暧暧風煙晚，路長歸騎遠。

（仄仄平平仄，仄平平仄仄：合律）

　　　　日斜青瑣第，塵飛金谷苑。

（仄平平仄仄，平平平仄仄：兩句失對）

　　　　　危弦促柱奏巴渝，遺簪墮珥解羅襦。

（平平仄仄仄平平，平平仄仄仄平平：兩句失對）

　　　　如何守直道，翻使谷名愚。

（平平仄仄仄，平仄仄平平：合律）

虞世南《門有車馬客》這首詩共十一聯，五言十聯，七言一聯。其中十一聯五言合律者僅兩聯，其餘均存在二四字未異聲，或兩句失對的情況。七言聯，兩句的平仄格律完全相同，不符合近體詩上下兩句二、四、六字平仄對立的原則。該詩是明顯的古體詩，不屬於律詩。

北　山

王　績

　　　　舊知山裏絕氛埃，登高日暮心悠哉。

（仄平平仄仄平平，平平仄仄平平平：對句三平，兩句失對）

　　　　子平一去何時返，仲叔長遊遂不來。

（仄平仄仄平平仄，仄仄平平平仄平：合律）

　　　　幽蘭獨夜清琴曲，桂樹凌雲濁酒杯。

（平平仄仄平平仄，仄仄平平仄仄平：合律）

　　　　槁項同枯木，丹心等死灰。

（仄仄平平仄，平平仄仄平：合律）

王績的《北山》共四聯，七言三聯，一聯五言。三聯七言中，兩聯合律，但失黏。五言一聯合律。總體來説，該詩不能歸入律詩，算是古體詩。

放白鷴篇

宋之問

故人贈我綠綺琴，兼致白鷴鳥。

（仄平仄仄仄仄平，平仄仄平平：出句四六字未異聲）

琴是嶧山桐，鳥出吳溪中。

（平仄仄平平，仄仄平平平：對句三平，兩句失對）

我心松石清霞裏，弄此幽弦不能已。

（仄平平仄平平仄，仄仄平平仄平仄：對句四六字未異聲，兩句失對）

我心河海白雲垂，憐此珍禽空自知。

（仄平平仄仄平平，平仄平平平仄平：合律）

著書晚下麒麟閣，幼稚驕癡候門樂。

（仄平仄仄平平仄，仄仄平平平平仄：對句四六字未異聲，兩句失對）

乃言物性不可違，白鷴愁慕刷毛衣。

（仄平仄仄仄仄平，仄平平仄平平平：出句四六字未異聲，對句三平，兩句失對）

玉徽閉匣留爲念，六翮開籠任爾飛。

（仄平仄仄平平仄，仄仄平平仄仄平：合律）

宋之問的這首《放白鷳篇》是典型的以七言爲主，間雜五言的雜體詩。全詩共七聯，十四句。其中七言十一句，五言三句。全詩七聯中，兩聯合律，其他均不合近體詩格律，是故該詩爲古體詩，而非近體。

桂州三月三日（平仄格律分析從略）

宋之問

代業京華裏，遠投魑魅鄉。

登高望不極，雲海四茫茫。

伊昔承休盼，曾爲人所羨。

兩朝賜顏色，二紀陪歡宴。

昆明御宿侍龍媒，伊闕天泉復幾回。

西夏黃河水心劍，東周清洛羽觴杯。

苑中落花掃還合，河畔垂楊撥不開。

千春萬壽多行樂，柏梁和歌攀睿作。

賜金分帛奉恩輝，風舉雲搖入紫微。

晨趨北闕鳴珂至，夜出南宮把燭歸。

載筆儒林多歲月，襆被文昌佐吳越。

越中山海高且深，興來無處不登臨。

永和九年刺海郡，暮春三月醉山陰。

愚謂嬉遊長似昔，不言流寓欻成今。

始安繁華舊風俗，帳飲傾城沸江曲。

主人絲管清且悲，客子肝腸斷還續。

荔浦蘅皋萬里餘，洛陽音信絕能疏。

故園今日應愁思，曲水何能更被除。

逐伴誰憐合浦葉,思歸豈食桂江魚。

不求漢使金囊贈,願得佳人錦字書。

羸駿篇(平仄格律分析從略)

喬知之

噴玉長鳴西北來,自言當代是龍媒。

萬里鐵關行入貢,九重金閨爲君開。

踥躞朝馳過上苑,逶遲暝走發章臺。

玉勒金鞍荷裝飾,路傍觀者無窮極。

小山桂樹比權奇,上林桃花況顏色。

忽聞天將出龍沙,漢主持將駕鼓車。

去去山川勞日夜,遙遙關塞斷煙霞。

山川關塞十年征,汗血流離赴月營。

肌膚銷遠道,膂力盡長城。

長城日夕苦風霜,中有連年百戰場。

搖珂嚙勒金羈盡,爭鋒足頓鐵菱傷。

垂耳罷輕齎,棄置在寒溪。

大宛蒲海北,滇壑雋崖西。

沙平留緩步,路遠暗頻嘶。

從來力盡君須棄,何必尋途我已迷。

歲歲年年奔遠道,朝朝暮暮催疲老。

扣冰晨飲黃河源,拂雪夜食天山草。

楚水澶溪征戰事,吳塞烏江辛苦地。

持來報主不辭勞,宿昔立功非重利。

丹心素節本無求,長鳴向君君不留。

只應澶漫歸田裏，萬里低昂任生死。

君王倘若不見遺，白骨黃金猶可市。

（3）三七雜言：三七雜言以七言爲主，雜以三言。例如：

新曲二首

長孫無忌

儂阿家住朝歌下，早傳名。

（平平平仄平平仄，仄平平：對句字數不合近體詩要求）

結伴來遊淇水上，舊長情。

（仄仄平平平仄仄，仄平平：對句字數不合近體詩要求）

玉佩金鈿隨步遠，雲羅霧縠逐風輕。

（仄仄平平平仄仄，平平仄仄仄平平：合律）

轉目機心懸自許，何須更待聽琴聲。

（仄仄平平平仄仄，平平仄仄平平平：對句三平）

回雪凌波遊洛浦，遇陳王。

（平仄平平平仄仄，仄平平：出句合律，對句字數不合近體詩要求）

婉約娉婷工語笑，侍蘭房。

（仄仄平平平仄仄，仄平平：出句合律，對句字數不合近體詩要求）

芙蓉綺帳還開掩，翡翠珠被爛齊光。

（平平仄仄平平仄，仄仄平平仄仄平：合律。被通披。）

長願今宵奉顏色，不愛吹簫逐鳳凰。

（平仄平平仄平仄，仄仄平平仄仄平：出句第四、六字未異聲，兩句失對）

長孫無忌《新曲二首》凡八聯,十六句。其中七言十二句,三言四句,是典型的七言爲主、間雜三言的雜體詩歌。在這十六句中,雖有十句合律,但綜合考慮其字數間雜,及有三平、二四字未異聲等情況,所以該詩仍算作古體詩,不是律詩。

(4)三五七雜言。三五七雜言以七言爲主,雜以五言和三言。王力先生解釋説:"自有五言詩以後,奇數字的句子大約被人認爲更適合於詩的節奏,所以七言之中往往雜以五言和三言,而不大雜以六言和四言。"①

在初唐詩中,三五七雜言共有四首,分別是宋之問《王子喬》、崔湜《大漠行》、辛常伯《軍中行路難》和駱賓王《帝京篇》。詩例及格律分析如下:

王 子 喬
宋之問

王子喬,愛神仙,七月七日上賓天。

(平仄平,仄平平,仄仄仄仄仄平平:前兩句平仄相對,第三句二四字未異聲)

白虎搖瑟鳳吹笙,乘騎雲氣吸日精。

(仄仄平仄仄平平,平平平仄仄仄平:出句二四字未異聲,對句四六字未異聲)

吸日精,長不歸,遺廟今在而人非。

(仄仄平,平仄平,平仄平仄平平平:前兩句平仄相對,第三句三平)

------

① 王力:《漢語詩律學》,上海教育出版社,2002 年增訂本,第 321 頁。

空望山頭草,草露濕人衣。

(平仄平平仄,仄仄仄平平:兩句失對)

從宋之問的《王子喬》這首詩來看,共四聯十句,其中三言四句,五言兩句,七言四句。其中每兩句三言詩構成一個小型"句群",其內部格律相對,與接下來的七言句構成形式上的一聯。從格律上看,五言及七言詩句中,幾乎每句都不合近體詩格律,或存在三平調,或二四字未異聲等。

大漠行(平仄格律分析從略)

崔　湜

單于犯薊壖,驃騎略蕭邊。

南山木葉飛下地,北海蓬根亂上天。

科斗連營太原道,魚麗合陣武威川。

三軍遙倚仗,萬里相馳逐。

旌斾悠悠靜瀚源,鼙鼓喧喧動盧谷。

窮僥上幽陵,吁嗟倦寢興。

馬蹄凍溜石,胡毳暖生冰。

雲沙泱漭天光閉,河塞陰沈海色凝。

崆峒異國誰能托,蕭索邊心常不樂。

近見行人畏白龍,遙聞公主愁黃鶴。

陽春半,岐路間,瑤臺苑,玉門關。

百花芳樹紅將歇,二月蘭皋綠未還。

陣雲不散魚龍水,雨雪猶飛鴻雁山。

山嶂連綿不可極,路遠辛勤夢顏色。

北堂萱草不寄來,東園桃李長相憶。

漢將紛紜攻戰盈,胡寇蕭條幽朔清。

韓君拜節偏知遠,鄭吉驅旌坐見迎。

火絕煙沈右西極,谷靜山空左北平。

但使將軍能百戰,不須天子築長城。

軍中行路難(平仄格律分析从略)

辛常伯

君不見封狐雄虺自成群,憑深負固結妖氛。

玉璽分兵征惡少,金壇授律動將軍。

將軍擁麾宣廟略,戰士橫戈靜夷落。

長驅一息背銅梁,直指三危登劍閣。

閣道岩嶢起戍樓,劍門遙裔俯靈丘。

邛關九折無平路,江水雙源有急流。

征役無期返,他鄉歲華晚。

杳杳丘陵出,蒼蒼林薄遠。

途危紫蓋峰,路澀青泥阪。

去去指哀牢,行行入不毛。

絕壁千里險,連山四望高。

中外分區宇,夷夏殊風土。

交趾枕南荒,昆彌臨北戶。

川原饒毒霧,溪谷多霾雨。

行潦四時流,崩查千歲古。

漂梗飛蓬不暫安,捫蘿引葛陟危巒。

昔時聞道從軍樂,今日方知行路難。

滄江綠水東流駛,炎州丹徼南中地。

南中南斗映星河,秦關秦塞阻煙波。

三春邊地風光少,五月瀘川瘴癘多。

朝驅疲斥候,夕息倦樵歌。

向月彎繁弱,連星轉太阿。

重義輕生懷一顧,東伐西征凡幾度。

夜夜朝朝斑鬢新,年年歲歲戎衣故。

瀟城隔,滇池水,天涯望轉積,地際行無已。

徒覺炎涼節物非,不知關山千萬里。

弃置勿重陳,重陳多苦辛。

且悅清笳梅柳曲,詎憶芳園桃李人。

絳節紅旗分日羽,丹心白刃酬明主。

但令一被君王知,誰憚三邊征戰苦。

行路難,岐路幾千端。

無復歸雲憑短翰,空餘望日想長安。

帝京篇(平仄格律分析从略)
駱賓王

山河千里國,城闕九重門。

不睹皇居壯,安知天子尊。

皇居帝裏崤函谷,鶉野龍山侯甸服。

五緯連影集星躔,八水分流橫地軸。

秦塞重關一百二,漢家離宮三十六。

桂殿陰岑對玉樓,椒房窈窕連金屋。

三條九陌麗城隈,萬戶千門平旦開。

復道斜通鵁鶄觀，交衢直指鳳凰臺。

劍履南宮入，簪纓北闕來。

聲名冠寰宇，文物象昭回。

鈎陳肅蘭戺，璧沼浮槐市。

銅羽應風回，金莖承露起。

校文天祿閣，習戰昆明水。

朱邸抗平臺，黃扉通戚里。

平臺戚里帶崇墉，炊金饌玉待鳴鐘。

小堂綺帳三千戶，大道青樓十二重。

寶蓋雕鞍金絡馬，蘭窗綉柱玉盤龍。

綉柱璇題粉壁映，鏘金鳴玉王侯盛。

王侯貴人多近臣，朝遊北里暮南鄰。

陸賈分金將宴喜，陳遵投轄正留賓。

趙李經過密，蕭朱交結親。

丹鳳朱城白日暮，青牛紺幰紅塵度。

俠客珠彈垂楊道，倡婦銀鈎採桑路。

倡家桃李自芳菲，京華遊俠盛輕肥。

延年女弟雙鳳入，羅敷使君千騎歸。

同心結縷帶，連理織成衣。

春朝桂尊尊百味，秋夜蘭燈燈九微。

翠幌珠簾不獨映，清歌寶瑟自相依。

且論三萬六千是，寧知四十九年非。

古來榮利若浮雲，人生倚伏信難分。

始見田竇相移奪，俄聞衛霍有功勳。

未厭金陵氣，先開石椁文。

朱門無復張公子,灞亭誰畏李將軍。

相顧百齡皆有待,居然萬化咸應改。

桂枝芳氣已銷亡,柏梁高宴今何在。

春去春來苦自馳,爭名爭利徒爾爲。

久留郎署終難遇,空掃相門誰見知。

當時一旦擅豪華,自言千載長驕奢。

倏忽摶風生羽翼,須臾失浪委泥沙。

黃雀徒巢桂,青門遂種瓜。

黃金銷鑠素絲變,一貴一賤交情見。

紅顏宿昔白頭新,脫粟布衣輕故人。

故人有湮淪,新知無意氣。

灰死韓安國,羅傷翟廷尉。

已矣哉,歸去來。

馬卿辭蜀多文藻,揚雄仕漢乏良媒。

三冬自矜誠足用,十年不調幾遭回。

汲黯薪逾積,孫弘閣未開。

誰惜長沙傅,獨負洛陽才。

(5) 五七九雜言。五七九雜言非常罕見,前人沒有提到。初唐詩中只有一首,現列舉詩作並分析平仄格律如下:

高山引

宋之問

攀雲窈窕兮上躋懸峰,長路浩浩兮此去何從。

(平平仄仄平仄仄平平,平仄仄仄平仄仄平平:出句四六字未異

聲,對句二四字未異聲)

　　　　水一曲兮腸一曲,山一重兮悲一重。

(仄仄仄平平仄仄,平仄平平平仄平:兩句失對)

　　　　松檟邈已遠,友於何日逢。

(平仄仄仄仄,仄平平仄平:出句第二、四字未異聲)

　　　　況滿室兮童稚,攢衆慮於心胸。

(仄仄仄平平仄,仄仄仄平平平:六言句)

　　　　天高難訴兮遠負明德,卻望咸京兮揮涕龍鍾。

(平平平仄平仄仄平仄,仄仄平平平平仄平平:出句及對句四六字均未異聲)

宋之問的《高山引》共五聯十句,其中五言兩句,七言四句,九言四句,整體呈對稱結構,既九言聯-七言聯-五言聯-七言聯-九言聯,可以看出是作者有意爲之。然分析其平仄格律,發現其九言句的第五字及七言句的第四字都作"兮"字,"兮"通常作感歎詞用,這樣就將原九言句和七言句內部變成了一種前後對稱的結構。這種句內加"兮"字的形式實有所本,在《史記》中就記載荆軻歌詠"風蕭蕭兮易水寒,壯士一去兮不復還";《漢書》中亦有項羽之歌"力拔山兮氣蓋世,時不利兮騅不逝。騅不逝兮奈若何?虞兮虞兮奈若何?"劉邦亦歌曰"大風起兮雲飛揚,威加海内兮歸故鄉,安得猛士兮守四方?"在宋之問的《高山引》中,九言句如"攀雲窈窕'兮'上躋懸峰",以"兮"間隔,前後成了兩個四字短語,在形式上對稱。七言句如"水一曲'兮'腸一曲",以"兮"爲中間間隔,前後各有一個三字短語,形成對稱。這種句內前後對稱結構,容易在格律上平仄一致,而就無法遵守平仄相對的原則了，如"卻望咸京兮揮涕龍鍾"一句中的"卻望咸京"是仄仄平平，"揮涕龍鍾"是平仄平平，二短語的第二字"望"和"涕"都是仄聲，而第四字"京"和"鍾"都是平聲，平仄一致，從形式上有種對稱的結構，但從格律上違背了聲調相異的原則。

（6）三五六七九十雜言。三五六七九十雜言非常罕見，前人亦未提到。初唐詩中只有一例。

春臺引（平仄格律分析從略）

陳子昂

感陽春兮生碧草之油油。

懷宇宙以傷遠，登高臺而寫憂。

遲美人兮不見，恐青歲之遂遒。

從畢公以酣飲，寄林塘而一留。

採芳蓀於北渚，憶桂樹於南州。

何雲木之美麗，而池館之崇幽。

星臺秀士，月旦諸子。

嘉青鳥之辰，迎火龍之始。

挾寶書與瑤瑟，芳蕙華而蘭靡。

乃掩白蘋，藉綠芷。

酒既醉，樂未已。

擊青鐘，歌淥水。

怨青春之萎絕，贈瑤臺之綺旎。

願一見而道意，結衆芳之綢繆。

曷餘情之蕩漾，矚青雲以增愁。

悵三山之飛鶴,憶海上之白鷗。

重曰群仙去兮青春頹,歲華歇兮黃鳥哀。

富貴榮樂幾時兮,朱宮碧堂生青苔,白雲兮歸來。

(7) 五六雜言。五六雜言非常罕見,初唐詩中只有一例,這一例大名鼎鼎,乃千古傳頌之名篇。

登幽州臺歌
陳子昂

前不見古人,後不見來者。

(平仄仄仄平,仄仄仄平仄:出句二四字未異聲,對句孤平)

念天地之悠悠,獨愴然而涕下。

(仄平仄平平平,仄仄平平仄仄:出句三平)

雖然五言和六言均可入律,但陳子昂這首《登幽州臺歌》的五言聯和六言聯均不合律,故全詩爲古體詩,而非律詩。

(8) 二四五六七十雜言。二四五六七十雜言,非常罕見,前人沒有提到。初唐詩中只有一例。

嵩山天門歌(平仄格律分析從略)
宋之問

登天門兮坐磐石之嶙峋,前溰溰兮未半,下漠漠兮無垠。

紛窈窕兮岩倚披以鵬翅,洞膠葛兮峰棱層以龍鱗。

松移岫轉,左變而右易。

風生雲起，出鬼而入神。

吾亦不知其靈怪如此，願遊杳冥兮見羽人。

重曰，天門兮穹崇，回合兮攢叢，松蘿接兮柱日，石千尋兮倚空。

晚陰兮足風，夕陽兮妵紅。

試一望兮奪魄，況眾妙之無窮。

（9）四五七雜言。四五七雜言，非常罕見，前人沒有提到。初唐詩中只有一例。

喜馬參軍相遇醉歌
陳子昂

獨幽默以三月兮，深林潛居。

（仄平仄仄平仄平，平平平平：出句四六字未異聲，對句四平）

時歲忽兮，孤憤遏吟。

（平仄仄平，平仄平平：字數不合近體詩要求）

誰知我心？

（平平仄平：字數不合近體詩要求）

孺子孺子，其可與理分。

（仄仄仄仄，平仄仄仄平：出句字數不合近體詩要求，對句二四字未異聲）

陳子昂這首《喜馬參軍相遇醉歌》四言、五言、七言間雜，除了四言不合近體詩字數要求之外，其他的五言句和七言句，均不合平仄格律要求。這首是典型的古體詩，非律詩。

　　(10) 六七八雜言。六七八雜言,非常罕見,前人没有提到。
初唐詩中只有一例,詩例及平仄分析如下:

彩 樹 歌
陳子昂

　　嘉錦筵之珍樹兮,錯衆彩之氛氳。

(平仄平平平仄平,仄仄仄平平平:對句三平)

　　狀瑶臺之微月,點巫山之朝雲。

(仄平平平平仄,仄平平平平平:出句二四字未異聲,對句五平)

　　青春兮不可逢,況蕙色之增芬。

(平平平仄仄平,仄仄仄平平平:對句三仄、三平)

　　結芳意而誰賞,怨絶世之無聞。

(仄平仄平平仄,仄仄仄平平平:出句二四字未異聲,對句三仄、
三平)

　　紅榮碧艷坐看歌,素華流年不待君。

(平平仄仄仄仄仄,仄平平平仄仄平:出句五仄,對句二四字未
異聲)

　　故吾思昆侖之琪樹,厭桃李之繽紛。

(仄平平平平平平仄,仄平仄平平平:出句字數不合律詩要求,
對句三平)

　　陳子昂的這首《彩樹歌》共六聯,十二句。其中六言九句,七言
兩句,八言一句。全詩除了八言不合近體詩字數要求之外,其
他的句子均有三平、二四字未異聲等情況。該詩爲古體詩,非
律詩。

（11）六九雜言。六九雜言，非常罕見，前人没有提到。初唐詩中只有一例，詩例及平仄分析如下：

山水粉圖

陳子昂

山圖之白雲兮，若巫山之高丘。

（平平平仄平平，仄平平平平平：對句五平）

紛群翠之鴻溶，又似蓬瀛海水之周流。

（平平仄之平平，仄仄平平仄仄平平平：出句三平，對句三平）

信夫人之好道，愛雲山以幽求。

（仄平平平仄仄，仄平平仄平平：出句二四字未異聲）

陳子昂的《山水粉圖》共三聯六句，其中五句爲六言，一句爲九言。該詩句存在三平、五平、二四字未異聲等情況，不屬於律詩，是典型的古體詩。

第（6）—（11）的詩例不符合雜言詩以奇數字成句的一般原則，這些詩例多來自陳子昂詩，可以看作是其提倡詩歌復古的結果。自宋元時代開始，學者對陳子昂的復古評價頗高，例如方回（1227—1305）《瀛奎律髓彙評》（上海古籍出版社，1986 年）評價説：“陳子昂《感遇》古詩三十八首，極爲朱文公所稱。天下皆知其能爲古詩，一掃南北綺靡。”清人馮班（1602—1671）《鈍吟雜録》（中華書局，《叢書集成初編》，1985 年）極力推崇陳子昂復古之功，馮氏云：“陳子昂上效阮公感興之文，千古絶唱，格調不用沈、宋新法，謂之古詩。唐人自此詩有古、律二體。”沈德潛（1673—1769）《重訂唐詩別裁集·凡例》（河北人民出版社，

1997 年):"五言古體,發源於西京,流衍於魏晉,頹靡於梁陳,至唐顯慶、龍朔間,不振極矣。陳伯玉力掃俳優,直追曩哲,讀《感遇》等章,何啻在黄初間也。"清人施補華(1835—1890)曰:"唐初五言古,猶沿六朝綺靡之習。唯陳子昂、張九齡直接漢魏,骨峻神竦、思深力遒,復古之功大矣。"(見《施補華集》,浙江古籍出版社,2018 年)不過陳子昂的詩作並非全部不入律,也有部分是入律的,這一點古人也注意到了。明代許學夷(1563—1633)在《詩源辯體》(人民文學出版社,1987 年)中指出:"蓋子昂《感遇》雖僅復古,然終是唐人之詩,非漢魏古詩也。且其詩雜用律句,平韻者猶忌上尾,至如《鴛鴦篇》《修竹篇》等,亦皆古、律混淆,自是六朝餘弊,正猶叔孫通之興禮樂耳。"從上述的印證中,不難看出陳子昂詩歌格律的特點,即就是因提倡復古而不依近體詩格律,然又因其已在格律詩興起之時,有的句子已成律句,故而古、律相雜,長、短之句並存。

第二,古體詩的句數不定(含柏梁體)

部分古體詩除了和律詩一樣八句之外,還有不少古體詩在句數上沒有嚴格的限制。

有的少於八句。例如李世民、長孫無忌、房玄齡等五人作於貞觀五年(632)的《兩儀殿賦柏梁體》:

絶域降附天下平。

八表無事悦聖情。

雲披霧斂天地明。

登封日觀禪雲亭。

太常具禮方告成。

這首詩因五人聯句，每人一句，全詩總共五句，每句韻尾字"平""情""明""亭""成"皆入韻。無論從句數上，還是押韻上，都非近體詩。當然，這首詩也可以分析其格律來看，該詩平仄分析如下：

仄仄仄仄平仄平（孤平，第二、四、六字未異聲）

仄仄平仄仄仄平（孤平，第二、四、六字未異聲）

平平仄仄平仄平（第四、六字未異聲）

平平仄平平平平（第二、四、六字未異聲，四平）

仄平仄仄平仄平（第四、六字未異聲）

可以看出該詩每一句均不合近體詩格律要求。初唐時期的柏梁體詩歌多與此類似，句數大多爲奇數句，並且句句都押韻。

大部分句數少於八句的古體詩，其句數一般是六句。統計初唐時期的古體詩，共得杜易簡《湘川新曲二首》、崔液《踏歌詞二首》、董思恭《三婦艷》、王紹宗《三婦艷》、劉希夷《歸山》、陳子昂《薊丘覽古贈盧居士藏用七首》，一共十四首。現以劉希夷的《歸山》爲例，分析如下：

歸　山

劉希夷

歸去嵩山道，煙花覆青草。

（平仄平平仄，平平仄平仄：押仄韻）

草綠山無塵，山青楊柳春。

（仄仄平平平，平平平仄平：出句三平）

日暮松聲合，空歌思殺人。

（仄仄平平仄，平平平仄平：合律）

從上述分析可以看出，劉希夷《歸山》共三聯六句，首先句數不合律詩八句的要求；同時其韻腳字"道""草""塵""春""人"非一韻到底；在平仄聲調上，有三平調的出現。所以這首詩是古體詩，非律詩。

初唐時期，絕大多數古體詩句數都遠遠超過八句。最少的十句，例如楊師道《應詔詠巢烏》。最多的逾百句，如駱賓王《疇昔篇》等。現以《應詔詠巢烏》爲例分析之。

應詔詠巢烏

楊師道

桂樹春暉滿，巢烏刷羽儀。

（仄仄平平仄，平平仄仄平：合律）

朝飛麗城上，夜宿碧林陲。

（平平仄平仄，仄仄仄平平：出句二四字未異聲）

背風藏密葉，向日逐疏枝。

（仄平平仄仄，仄仄仄平平：對句孤平）

仰德還能哺，依仁遂可窺。

（仄仄平平仄，平平仄仄平：合律）

驚鳴雕輦側，玉吉自相知。

（平平平仄仄，平仄仄平平：合律）

楊師道的這首《應詔詠巢烏》五言詩，共五聯十句。其中雖有八句入律,但仍有兩句存在二四字聲調相同以及孤平等問題,所以該詩仍屬於古體詩,而非律詩。

第三,古體詩格律不嚴

格律問題,在下文分析"准律詩"時,一併詳細討論。

第四,古體詩押韻存在換韻及重複押韻現象

古詩的用韻沒有近體詩嚴格,宋哲宗、徽宗時人黄朝英在《靖康緗素雜記》中説:"世俗相傳,古詩不拘於用韻。"①王力先生在其《漢語詩律學》中分析了古風押韻時出韻的情況。對於古體詩押韻特點,在這裏再補充兩點。

(1) 換韻

換韻是指在古體詩押韻時,韻腳改變。例如:

從軍行二首(其一)

虞世南

塗山烽候驚,弭節度龍城。

冀馬樓蘭將,燕犀上谷兵。

劍寒花不落,弓曉月逾明。

凜凜嚴霜節,冰壯黄河絶。

蔽日捲征蓬,浮天散飛雪。

全兵值月滿,精騎乘膠折。

結髮早驅馳,辛苦事旌麾。

馬凍重關冷,輪摧九折危。

獨有西山將,年年屬數奇。

---

① (宋)黄朝英:《靖康緗素雜記》,上海古籍出版社,1986年。又見《宋人詩話外編》,國際文化出版公司,1996年,第296頁。

韻腳字是：驚、城，①兵，明。節、絕，雪，折。馳、麾，危，奇；從平聲韻轉到仄聲韻。

也有同聲調換韻的，例如：

擬古贈陳子昂

喬知之

悍悍孤形影，悄悄獨遊心。

以此從王事，常與子同衾。

別離三河間，征戰二庭深。

胡天夜雨霜，胡雁晨南翔。

節物感離居，同衾違故鄉。

南歸日將遠，北方尚蓬飄。

孟秋七月時，相送出外郊。

海風吹涼木，邊聲響梢梢。

勤役千萬里，將臨五十年。

心事為誰道，抽琴歌坐筵。

一彈再三歎，賓御淚潺湲。

送君竟此曲，從茲長絕弦。

韻腳字是：心，衾，深。霜、翔，鄉。飄，郊，梢。年，筵，湲，弦。這種押韻現象屬於平聲換韻。

初唐時期，換韻的古體詩共有 117 首，若加上王梵志的 9 首

---

① 凡兩韻腳字下加橫綫，並且中間用頓號"、"隔開者，前字是出句末字，後字是對句末字。這樣做是為了表示該聯首句入韻。凡中間用逗號"，"隔開者，表示偶句。凡是用句號"。"隔開者，表示換韻。

換韻詩,則爲 126 首。其中同聲調換韻的僅有 5 首,只佔 4%。
而佔絕大多數的是異調換韻,主要是平仄聲調換韻。

在換韻詩中,有這麼幾個現象值得注意。

① 同調換韻時,首句往往不參與押韻。而異調換韻時,首
句多入韻。

同調換韻詩例,如:

初秋夜坐應詔

楊師道

玉琯涼初應,金壺夜漸闌。
滄池流稍潔,仙掌露方清。
雁聲風處斷,樹影月中寒。
爽氣長空淨,高吟覺思寬。

該詩的韻脚字是:闌、清、寒、寬,首聯出句末字"應"不入韻。

異調換韻詩例,如:

緑 珠 篇

喬知之

石家金谷重新聲,明珠十斛買娉婷。
此日可憐君自許,此時可喜得人情。
君家閨閣不曾難,常將歌舞借人看。
意氣雄豪非分理,驕矜勢力橫相干。
辭君去君終不忍,徒勞掩袂傷鉛粉。
百年離別在高樓,一旦紅顏爲君盡。

可以看出，全詩參與押韻的字是：聲、婷，情。難、看，干。忍、粉，盡。首聯出句末字"聲"和對句末字"婷"參與押韻，全詩由平韻轉爲仄韻，首句入韻。

②部分詩歌押異調同部，例如王梵志《詩》韻脚字是：好，枵，腦，到，繞。"枵"是平聲，其餘都是去聲，它們的韻部四聲一貫。

③武周長安年間（701—704 年），詩壇出現了"富吳體"，以富嘉謨（？—706）、吳少微（663—750）等爲代表，他們的古體換韻詩歌，句句入韻。但是它和"柏梁體"有明顯的不同。"柏梁體"句句入韻，但是大多一韻到底，而"富吳體"需要換韻，而且是平仄互換。另外，有的"富吳體"詩歌還三句一韻。例如：

明 冰 篇
富嘉謨

北陸蒼茫河海凝，南山闌干晝夜冰，素彩峨峨明月升。
深山窮谷不自見，安知採斫備嘉薦，陰房涸沍掩寒扇。
陽春二月朝始暾，春光潭沱度千門，明冰時出御至尊。
彤庭赫赫九儀備，腰玉煌煌千官事，明冰畢賦周在位。
憶昨沙漠寒風漲，昆侖長河冰始壯，漫汗峻嶒積亭障。
嗈嗈鳴雁江上來，禁苑池臺冰復開，搖青涵綠映樓臺。
幽歌七月王風始，鑿冰藏用昭物軌，四時不忒千萬祀。

韻脚字是：凝，冰，升。見，薦，扇。暾，門，尊。備，事，位。漲，壯，障。來，開，臺。始，軌，祀。這反映出"富吳體"詩人對傳統詩歌節奏的探索，他們希望找出新的節奏點來變革詩歌，當時的文壇"文體一變,號爲富吳體"。① 然而也許是由於奇數的詩歌節奏不符合中國人的文化心理,所以他們的探索並沒有被大多數人所認可,没能繼續下去,形成一種新的詩歌體裁。

（2）重複押韻

盛唐之後擬古的古風詩中,往往爲了標識古雅,特意地經常重複押同一個韻脚字。宋人袁文（1119—1190）在其所著筆記《瓮牖閑評》中曾記載:

> 朱希真《小盡行》"藤州三月作小盡,梧州三月作大盡",殆類杜子美"前年渝州殺刺史,今年開州殺刺史"與夫"西川有杜鵑,東川有杜鵑。涪萬無杜鵑,雲安有杜鵑"也。②

對於重複押同一個韻脚字,古人在筆記中稱之爲"重韻",並且都認爲它是古體詩的特徵之一。如明人王世懋（1536—1588）在《藝圃擷餘》中説:"詩有古人不忌,而今人以爲病者……如有重韻者。"③

實際上,在初唐時期,人們已經注意到了這個問題,古體詩基本上都避免了重複押韻。例如蘇頲《興慶池侍宴應制》初爲:

> 降鶴池前回步輦,栖鸞樹杪出行宫。
> 風光逼嶼疑無地,水態迎帆若有風。

---

① 參見《全唐詩》"富嘉謨"小傳。
② （宋）袁文：《瓮牖閑評》,上海古籍出版社,1985年。又見《宋人詩話外編》,國際文化出版公司,1996年,第597頁。另按,此條中所引杜詩分別是《三絶句》（其一）和《杜鵑》。
③ （明）王世懋：《藝圃擷餘》,見《歷代詩話》,中華書局,1981年。

直視天河垂象外，俯窺京室畫圖中。
皇歡未使恩波極，日暮樓船更起風。

然而，該詩的"附注"中説，末句兩押"風"字，"故易之"。[1] 後來，這首詩變成：

降鶴池前回步輦，栖鸞樹杪出行宮。
山光積翠遙疑逼，水態含青近若空。
直視天河垂象外，俯窺京室畫圖中。
皇歡未使恩波極，日暮樓船更起風。

《全唐詩》中收録的就是改訂過的版本。由此可見，初唐詩人在做古體詩時已經開始避免重複押同一個韻脚字了。

但是在王梵志的詩歌中，重複押同一字非常普遍。具體可以參考本書對於王梵志詩歌"異調通押"現象的分析。

(二) 律詩

初唐時期，嚴格意義上的律詩，目前看來應該是陳叔達的《後渚置酒》。陳叔達(? —635)，字子聰，陳宣帝第十六子，經隋入唐。其詩作及平仄格律分析如下：

後渚置酒
陳叔達

大渚初驚夜，中流沸鼓鼙。

---

[1] 參見《全唐詩》七三卷，蘇頲《興慶池侍宴應制》附注。

（仄仄平平仄，平平仄仄平：合律）

寒沙滿曲浦，夕霧上邪溪。

（平平仄仄仄，仄仄仄平平：合律）

岸廣鳧飛急，雲深雁度低。

（仄仄平平仄，平平仄仄平：合律）

嚴關猶未遂，此夕待晨鷄。

（平平平仄仄，仄仄仄平平：合律）

　　全詩每句二、四字均聲調相異，一聯之內的出句和對句第二及第四字平仄相對，每上聯對句與下聯出句第二字平仄一直，符合相黏原則，全詩黏對合律，一韻到底，是典型的律詩。

　　詩歌合律通常必須滿足三個因素，用韻（押韻）、對仗（對偶）和平仄（黏對）。用韻和對仗比較容易判斷，學者研究認爲"押韻、對偶在齊梁時代已經解決，（初唐時期）有待解決的就是平仄的調配"，[①]而對仗（對偶）與否並非是成爲律詩的必要條件，若滿足則最好，不對仗亦可。所以考察初唐詩的平仄是否合律就是主要要解決的問題。

　　從整體上看，初唐時期嚴格意義上的律詩數量並不多。統計初唐時期，重要詩人的五言律詩比例。齒歲最早的詩人虞世南，其律詩只佔全部詩歌的 7％，是入律情況最低的。最高的是杜審言，其律詩佔全部詩歌的 91％。最晚的詩人是張説，他的律詩佔全部詩歌的 88％。這期間，總體上呈現出一個遞增的過

---

　　①　吳振華：《也談韻、律與中國古代詩歌的繁榮》，《中國韻文學刊》2005 年第 2 期。

程,詳細統計數據參見下表 2。初唐詩人五言詩合律佔 58％,總體比例不高。

表 2 初唐重要詩人五言律詩比例表

	律　詩	排　律	絕　句	總篇數	所佔比例
虞世南	1	0	1	28	7％
楊師道	1	1	2	19	21％
褚　亮	0	1	1	12	17％
李百藥	2	0	4	25	24％
王　績	20	11	14	111	41％
李世民	8	0	3	82	14％
許敬宗	2	0	1	46	7％
上官儀	0	0	1	11	9％
駱賓王	22	14	3	108	36％
盧照鄰	6	1	4	53	21％
杜審言	27	5	0	35	91％
李　嶠	150	12	3	189	87％
蘇味道	4	5	0	15	60％
王　勃	8	1	18	72	38％
楊　炯	14	9	1	30	80％
劉希夷	3	4	0	16	44％
崔　融	6	1	0	11	64％
徐彥伯	3	3	0	19	32％
陳元光	0	22	0	28	79％
宋之問	79	28	11	147	80％
沈佺期	61	29	0	101	89％

（續表）

	律　　詩	排　　律	絕　　句	總篇數	所佔比例
陳子昂	9	4	1	55	25％
張　說	69	29	25	194	63％
蘇　頲	22	14	5	70	59％
崔　湜	13	6	1	27	74％
張九齡	80	53	3	154	88％
總　數	612	253	102	1658	58％

（三）准律詩

音韻學者薛鳳生先生説："根據對仗和格律，我們可以將唐詩同古體詩區別開來。對仗並不是唐詩獨有的特徵。作爲唐詩，唯一的必須而充分的特徵，是其具有的特殊的聲調模式，這是貫穿全詩，每句每聯都必須遵循的模式。漢語可能從來就是一種聲調語言，因此選擇聲調作爲法律的基礎是很自然的。"[1]薛先生認爲聲調是唐詩（此當指近體詩、律詩）區別於古體詩唯一的判斷標準。這個判斷是相當精準的，那麼若以此爲標準，近體詩（律詩）在形式上應該有哪些具體要求呢？其實"元詩四大家"之一的楊載（1271—1323）在《詩法家數》中早已提出了四點要求："音韻相應，對偶相停，上下勻稱"，而且"兩聯間最忌同律"。[2]

然而，近半數的初唐詩並没有講求對仗和格律，它們的格律

---

① 薛鳳生：Elements in the Metrics of Tang Poetry（《唐詩聲律之本質》），《歷史語言研究所集刊》，1971 年，第 42 卷第 3 號。

② （元）楊載：《詩法家數》，見《歷代詩話》，中華書局，1981 年，第 729、731 頁。

介於古體詩和近體詩之間。也就是說,這些詩歌雖然講究格律,但是沒有近體詩那麼嚴格;它格律雖不嚴密,但是卻不像古體詩那麼隨意。舉例來說,有的詩歌單句均合律(二四異聲),但是聯間不黏。例如:

初秋夜坐

李世民

斜廊連綺閣,初月照宵幃。

(平平平仄仄,平仄仄平平)

塞冷鴻飛疾,園秋蟬噪遲。

(平仄平平仄,平平平仄平)

露結林疏葉,寒輕菊吐滋。

(仄仄平平仄,平平仄仄平)

愁心逢此節,長嘆獨含悲。

(平平平仄仄,平仄仄平平)

該詩每句都做到了二、四字聲調相異,每聯之內的兩句也都是二、四字聲調相異,但是頷聯對句第二字"秋"是平聲字,與頸聯出句第二字"結"這個仄聲字,本應聲調相同才對,但在這裏成了平仄聲調的對立關係,兩句失黏,所以不是嚴格的律詩,可以看作是向律詩過渡的一種中間狀態,也就是本節所說的准律詩。

上面的《初秋夜坐》是每句均合律,但聯間失黏。相反,也有的詩歌是聯間相黏,但是個別詩句,或沒有二四異聲,或兩句平仄不對。例如:

葭川獨泛

盧照鄰

倚棹春江上，橫舟石岸前。

（仄仄平平仄，平平仄仄平）

山暝行人斷，迢迢獨泛仙。

（平平平平仄，平平仄仄平）

最後一聯出句"暝"有平去兩讀，這裏依照含義取平聲，那麼其格律就在第二字和第四字同聲調了，且和對句第二字"迢"同爲平聲，失去了平仄聲調對立的形式，平仄不對，就是准律詩。

造成這種情況的主要原因是初唐詩處於從古體詩向近體詩轉變的過程中，它兼有兩者的特點，屬於一種過渡式樣。然而，從發展趨勢上看，它更接近於近體詩。

楊載在《詩法家數》中說的"上下勻稱"有兩層意思，第一是指每句字數相同，或五言，或七言；第二是指句數應該是偶數，而非奇數。

"對偶相停"並不是唐詩獨有的特徵，古體詩也會對偶，所以這不算是判斷是否爲近體詩的必要要求。前人在討論對偶與格律的關係時，認爲相較於對偶，格律對於律詩更加重要。例如南宋葛立方（？—1164）在《韻語陽秋》分析"雜蕊紅相對，他時錦不如"和"磨滅餘篇翰，平生一釣舟"兩聯時說："雖對不求太切，而未嘗失格律也。學詩者當審此。"①葛立方分析的第一句是杜甫的詩句，原詩爲：

---

① （宋）葛立方：《韻語陽秋》，上海古籍出版社，1984 年。又《歷代詩話》，中華書局，1981 年，第 486 頁。

將別巫峽,贈南卿兄瀼西果園四十畝

杜　甫

苔竹素所好,萍蓬無定居。

遠遊長兒子,幾地別林廬。

雜蕊紅相對,他時錦不如。

具舟將出峽,巡圃念攜鋤。

正月喧鶯末,茲辰放鷁初。

雪籬梅可折,風榭柳微舒。

托贈卿家有,因歌野興疏。

殘生逗江漢,何處狎樵漁。

"雜蕊紅相對,他時錦不如"聯,"雜蕊"和"他時"沒有對仗,"紅"與"錦"對仗亦不算工,然而這聯詩的格律是"仄仄平平仄,平平仄仄平",平仄極工,所以葛立方纔説,雖然對仗不太完美,但格律嚴謹。另外一句也是杜甫詩,其詩是:

秋日寄題鄭監湖上亭三首(其一)

杜　甫

碧草逢春意,沅湘萬裏秋。

池要山簡馬,月淨庾公樓。

磨滅餘篇翰,平生一釣舟。

高唐寒浪減,仿佛識昭丘。

"磨滅餘篇翰,平生一釣舟"聯中,"磨滅"是動詞,"平生"是名詞,對仗不工整,但該聯的平仄是"仄仄平平仄,平平仄仄平",格律極工,故《韻語陽秋》纔有"雖對不求太切,而未嘗失格律也。學詩者當審此"的論斷。

《詩法家數》中説的"音韻相應"是指平仄要相互呼應,這是律詩最重要的特徵之一。古人在分析連綿字入詩時,曾明確提出"連綿字不可挑轉用,詩人間有挑轉用者,非爲平側所牽,則爲韻所牽"。[1] 可以看出,格律是律詩的基礎,而嚴格的格律主要應該避免"失對"和"失黏"這兩種近體詩最大的"詩病"。

"失對"也就是楊載所説的"兩聯間同律",[2]特指一聯之内的兩句平仄相同,它要求這兩聯的第二字和第四字均平仄相同。兩聯相對,是律詩和古風相區別的重要條件。例如南宋人陳善説:"歐公嘗言,古詩中時作一兩聯屬對,尤見工夫。"[3]可以看出,古體詩的句子和律句的區別之一就是"對"。如果兩聯之間同律,那麼平仄就不能相對,例如:

京口送別王四誼
儲光羲

江上楓林秋,江中秋水流。

清晨惜分袂,秋日尚同舟。

---

① 葛立方:《韻語陽秋》,上海古籍出版社,1984年。又《歷代詩話》,中華書局,1981年,第494頁。
② 楊載所説的"聯"當是現在所謂的"句"。因爲近體詩要求一聯内兩句忌同律,而非兩聯之間。
③ (宋)陳善:《捫虱新話》,《宋人詩話外編》,國際文化出版公司,1996年,第420頁。

落潮洗魚浦,傾荷枕驛樓。

明年菊花熟,洛東泛觴遊。

該詩的頸聯"落潮洗魚浦,傾荷枕驛樓",出句第二字"潮",《集韻》馳遙切,平聲;對句第二字"荷",《廣韻》胡歌切,二字都是平聲,這樣就算失對。儲光羲是盛唐時期的詩人,而初唐詩中失對的現象也非常多,例如:

送劉散員同賦得陳思王詩山樹鬱蒼蒼

許敬宗

喬木托危岫,積翠繞連岡。

葉疏猶漏影,花少未流芳。

風來聞肅肅,霧罷見蒼蒼。

此中餞行邁,不異上河梁。

首聯"喬木托危岫,積翠繞連岡",出句第二字"木",《廣韻》莫蔔切,入聲;對句第二字"翠",《廣韻》七醉切,去聲;二字同屬仄聲,不對。再如:

立春日侍宴內出剪綵花應制

蘇　頲

曉入宜春苑,秾芳吐禁中。

剪刀因裂素,妝粉爲開紅。

彩異驚流雪,香饒點便風。

裁成識天意,萬物與花同。

尾聯"裁成識天意,萬物與花同",出句第四字"天",《廣韻》他前切,平聲;對句第四字"花",《廣韻》呼瓜切,平聲;二字同爲平聲,失對。再如:

送宋休遠之蜀任

張　說

求友殊損益,行道異窮申。

綴我平生氣,吐贈薄遊人。

結恩事明主,忍愛遠辭親。

色麗成都俗,膏腴蜀水濱。

如何從宦子,堅白共緇磷。

日月千齡旦,河山萬族春。

懷鉛書瑞府,橫草事邊塵。

不及安人吏,能令王化淳。

頷聯"綴我平生氣,吐贈薄遊人",出句第二字"我",《廣韻》五可切,上聲;對句第二字"贈",《廣韻》昨亙切,去聲。二字同屬仄聲,失對。

"失黏"是指上聯對句第二字與下聯出句第二字異調(聲調相異)。如果兩聯之間失黏,則平仄就不能相接,通篇不能算作律詩。在唐詩中著名的例子如:

渭城曲

王　維

渭城朝雨浥輕塵,客舍青青柳色春。

勸君更盡一杯酒，西出陽關無故人。

上聯出句第二字"舍"，《廣韻》始夜切，去聲；下聯出句第二字
"君"，《廣韻》舉雲切，平聲。這兩個字平仄異聲，不黏。

初唐詩中存在大量失黏情況，先看首兩聯失黏的，例如：

秋日應詔
袁　朗

玉樹涼風舉，金塘細草萋。
葉落商飆觀，鴻歸明月池。
迎寒桂酒熟，含露菊花垂。
一奉章臺宴，千秋長願斯。

首聯對句第二字"塘"，《廣韻》徒郎切，平聲；頷聯出句第二字
"落"，《廣韻》盧各切，入聲。二字平仄異調，失黏。

再看後兩聯失黏的，例如：

風
李　嶠

落日生蘋末，搖揚遍遠林。
帶花疑鳳舞，向竹似龍吟。
月動臨秋扇，松清入夜琴。
若至蘭臺下，還拂楚王襟。

頸聯對句第二字"清"，《廣韻》七情切，平聲；尾聯出句第二字

"至"，《廣韻》脂利切，去聲。二字平仄異調，失黏。

絕句全詩失黏的，例如：

獄中聞駕幸長安二首(其一)

沈佺期

傳聞聖旨向秦京，誰念羈囚滯洛城。
屢從由來是方朔，爲申冤氣在長平。

上聯對句第二字"念"，《廣韻》奴店切，去聲；下聯出句第二字
"從"，《廣韻》疾容切，平聲。二字平仄異調，不黏。

初唐詩中失對、失黏的統計數字和比例，詳見"初唐詩格律
的流變"一節。

(四) 仄韻詩

仄韻詩是指韻腳字爲仄聲韻的詩歌。對於仄韻詩的關注歷
來就非常少。前人忽視仄韻詩原因是因爲仄韻詩數量比較少，而
且嚴格的律詩通常是押平聲韻的，一般來説押仄韻的詩歌不符合
律詩的正格。仄韻詩包含一韻到底的仄韻詩和換韻的仄韻詩。

1. 一韻到底的仄韻詩和律詩押韻一樣，只押一個韻部，中
間不換韻。一韻到底的仄韻詩，目前所見，有的押上聲韻，有的
押去聲韻，也有押入聲韻的。下文舉例分析。

押上聲韻，例如：

山亭夜宴

王　勃

桂宇幽襟积，山亭涼夜永。

森沉野径寒,肅穆岩扉静。

竹晦南汀色,荷翻北潭影。

清兴殊示闌,林端照初景。

全詩韻脚字爲:永,静,影,景。首聯末字"永",《廣韻》於憬切,梗攝庚韻,上聲。頷聯末字"静",《廣韻》疾郢切,梗攝清韻,上聲。頸聯末字"影",於丙切,梗攝庚韻,上聲。尾聯末字"景",《廣韻》居影切,梗攝庚韻,上聲。該詩押上聲韻,一韻到底,首句不入韻。

押去聲韻,例如:

奉和潁川公秋夜
上官儀

沉寥空色遠,芸黄凄序變。

涸浦落遵鴻,長飆送巢燕。

千秋流夕景,萬籟含宵唤。

峻雉聆金柝,層臺切銀箭。

全詩韻脚字爲:變、燕、唤、箭。首聯末字"變",《廣韻》彼眷切,山攝仙韻,去聲。頷聯末字"燕",《廣韻》於甸切,山攝先韻,去聲。頸聯末字"唤",《廣韻》火貫切,山攝桓韻,去聲。尾聯末字"箭",《廣韻》子賤切,山攝仙韻,去聲。全詩押去聲韻,一韻到底,首句不入韻。

押入聲韻,例如:

龍門旬宴得月字韻

張九齡

恩華逐芳歲，形勝兼韶月。

中席傍魚潭，前山倚龍闕。

花迎妙妓至，鳥避仙舟發。

宴賞良在茲，再來情不歇。

全詩韻脚字爲：月、闕、發、歇。首聯末字"月"，《廣韻》魚厥切，山攝月韻，入聲。頷聯末字"闕"，《廣韻》去月切，山攝月韻，入聲。頸聯末字"發"，《廣韻》方伐切，山攝月韻，入聲。尾聯末字"歇"，《廣韻》許竭切，山攝月韻，入聲。全詩押入聲韻，一韻到底，首句不入韻。

　　一韻到底的仄韻詩往往具有律詩的形式，大部分是五言詩，或八句，或爲排律形式。

　　2. 換韻的仄韻詩特指在上去入三聲之内換韻，不包含仄聲與平聲互押的詩歌。它的押韻方式可以分成上去通押和上去入通押兩類。換韻的仄韻詩大部分來自王梵志的白話詩歌，文人詩中比較少。但是由於對王梵志生平年代以及其詩作的歸屬問題，學術界還存在很大的爭議，所以這裏僅分析文人詩作中換韻仄韻詩中的異調通押現象，而把《全唐詩》中的王梵志仄韻詩異調通押現象分析一節放於後文之中。

　　（1）第一階段

　　在第一階段隋開皇元年（581 年）至唐貞觀二十三年（649年）近七十年時間裏，仄韻詩數量不多。下面將具體分析這些仄韻詩中的異調通押現象。

上去通押的例子有三首：

A. 上去通押第一例。

帝京篇十首(其十)

李世民

以茲遊觀極，悠然獨長想。

披卷覽前蹤，撫躬尋既往。

望古茅茨約，瞻今蘭殿廣。

人道惡高危，虛心戒盈蕩。

奉天竭誠敬，臨民思惠養。

納善察忠諫，明科慎刑賞。

六五誠難繼，四三非易仰。

廣待淳化敷，方嗣雲亭響。

全詩的韻腳字是：想，往，廣，蕩，養，賞，仰，響。其中"想"、"往"、"廣"、"養"、"賞"、"仰"、"響"是上聲養韻字，"蕩"在《廣韻》中有上去二讀，上聲義爲"大也、姓也"，去聲義爲"浪蕩"；此處應爲去聲義。所以此例應該是上去通押。

B. 上去通押第二例。

初晴落景

李世民

晚霞聊自怡，初晴彌可喜。

日晃百花色，風動千林翠。

池魚躍不同，園鳥聲還異。

寄言博通者，知予物外志。

全詩的韻腳字是：喜，翠，異，志。其中，"翠"、"異"、"志"是去聲
至韻，"喜"讀上聲止韻，意思爲"歡喜"；去聲至韻，意思爲"喜
好"；原句是"晚霞聊自怡，初晴彌可喜"，這裏取上聲義。故此例
當是上去通押。

　　C. 上去通押第三例。

奉和執契靜三邊應詔

許敬宗

日羽廓遊氣，天陣清華野。

升晅光西夜，馳恩溢東瀉。

揮袂靜昆炎，開關納流赭。

錦轙凌右地，華纓羈大夏。

全詩的韻腳字是：野，夜，瀉，赭，夏。其中，"野"、"赭"是上聲馬
韻字，"夜"是去聲禡韻字，"瀉"、"夏"具有馬韻和禡韻兩讀，此例
是上去通押。

　　第一階段共有仄韻詩 31 首，其中上聲詩 11 首，去聲詩
10 首，入聲詩 11 首。上去通押 3 首，去入通押、上入通押、上去
入通押均無。上去通押數量太少，對於整個聲調變化的研究來
說，比例過於微小，可以忽略不計。

　　總體上來說，初唐第一階段，異調通押可以說幾乎接近
於無。

（2）第二階段

第二階段是指唐高宗朝,具體而言是永徽元年(650)到弘道元年(683)這三十四年。第二階段仄韻詩 29 首,數量比第一階段少的多。其中純押上聲韻詩 9 首,去聲韻詩 10 首,入聲韻詩 10 首。無異調通押詩例。其原因在於年代太短,詩歌數量太少。

（3）第三階段

第三階段從唐中宗嗣聖元年(684)開始,經過武周時期,至唐玄宗先天二年(713),前後近三十年。第三階段詩歌數量猛增,仄韻詩的數量也隨之增加不少,共有 180 首。其中純押上聲韻詩有 54 首,去聲韻詩 42 首,入聲韻詩 83 首。上去通押 0 首,上入通押 0 首,[①]去入通押、上去入通押均是 0 首。

第三階段雖然仄韻詩數量大大增加,但可以異調通押的例子幾乎沒有,原因在於詩律的押韻越來越嚴格,異調通押算是應該避免的詩病之一。

總體而言,初唐階段,異調通押詩例非常稀少。從表 3 中可以看出變化。

表3　異調通押比例表

階段	上聲詩	去聲詩	入聲詩	上去通押	上入通押	去入通押	上去入通押	共計	比例
一	11	10	11	3	0	0	0	35	9%
二	9	10	10	0	0	0	0	29	0
三	54	42	83	0	0	0	0	179	0
合計	74	62	104	3	0	0	0	243	1%

---

① 武則天《唐明堂樂章·徵音》押"陸,暑,俎"。"陸"是入聲屋韻字,"暑""俎"是上聲語韻字。但是由於"陸"是首聯出句末字,可以不算韻腳,所以此聯暫時不計入上入通押詩例。

　　從上表可以看出,仄韻詩的數量隨着時間的推移不斷增加,但是異調通押的數量卻可以説幾乎没有。這也説明,第一,在詩歌中,異調通押是一種應該嚴格避免的詩病;第二,初唐時期,這些仄聲字並未發生例如"濁上變去"之類的音變。

　　在初唐這個律詩尚未定型的時期,仄韻詩的數量非常多。爲了分析律詩的形成,在本節只討論一韻到底的仄韻詩。

　　在初唐時期,純押上聲的詩歌有 74 首,押去聲的詩歌有 62 首,押入詩的詩歌有 104 首,總計 240 首。它們的數量在初唐三個時期呈現逐漸上升的趨勢,見表 4。

表 4　初唐"一韻到底"仄韻詩統計表

階　　段	上聲詩	去聲詩	入聲詩	合　　計
一	11	10	11	32
二	9	10	10	29
三	54	42	83	179
合　　計	74	62	104	240

　　那麽初唐的仄韻詩是不是律詩? 王力先生在《漢語詩律學》中曾提及仄韻詩入律的這個問題,不過王力先生的看法比較模棱兩可。在第四節討論律詩的時候,王力先生説:"仄韻律詩和絶句可以説是近體詩和古體詩的交界處。近體詩和古體詩的界限相當分明,只有仄韻律絶往往也可認爲'入律的古風',因爲近體詩畢竟是以平韻爲主的。"不過,王力先生在討論古風的時候又説:"有人認爲律詩只應有平韻,不應有仄韻。依此説法,則上文第四節裏所舉的仄韻五律都該認爲仄韻五古,只不過是全篇

入律(或似律)的古風罷了。"①

其實在元代以前,古人並沒有提出律詩必須押平韻的要求。上文提到的元人楊載對律詩提出的四點要求:"音韻相應,對偶相停,上下勻稱",而且"兩聯間最忌同律",都沒有提到押韻是否只限於平韻這一點。

而判斷仄韻詩是不是律詩,"應該以其是否用律句的平仄爲標準"。② 這一標準是可行的,但是還不够嚴密。因爲僅從律句這一層面上來判定,那麼有時會連古風也無法區別。王士禎説:"換韻已非近體,用律句無防。"③王力先生也認爲:"如果出句和對句都是律句,然而它們是拗對,那麼仍不算是入律。"④可以看出,判定仄韻詩是否是律詩,僅從句的層面是不够的,還需要考慮句與句的連接,以及押韻。

排除換韻詩,如許敬宗《奉和執契静三邊應詔》,以及雜言仄韻詩,如王績《春桂問答二首》(其二),初唐一韻到底的仄韻詩240首。按照設定的標準,先分析單句入律,再判斷一聯内兩句平仄相對,最後分析聯與聯之間相黏。

律句需要句内的第二字及第四字聲調不同,也就是二四異聲,先來看《全唐詩》中被後人奉爲經典的仄韻詩,以中唐時期的劉長卿詩爲例,如:

湘中紀行十首·浮石瀨

劉長卿

秋月照瀟湘,月明聞蕩槳。

---

① 王力:《漢語詩律學》,上海教育出版社,2002 年增訂本,第 53、457 頁。
② 王力:《漢語詩律學》,上海教育出版社,2002 年增訂本,第 52 頁。
③ (清) 王士禎:《詩問四種》,齊魯出版社,1985 年。
④ 王力:《漢語詩律學》,上海教育出版社,2002 年增訂本,第 455 頁。

（平仄仄平平，仄平平仄仄）

石橫晚瀨急，水落寒沙廣。

（仄平仄仄仄，仄仄平平仄）

眾嶺猿嘯重，空江人語響。

（仄仄平平仄，平平平仄仄）

清輝朝復暮，如待扁舟賞。

（平平平仄仄，平仄平平仄）

該仄韻詩，除了頸聯出句二、四字未異聲外，其他單句均符合二四異聲的要求。

而初唐詩中，一些句子卻存在二四同調的現象，例如：

遼城望月

李世民

玄兔月初明，澄輝照遼碣。

（平仄仄平平，平平仄平仄）

映雲光暫隱，隔樹花如綴。

（仄平平仄仄，仄仄平平仄）

魄滿桂枝圓，輪虧鏡彩缺。

（仄仄仄平平，平平仄仄仄）

臨城卻影散，帶暈重圍結。

（平平仄仄仄，仄仄平平仄）

駐蹕俯九都，停觀妖氛滅。

（仄仄仄仄平，平平平平仄）

其中第一聯對句"澄輝照遼碣"第二字"輝"和第四字"遼"都是平聲;同時,最後一聯出句"駐蹕俯九都"第二字"蹕"和第四字"九"都是仄聲,同聯對句第二字"觀"與第四字"氛"都是平聲;這三句均是二四同聲,不合律句要求。

合格的律詩,一聯之內,需要平仄相對,以劉禹錫詩爲例,如:

海陽十詠·蒙池

劉禹錫

漾淳幽壁下,深淨如無力。

(平平平仄仄,平仄平平仄)

風起不成文,月來同一色。

(平仄仄平平,仄平平仄仄)

地靈草木瘦,人遠煙霞逼。

(仄平仄仄仄,平仄平平仄)

往往疑列仙,圍棋在巖側。

(仄仄平仄平,平平仄平仄)

該詩的尾聯出句第二字"往"和第四字"列"均爲仄聲,而同聯對句第二字"棋"和第四字"巖"同爲平聲;未能做到二四異聲。可見即使是大詩人劉禹錫寫的仄韻詩也有瑕疵,未能嚴絲合縫地符合平仄格律。

初唐詩中,同聯失對的例子也很多,例如:

帝京篇十首(其四)

李世民

鳴笳臨樂館,眺聽歡芳節。

（平平平仄仄，仄仄平平仄）

急管韻朱弦，清歌凝白雪。

（仄仄仄平平，平平平仄仄）

彩鳳肅來儀，玄鶴紛成列。

（仄仄仄平平，平仄平平仄）

去玆鄭衛聲，雅音方可悦。

（仄平仄仄平，仄平平仄仄）

其中頸聯“彩鳳肅來儀，玄鶴紛成列”出句第二字“鳳”和對句第二字“鶴”同爲仄聲，而出句第四字“來”和對句第四字“成”同爲平聲，聯內不對。尾聯“去玆鄭衛聲，雅音方可悦”出句第二字“玆”和對句第二字“音”同爲平聲，出句第四字“衛”和對句第四字“可”同爲仄聲，聯內失對。

　　兩聯之間，需要平仄相黏，例如：

意　緒
韓　偓

絶代佳人何寂寞，梨花未發梅花落。

（仄仄平平平仄仄，平平仄仄平平仄）

東風吹雨入西園，銀綫千條度虛閣。

（平平平仄仄平平，平仄平平仄平仄）

臉粉難勻蜀酒濃，口脂易印吳綾薄。

（仄仄平平仄仄平，仄平仄仄平平仄）

嬌饒意態不勝羞，願倚郎肩永相著。

（平平仄仄仄平平，仄仄平平仄平仄）

該七言詩頷聯對句第四字"條"和第六字"虛"同爲平聲,又尾聯對句第四字"肩"和第六字"相"(相互義)同爲平聲,不合近體詩格律。

同樣,初唐詩中大量仄韻詩存在失黏現象,例如:

寒夜思友三首(其一)

王 勃

久別侵懷抱,他鄉變容色。

(仄仄平平仄,平平仄平仄)

月下調鳴琴,相思此何極。①

(仄仄平平平,平平仄平仄)

該詩第一聯對句第二字"鄉"和第四字"容"同爲平聲,第二聯對句第二字"思"和第四字"何"亦同爲平聲。此外,第一聯對句第二字"鄉"和第二聯出句第二字"下",二字聲調一平一仄,失去了黏結,失律,不黏。

綜合上文分析,按照句內二四異聲,兩句平仄相對,兩聯平仄相黏的標準,初唐三個時期,入律的仄韻詩所得僅有三首:

(1) 初唐時期入律仄韻詩第一例。

奉和九日幸臨渭亭登高應制得月字

韋元旦

雲物開千里,天行乘九月。

---

① "鄉"在《集韻》有去聲"許亮切"一讀,然而其意思是"面也",是"嚮"的異體字。

絲言丹鳳池，斾轉蒼龍闕。

灞水歡娛地，秦京遊俠窟。

欣承解愠詞，聖酒黃花發。

這首詩通篇押"月"韻，"窟"押"沒"韻，在《廣韻》中"月"、"沒"可以同用，所以本詩是一首一韻到底的入聲韻詩。全詩每句之內二四異聲，每聯之內平仄相對，各聯之間平仄相黏，符合律詩要求。該詩仄起仄收，首句不入韻。其平仄格式如下：

○仄○平仄，○平○仄仄。

○平○仄平，○仄○平仄。

○仄○平仄，○平○仄仄。

○平○仄平，○仄○平仄。

（2）初唐時期入律仄韻詩第二例。

冬日見牧牛人擔青草歸

張　説

塞上綿應折，江南草可結。

欲持梅嶺花，遠競榆關雪。

日月無他照，山川何頓別。

苟齊兩地心，天問將安説。

這首詩通篇押"薛"韻，"結"押"屑"韻，在《廣韻》中"薛"、"屑"可以同用，所以本詩是一首一韻到底的入聲韻詩。全詩每

句之内二四異聲,每聯之内平仄相對,各聯之間平仄相黏,符合律詩要求。該詩仄起仄收,首句入韻。其平仄格式如下:

○仄○平仄,○平○仄仄。
○平○仄平,○仄○平仄。
○仄○平仄,○平○仄仄。
○平○仄平,○仄○平仄。

（3）初唐時期入律仄韻詩第三例。

咏　瓢

張　説

美酒酌懸瓢,真淳好相映。
蝸房卷墮首,鶴頸抽長柄。
雅色素而黃,虛心輕且勁。
豈無雕刻者,貴此成天性。

這首詩"映"、"柄"押"敬"韻,"勁"、"性"押"勁"韻,在《廣韻》中"敬"、"勁"可以同用,所以本詩是一首一韻到底的去聲韻詩。全詩每句之内二四異聲,每聯之内平仄相對,各聯之間平仄相黏,符合律詩要求。該詩仄起平收,首句不入韻。其平仄格式如下:

○仄○平平,○平○仄仄。
○平○仄平,○仄○平仄。

○仄○平仄，○平○仄仄。

○平○仄平，○仄○平仄。

　　這三首詩黏對合律，並且分別代表了仄起仄收、仄起平收以及首句入韻與不入韻等幾種律詩重要格式，可以看作是合格而且成熟的律詩。然而跟 240 首初唐時期仄韻詩相比，這三首合律的仄韻詩在其中只佔不到 1%，幾乎可以忽略不計。由此也可以説明，初唐時期的仄韻詩絶大多數不是律詩，它們尚處於從律句、律聯向律詩完成的階段。

　　本節在分析了初唐仄韻詩入律這一現象的同時，也提出自己對於判斷仄韻詩入律的標準，就是先分析單句入律，再判斷一聯内兩句平仄相對，最後分析聯與聯之間相黏。符合這個標準，就是合格的律詩。

三、初唐詩格律的流變

　　（一）齊梁至盛唐，五言詩基本上完成了從永明體到近體的轉變。那麽從永明體到近體詩，其中的步驟如何？其演變的原因是什麽？這一直是學術界所關注的問題。對於這一問題，郭紹虞先生較早進行了研究，郭先生主要從五言詩的音步角度，來説明"古"和"律"之間的不同。[1] 俞敏《永明運動的表裏》肯定了沈約對於近體詩形成的重要作用，但是該文旨在糾正人們對於

---

① 郭紹虞：《永明聲病説》《再論永明聲病説》《從永明體到律體》《聲律説考辨》，見《照隅室古典文學論文集》，上海古籍出版社，1983 年。

沈約的誤解,對於格律的流變言之甚少。① 徐青在其《古典詩律史》中描寫了齊梁詩歌到近體律詩之間的格律關係。② 鄺健行的《初唐五言律體律調完成過程之考察》一文,通過對初唐五言律詩逐首逐句的格律分析和統計,運用數據和表格初步勾勒了初唐五言律詩形成的過程。③ 這個方法是合理的、可取的,但是由於他只考察了初唐五言四韻之五律,將與五律同屬五言律體的絶句、三韻小律、五韻以上之長律摒除不計,因此就不可能對永明體到律體的演變過程作出準確的考察,因爲永明體本是無論長短的,沈宋律體也不限於五律一種形式。與此同時,何偉棠《永明體到律體》也運用了定量分析方法,歸納出各種類型的聲律格式及其出現率,文中得出了"永明體二五字異聲、四聲分明",而非"二四異聲"的觀點,更符合永明體的聲病理論和創作實際。④ 何著考察了五言詩句、律聯格式、律聯之間的組合關係,對於律體形成的關鍵問題,聯間的黏綴法則的研究,似還可以再深入挖掘。杜曉勤《從永明體到沈宋體》一文對從永明體到沈宋體之間的各種體裁詩歌進行了分析,在分析律聯的同時,還涉及了唐代詩學著作的歷史文化背景,方法可取。⑤

上述的論著都很突出,對研究律詩的流變有着重大貢獻,但綜觀整個學術界的研究現狀,並從目前學術的發展來看,還應該

---

① 俞敏:《永明運動的表裏》,《中國語文學論文選》,日本光生館,1984 年。
② 徐青:《古典詩律史》,青海人民出版社,1980 年。
③ 鄺健行:《初唐五言律體律調完成過程之考察》,見《唐代文學研究》第 3 輯,廣西師範大學出版社,1992 年。
④ 何偉棠:《永明體到律體》(增訂本),廣東高等教育出版社,2005 年。
⑤ 杜曉勤:《從永明體到沈宋體》,見《唐研究》第二卷,北京大學出版社,1996 年。

充分關注以下幾個要點。

第一，語言學的分析與文學的分析應該融合、統一。對於律詩的流變問題，學者根據自己的學術背景，要麼從語言學入手，分析其演變的文化、文學背景；要麼從語言學入手，分析其律句的數量和比例。但是對於這一問題，應該從兩者結合入手，來分析問題。

第二，不應過分強調個別詩人的重要性。其實這個問題是詩律研究中一個比較棘手的問題，就是過多的詩歌亡佚了，只能分析現存詩歌數量較多的詩人。那麼這樣做是否可以反映出詩律的發展？結論恐怕要大打折扣。

第三，詩例收集應該更加全面。對於一個時代詩律的分析，應該進行窮盡性的研究。現在，除了利用《全唐詩》之外，還有《全唐詩逸》《補全唐詩》《全唐詩拾遺》《全唐詩補逸》《全唐詩續補遺》《全唐詩續拾》等書籍，廣泛收羅了《全唐詩》中的未收詩，對於詩歌的統計數量和比例都是新的突破。

第四，除了強調句和聯的比例，還應該注意通篇入律這一重要標準。只有通篇入律纔可以算作律詩，這是律詩最終的形成關鍵。

（二）與齊梁詩律的比較

1. 對於"詩病"的揚棄

（1）唐前聲律：以聲病爲中心

有學者認爲，四聲的發現是受梵學的啓發。如陳寅恪在《四聲三問》中說："中國文士依據及模擬當日轉讀佛經之聲，分別定爲平上去三聲。合入聲共計之，適成四聲。於是創四聲之說，並撰作聲譜,借轉讀佛經之聲調,應用於中國之美化文。"[1]這一觀點雖然受到了一些學者的質疑,例如羅常培、饒宗頤等先生就認爲四聲是中國本來就有的,非聲明論之功。[2] 四聲的來源不在本節的討論範圍之内,但可以肯定的是,在齊梁時期四聲已經被發現了。

自服虔、應劭使用反切法,孫炎用反語釋《爾雅》之後,音韻學在中國開始萌芽。稍後的李登在《聲類》中以宫、商、角、徵、羽五音分部,魏晋時期一些詩人的詩作開始有了四聲的呼應。例如曹植《贈白馬王彪》"孤魂翔故域,靈柩寄京師",其平仄格式爲:平平平仄仄,平仄仄平平。兩句之間平仄相對。陸機《文賦》所謂"暨音聲之叠代,若五色之相宣",説明他認識到聲調在作品中的作用。此後,撰《後漢書》的范曄在《獄中與甥侄書》中則將"别宫商,識清濁"視爲"斯自然也"。降及齊梁,音韻大盛。《梁書·沈約傳》説:"又撰四聲譜,以爲在昔詞人累千載而不寤,而獨得胸衿,窮其妙旨,自謂入神之作。高祖雅不好焉。帝問周舍曰:'何謂四聲?'舍曰:'天子聖哲是也。'"[3]"天子聖哲"這四字聲調分别是平上去入。

發現四聲,並將之作爲一項文學創作標準的第一人是沈約。

沈約(441—513),字休文,他探討詩歌理論的著作是《詩格》。[4] 然而《詩格》已經失傳,所以只能從後人對於沈約的記載

---

① 陳寅恪:《四聲三問》,《金明館叢稿初編》,生活·讀書·新知三聯書店,2001 年,第 368 頁。

② 羅常培:《漢語音韻學導論》,中華書局,1956 年。饒宗頤:《印度波尼仙之圍陀三聲論略——四聲外來説平議》,見《梵學集》,上海古籍出版社,1993 年。

③ 《文鏡秘府論》天卷《四聲論》記做"天子萬福",人民文學出版社,1980 年。

④ 皎然在《詩式》中提到沈約著有《品藻》一書,《宋秘書省續編到四庫闕書目》列有沈約《詩式》一卷。鄭元慶《湖錄經籍考》考證,"《詩式》又名《品藻》",見鄭元慶《湖錄經籍考》六卷,吳興劉氏嘉業堂刊吳興叢書本,1920 年。

來推斷他關於詩歌理論的看法。首先,沈約等人創造了"永明體"。《南齊書·陸厥傳》:"永明末,盛爲文章,吴興沈約、陳郡謝朓、琅邪王融以氣類相推轂,汝南周顒善識聲韻。約等文皆用宫商,以平上去入爲四聲,以此制韻,不可增减,世呼永明體。"而永明體要求詩歌運用四聲,要避免聲病,《南史·陸厥傳》指出:"以此制韻,有平頭、上尾、蜂腰、鶴膝。五字之中,音韻悉異,兩句之内,角徵不同,不可增减。"沈約在《宋書·謝靈運傳論》中説:"夫五色相宣,八音協暢,由乎玄黄律吕,各適物宜,欲使宫羽相變,低昂互節,若前有浮聲,則後須切響。一簡之内,音韻盡殊;兩句之中,輕重悉異。妙達此旨,始可言文。"可見,永明體的詩作四聲相别,並以回忌聲病爲中心,這也正是齊梁詩歌的一個特點,講究四聲八病。

關於八病,目前有兩種看法。第一種認爲齊梁時期只有平頭、上尾、蜂腰、鶴膝四病,並無八病之説。只是在唐代纔加上了大韻、小韻、旁紐、正紐,擴爲八病。例如紀昀《沈氏四聲考》卷下謂:"按齊梁諸史,休文但言四聲五音,不言八病。言八病,自唐人始。"[1]今人王夢鷗《初唐詩學著述考》也持此觀點。[2] 杜曉勤同意上述觀點,並引空海《論病》後,指出:"在現存材料中,最早提及八病的人是隋唐之際的李百藥,然其名稱即始見於上官儀之詩學著作《筆札華梁》,而且在貞觀中後期及高宗前期,又是數上官儀的八病説最爲時人首肯和接受。故元兢《詩髓腦》及《文鏡秘府論》每每引之爲據。"[3]

① (清)紀昀:《沈氏四聲考》,《四部叢刊》本。
② 王夢鷗:《初唐詩學著述考》,臺灣商務印書館,1974年,第7頁。
③ 杜曉勤:《從永明體到沈宋體》,見《唐研究》第二卷,北京大學出版社,1996年。

　　另一種意見是八病的規定早在沈約時代已經出現。如宋人王應麟《困學紀聞》引《詩苑類格》記沈約之言："詩有八病，平頭、上尾、蜂腰、鶴膝、大韻、小韻、旁紐、正紐。惟上尾、蜂腰最忌，餘病亦通。"①嚴羽《滄浪詩話》中也説："有四聲，有八病。四聲設於周顒，八病嚴於沈約。"②據張伯偉考證，八病產生於沈約時代。他説："空海在《論病》中指出：'（周）顒、（沈）約以降，（元）兢、（崔）融以往，聲譜之論鬱起，病犯之名爭興。家製格、式，人談疾累。'明確提出詩病之説，實始於沈約。如劉善經引沈約'六病'説（見《文二十八種病》），而空海在《論病》中將'八體、十病、六犯、三疾'並稱，可知此處的'八體'就是'八病'。沈約《答甄公論》曰：'作五言詩者，善用四聲，則諷咏而流靡；能達八體，則陸離而華潔。''八體'與'四聲'相對，必是指八病。《日本國見在書目》'小學家'類，著錄了《四聲八體》一卷，可見當時將'八病'又稱'八體'是頗爲通行的。所以'八病説'實爲沈約所提出，這是無可懷疑的。"③

　　關於"八病"，日本空海《文鏡秘府論》中有詳細記載，略闡釋如下：

　　第一，平頭。"五言詩第一字不得與第六字同聲，第二字不得與第七字同聲。同聲者，不得同平上去入四聲，犯者名爲犯平頭。"如"芳時淑氣清，提壺臺上傾"犯平頭。"芳時淑氣清，提壺臺上傾"的平仄格式是：平平仄仄平，平平平仄平。第一字"芳"

　　① （宋）王應麟：《困學紀聞》，商務印書館，1959 年。又見《宋人詩話外編》，國際文化出版公司，1996 年，第 1434 頁。
　　② （宋）嚴羽：《滄浪詩話》，人民文學出版社，1961 年。又見《歷代詩話》，中華書局，1981 年，第 691 頁。
　　③ 張伯偉：《全唐五代詩格彙考》，鳳凰出版社，2005 年，第 7—8 頁。

和第六字“提”都是平聲；第二字“時”和第七字“壺”都是平聲，這樣就是典型的“平頭”病。

第二，上尾。“五言詩中，第五字不得與第十字同聲，名爲上尾。”如“西北有高樓，上與浮雲齊”犯上尾。“西北有高樓，上與浮雲齊”的平仄格式是：平仄仄平平，仄仄平平平。第五字“樓”和第十字“齊”都是平聲字，是爲“上尾”病。

第三，蜂腰。“五言詩一句之內，第二字不得與第五字同聲，言兩頭粗，中央細，似蜂腰也。”如“青軒明月時，紫殿秋風日”犯蜂腰。“青軒明月時，紫殿秋風日”這句詩是南朝齊詩人虞炎《詠簾》詩的第一聯，原詩是“青軒明月時，紫殿秋風日。瞳曨孔光暉，晻曖映容質。清露依簷垂，蛸絲當户密。褰開誰共臨，掩晦獨如失”。這句“青軒明月時，紫殿秋風日”的平仄格式是：平平平仄平，仄仄平平仄。出句第二字“軒”和第五字“時”都是平聲，對句第二字“殿”和第五字“日”都是仄聲，如此，就如古人所說“兩頭粗，中央細”，犯“蜂腰”病。

第四，鶴膝。“五言詩第五字不得與第十五字同聲，言兩頭細，中央粗，似鶴膝也。以其詩中央有病。”如“撥棹金陵渚，遵流背城闕。浪蹙飛船影，山掛垂輪月”，犯鶴膝。“撥棹金陵渚，遵流背城闕。浪蹙飛船影，山掛垂輪月”的平仄格式是：仄仄平平仄，平平仄仄仄。仄仄平平仄，平仄平平仄。其中第五字“渚”和第十五字“影”都是仄聲，古人認爲如此則顯得“兩頭細，中央粗”，犯“鶴膝”病。

第五，大韻。“五言詩若以‘新’爲韻，上九字中，更不得安‘人’、‘津’、‘鄰’、‘身’、‘陳’等字，既同其類，名犯大韻。”此病又稱“觸豔病”，指兩句中前九字有與韻脚通韻之字。如“紫翩拂花樹，黃鸝閑綠枝"，"鸝"、和韻脚字"枝"同韻，犯大韻。"鸝"和"枝"皆爲止攝支韻字，同韻，此爲犯"大韻"病。

第六，小韻。"除韻以外，而有叠相犯者，名爲犯小韻病也。"此病亦稱"傷音病"，是指除了韻脚之外，兩句中其餘九字有相互同韻者。如"搴簾出户望，霜花朝濺日"，"望"、"濺"同韻，犯小韻。"望"和"濺"是宕攝陽韻字，同韻，屬於犯"小韻"病。

第七，旁紐。"五言詩一句之中有'月'字，更不得安'魚'、'元'、'阮'、'願'等之字，此即雙聲，雙聲即犯旁紐。亦曰五字中犯最急，十字中犯稍寬。如此之類，是其病。"此病亦稱"大紐"，是指一句中有兩個或兩個以上韻母相近且聲母相同者，如"魚游見風月，獸走畏傷蹄"，"魚"與"月"都是疑母字，"獸"與"傷"皆爲書母字，這兩組字都是雙聲關係，犯"旁紐"詩病。

第八，正紐。"五言詩'壬'、'衽'、'任'、'人'四字爲一組，一句之中，以有'壬'字，更不得安'衽'、'任'、'人'等字。如此之類，名爲犯正紐之病。"此病亦稱"小紐"，指一句中有兩個或兩個以上聲母韻母相同的字，如"光陰同宴席，歌嘯動梁塵"，"同"與"動"雖聲調不同，但都是定母東韻字，屬同音關係，此爲犯"正紐"詩病。

以上的分析就是齊梁體聲律的中心——四聲八病之説。

（2）初唐聲律：從詩病爲中心到以黏對爲中心的過渡與定型

齊梁末期到初唐時期，詩律又變。《梁書·庾肩吾傳》："初，太宗在藩，雅好文章士，時庾肩吾與東海徐摛，吳郡陸杲，彭城劉遵、劉孝儀，儀弟孝威，同被賞接。及居東宮，又開文德省，置學士，肩吾子信、摛子陵、吳郡張長公、北地傅弘、東海鮑至等充其選。齊永明中，文士王融、謝朓、沈約文章始用四聲，以爲新變。至是(按，指梁大同)轉拘聲韻，彌尚麗靡，復逾於往時。”這段記録可以看作是沈約之後到初唐之間，詩人對於詩律中的押韻、平仄等問題的新的探索，“轉拘聲韻，彌尚麗靡，復逾於往時”。

　　有了這樣的探索，初唐時期出現了若干書籍來指導詩人如何作詩，例如皎然《詩式·序》引李洪之言：“早歲曾見沈約《品藻》，惠休《翰林》，庾信《詩箴》。”這些書初盛唐人還可以讀到。

　　初唐時期對於聲律探索的理論文獻，主要保存在上官儀《筆札華梁》、無名氏的《文筆式》、托名魏文帝的《詩格》、元兢的《詩髓腦》、無名氏《詩格》、無名氏《詩式》、崔融《唐朝新定詩格》和托名李嶠的《評詩格》中。這些著作大多是對沈約的“八病”進行討論，例如《筆札華梁》列出了“八病”的名稱，並對“鶴膝病”加以分析。《文筆式》除了解釋八病的具體含義之外，還增補了“水渾病”、“火滅病”、“木枯病”、“金缺病”、“闕偶病”、“繁説病”，共計詩病十四種之多。後兩種病，只談對偶，不論聲律。《詩格》所列八病與《筆札華梁》並無差别。《詩髓腦》較爲詳細地討論了“聲調”、“對屬”和“文病”三大問題。

　　對於初唐時期詩律理論文獻的評價也存在爭議，羅根澤認爲在初唐較早的詩歌聲律著作中，没有積極建設方面的東西，主要是消極的規避。[1] 杜曉勤分析了上官儀和元兢的理論，肯定了他們的積極貢獻。[2] 我們同意後者的看法。

　　在初唐詩歌理論著作中，上官儀《筆札華梁》和元兢《詩髓

————————

　　① 羅根澤：《中國文學批評史》，古典文學出版社，1957 年。
　　② 杜曉勤：《從永明體到沈宋體》，見《唐研究》第二卷，北京大學出版社，1996 年。

腦》對於研究聲律的發展非常重要。

上官儀（608？—664）在《筆札華梁》中提出"屬對"原則。"屬對"是近體詩歌格律中不可缺少的一環。古風的句子和律句是被嚴格區別的，例如"歐公嘗言，古詩中時作一兩聯屬對，尤見工夫"。① "對"指的不僅是詞語的對仗，還指的是平仄相對，後者也是古體詩和近體詩最大的區別之一。從表層看，"八對"説是詞性、意義的相對，例如"的名對"（又名"正名對"等）是指天與地、日與月等詞義的相互對立。但是分析上官儀所舉的詩例，就可以發現"八對"其實也是聲律的相對。詩例在宋人魏慶之《詩人玉屑》卷七所引李淑《詩格類苑》中保留得比較完整。② 例如：

"送酒東南去，迎琴西北來"

（仄仄平平仄，平平平仄平）

"風纖池間樹，蟲穿草上文"

（平仄平平仄，平平仄仄平）

"秋霜香佳菊，春風馥麗蘭"

（平平平佳仄，平平仄仄平）

"放蕩千般意，遷延一介心"

（仄仄平平仄，平平仄仄平）

"殘河河若帶，初月月如眉"

（平平平仄仄，平仄仄平平）

"議月眉欺月，論花頰勝花"

---

① （宋）陳善：《捫虱新話》，《宋人詩話外編》，國際文化出版公司，1996 年，第420 頁。

② （宋）魏慶之：《詩人玉屑》，中華書局，1963 年。

（仄仄平平仄，平平仄仄平）

"情新因意得，意得逐情新"

（平平平仄仄，仄仄仄平平）

"相思復相憶，夜夜淚沾衣"

（平平仄平仄，仄仄仄平平）

"空嘆復空泣，朝朝君未歸"

（平仄仄平仄，平平平仄平）

在上述講究"屬對"的 18 句 9 聯中，"秋霜香佳菊，春風馥麗蘭"（平平平平仄，平平仄仄平），一聯兩句第二字平仄不對；"相思復相憶，夜夜淚沾衣"（平平仄平仄，仄仄仄平平），這一聯出句第二、四字未異聲，出句與對句第四字失對。其餘的七聯詩句平仄皆對，比例很高，佔 78%，這說明上官儀的"屬對"原則，不僅從語義層面規定了詞義相同或相反之外，還從聲音層面上限定了一聯之內兩個單句平仄相對。這是從律句發展到律聯中間非常重要的一環。

從律聯到通篇入律，最重要的一環"黏"，這是從元兢開始進行探索的。元兢（生卒年不詳，大致活動於唐高宗至武則天時期）在《詩髓腦》中提到了"換頭術"，他先舉一首自己的詩作爲例證：

蓬州野望
元 兢

飄颺宕渠域，曠望蜀門隈。

（平平仄平仄，仄仄仄平平）

水共三巴遠,山隨八陣開。

(仄仄平平仄,平平仄仄平)

橋形疑漢接,石勢似煙迴。

(平平平仄仄,仄仄仄平仄)

欲下他鄉淚,猿聲幾處催。

(仄仄平平仄,平平仄仄平)

按,此詩未見著録於《全唐詩》,當補收。在列舉詩例後,正式提出"換頭術"的要求:"此篇第一句頭兩字平(飄飃,兩字皆平聲:括弧內爲筆者所補充,本段均仿此),次句頭兩字去上入(曠望,兩字皆仄聲);①次句頭兩字上去入(水共,兩字皆仄聲),次句頭兩字平(山隨,兩字皆平聲);次句頭兩字又平(橋形,兩字皆平聲),次句頭兩字上去入(石勢,兩字皆仄聲);次句頭兩字又上去入(欲下,兩字皆仄聲),次句頭兩字又平(猿聲,兩字皆平聲)。如此輪轉,自初以終篇,名爲雙聲換頭,是最善也(此指一聯之內兩句,首二字平仄相對,且上聯對句首二字和下聯出句首二字平仄相同,即相黏)。若不得如此,即如篇首第二字是平,下句第二字是用上去入;次句第二字又用上去入,次句第二字又用平。如此輪轉終篇,唯換第二字,其第一字與下句第一字用平不妨,此亦名爲換頭,然不及雙換(此指若一聯內出句對句第二字平仄相對,上下聯第二字平仄相黏,亦可)。又不得句頭第一字是上去入,次句頭用上去入,則聲不調也。可不慎歟(此句是説,若只論第一字,而不管第二字平仄,那麼就構不成聲調相諧)!此換頭,

---

① "去上入"三字,《文筆眼心鈔》引作"側"字,下同。轉引自張伯偉《全唐五代詩格彙考》,鳳凰出版社,2005年,第115頁。

或名拈二。拈二者,謂平聲爲一字,上去入爲一字。第一句第二字若安上去入聲,第二、第三句第二字皆須平聲。第四、第五句第二字還須上去入聲,第六、第七句第二字安平聲,以次避之。如庾信詩云:'今日小園中,桃花數樹紅。欣君一壺酒,細酌對春風。''日'與'酌'同入聲。只如此體,詞合宮商,又復流美,此爲佳妙。"

可以看出,元兢在兩個方面作出了很大貢獻。第一是四聲二元化,他首次規定了平聲爲一類,上去入爲一類,後者也就是所謂的仄聲,這樣才可以給詩人留出較大的創作空間,而不必拘泥於四聲分用。第二,確立的聯與聯之間的連接關係——"黏",也就是他所謂的"拈"。當上聯對句第二字與下聯出句第二字同聲調時,律聯纔可以進行組合,從而構成律詩。

學者認爲,換頭法的倡行對於從永明體到近體的過渡完成,意義重大。[1] 從律句的確立,到律聯之內兩句相對,再到兩聯之間相黏,從而形成完整律詩,在齊梁至初唐時期最終完成。

(三) 詩歌入律比例比較

初唐時期詩歌對於齊梁體詩病揚弃的結果就是造成了入律比例的增加,現將二者進行比較。

四聲的發現,在齊梁時期推動了詩體的發展。例如《梁書・庾肩吾傳》説:"齊永明中,文士王融、謝朓、沈約文章始用四聲,以爲新變。"具體來説,"前有浮聲,則後須切響。一簡之

---

① 何偉棠:《永明體到近體》(增訂版),廣東高等教育出版社,2005 年,第109 頁。

內,音韻盡殊;兩句之中,輕重悉異",這是規定了五言詩一句之內字音相異,兩句之中聲調相對。依照這樣的提法,兩句之間要求異聲相對,那麼如果以(仄)仄開頭,就必須接着用(平)平,然後再接仄聲,就形成了"(仄)仄(平)平仄",對句自然要接"(平)平(仄)仄平"的格式。這種方式得益於第二、四字的異聲,從而產生律句和律聯。而分析八病説,排列出避免八病的句子,只能得到"○平○仄仄"和"○仄○平平"兩種律聯。但是《文鏡秘府論》也補充説:"第二字與第五字同上去入皆是病,平聲非病也。"元兢在《詩髓腦》提出了相同的看法。那麼"○平○○平"句型也是合律的。齊梁詩人沈、王、謝五言詩"○平○○平"句型與蜂腰病應避免的"○仄○○仄"相比的比例是 94%,這一比例非常高。而近體律句要求二四字異聲,那麼來看劉善經的論述。他説:"又第二字與第四字同聲,亦不能善。此雖世無的目,而甚於蜂腰。"[1]如此,近體詩的基本律句就形成了:

a 式: ○平○仄仄

b 式: ○仄○平仄

A 式: ○仄○平平

B 式: ○平○平仄

　　產生律句之後,就會有律聯搭配的問題。律詩只有 a 與 B,b 與 A 纔可以搭配。[2] 齊梁詩歌中,a 與 A,a 與 B;b 與 A,b 與

---

① 《文鏡秘府論》西卷"二十八種病"之"蜂腰"條,人民文學出版社,1980 年。
② 另外,近體詩中還有 A 與 B,B 與 A 的搭配,但是僅限於首聯。

B均可搭配。它們還可以與非律句(二四同聲)搭配。這些非律句是：

a：○平○平仄
A：○仄○仄平
b：○仄○仄仄
B：○平○平平

　　將沈約、王融、謝朓三人223首五言平韻詩的1 053個詩聯中，律句與非律句的數量和出現比例用表格形式反映出來，就是表5。①

表5　律句與非律句的數量和出現比例

聯	分類	句型	數量	比例
aA	律聯	aA	283	27％
	非律聯	aA	179	17％
		aA	33	3％
		aA	22	2％
bA	律聯	bA	149	14％
	非律聯	bA	46	4％
		bA	20	2％
		bA	9	1％

① 表5中的數據，引自何偉棠《永明體到近體》(增訂版)，廣東高等教育出版社，2005年，第21—23頁。

（續表）

聯	分類	句型	數量	比例
aB	律聯	aB	95	9％
	非律聯	a̲B	61	6％
		aB̲	14	1％
		a̲B̲	7	0.66％
bB	律聯	bB	74	7％
	非律聯	b̲B	21	2％
		bB̲	3	0.28％
		b̲B̲	7	0.66％

可以看出,律聯的比例要遠遠高於非律聯的比例。總體上看,律聯佔 14％強;而非律聯的比例只佔 3.3％。律句的增多,就爲通篇入律做好準備。

齊梁詩中,律聯的組合方式有三種:黏式律、對式律和混合律。黏式律指各個律聯之間用"黏"的規則而組合成的律詩,它是近體詩的格律。對式律是指各個聯之間用"對"的規則組合而成的律詩,它每聯的平仄句式基本一致。混合律是各聯之間用"黏"、"對"混合而組成的律詩。[1] 在齊永明年間,混合律的數量遠遠多於前兩種。而到了梁朝末年,對式律和黏式律的數量越來越多了。齊梁時期,對式律詩共有 76 首,佔總篇數的 23％。黏式律共有 41 首,佔總篇數的 12％。混合律 214 首,佔總篇數的 65％。

下文也同樣統計了初唐時期詩歌入律的比例,現在將齊梁時期與初唐時期五言詩入律比例進行對比,就是表 6。

---

[1] 參考徐青:《唐詩格律通論》,當代中國出版社,2002 年,第 18、41、57 頁。

表6　齊梁時期與初唐時期五言詩入律比例比較表

		齊梁時期	初唐時期
句	律　句	11 181	15 794
	總句數	13 056	17 060
	百分比	86％	93％
聯	律　聯	4 958	7 509
	總聯數	6 422	8 530
	百分比	77％	88％
篇	律　詩	85	965
	總篇數	1 363	1 658
	百分比	6％	58％

　　從表6可以看出，齊梁時期律句比例較高，其原因是由於二四異聲的倡導。律聯入律比例也可以說是比較高的，佔77％，其原因在於自齊梁後期開始，詩人就開始倡導"屬對"的運用。但是通篇入律非常低，只有6％，而到了初唐時期一躍而至58％，其原因在於"換頭術"所代表的"黏"的法則爲詩人所普遍接受，並自覺運用到創作中去了。

（四）與盛唐詩歌格律的比較

1. 律詩逐漸成熟

　　盛唐時期是律詩從定型到成熟的關鍵時期。在這一時期，最主要的詩歌格律理論家是王昌齡和皎然。

　　王昌齡（約698—約757）的《詩格》對於聲律的討論再次強調了一聯之內，兩句之間應該平仄相對。他說："凡四十字，十字爲一管,即生其意。……律調其言,言無相防。以字輕重清濁間之須穩。至如有輕重者,有輕中重,重中輕,當韻之即見。且'莊'字全清,'霜'字輕中重,'瘡'字重中輕,'牀'字全重。如'清'字全清,'青'字全濁。詩上句第二字重中輕,不與下句第二字同聲爲一管。上去入聲一管。上句平聲,下句上去入;上句上去入,下句平聲。如此輪回用之,直至於尾。兩頭管上去入相近,是詩律也。"①

這一段話,説明三個問題。第一,規定了律詩的字數,四十字。第二,規定了五言每聯字數,"十字爲一管",管者,組也。第三,規定了律詩每聯之内,平仄相對。這樣,就可以看出律詩應該是五言八句,共四十字;每聯之内,兩個單句的第二字平仄相對。

皎然(約720—約803)的《詩式》對於聲律的態度頗令人回味。他説:"樂章有宫商五音之説,不聞四聲。近自周顒、劉繪流出,宫商暢於詩體,輕重低昂之節,韻合情高,此未損文格。沈休文酷裁八病,碎用四聲,故文雅殆盡。後之才子,天機不高,爲沈生弊法所娟,懵然隨流,溺而不返。"②首先,皎然反對沈約創立的八病説,這八病在唐人眼裏是對詩人的嚴重束縛。其次,皎然看到自沈約之後,講究聲律的詩作越來越多。在他看來,這些詩已經讓"文雅殆盡",故而應該回歸自然的聲音。其實他理想中的自然的聲音,應該就是律詩形成之後,詩人故意仿古的古風詩歌。這也從另一方面説明了律詩的多産與成熟,因爲只有當律詩詩體成熟之時,詩人纔可以刻意避免律詩的格律要求,而創作

---

① (唐)王昌齡:《詩格》,見張伯偉《全唐五代詩格彙考》,鳳凰出版社,2005 年。

② (唐)皎然:《詩式》,見張伯偉《全唐五代詩格彙考》,鳳凰出版社,2005 年。

"仿古"的古風詩歌。

與初唐時期相比,盛唐時期詩律理論著作流傳下來的非常少。王昌齡的《詩格》僅僅談到了詩律的一部分問題,原因在於此書的著重點在於分析"句勢",也就是句與句之間的意義關係。同樣,皎然的《詩式》屬於盛唐到中晚唐過渡時期的著作,他的重點也不在聲律上,而在於説明近體詩的對偶與"詩勢"。對於句與句之間的意義承接研究,開啓了中晚唐主流詩格理論的先河。這也反映出,盛唐時期,律體已經成熟,不用再多花力氣去規定具體的句法和聯法,因爲從盛唐詩人的詩格中,就可以發現"黏"和"對"的規則已經深入人心,詩格的入律比例非常高。

2. 詩歌入律比例比較

① 七言律詩數量的增加

七言詩是律詩中一個非常重要的部分。與盛唐時期相比,初唐詩主要以五言爲主,七言詩的數量非常少。入律的七言詩在初唐不算太多,七律、七絶、七排各舉一例。

初唐時期,平仄合律的七言律詩例及平仄分析如下:

奉和聖製春日幸望春宮應制
崔日用

東郊風物正熏馨,素滻鼋鼊戲綠汀。

(平平平仄仄平平,仄仄平平仄仄平)

鳳閣斜通平樂觀,龍旗直逼望春亭。

(仄仄平平平仄仄,平平仄仄仄平平)

光風搖動蘭英紫,淑氣依遲柳色青。

(平平平仄平平仄,仄仄平平仄仄平)

渭浦明晨修禊事,群公傾賀水心銘。

（仄仄平平平仄仄,平平平仄仄平平）

全詩黏對合律,是嚴格的律詩。初唐時期,平仄合律的七言絕句詩例及平仄分析如下:

上元夜六首(其二)

崔液

神燈佛火百輪張,刻像圖形七寶裝。

（平平平仄仄平平,仄仄平平仄仄平）

影裏如聞金口說,空中似散玉毫光。

（仄仄平平平仄仄,平平平仄仄平平）

全詩黏對合律。入律的七言排句詩例及平仄分析如下:

從 軍 行

崔融

穹廬雜種亂金方,武將神兵下玉堂。

（平平仄仄仄平平,仄仄平平仄仄平）

天子旌旗過細柳,匈奴運數盡枯楊。

（平仄平平仄仄仄,平平仄仄仄平平）

關頭落月橫西嶺,塞下凝雲斷北荒。

（平平仄仄平平仄,仄仄平平仄仄平）

漠漠邊塵飛眾鳥,昏昏朔氣聚群羊。

（仄仄平平平仄仄,平平仄仄仄平平）

依稀蜀杖迷新竹，仿佛胡牀識故桑。

（平平仄仄平平仄，仄仄平平仄仄平）

臨海舊來聞驃騎，尋河本自有中郎。

（平仄仄平平仄仄，平平仄仄仄平平）

坐看戰壁爲平土，近待軍營作破羌。

（仄平仄仄平平仄，仄仄平平仄仄平）

全詩雖句數超過格律詩八句之要求，但黏對合律，在平仄分佈上完全符合近體詩的形式。

爲了和盛唐時期的詩律比較，統計初唐時期重要詩人七言詩歌的數量和入律比例，並與盛唐時期做了對比。

初唐第一階段，七言詩只有 6 首，只有 1 首入律，即虞世南《應詔嘲司花女》："學畫鴉黃半未成，垂肩嚲袖太憨生。緣憨卻得君王惜，長把花枝傍輦行。"入律的七言詩在全部七言詩中佔 17％，比例不高。

初唐第二階段，七言詩有 31 首，5 首入律，入律比例是 16％，與第一階段差不多。

初唐第三階段，七言詩 120 首，89 首入律，入律比例是 74％，比前兩個階段大爲增多。

總體來看，初唐時期共有七言詩 157 首，佔全部 2 359 首詩歌的 6.7％，數量不多。而在這 157 首七言詩中，95 首詩入律，佔 61％，從比例上看，七言詩入律的比例比較低。

盛唐時期，七言詩 978 首，佔全部 4 698 首詩歌的 21％，比初唐時期上升近 15％。在這 978 首七言詩中，共有 591 首入律，佔 60％。雖然與初唐時期比例持平，但是盛唐時期，詩人開始創作仿古的七言詩,有些七言詩是故意不入律的,所以這在性質上是和初唐不同的。如果只統計八句律體七言詩的入律情況,那麼可能比例會高得多。

把這些統計數字用表格反映出來,就是表 7。

表 7　初盛唐重要詩人七言詩歌入律表

時代	詩　人	詩歌總數	七言總數	七言比例	入律七言	入律比例
初唐第一階段	虞世南	32	1	3％	1	100％
	楊師道	21	0	0	0	0
	褚　亮	33	0	0	0	0
	李百藥	26	0	0	0	0
	王　績	125	0	0	0	0
	李世民	112	2	2％	0	0
	許敬宗	46	0	0	0	0
	上官儀	32	3	9％	0	0
	合　計	427	6	1.4％	1	17％
初唐第二階段	駱賓王	130	2	2％	0	0
	盧照鄰	105	4	8％	0	0
	杜審言	43	6	17％	5	83％
	李　嶠	209	11	6％	8	73％
	崔日用	9	6	67％	2	33％
	蘇味道	16	1	7％	1	100％
	王　勃	103	7	10％	0	0
	楊　炯	35	0	0	0	0
	劉希夷	39	4	25％	0	0
	崔　融	20	2	18％	2	100％
	合　計	709	31	4.4％	5	16％

（續表）

時代	詩 人	詩歌總數	七言總數	七言比例	入律七言	入律比例
初唐第三階段	徐彥伯	33	7	37%	6	86%
	宋之問	219	19	13%	6	32%
	沈佺期	158	29	29%	26	90%
	陳子昂	128	0	0	0	0
	張　說	312	38	20%	27	71
	蘇　頲	100	17	24%	17	100%
	崔　湜	39	1	4%	1	100%
	崔　液	12	7	58%	6	86%
	張九齡	222	2	1%	0	0
	合　計	1 223	120	9.8%	89	74%
初唐	合　計	2 359	157	6.7%	95	61%
盛唐	王　維	381	56	15%	43	77%
	孟浩然	267	15	6%	7	17%
	儲光羲	112	13	12%	12	92%
	劉長卿	619	114	18%	96	84%
	岑　參	314	79	25%	32	41%
	高　適	243	36	15%	15	42%
	李　頎	124	33	27%	13	39%
	王昌齡	183	79	43%	57	72%
	李　白	998	146	15%	50	34%
	杜　甫	1 457	407	28%	266	65%
盛唐	合　計	4 698	978	21%	591	60%

② 通篇入律比例增加

初唐時期的失黏、失對現象比較嚴重。爲了直觀地對比,選取通篇入律這一律詩形成的最終一環作爲考量對象,來分析初唐和盛唐時期的比例情況。

共統計初唐時期 27 位詩人的詩作,並將他們分爲三個階段。這三個階段通篇入律的比例分別是 18%、50%和 64%,呈現上升趨勢。初唐時期總體的比例是 51%,盛唐是 53%。在初唐時期,三個階段的數據說明了入律情況不斷上升,並且律詩合律度不斷增大,律詩得以定型。盛唐的數據並沒有比初唐增加太多,並不是説律詩仍有一半不合律,而是反映了另外一個問題,就是詩人開始有意識地創作不合律的古風詩歌,所以合律度纔沒有升高。從另外一個層面看,即使有古風詩歌的加入,合律度仍在 50%以上,那麼可見單純律體詩的合律度要更高。

把初唐和盛唐入律的數據列成表格,就是表 8。

表 8　初唐、盛唐通篇入律比較表

時　　代	詩　人	詩歌總量	入律總量	入律比例
初唐第一階段	虞世南	32	3	9%
	楊師道	21	4	19%
	褚　亮	33	2	6%
	李百藥	26	6	23%
	王　績	125	45	36%
	李世民	112	11	10%
	許敬宗	46	3	7%
	上官儀	32	1	3%
	合　計	427	75	18%

（續表）

時　代	詩　人	詩歌總量	入律總量	入律比例
初唐 第二階段	駱賓王	130	39	30％
	盧照鄰	105	11	10％
	杜審言	43	37	86％
	李　嶠	209	173	83％
	崔日用	9	3	33％
	蘇味道	16	10	63％
	王　勃	103	27	26％
	楊　炯	35	24	69％
	劉希夷	39	7	18％
	崔　融	20	9	45％
	合　計	709	351	50％
初唐 第三階段	徐彦伯	33	12	36％
	宋之問	219	124	57％
	沈佺期	158	116	73％
	陳子昂	128	14	11％
	張　説	312	150	48％
	蘇　頲	100	58	58％
	崔　湜	39	21	54％
	崔　液	12	6	50％
	張九齡	222	136	61％
	合　計	1 223	787	64％
初　唐	合　計	2 359	1 213	51％

時　代	詩　人	詩歌總量	入律總量	入律比例
盛　唐	王　維	381	194	51％
	孟浩然	267	154	58％
	儲光羲	112	59	53％
	劉長卿	619	367	59％
	岑　參	314	178	57％
	高　適	243	71	29％
	李　頎	124	39	31％
	王昌齡	183	74	40％
	李　白	998	312	31％
	杜　甫	1 457	1 051	72％
盛　唐	合　計	4 698	2 499	53％

③ 古風的創作

爲了區別比較,本文把"古體詩"、"古風"這原本兩個相同的概念區分開來。

古體詩是相對於近體詩而言的一種詩體。一般來説,唐代之前的詩統稱爲古體,它用韻比較自由,可平可仄,亦可平仄互換轉韻、通押。講究平仄,但出律較多。字數有五言、七言,也有多言、雜言等。

古風專指近體詩出現後,詩人爲了區別近體詩而形成的一種詩體。在盛唐時期,詩人爲了仿古以示正宗,往往模仿漢魏六朝時期的古詩,在字數、用韻、平仄和對仗方面都儘量避免律化,並且多用拗句,多用"孤平"等句式。押韻時有時也用仄聲字押韻,仄韻三聲可以通押。古風詩歌有自身的格律,王力先生的

《漢語詩律學》對古風做了詳盡的考察，從古風的字數、用韻（本韻、通韻、轉韻）、奇句韻、柏梁體、平仄、黏對及其出句末字的平仄、入律、古風式的律詩、古體詩的對仗、古體詩的句式、古體詩的語法等不同方面，總結出了古風詩歌的特點。

古風和古體詩最大的區別不在於格律，它們的格律比較相近。例如詩人在創作古風的時候，在句末喜歡用三平脚、三仄脚以及"仄平仄"、"平仄平"句式，在初唐詩歌中這樣的句式也非常多。其區別在於創作主體的態度，古體詩是一種詩歌的過渡形式，詩人自然形成的詩體。而古風是爲了仿古，人爲創造的一種詩體。

四、初唐詩的性質及其成因

（一）前人對於初唐詩的定位模糊不清，將初唐詩統統定位爲古風。例如宋人羅大經（1196—1525 後）在《鶴林玉露》中將沈宋之前的初唐詩籠統地定位爲古體詩，他說："古今之詩凡三變。蓋自書傳所載，虞夏以來，及漢魏，自爲一等。自晉宋間顏謝以後，下及唐初，自爲一等。自沈宋以後，定著律詩，下及今日，又爲一等。"①由於古人認爲律詩形成於沈宋之手，所以相應地將沈宋之前的詩歌都定位爲古風。

而我們認爲律詩是詩人集體不斷努力創造的一種詩體，它最終形成於初唐第三個階段，也就是唐中宗、睿宗時期。如此，整個初唐時期詩歌性質的界定，就應該與古人所持之論有所

---

① （宋）羅大經：《鶴林玉露》，中華書局，1983 年。又見《宋人詩話外編》，國際文化出版社，1996 年，第 1298 頁。

不同。

　　上文考察了初唐詩與齊梁詩歌的異同,認爲初唐詩揚弃了聲病,多用律句和律聯,通篇入律比例逐漸增加。而盛唐詩古風與近體詩界綫明顯,律體的合律度非常高。那麼初唐詩就應該是齊梁體到近體的一種過渡形式,它不是齊梁式的古體詩,也不算是後世意義上的古風詩歌,更不是嚴格意義上的近體詩。對於這一種特殊的詩體,清人葉燮(1627—1703)在《原詩》中説:"唐初沿其卑靡浮艷之習,句櫛字比,非古非律,詩之極衰也。"①可以看出葉燮對初唐詩是抱着否定和貶低的態度的,他認爲初唐詩是"詩之極衰也",所以纔用"非律非古"來形容初唐詩。但如果將初唐詩看作是齊梁體到近體詩的過渡階段,是詩歌走向成熟、繁榮的橋樑的話,再抛開古人負面的視角,將初唐詩看作一個綜合體。那麼也可以説,初唐詩的性質是介於古體和律體之間的一種綜合性、動態性的詩體,用"律古之間"來定義初唐詩最恰當不過。

(二) 初唐詩性質形成的原因

第一,詩歌發展的需要。

　　齊梁時期聲韻之學興起,人們在作詩的時候不斷要求詩歌能夠以聲音的變化,來產生抑揚頓挫的音樂效果。齊梁聲病就是在這種趨勢下産生的,在諸多聲病中,不僅有對於聲、韻的要求,更多的是對於聲調的要求。

　　初唐時期,這些煩瑣的聲病對於詩人的創作產生了極大的

---

① 　(清)葉燮:《原詩》,人民文學出版社,1979 年。

束縛。很多聲病隨着時間的變化也産生了變化,例如舊題白居易的《金針詩格》就記載了在初唐時期,産生了新的聲病——四平頭、兩平頭等。所謂"四平頭,謂四句借用平字入是也;兩平頭,謂第一句第三句用平字入是也。"①這種情況會把詩人弄得無所適從,反而不再遵循任何一種避免聲病的原則。詩論家也開始從指導詩人消極地規避而過渡到積極地建設。從而律句不斷增加,律聯不斷增加,在初唐末期最終形成了一種新的詩體——律詩。

第二,科舉考試的推動。

隋代大業年間開始的科舉考試,在初唐武德四年開設進士科,一仍隋制。然而到了高宗調露二年(680 年),考試内容卻有所轉變。《唐會要》卷七六《貢舉中·進士》記載:"調露二年四月,劉思立除考功員外郎。先時,進士但試策而已,思立以其庸淺,奏請帖經,及試雜文,自後因以爲常式。"雜文泛指詩、賦、箴、銘、頌、表、議、論等文體。這裏的詩賦又稱爲"試律詩",通常五言六韻,共十二句。這些試律詩一般要講究格律、聲韻等標準,其原因在於主考官有着統一的判定標準。胡震亨《唐音癸籤》說:"唐進士重詩賦者,以策論惟剿舊文,帖經只抄義條,不若詩賦可以盡才。又世俗偷薄,上下交疑,此則按其聲病,可塞有司之責。"在科舉考試的推動下,初唐詩人開始講究格律,律化程度也就越來越高了。

到了開元年間,始全用詩賦考試,到了天寶時期,纔專用詩賦考試。這也可以解釋爲什麼初唐時期入律程度不如盛唐那麼

---

① 　(唐)白居易:《金針詩格》,《全唐五代詩格彙考》,鳳凰出版社,2002 年,第365 頁。

高,其原因就是考試的内容要求不一樣。

第三,自上而下的影響。

唐代帝王對詩歌的作用非常重視。以李世民爲例,他的《帝京篇·序》就是一篇他的詩歌理論綱領。這篇序言强調了詩歌的教化功用和移風易俗的積極作用,在客觀上否定了六朝的形式主義詩風,提倡新的詩歌風格。初唐詩人在皇帝的帶領下,積極探索新的詩歌風格和形式,這對於初唐詩格律的發展起到了非常大的作用。

在這三項因素的推動下,詩歌從齊梁的永明體逐漸變爲近體律詩,初唐時期是個非常重要的過渡階段。

五、律詩形成過程之考察

(一)唐詩在古典詩律史上意義非凡。宋代南渡詞人葉夢得(1077—1048)在《石林詩話》中説:"晉魏間詩,尚未知聲律對偶","自唐之後,既變律體,固不能無拘窘。"①然而對於律體的形成年代,卻一直有所爭論。自唐以來,人們普遍認爲律詩形成於沈佺期、宋之問二人。唐人元稹説:"唐興,官學大振,歷世之文,能者互出。而又沈、宋之流,研練精切,穩順聲勢,謂之爲'律詩'。由是而後,文變之體極矣。"②這也是目前文獻中第一次出現"律詩"一詞。唐詩僧皎然認爲:"洎有唐以來,宋員外之問、沈

---

① (宋)葉夢得:《石林詩話》,中華書局,1958 年。又《歷代詩話》,中華書局,1981 年,第 426 頁。

② (唐)元稹:《唐故工部員外郎杜君墓系銘并序》,《元稹集》,中華書局,1982 年。

給事佺期,蓋有律詩龜鑒也。"①《新唐書·宋之問傳》説:"魏建安後迄江左,詩律屢變,至沈約、庾信,以音韻相婉附,屬對精密。及之問、沈佺期,又加靡麗,回忌聲病,約句準篇,如錦繡成文。學者宗之,號爲'沈宋'。"②宋人羅大經(1196—1252後)在《鶴林玉露》中説:"古今詩凡三變。蓋自書傳所載,虞夏以來,及漢魏,自爲一等。自晉宋間顏謝以後,下及唐初,自爲一等。自沈宋以後,定著律詩,下及今日,又爲一等。至律詩出,而後詩之與法皆大變,以至今日,益巧益密,而無復古人之風矣。"③北宋末年人張表臣在《珊瑚鈎詩話》也説:"蘇李而上,高簡古淡謂之古;沈宋而下,法律精切謂之律"。④明人王世貞(1634—1711)在《藝苑卮言》中説:"五言至沈宋,始可言律。律爲音律、法律,天下無嚴於是者。知虛實、平仄不得任情,而法度明矣!二君正是敵手。"⑤清人錢良擇(1645—?)《唐音審體》説:"律詩始於初唐,至沈、宋而其格始備。"⑥可以説,自唐至清,人們普遍認爲律詩形成於沈佺期、宋之問之手。

自20世紀起,學術界開始關注這一問題,律詩形成年代的討論一直是學術界的熱點問題,許多專家學者都參與了這個討論,每個人所持的觀點亦大不相同。這些討論大多集中在七言律詩的形成問題上,例如明人楊慎(1488—1559)所編的《選詩拾遺》一書認爲"隋時七言律詩已具,不始於唐也"。韓國學者崔南

---

① (唐)皎然:《詩式》,人民文學出版社,2003年。
② (宋)歐陽修,宋祁:《新唐書·宋之問傳》,中華書局,2003年。
③ (宋)羅大經:《鶴林玉露》,中華書局,1983年。
④ (宋)張表臣:《珊瑚鈎詩話》,《歷代詩話》,中華書局,1981年,第476頁。
⑤ (明)王世貞:《藝苑卮言》,齊魯書社,1992年。
⑥ (清)錢良擇:《唐音審體》,北京大學出版社,1984年。

圭在《杜詩的音樂世界》一書中認爲七律形成於沈宋，成熟於杜甫。而趙昌平《唐七律的成就與風格溯源》一文從詩歌風格上得出七律濫觴於梁陳間之庾信至初唐高宗時期，脫穎於武周時期，最終成熟於中宗景龍二至四年的結論。[①]

對於五言律詩的形成年代，意見比較集中。大多數人認同古人的意見，同意律詩形成於沈佺期、宋之問，不過也有學者提出五言律詩定型於杜審言。[②] 古人對於格律的看法不僅在於"律"（入律），而且有"格"的概念，即就是詩歌的格調、韻味，所以結論尚可繼續討論。而今人研究的方法往往取一位詩人，分析其詩歌的平仄，不及其餘，所以結論有時失之偏頗。若要解決這些問題，就必須把現存所有的初唐詩平仄格律全部標注一遍，再對照、分析看哪位詩人或者哪個時代的律句、律聯較多，從而確定律詩的形成時代。

（二）將對初唐重要詩人的五言詩歌進行入律分析，從數量和比例上來看到底誰的詩歌入律比例最大，希望從比例上反映律詩定型的過程，並看出它具體在哪個時代。

這樣做的原因是：

第一，初唐時期，五言詩創作比七言詩繁盛，數量較大。而七言詩數量非常少，在比例上還不到全部初唐詩歌的十分之一。五言詩歌的定型也就代表了律詩的定型。[③]

---

① 分別參見（明）楊慎：《選詩拾遺》，《楊升庵叢書》，天地出版社，2002 年。崔南圭：《杜詩的音樂世界》，遼海出版社，2002 年，第 6 頁。趙昌平：《唐七律的成就及風格溯源》，《中華文史論叢》第四輯，上海古籍出版社，1986 年。
② 韓成武、陳菁怡：《杜審言與五律、五排聲律的定型》，《深圳大學學報》，2003 年第 1 期。
③ 七言詩的入律分析詳見"初盛唐詩人入律情況比較"之七言部分。

　　第二，以前的研究，對於詩歌的收集分析，學者們並未加以太大注意。很多學者只利用了《全唐詩》，而忽略了《全唐詩外編》《全唐詩續拾》等後人輯佚的文獻。這樣，對於入律比例的統計，就有了明顯的偏差。

　　第三，不能輕易說詩歌格律定型於某位詩人筆下。因爲格律創作是個漸進的過程，並不是個人的發明。而前人的研究多集中在某些特定詩人的研究。這樣做的原因，其一可能是因爲該詩人影響較大，尤其是文學意義上的影響；其二是因爲初唐詩人詩歌亡軼較多，難以分析。如果只對某位詩人詩作進行研究，把律詩定型於某個特定的詩人身上，那麼結論恐怕有失僻狹。例如曾經有人指出，徐賢妃詩歌入律就達到了 25％。然而翻看《全唐詩》，徐賢妃五言平聲韻詩僅有三首，基數過小，勢必會影響到統計結果的可信度。

　　目前來說，相較而言可行的做法是：

　　第一，在無法把詩人全部詩歌進行窮盡式分析的情況下（因爲很多詩人的詩歌都亡佚了），盡可能地把現存的詩歌都搜羅進來，試圖使數據無限接近。並且儘量照顧到一些詩歌數量較大而影響較小的詩人，例如崔湜、徐彥伯、陳元光等。這些人在文學上貢獻不大，故而長期被研究者忽視，然而對於詩歌格律而言，他們卻創作了比較多的詩歌，對於格律定型的研究有一定的幫助。

　　第二，先將初唐時期的詩作較多的詩人的詩歌全部進行入律分析，然後再分爲三個階段，來看總體入律情況。試圖把詩歌定型時代定位於某個階段，而不是某個詩人。

　　第三,捨棄前人慣常採用的個別句式分析這一非常瑣碎的
方法,只設立三項標準——律句、律聯、律詩。先看律句的數量
及其比例,再看律聯的數量和比例,最後再分析律詩的數量和比
例。在單句層面,主要看第二字和第四字聲調是否相異,只有聲
調相異,纔可以看作是律句。在詩聯層面,涉及"對"這一入律的
重要標準。它主要看同聯之內的兩句是否平仄相對,具體是指
同一位置上的第二字和第四字聲調是否相對。如果相對,則可
以看作是律聯。在詩篇階段,涉及"黏"這一重要標準。具體來
説,"黏"是指兩聯之間,上聯對句的第二字和下聯出句的第二字
平仄是否相同。如果上述條件全部滿足,那麼該詩可以稱爲
律詩。

　　第四,在分析的時候,需要先排除明顯的古風詩歌,包括雜
言的五言詩和轉韻的五言詩,等等。

　　(三)初唐時期可以分爲三個階段。第一階段,隋至李世民
時期。第二階段,唐高宗、唐中宗時期。第三階段,從唐中宗、武
后時期至唐玄宗初期。因由這三個階段,把詩人大致分成了三
組,第一組包括虞世南、楊師道、褚亮、李百藥、王績、李世民、許
敬宗、上官儀。第二組包括"四杰"、杜審言、李嶠、蘇味道、劉希
夷、崔融。第三代包括徐彦伯、陳元光、宋之問、沈佺期、陳子昂、
張説、蘇頲、崔湜、張九齡。

　　這 26 位作家代表了初唐三個不同的時期,他們共有詩作
2 399 首,排除明顯的古體詩後,有五言平韻詩 1 654 首。

　　第一階段的詩人生活在隋至李世民時期,其中有數位是由
隋入唐,甚至還有由陳經隋入唐的,這些人有君王、文學侍臣還
有政治家。

虞世南(558—638)[1]，字伯施，越州餘姚(今浙江餘姚)人。《全唐詩》存虞世南詩 1 卷，32 首。其中五言詩平韻詩 28 首。

楊師道(？—647)，字景猷，華陰(今陝西華陰)人。《全唐詩》存楊師道詩 1 卷，21 首，《全唐詩外編》補詩 2 首。其中五言平韻詩 19 首。

褚亮(560—647)，字希明，杭州錢塘(今浙江杭州)人。《全唐詩》存褚亮詩 1 卷，33 首，多爲樂章。其中五言平韻詩 11 首，聯 1。《全唐詩續拾》補題一則。

李百藥(565—648)，字重規，定州安平(今河北安平)人。《全唐詩》存李百藥詩 1 卷，26 首，聯 1。《全唐詩續補遺》和《全唐詩續拾》補詩 3 首。其中五言平韻詩 25 首。

王績(585/590—644)，字無功，號東皋子，絳州龍門(今山西河津)人。《全唐詩》存王績詩 1 卷，56 首，聯 8。《全唐詩續補遺》和《全唐詩續拾》補詩 69 首。共計 125 首，其中五言平韻詩 111 首。

李世民(599—649)，《全唐詩》存詩 1 卷，共 101 首，聯 3。《全唐詩外編》和《全唐詩續拾》補詩 11 首。共計 112 首。其中五言平韻詩 82 首。

許敬宗(592—672)，字延族，杭州新城人。《全唐詩》存詩 27 首。《全唐詩外編》和《全唐詩續拾》補詩 19 首。共計 46 首。其中五言平韻詩 30 首。

上官儀(608？—664)，字遊韶，陝州陝縣(今河南陝縣)人。《全唐詩》存詩 1 卷，20 首。《全唐詩續拾》補詩 12 首。共計

---

　　[1]　詩人的生卒年月，均參考了周勛初主編《唐詩大辭典》(修訂本)，鳳凰出版社，2003 年 9 月。

32 首。其中五言平韻詩 24 首。

第二代詩人主要活躍在唐高宗、唐中宗時期。

駱賓王(622/619/640—684),婺州義烏(今浙江義烏)人。《全唐詩》今存詩 3 卷,共 130 首。其中五言平韻詩 108 首。

盧照鄰(634/635—686/689),字升之,幽州范陽(今河北涿州)人。《全唐詩》今存詩 2 卷,105 首。其中五言平韻詩 53 首。

杜審言(645?—708),字必簡,祖籍襄陽(今湖北襄樊),父遷居洛州鞏縣(今河南鞏義)。《全唐詩》存詩 1 卷,共 43 首。其中五言平韻詩 35 首。

李嶠(646—715?),字巨山,趙州贊皇(今河北贊皇)人。《全唐詩》存詩 5 卷,共 209 首。《全唐逸詩》補詩 6 首(然而一作"李橋"),《全唐詩外編》《全唐詩續拾》補詩 3 首。共計 218 首。其中五言平韻詩 189 首。

蘇味道(648—705),趙州欒城(今河北欒城)人。《全唐詩》存詩 1 卷,共 16 首。其中五言平韻詩 15 首。

王勃(650/649/648—676/667),字子安,絳州龍門(今山西河津)人。《全唐詩》存詩 2 卷,共 89 首。《全唐詩外編》《全唐詩續拾》補詩 14 首,句 1。共計 103 首。其中五言平韻詩 72 首。

楊炯(650—693?),華陰(今陝西華陰)人。《全唐詩》存詩 1 卷,33 首。《全唐詩續拾》補詩 2 首。共計 35 首。其中五言平韻詩 30 首。

劉希夷(651—?),字庭芝,一作廷芝,汝州(今屬河南)人。《全唐詩》存詩 1 卷,35 首。《全唐詩外編》《全唐詩續拾》補詩 4 首,詩題 1 則。共計 39 首。五言平韻詩 16 首。

崔融(653—706),字安成,齊州全節(今山東章丘)人。《全唐詩》存詩 1 卷,18 首。《全唐詩外編》補詩 2 首。共 20 首。其中五言平韻詩 11 首。

　　第三時期的詩人主要活躍在唐中宗、武后到唐玄宗前期這一段時間之內。

　　徐彥伯(? —714),名洪,以字行,兗州瑕丘(今山東兗州西南)人。《全唐詩》今存詩 1 卷,共 33 首。其中五言平韻詩 19 首。

　　陳元光,生卒年不詳,高宗武后時人。《全唐詩》收其詩 3 首,《全唐詩外編》《全唐詩續拾》補詩 45 首。共 48 首。其中五言平韻詩 28 首。①

　　宋之問(656—713),一名少連,字延清,汾州西河(今山西汾陽)人,一說虢州弘農(今河南靈寶)人。《全唐詩》收其詩 3 卷,198 首。《全唐詩外編》《全唐詩續拾》補詩 21 首。共 219 首。其中五言平韻詩 147 首。

　　沈佺期(656—715),字雲卿,相州內黃(今河南內黃)人。《全唐詩》編其詩 3 卷,156 首。《全唐詩續拾》補 2 首,斷句 1 聯。共 158 首。其中五言平韻詩 101 首。

　　陳子昂(659/661—700/702),字伯玉,梓州射洪(今四川射洪)人。《全唐詩》存詩 2 卷,128 首。《全唐詩外編》補詩 1 首。共 129 首。其中五言平韻詩 55 首。

　　張説(667—730),字道濟,一字説之。原籍范陽(今河北涿州),世居河東(今山西永濟西),遷家洛陽(今屬河南)。《全唐詩》存詩 5 卷,《全唐詩外編》《全唐詩續拾》補詩 4 首,斷句 4,題

────────────

　　① 《全唐詩續拾》中收錄陳元光詩 43 首,均出自龍海縣東園鄉潭頭村藏《陳氏族譜》。這些詩歌,學者懷疑是其後人偽造。

1 則。共 312 首。其中五言平韻詩 194 首。

蘇頲(670—727),字延碩,京兆武功(今陝西武功)人。《全唐詩》存詩 2 卷,99 首,斷句 2 聯。《全唐詩續拾》補詩 1 首。共 100 首,其中五言平聲詩 70 首。

崔湜(671—713),字澄瀾,定州安喜(今河北定州)人。《全唐詩》存詩 39 首,《全唐詩外編》補詩題 1 則。共計 39 首。其中五言平聲詩 27 首。

張九齡(678—740),字子壽,韶州曲江(今廣東韶關)人。《全唐詩》存詩 3 卷,共 218 首。《全唐詩外編》《全唐詩續拾》補詩 4 首。共 222 首。其中五言平韻詩 154 首。

(四)單句入律分析。

首先統計三代詩人的單句入律情況,所謂單句入律是指同一句內第二字和第四字平仄相異,也就是"二四異聲"。

第一階段:

虞世南,五言平韻詩 28 首,共計 292 句,其中 227 句入律,佔全部詩句的 77%。

楊師道,五言平韻詩 19 首,共計 160 句,其中 107 句入律,佔全部詩句的 67%。

褚亮,五言平韻詩 11 首,共計 134 句,其中 125 句入律,佔全部詩句的 93%。

李百藥,五言平韻詩 25 首,共計 142 句,其中 132 句入律,佔全部詩句的 93%。

王績,五言平韻詩 111 首,共計 1 020 句,其中 979 句入律,佔全部詩句的 96%。

李世民,五言平韻詩 82 首,共計 812 句,其中 736 句入律,佔全部詩句的 90％。

　　許敬宗,五言平韻詩 30 首,共計 344 句,其中 311 句入律,佔全部詩句的 90％。

　　上官儀,五言平韻詩 24 首,共計 202 句,其中 181 句入律,佔全部詩句的 90％。

表 9　初唐第一階段詩人單句入律表

詩　人	總句數	入律句數	比　例
虞世南	292	227	77％
楊師道	160	107	67％
褚　亮	134	125	93％
李百藥	142	132	93％
王　績	1 020	979	96％
李世民	812	736	90％
許敬宗	344	311	90％
上官儀	202	181	90％

　　可以看出,單句入律的比例從虞世南開始就不低,並且一直呈上升趨勢。這說明在隋唐之前,單句二四異聲的觀念就已經開始在詩人心目中牢固樹立,而到了初唐第一代絕大多數詩人的單句二四異聲已經達到 90％以上,王績甚至達到 96％這一非常高的比例。

　　第二階段:

　　駱賓王,五言平韻詩 108 首,共計 1184 句,其中 1103 句入律,佔全部詩句的 93％。

　　盧照鄰,五言平韻詩 53 首,共計 526 句,其中 492 句入律,佔全部詩句的 94%。

　　杜審言,五言平韻詩 35 首,共計 424 句,其中 418 句入律,佔全部詩句的 99%。

　　李嶠,五言平韻詩 189 首,共計 1 688 句,其中 1 606 句入律,佔全部詩句的 95%。

　　蘇味道,五言平韻詩 15 首,共計 158 句,其中 148 句入律,佔全部詩句的 94%。

　　王勃,五言平韻詩 72 首,共計 466 句,其中 446 句入律,佔全部詩句的 96%。

　　楊炯,五言平韻詩 30 首,共計 362 句,其中 338 句入律,佔全部詩句的 93%。

　　劉希夷,五言平韻詩 16 首,共計 178 句,其中 166 句入律,佔全部詩句的 93%。

　　崔融,五言平韻詩 11 首,共計 128 句,其中 116 句入律,佔全部詩句的 91%。

表 10　初唐第二階段詩人單句入律表

詩　　人	總句數	入律句數	比　　例
駱賓王	1 184	1 103	93%
盧照鄰	526	492	94%
杜審言	424	418	99%
李　嶠	1 688	1 606	95%
蘇味道	158	148	94%
王　勃	466	446	96%
楊　炯	362	338	93%

（續表）

詩　人	總句數	入律句數	比　例
劉希夷	178	166	93％
崔　融	128	116	91％

　　初唐第二代詩人的單句二四異聲比例已經全部在 90％之上，其中杜審言的比例高至 99％，也就是説他的 99％的單句都二四異聲。

　　第三階段：

　　徐彦伯，五言平韻詩 19 首，共計 190 句，其中 156 句入律，佔全部詩句的 82％。

　　陳元光，五言平韻詩 28 首，共計 444 句，其中 427 句入律，佔全部詩句的 96％。

　　宋之問，五言平韻詩 147 首，共計 1 334 句，其中 1 242 句入律，佔全部詩句的 93％。

　　沈佺期，五言平韻詩 101 首，共計 1 262 句，其中 1 212 句入律，佔全部詩句的 96％。

　　陳子昂，五言平韻詩 55 首，共計 664 句，其中 575 句入律，佔全部詩句的 87％。

　　張説，五言平韻詩 194 首，共計 2 028 句，其中 1 793 句入律，佔全部詩句的 88％。

　　蘇頲，五言平韻詩 70 首，共計 1 024 句，其中 965 句入律，佔全部詩句的 94％。

　　崔湜，五言平韻詩 27 首，共計 256 句，其中 248 句入律，佔全部詩句的 97％。

張九齡，五言平韻詩 154 首，共計 1 638 句，其中 1 544 句入律，佔全部詩句的 94％。

表 11　初唐第三階段詩人單句入律表

詩　人	總句數	入律句數	比　例
徐彦伯	190	156	82％
陳元光	444	427	96％
宋之問	1 334	1 242	93％
沈佺期	1 262	1 212	96％
陳子昂	664	575	87％
張　説	2 028	1 793	88％
蘇　頲	1 024	965	94％
崔　湜	256	248	97％
張九齡	1 638	1 544	94％

可以看出，第三代詩人入律情況參差不齊。徐彦伯、陳子昂、張説的單句二四異聲比例都不到 90％。這要分開來説，徐彦伯和陳子昂都主張詩歌復古，不僅在内容和風格上復古，在形式上也要復古，"唐興，其音復振，陳子昂始以骨氣爲主，而浸拘四聲五七律"，[①]他不僅没有四聲二元化，反而注重"四聲遞用"，可見他的入律情況一定會比其他人低，這從接下來要分析的聯、篇比例上也能看出。張説的入律比較低是因爲他所處的時代，詩歌已經分爲近體詩和古風，這些古風詩歌在字數、句數上和近體詩一模一樣，所以這樣就使單句入律的比例降低了很多。不過總體上説，和第一代詩人相比，第三代詩人的單句入律比例還

---

① 　王贊：《玄英先生詩集序》，《全唐文》卷八六五。

是非常高的，二四異聲已經成爲詩歌創作中不可動搖的標準，必須遵從。

（五）一聯入律分析。

一聯入律是指一聯之内，兩句平仄相對，其關鍵是第二字和第四字。舉例來説，出句的第二字爲平，第四字爲仄，那麽對句的第二字就應該是仄，第四字是平。反之亦然。畫成譜子就是"〇平〇仄仄，〇仄〇平平"，或者"〇仄〇平仄，〇平〇仄平"。只有如此，詩歌纔能平仄相間，悦耳動聽。

第一階段：

虞世南，五言平韻詩共計 146 聯，有 52 聯平仄相對，佔全部詩聯的 36％。

楊師道，五言平韻詩共計 80 聯，有 33 聯平仄相對，佔全部詩聯的佔 41％。

褚亮，五言平韻詩共計 67 聯，有 22 聯平仄相對，佔全部詩聯的佔 33％。

李百藥，五言平韻詩共計 71 聯，有 25 聯平仄相對，佔全部詩聯的佔 35％。

王績，五言平韻詩共計 510 聯，有 460 聯平仄相對，佔全部詩聯的佔 90％。

李世民，五言平韻詩共計有 406 聯，有 337 聯平仄相對，佔全部詩聯的佔 90％。

許敬宗，五言平韻詩共有 172 聯，149 聯平仄相對，佔全部詩聯的佔 87％。

上官儀，五言平韻詩共有 101 聯，86 聯平仄相對，佔全部詩聯的 85％。

表 12　初唐第一階段詩人一聯入律表

詩　　人	總句數	入律句數	比　　例
虞世南	146	52	36％
楊師道	80	33	41％
褚　亮	67	22	33％
李百藥	71	25	35％
王　績	510	460	90％
李世民	406	337	90％
許敬宗	172	149	87％
上官儀	101	86	85％

　　第一代詩人的聯入律比例前後差別很大,王績之前的詩人比例在 30％—40％,王績之後(包括王績)比例在 85％之上。這說明新的詩歌形式已經要求詩人不僅要注意單句之內的二四異聲,還要注意一聯之內平仄要相對,只有平仄相對,句與句之間纔能很好地相連。另外,由隋入唐的詩人一聯入律比例較低,年代靠後的詩人入律比例高,可能還跟李世民提倡的新的詩風有關。李世民反對齊梁綺麗奢靡的形式主義詩風,從客觀上促進了唐代詩人在詩歌内容上、形式上的革新。

　　第二階段:

　　駱賓王,五言平韻詩共有 592 聯,551 聯平仄相對,佔全部詩聯的 93％。

　　盧照鄰,五言平韻詩共有 263 聯,228 聯平仄相對,佔全部詩聯的 89％。

　　杜審言,五言平韻詩有 212 聯,205 聯平仄相對,佔全部詩聯的 97％。

李嶠，五言平韻詩有 844 聯，762 聯平仄相對，佔全部詩聯的 90％。

蘇味道，五言平韻詩有 79 聯，67 聯平仄相對，佔全部詩聯的 85％。

王勃，五言平韻詩有 233 聯，213 聯平仄相對，佔全部詩聯的 91％。

楊炯，五言平韻詩有 181 聯，157 聯平仄相對，佔全部詩聯的 87％。

劉希夷，五言平韻詩有 89 聯，77 聯平仄相對，佔全部詩聯的 87％。

崔融，五言平韻詩有 64 聯，50 聯平仄相對，佔全部詩聯的 78％。

表 13　初唐第二階段詩人一聯入律表

詩　人	總句數	入律句數	比　例
駱賓王	592	551	93％
盧照鄰	263	228	89％
杜審言	212	205	97％
李　嶠	844	762	90％
蘇味道	79	67	85％
王　勃	233	213	91％
楊　炯	181	157	87％
劉希夷	89	77	87％
崔　融	64	50	78％

和第一代詩人相比，第二代詩人一聯入律比例較爲統一，而且比較高，大多都在 85％之上，杜審言還達到了 97％這一非常

高的比例。

第三階段：

徐彥伯,五言平韻詩共有 95 聯,81 聯平仄相對,佔全部詩聯的 85%。

陳元光,五言平韻詩共有 222 聯,211 聯平仄相對,佔全部詩聯的 95%。

宋之問,五言平韻詩共有 667 聯,581 聯平仄相對,佔全部詩聯的 95%。

沈佺期,五言平韻詩共有 631 聯,581 聯平仄相對,佔全部詩聯的 92%。

陳子昂,五言平韻詩共有 332 聯,255 聯平仄相對,佔全部詩聯的 77%。

張說,五言平韻詩共有 1 014 聯,912 聯平仄相對,佔全部詩聯的 90%。

蘇頲,五言平韻詩共有 512 聯,500 聯平仄相對,佔全部詩聯的 98%。

崔湜,五言平韻詩共有 128 聯,125 聯平仄相對,佔全部詩聯的 98%。

張九齡,五言平韻詩共有 819 聯,789 聯平仄相對,佔全部詩聯的 96%。

表 14　初唐第三階段詩人一聯入律表

詩　　人	總句數	入律句數	比　　例
徐彥伯	95	81	85%
陳元光	222	211	95%

(續表)

詩　人	總句數	入律句數	比　例
宋之問	667	581	95％
沈佺期	631	581	92％
陳子昂	332	255	77％
張　説	1 014	912	90％
蘇　頲	512	500	98％
崔　湜	128	125	98％
張九齡	819	789	96％

　　和單句入律情況一樣,第三代詩人的一聯入律情況在比例上也高低不同。徐彦伯和陳子昂的比例較低,其原因上文已經説過,是由於他們提倡詩歌復古所造成的。其他人的入律比例總體上高於第二階段。

　　(六) 通篇入律分析

　　通篇入律是指一首詩全篇符合平仄格律規則,其關鍵在於相黏。也就是説,上聯對句的第二字要和下聯出句的第二字平仄相同。

　　第一階段:

　　虞世南,入律五言八句詩 1 首,絕句 1 首,排律 0 首,佔全部五言平韻詩歌的 7％。

　　楊師道,入律五言八句詩 1 首,排律 1 首,絕句 2 首,佔全部五言平韻詩歌的 21％。

　　褚亮,入律五言八句詩 0 首,排律 1 首,絕句 1 首,佔全部五言平韻詩歌的 18％。

李百藥,入律五言八句詩 2 首,排律 0 首,絕句 4 首,佔全部五言平韻詩歌的 24%。

王績,入律五言八句詩 20 首,排律 11 首,絕句 14 首,佔全部五言平韻詩歌的 41%。

李世民,入律五言八句詩 8 首,排律 0 首,絕句 3 首,佔全部五言平韻詩歌的 13%。

許敬宗,入律五言八句詩 2 首,排律 0 首,絕句 1 首,佔全部五言平韻詩歌的 10%。

上官儀,入律五言八句詩 0 首,排律 0 首,絕句 1 首,佔全部五言平韻詩歌的 4%。

表 15　初唐第一階段詩人通篇入律表

詩　人	五言平韻詩總篇數	入律篇數	比　例
虞世南	28	2	7%
楊師道	19	4	21%
褚　亮	11	2	18%
李百藥	25	6	24%
王　績	111	45	41%
李世民	82	11	13%
許敬宗	30	3	10%
上官儀	24	1	4%

看得出來,第一代詩人的通篇入律比例非常低。因爲這個時期,詩人主要還是解決"對"的問題,而不是"黏"。初唐第一代詩人多由齊梁入唐,在詩歌形式上,還帶有唐前時代的特色。例如,沈約、陸厥等人注重的是一句、兩句之間的聲律,所謂"五字

之中,音韻悉異;兩句之內,角徵不同"(《南史》卷四八《陸厥傳》),所謂"十字之文,顛倒相配"(沈約《答陸厥書》,《全梁文》卷二八)。"沈、陸等人還無暇顧及通篇聲音的諧協,這是因他們關注的是四聲而非平仄。"①這也可以説明第一代詩人通篇入律低的原因,因爲他們"還無暇顧及通篇聲音的諧協"。

第二階段:

駱賓王,入律五言八句詩 22 首,排律 14 首,絕句 3 首,佔全部五言平韻詩歌的 36%。

盧照鄰,入律五言八句詩 6 首,排律 1 首,絕句 4 首,佔全部五言平韻詩歌的 21%。

杜審言,入律五言八句詩 27 首,排律 5 首,絕句 0 首,佔全部五言平韻詩歌的 91%。

李嶠,入律五言八句詩 150 首,排律 12 首,絕句 3 首,佔全部五言平韻詩歌的 87%。

蘇味道,入律五言八句詩 4 首,排律 5 首,絕句 0 首,佔全部五言平韻詩歌的 60%。

王勃,入律五言八句詩 8 首,排律 1 首,絕句 18 首,佔全部五言平韻詩歌的 38%。

楊炯,入律五言八句詩 14 首,排律 9 首,絕句 1 首,佔全部五言平韻詩歌的 80%。

劉希夷,入律五言八句詩 3 首,排律 4 首,絕句 0 首,佔全部五言平韻詩歌的 44%。

崔融,入律五言八句詩 6 首,排律 1 首,絕句 0 首,佔全部五

---

① 郭紹虞:《永明聲律説》第八節《永明體與律體》,載《語文通論續編》,開明書店,1948 年,第 106 頁。

言平韻詩歌的 64％。

表 16　初唐第二階段詩人通篇入律表

詩　人	五言平韻詩總篇數	入律篇數	比　例
駱賓王	108	39	36％
盧照鄰	53	11	21％
杜審言	35	32	91％
李　嶠	189	165	87％
蘇味道	15	9	60％
王　勃	72	27	38％
楊　炯	30	24	80％
劉希夷	16	7	44％
崔　融	11	7	64％

　　第二代詩人通篇入律比例明顯參差不齊,這是因爲這個時期律詩開始定型,詩人對於近體詩律的掌握情況也不同。最高的是杜審言 91％,最低的是盧照鄰 21％,比例懸殊。

　　第三階段:

　　徐彥伯,入律五言八句詩 3 首,排律 3 首,絕句 0 首,佔全部五言平韻詩歌的 32％。

　　陳元光,入律五言八句詩 0 首,排律 22 首,絕句 0 首,佔全部五言平韻詩歌的 79％。

　　宋之問,入律五言八句詩 79 首,排律 28 首,絕句 11 首,佔全部五言平韻詩歌的 80％。

　　沈佺期,入律五言八句詩 61 首,排律 29 首,絕句 0 首,佔全部五言平韻詩歌的 89％。

　　陳子昂，入律五言八句詩 9 首，排律 4 首，絕句 1 首，佔全部
五言平韻詩歌的 25％。

　　張説，入律五言八句詩 69 首，排律 29 首，絕句 25 首，佔全
部五言平韻詩歌的 63％。

　　蘇頲，入律五言八句詩 22 首，排律 14 首，絕句 5 首，佔全部
五言平韻詩歌的 59％。

　　崔湜，入律五言八句詩 13 首，排律 6 首，絕句 1 首，佔全部
五言平韻詩歌的 74％。

　　張九齡，入律五言八句詩 80 首，排律 53 首，絕句 3 首，佔全
部五言平韻詩歌的 74％。

表 17　初唐第三階段詩人通篇入律表

詩　人	五言平韻詩總篇數	入律篇數	比　例
徐彥伯	19	6	32％
陳元光	28	22	79％
宋之問	147	118	80％
沈佺期	101	90	89％
陳子昂	55	14	25％
張　説	194	123	63％
蘇　頲	70	41	59％
崔　湜	27	20	74％
張九齡	154	136	88％

　　第三代詩人的通篇入律比例有明顯上升，除去提倡復古而
入律比例比較低的徐彥伯和陳子昂之外，其他詩人的入律比例
都超過 50％，並且宋之問、沈佺期、張九齡等人還超過了 80％。

可以看出，這個時期，"黏"的觀念已經成爲詩歌創作時應該注意的要求。

（七）把上述統計數字綜合表示出來，就是表18。

表18-1　初唐詩人句、聯、篇入律統計表(1)

		虞世南	楊師道	褚亮	李百藥	王績	李世民	許敬宗	上官儀
句	律句	227	107	125	133	979	736	311	181
	總句數	292	160	134	142	1 020	812	344	202
	百分比	77%	67%	93%	87%	96%	90%	90%	90%
聯	律聯	52	33	22	25	460	337	149	86
	總聯數	146	80	67	71	510	406	172	101
	百分比	36%	41%	33%	35%	90%	83%	87%	85%
篇	律詩	1	1	0	2	20	8	2	0
	排律	0	1	1	0	11	0	0	0
	絶句	1	2	1	4	14	3	1	1
	總篇數	28	23	12	25	111	82	30	24
	百分比	7%	21%	18%	24%	41%	13%	10%	4%

表18-2　初唐詩人句、聯、篇入律統計表(2)

		駱賓王	盧照鄰	杜審言	李嶠	蘇味道	王勃	楊炯	劉希夷	崔融
句	律句	1 103	492	418	1 606	148	446	338	166	116
	總句數	1 184	526	424	1 688	158	466	362	178	128
	百分比	93%	94%	99%	95%	94%	96%	93%	93%	91%
聯	律聯	551	228	205	762	67	213	157	77	50
	總聯數	592	263	212	844	79	233	181	89	64
	百分比	93%	89%	97%	90%	85%	91%	87%	87%	78%

（續表）

		駱賓王	盧照鄰	杜審言	李嶠	蘇味道	王勃	楊炯	劉希夷	崔融
篇	律　詩	22	6	27	150	4	8	14	3	6
	排　律	14	1	5	12	5	1	9	4	1
	絶　句	3	4	0	3	0	18	1	0	0
	總篇數	108	53	35	189	15	72	30	16	11
	百分比	36％	21％	91％	87％	60％	38％	80％	44％	64％

表 18-3　初唐詩人句、聯、篇入律統計表（3）

		徐彦伯	陳元光	宋之問	沈佺期	陳子昂	張説	蘇頲	崔湜	張九齡
句	律　句	156	427	1 242	1 212	575	1 793	965	248	1 544
	總句數	190	444	1 334	1262	664	2 028	1 024	256	1 638
	百分比	82％	96％	93％	96％	87％	88％	94％	97％	94％
聯	律　聯	81	211	581	581	255	912	500	125	789
	總聯數	95	222	667	631	332	1 014	512	128	819
	百分比	85％	95％	87％	92％	77％	90％	98％	98％	96％
篇	律　詩	3	0	79	61	9	69	22	13	80
	排　律	3	22	28	29	4	29	14	6	53
	絶　句	0	0	11	0	1	25	5	1	3
	總篇數	19	28	147	101	55	194	70	27	154
	百分比	32％	79％	80％	89％	25％	63％	59％	74％	88％

　　從律句層面來看，三階段 26 位詩人入律情況普遍較高。第一階段的虞世南和楊師道律句占比只有 77％ 和 67％，這説明五言詩句第二字和第四字聲調相異的觀念還不太普及，還有 23％ 和 33％ 的詩句二四同調。而從褚亮開始，單句入律情況一躍而

至 93％,後代的詩人也一直保持了這一極高比例,大致都能維持在 90％之上。而杜審言、李嶠、陳元光、沈佺期、崔湜等都達到了 95％以上,説明這些詩人二四異調的觀念已經普及,詩句絕大多數合律。其中以杜審言詩句入律比例爲最高,高達 99％。

從律聯層面來看,26 位詩人總體上呈上升趨勢。第一階段前四位詩人——虞世南、楊師道、褚亮、李百藥的律聯只佔全部五言詩聯的 30％—40％,説明同聯兩句之間,平仄異聲的觀念還没有普及。他們 60％—70％的詩聯内部都是平仄相同。而自王績開始,詩聯入律的比例直接上升到 90％,其後一直維持在 80％之上。而杜審言、陳元光、蘇頲、崔湜和張九齡等人的詩聯入律比例高達 95％之上。這些都説明,詩人開始注意同聯之内的兩句在聲調上應該相異,而非相同。

從詩篇層面上看,這 26 位詩人全詩入律比例也是呈上升趨勢的。第一階段除了王績入律較高,達到 41％之外,其他人都在 20％之内。説明聯與聯之間,"黏"的觀念還没有普及。在這些詩人的詩作中,大部分詩歌上聯對句的第二字和下聯出句的第二字異調,無法相黏,不能形成完整的、嚴格的律詩。第二階段,杜審言異軍突起,通篇合律達到 91％,其他人最低只有 21％(盧照鄰),最高也有 87％(李嶠),大部分詩人的通篇入律情況在 30％—80％ 之間。第三階段,除了提倡復古的陳子昂(25％)、徐彦伯(32％)入律情況較低之外,其他人在 60％以上,或接近 60％,這一階段沈佺期通篇入律比例最高,爲 89％。

就單個詩人分析,單句入律前三位的詩人是杜審言(99％)、崔湜(97％)、沈佺期(96％)。其他尚有陳元光、王績、王勃等,都是 96％,但二王的比例都没有沈、陳大,而陳元光的詩作還存在爭議。① 詩聯入律前三位的詩人是杜審言（97％）、崔湜（97％）、陳元光（96％）。通篇入律比例最高的前三位是杜審言（91％）、沈佺期（89％）、張九齡（88％）。就單句二四異聲、同聯兩句平仄相對、兩聯之間相黏而通篇入律這三項指標而言，杜審言的入律比例是最高的。難怪杜甫説："吾祖詩冠古。"（《贈蜀僧閭丘師兄》）宋人陳振孫也説："唐初沈宋以來，律詩始盛行，然未以平側失眼爲忌。審言詩雖不多，句律極嚴，無一失黏者。"②

　　但是，在前面説過，不能把律詩定型於某個單獨的作家。因爲這樣做，從比例上看可能某個作家的詩歌入律情況非常高，但是爲什麽與他同時代的作家入律卻比較低？ 而且，這個作家現存的詩作是不是就是他全部的詩作？ 如果恰好流傳下來的均是所謂的"近體詩"，那麽用這些詩統計出來的數字，則不太可靠。例如楊炯曾有《盈川集》三十卷，而今只剩下一卷。杜審言曾有文集十卷，而今只有詩一卷。這樣的統計肯定是有偏差的。

　　（八）律詩的定型是一個長期的過程。把前面所分析的三階段詩人詩作做一個總體分析，來看三代詩人的入律情況。

　　第一階段，共有單句 3 106 句，其中 2 799 句二四異聲，入律比例是 90％。有 1 553 聯，1 164 聯平仄相對，入律比例是 75％。共有五言平韻詩 334 首，其中符合"黏""對"規則，通篇入律的有 74 首，佔 22％。

　　第二階段，共有單句 5 114 句，其中 4 833 句二四異聲，入律

---

① 詳見何池：《談陳元光籍貫生平與"龍湖集"真僞》，《陳元光與漳州開發國際學術討論會論文集》，廈門大學出版社，1992 年。

② （清）陳振孫：《直齋書録解題》卷十九"詩集類"，武英殿聚珍本，乾隆三十八年。

比例是 95％。有 2 557 聯,2 310 聯平仄相對,入律比例是 70％。共有五言平韻詩 529 首,其中符合"黏""對"規則,通篇入律的有 321 首,佔 61％。

第三階段,共有單句 8 840 句,其中 8 162 句二四異聲,入律比例是 92％。有 4 420 聯,4 035 聯平仄相對,入律比例是 91％。共有五言平韻詩 795 首,其中符合"黏""對"規則,通篇入律的有 570 首,佔 72％。

把這些統計數據製成表格,就是表 19。

表 19 初唐各階段入律比較總表

		第一階段	第二階段	第三階段
句	律　句	2 799	4 833	8 162
	總句數	3 106	5 114	8 840
	百分比	90％	95％	92％
聯	律　聯	1 164	2 310	4 035
	總聯數	1 553	2 557	4 420
	百分比	75％	90％	91％
篇	律　詩	34	240	336
	排　律	13	52	188
	絕　句	27	29	46
	總篇數	334	529	795
	百分比	22％	61％	72％

從單句層面上看,三個階段單句入律的比例是 90％、95％、92％,大體上比較平均。

從詩聯層面上看,三個階段詩聯入律的比例是 75％、90％、

91%，呈上升趨勢。

從詩篇層面上看，三個階段通篇入律的比例是 22%、61%、72%，上升趨勢更加明顯。

從這三組數字可以看出，二四異聲這一原則已經在初唐時期爲廣大詩人所接受並遵從；同一聯之內兩句聲調相對的比例也不斷上升，到了第二、第三階段已經被廣泛應用；律聯與律聯之間遵從"黏"的原則，在第一階段應用並不廣泛，第二階段比例迅速上升，到了第三階段達到 70% 以上。

在這三個階段中，第一階段和第二、第三階段的比例相去甚遠，而第二、第三階段比例非常接近，可以看作是律詩逐漸定型，並且進入穩定的發展時期。通過具體的數據分析，也就可以把律詩定型的年代定位於初唐第二及第三階段，從杜審言、李嶠開始，詩歌入律比例非常高，到了初唐向盛唐過渡的代表詩人張九齡時，入律情況就非常高了。

（九）從上文的分析，可以説律詩的定型與成熟是一個不斷漸進的過程。在這個過程中，主客觀兩方面的因素相輔相成，不可或缺。

第一，律詩形成的客觀必然性。

律詩是詩歌發展的歷史必然。齊梁時期，文人詩創作繁盛，詩人從內容到形式上都對詩歌的創作進行規定。初唐之前，詩人對於詩歌形式主要規定了"二四異聲"。初唐時期，詩人開始關注詩歌的句與句、聯與聯之間的關係，提出了詩歌當遵循"對"和"黏"的要求。從句到聯再到篇，規定越來越詳細，律詩也就形成了。

從這一視角，也可以把律詩形成的進程分成五個階段。

齊梁時期可以稱爲"萌芽期"。在這一時期，探索詩歌格律的萌芽已經開始成型,詩人在分辯四聲的情況下,規定了詩歌應該四聲遞用,同一句内也應該注意二四異聲。

初唐第一階段可以稱爲"轉型期"。在這一階段,詩人擺脱了齊梁"四聲"的束縛,將四聲平仄二元化。同時也開始注意同一聯内,兩句應該平仄相對,使句與句之間格律和諧。

初唐第二階段可以稱爲"成型期"。這一時期,詩人把律詩的規則從句、聯擴大到篇,要求人們注意聯與聯之間的音韻和諧,既所謂"黏"。在這一時期通篇入律已經達到 62%,律詩基本上已經成型。

初唐第三階段可以稱爲"定型期"。在這一階段,律詩的各種規則已經爲詩人普遍接受,並且熟練運用,該時期的句、聯、篇的入律比例分別是 92%、91%、72%,比例已經非常高。律詩經過了前兩代詩人的努力探索,在這一時期終於定型了。

盛唐可以稱爲"完善期"。這一階段,詩人在基本規則之外,還開闢了詩律的新領域"拗救"以及各種特殊格律,完善了近體詩律的内容。這些新興内容的探索,詩聖杜甫最具代表性,後世學者多以此爲研究對象,並且將杜詩格律當作近體詩律的最佳典範。[1] 用圖表示如下:

齊梁時期——→初唐第 1 期——→初唐第 2 期——→初唐第 3 期——→盛唐時期
（萌芽期）　　（轉型期）　　　（成型期）　　　（定型期）　　　（完善期）

---

[1]　可參看陸志韋:《試論杜甫律詩的格律》,《文學評論》1962 年第 4 期;李立信:《論杜甫的奇數句詩》,《唐代文化研討會論文集》,文史哲出版社,1991 年;鄭健行:《吳體與齊梁體》,《唐代文學研究》(五),廣西師範大學出版社,1994 年;陸梅珍:《杜甫五言近體詩格律中的拗救問題》,《音韻論叢》,齊魯書社,2004 年;陸梅珍:《杜甫拗體七律格律探究》,中國音韻學研究會第十三屆學術討論會(汕頭)會議論文,2004 年。等等。

第二,詩人的主觀創造性。

律詩的定型與詩人的主觀創造性是密不可分的。

齊梁時期,詩人對於詩歌格律的規定主要是消極的規避,主要表現在避免"八病"這一問題上,而對於詩歌的積極建設並沒有太多探索。

進入初唐之後,詩人開始對詩歌格律進行主動地探索,積極地建設。初唐詩人的主觀創造性表現在對於"八病説"的揚弃上。在"八病"之中"蜂腰病"最具有代表性,因爲它和近體詩律"針鋒相對"。《文鏡密府論》西卷"文二十八種病"定義"蜂腰病"爲:"五言詩一句之中,第二字不得與第五字同聲。"而近體詩的一種標準律聯是:"仄仄平平仄,平平仄仄平。"這一聯每一句的第二字和第五字都同聲,屬於"蜂腰病"。爲了解決這一矛盾,元兢提出了調和説,他認爲:"如第二字與第五字同去上入,皆是病,平聲非病也。"(《文鏡密府論》西卷"文二十八種病")那麼上聯的對句就不算犯"蜂腰",如此就以出句爲考察標準來看初唐詩人犯"蜂腰病"的比例。

表 20　初唐詩"蜂腰病"比例表

時　代	詩　人	五言詩歌總數	犯蜂腰首數	比　例
第一期	虞世南	28	26	93%
	楊師道	23	22	96%
	褚　亮	12	12	100%
	李百藥	25	24	96%
	王　績	111	111	100%
	李世民	82	80	98%
	許敬宗	30	30	100%

（續表）

時　代	詩　人	五言詩歌總數	犯蜂腰首數	比　例
第一期	上官儀	24	24	100％
第一期平均	8 人	335	329	98％
第二期	駱賓王	108	100	93％
	盧照鄰	53	50	94％
	杜審言	35	34	97％
	李　嶠	189	189	100％
	蘇味道	15	15	100％
	王　勃	72	70	97％
	楊　炯	30	30	100％
	劉希夷	16	16	100％
	崔　融	11	11	100％
第二期平均	9 人	529	515	97％
第三期	徐彥伯	19	19	100％
	陳元光	28	28	100％
	宋之問	147	147	100％
	沈佺期	101	101	100％
	陳子昂	55	53	96％
	張　説	194	194	100％
	蘇　頲	70	70	100％
	崔　湜	27	27	100％
	張九齡	154	154	100％
第三期平均	9 人	795	793	100％
總平均	28 人	1 659	1 637	99％

　　上表可以清楚地反映出，初唐詩人對於"蜂腰病"並不規避，三個時期詩人犯此詩病的比例都非常高，並且第三期詩人的比例是 100％，總體平均也達到了 99％。這説明在近體詩入律和避免犯詩病二者出現矛盾的時候，詩人都以入律爲首要原則，而規避詩病已經不被詩人所採納了。齊梁時期的創作規則在初唐時期已經失去了約束力，詩人不必回避繁瑣的"八病"，他們摸索出了新的律詩寫作準則，從二四異聲（句），到"對"（聯），再到"黏"（篇），都有了一定的模式，創造了新的詩歌形式，這不得不説是初唐詩人的一大創造。

第三章 初唐詩格律中的
特別現象

　　初唐詩歌處於永明體向近體的過渡階段,其"律古之間"的性質決定了它具有許多特點,例如首句入韻與出句落韻較多、音義參差比較明顯、異調通押較少,等等。與成熟的律詩相比,這些特點都可以看作是初唐詩中的特別現象。

一、首句入韻與出句平聲非韻現象

(一) 首句入韻

　　王力先生認爲《詩經》"句句押韻"的這種韻例,開啓了漢魏南北朝七言詩句句用韻的傳統,並且對於"柏梁體"也有一定的影響。① 相傳柏梁體始於西漢,是漢武帝在元封三年和群臣的聯句。但經後人考證,這首聯句可能是僞託。例如清代趙翼《陔餘叢考·柏梁體》說:"漢武宴柏梁臺賦詩,人各一句,句皆用韻,後人遂以每句用韻者爲柏梁體。然《柏梁》以前如漢高《大風歌》、荆卿《易水歌》……可見此體已久有之,不自《柏梁》始也。但聯句之每句用韻者,乃爲柏梁體耳。"漢武帝和群臣

---

① 　王力:《詩經韻讀》,中國人民大學出版社,2004 年,第 53 頁。

的聯句如下：

柏梁臺詩

日月星辰和四時，（漢武帝）

驂駕駟馬從梁來。（梁王）

郡國士馬羽林材，（大司馬）

總領天下誠難治。（丞相）

和撫四夷不易哉，（大將軍）

刀筆之吏臣執之。（御史大夫）

撞鐘伐鼓聲中詩，（太常）

宗室廣大日益滋。（宗正）

周衛交戟禁不時，（衛尉）

總領從官柏梁臺。（光禄勳）

平理請讞決嫌疑，（廷尉）

修飾輿馬待駕來。（太僕）

郡國吏功差次之，（大鴻臚）

乘輿御物主治之。（少府）

陳粟萬石揚以箕，（大司農）

徼道宮下隨討治。（執金吾）

三輔盜賊天下危，（左馮翊）

盜阻南山爲民災。（右扶風）

外家公主不可治，（京兆尹）

椒房率更領其材。（詹事）

蠻夷朝賀常會期，（典屬國）

柱榱欂櫨相枝持。（大匠）

枇杷橘栗桃李梅,(太官令)

走狗逐兔張罘罳。(上林令)

齧妃女脣甘如飴,(郭舍人)

迫窘詰屈幾窮哉。(東方朔)

早期的"柏梁臺體",有幾個特點:最初只有七言,没有五言;最初押平聲韻,一韻到底;可以有重韻,上引之詩有 40% 韻脚字爲重複押韻;逐句入韻;前後句意不相屬;不拘句數。

初唐時柏梁體詩歌共有四首,列舉如下:

兩儀殿賦柏梁體

李世民

絶域降附天下平。

八表無事悦聖情。

雲披霧斂天地明。

登封日觀禪雲亭。

太常具禮方告成。

全詩七言,五句,押平聲韻,一韻到底,逐句押韻。

咸亨殿宴近臣諸親柏梁體

李 治

屏欲除奢政返淳。(霍王以下和句亡)

該詩目前僅存一句。

十月誕辰內殿宴群臣效柏梁體聯句

李　顯

> 潤色鴻業寄賢才。
> 叨居右弼愧鹽梅。
> 運籌帷幄荷時來。
> 職掌圖籍濫蓬萊。
> 兩司謬忝謝鍾裴。
> 禮樂銓管效涓埃。
> 陳師振旅清九垓。
> 欣承顧問侍天杯。
> 銜恩獻壽柏梁臺。
> 黃繻青簡奉康哉。
> 鯫生侍從忝王枚。
> 右掖司言實不才。
> 宗伯秩禮天地開。
> 帝歌難續仰昭回。
> 微臣捧日變寒灰，
> 遠慚班左愧遊陪。

全詩七言，十六句，押平聲韻，一韻到底，逐句押韻。

景龍四年正月五日移仗蓬萊宮御大明殿會吐蕃騎馬之戲因重爲柏梁體聯句

李　顯

> 大明御宇臨萬方。

顧慚內政翊陶唐。

鸞鳴鳳舞向平陽。

秦樓魯館沐恩光。

無心爲子輒求郎。

雄才七步謝陳王。

當態讓輦愧前芳。

再司銓管恩可忘。

文江學海思濟航。

萬邦考績臣所詳。

著作不休出中腸。

權豪屏迹肅嚴霜。

鑄鼎開岳造明堂。

玉醴由來獻壽觴。

全詩七言,十四句,押平聲韻,一韻到底,逐句押韻。

柏梁體的要求是每句七言,句句入韻,且一韻到底,中間不換韻。柏梁體詩歌最初以奇數句爲主,只有少數是偶數句,到初唐時期句數不拘奇偶。初期的柏梁體詩有重複押韻的現象,到了初唐時期基本絕迹。柏梁體詩歌對於後世詩歌的發展有着重大的影響。在詩人對詩律的探索中,人們漸漸揚棄了句句入韻的形式。因爲律詩最大的特點就是"黏"和"對",句句入韻使"對"這一要求無法實現。有些詩歌的出句就要求押仄聲韻,但是還有一些詩歌用了平聲字,這包括首句和非首句。

非首句的出韻,應該算是出律,它違背了詩律之要求,但是這樣的情況在初唐卻不少見。

（二）出句平聲非韻

"出韻"是指近體詩的偶句不用本韻字，而押其他韻字的現象。王力先生在《漢語詩律學》中專門指出："'出韻'是近體詩的大忌；寧可避免險韻，決不能讓它出韻。""科場中，詩出了韻（又稱"落韻"），無論詩意怎樣高超，只好算是不及格。""近體詩絕對不出韻。"①

但是在初唐詩歌裏，由於詩律未嚴，所以除了偶數句有出韻情況，連奇數句也存在出韻現象。奇數句末字除首句外，應該用仄聲。若用平聲，只限於首句末字，而且必須用本韻或鄰韻字。如果出句末字用了平聲，而且不入韻，或者沒有借鄰韻，可稱之爲"平聲非韻"。其實奇數句末字只有首句有可能入韻，其他則與"韻"這一概念没有任何聯繫。嚴格説來，它應該叫作"落律"或"出律"，因爲它和格律相關。但是爲了叙述方便，並且爲了特指出句"末字"，本文將出句這種情況稱之爲"平聲非韻"，而把偶數句出韻情況稱爲"出韻"，以示區别。

下面還是分三個時期來分析初唐詩歌中的"平聲非韻"情況。

第一階段，隋—李世民時期，共 26 例。列成下表。爲了節省篇幅，僅列出"出，對句末字"，例如第一例的原詩是：

贈 梁 公
王 績

我欲圖世樂，斯樂難可常。

---

① 王力：《漢語詩律學》，上海教育出版社，2002 年增訂本，第 46、49 頁。

位大招譏嫌，祿極生禍殃。

聖莫若周公，忠豈逾霍光。

成王已興誚，宣帝如負芒。

范蠡何智哉，單舟成輕裝。

疏廣豈不懷，策杖還故鄉。

朱門雖足悅，赤族亦可傷。

履霜成堅冰，知足勝不祥。

我今窮家子，自言此見長。

功成皆能退，在昔誰滅亡。

第三聯的出句末字"公"的反切是"古紅切"，是東韻平聲字；而同聯韻腳字"光"，其反切是"古黃切"，爲唐韻平聲字。然而按照格律要求，此處應該爲仄聲字，若用平聲字需要入韻才行，但"公""光"明顯不押韻，所以該聯的出句末字屬於"平聲非韻"現象。這裏的"韻"和"反切"均依據《廣韻》。"詩體"是指該詩的形式，爲了行文方便，這裏的"五排、五律、五絕"等不是說這些詩已經是嚴格意義上的律詩，而是分別指五言多句詩、五言八句詩、五言四句詩，下同。該表按 206 韻順序排列。這些例子都不是首句。

表 21　第一階段"平聲非韻"詩一覽表

序號	出，對句末字	作者/詩題	韻	反切	詩　體
1	公，光	王績《贈梁公》	東	古紅	五排
2	同，同	王績《春旦直疏》	東	徒紅	五排
3	枝，英	王績《石竹咏》	支	章移	五律

（續表）

序號	出,對句末字	作者/詩題	韻	反切	詩　體
4	時,忘	王績《古意六首》其五	之	市之	五排
5	時,萌	王績《石竹咏》	之	市之	五律
6	時,渠	王績《薛記室收過莊見尋率題古意以贈》	之	市之	五古,換韻
7	隅,□	王績《春旦直疏》	虞	遇俱	五排
8	盧,劉	王梵志《詩》"死王羨活鼠"	模	力居	五排
9	蹄,①魚	王績《薛記室收過莊見尋率題古意以贈》	齊	杜奚	五古,換韻
10	懷,鄉	王績《贈梁公》	皆	户乖	五排
11	哉,裝	王績《贈梁公》	咍	祖才	五排
12	因,身	王梵志《五言》其三	真	於真	五律
13	根②,精	王梵志《詩》"敬他還自敬"	痕	古痕	五律
14	寒,饑	王梵志《道情詩》	寒	胡安	五律
15	顔,疏	王績《薛記室收過莊見尋率題古意以贈》	删	五姦	五古,換韻
16	雕,攄	王績,同上	蕭	都聊	同上
17	多,徐	王績,同上	歌	得何	同上
18	亡,居	王績,同上	陽	武方	同上
19	王,伸	王績《咏漢高祖》	陽	雨方	五排
20	明,魚	王績《薛記室收過莊見尋率題古意以贈》	庚	武兵	五古,換韻

---

① "蹄"在《集韻》中除了平聲外,還作"大計切",去聲。與平聲意同。

② "根",項楚校爲"報",若依項説,則此不算非韻平聲。

(續表)

序號	出,對句末字	作者/詩題	韻	反切	詩　體
21	衡,宣	王績《圍棋》	庚	戶耕	五排
22	冰,祥	王績《贈梁公》	蒸	筆陵	五排
23	弘,豬	王績《薛記室收過莊見尋率題古意以贈》	登	胡肱	五古,換韻
24	僧,如	王績《同上》	登	蘇增	同上
25	音,聲	王梵志《詩》"本巡連索索"	侵	於金	五律
26	嫌,殃	王績《贈梁公》	添	戶兼	五排

以上的26例,其中21例是王績詩,5例是王梵志詩。王績的詩復古成分較多,王梵志多以口語入詩,所以平聲非韻比較多。

第二階段,唐高宗時期。共有11首詩,出句平聲非韻。以盧照鄰詩爲例:

詠史四首(其四)

盧照鄰

昔有平陵男,姓朱名阿游。

直髮上衝冠,壯氣橫三秋。

願得斬馬劍,先斷佞臣頭。

天子玉檻折,將軍丹血流。

捐生不肯拜,視死其若休。

歸來教鄉里,童蒙遠相求。

弟子數百人,散在十二州。

三公不敢吏，五鹿何能酬。

名與日月懸，義與天壤儔。

何必疲執戟，區區在封侯。

偉哉曠達士，知命固不憂。

其詩中"弟子數百人，散在十二州"一聯，出句末字"人"在《廣韻》中的反切是"如鄰切"，屬於真韻平聲字；對句末字"州"是"職流切"，屬尤韻平聲字，二字均爲平聲，但卻不押韻，故屬於"平聲非韻"類屬。初唐第二階段該現象的韻例如下：

表22　第二階段"平聲非韻"詩一覽表

序號	出,對句末字	作者/詩題	韻	反切	詩體
1	人,州	盧照鄰《咏史四首》其四	真	如鄰	五排
2	軍,生	同上,其一	文	舉雲	五排
3	原,陽	王無競《君子有所思行》	元	愚袁	五排
4	冠,秋	盧照鄰《咏史四首》其四	桓	古丸	五排
5	懸,儔	同上,其四	先	胡涓	五排
6	天,家	葉法善《留詩》其一	先	他前	五律
7	天,清	盧照鄰《咏史四首》其三	先	他前	五律
8	麻,蓬	同上,其二	麻	莫霞	五排
9	生,[①]真	同上,其二	庚	所庚	五排
10	謀,戎	同上,其三	尤	莫浮	五排
11	男,遊	同上,其四	覃	那含	五排

---

① "生"，《廣韻》還有"所敬切"去聲一讀，不過其意思是"生產"，動詞，也於詩意不符。

　　以上 11 例的共同特點是，它們都具有律詩的形式，但是出律太多，失黏失對普遍，尚處於律詩沒有定型的時期。

　　第三時期，唐中宗至唐玄宗前期，共有 62 首詩，出句平聲非韻。此時期以張九齡詩爲例：

驪山下逍遥公舊居遊集

張九齡

君子體清尚，歸處有兼資。
雖然經濟日，無忘幽棲時。
卜居舊何所，休浣嘗來兹。
岑寂罕人至，幽深獲我思。
松澗聆遺風，蘭林覽餘滋。
往事誠已矣，道存猶可追。
遺子後黃金，作歌先紫芝。
明德有自來，奕世皆秉彝。
豈與磻溪老，崛起周太師。
我心希碩人，逮此問元龜。
怊悵既懷遠，沉吟亦省私。
已云寵禄過，況在華髮衰。
軒蓋有迷復，丘壑無磷緇。
感物重所懷，何但止足斯。

其中"松澗聆遺風，蘭林覽餘滋"一聯，出句末字"風"在《廣韻》中的反切爲"方戎切"，是東韻平聲字；對句末字"滋"的反切是"子之切"，屬之韻平聲字。"風""滋"二字不押韻，形成了"平聲非韻"現象。初唐第三階段"平聲非韻"例如下：

表 23　第三階段"平聲非韻"詩一覽表

序號	出，對句末字	作者/詩題	韻	反切	詩體
1	風，①滋	張九齡《驪山下逍遥公舊居遊集》	東	方戎	五排
2	公，私	張九齡《夏日奉使南海在道中作》	東	古紅	五律
3	雄，兵	陳子昂《感遇詩三十八首》其十七	東	羽弓	五排
4	同，全	張説《入海二首》其二	東	徒紅	五排
5	墉，荒	李嶠《奉使築朔方六州城率爾而作》	冬	餘封	五排
6	容，②公	陳子昂《感遇詩三十八首》其十八	冬	餘封	五排
7	知，③間	盧僎《初出京邑有懷舊林》	支	陟離	五排
8	姿，④勛	張九齡《荊州作二首》其一	脂	即夷	五排
9	期，望	李嶠《奉使築朔方六州城率爾而作》	之	渠之	五排
10	芝，時	陳子昂《感遇詩三十八首》其十	之	止而	五排
11	芝，期	陳子昂《感遇詩三十八首》其二十	之	止而	五排
12	時，屏	徐彦伯《擬古三首》其二	之	市之	五排
13	依，⑤裳	喬知之《苦寒行》	微	於稀	五排
14	餘，山	崔湜《冀北春望》⑥	魚	以諸	五律
15	餘，傅	張説《過漢南城嘆古墳》	魚	以諸	五律

———————

①　"風"字在《廣韻》中有"方鳳切"，去聲一讀，它和"諷"字同意，也於詩意不符。

②　"容"在《集韻》中還有上聲"偯竦切"一讀，其意爲"劮也"，即惢惥之"惥"的異體字。它與《廣韻》平聲"盛也"意思不符，也於詩意不符。

③　"知"字在《集韻》還有去聲"知義切"一讀，其意與《廣韻》平聲意"覺也"不符，也於詩意不符。

④　"姿"自在《集韻》中有"資四切"，去聲一讀，意思是"媚也"，與《廣韻》平聲"姿態"意思不符，也於詩意不符。

⑤　"依"字在《集韻》還有上聲"隱豈切"一讀，其意爲"譬喻也"，與《廣韻》平聲"倚也"意思不符，也於詩意不符。

⑥　此詩作者一作崔液，崔液詩句為"曠然餘萬里，際海不見山"，出句與崔湜"曠然萬里餘"不同。若依崔液詩，則此聯不算平聲非韻。

序號	出,對句末字	作者/詩題	韻	反切	詩體
16	夫,餐	張九齡《荊州作二首》其二	虞	防吳	五排
17	軀,觀	沈佺期《紹隆寺》	虞	豈俱	五排
18	隅,灣	盧僎《初出京邑有懷舊林》	虞	遇俱	五排
19	湖,瀾	張九齡《荊州作二首》其二	模	戶吳	五排
20	途,林	張九齡《在郡秋懷二首》其二	模	同都	五排
21	途,多	薛稷《秋日還京陝西十里作》	模	同都	五排
22	佳,心	宋之問《夜飲東亭》	佳	古膎	五律
23	懷,斯	張九齡《驪山下逍遙公舊居遊集》	皆	戶乖	五排
24	懷,麻	宋之問《浣紗篇贈陸上人》	皆	戶乖	五排
25	懷,因	劉希夷《江南曲八首》其三	皆	戶乖	五排
26	推,尊	蘇頲《奉和聖製過晉陽宮應制》	灰	湯回	五排
27	來,①莽	張九齡《驪山下逍遙公舊居遊集》	咍	落哀	五排
28	來,寒	張九齡《荊州作二首》其二	咍	落哀	五排
29	來,情	蘇頲《小園納涼即事》	咍	落哀	五排
30	苔,秋	蘇頲《山鷓鴣詞二首》②其一	咍	徒哀	五絕
31	人,軀	張九齡《驪山下逍遙公舊居遊集》	真	如臨	五排
32	人,愁	徐彥伯《擬古三首》其三	真	如臨	五排
33	春,③秋	徐彥伯《擬古三首》其三	諄	昌脣	五排

---

① "來"字在《集韻》中還有去聲"洛代切"和入聲"六直切"兩讀。去聲"來"釋爲"勞也",入聲"來"釋爲"麥也",均與平聲"至也,及也"不符,也於詩意不符。

② 此詩雖以"詞"名,然而實是絕句。其五言四句,一韻到底,黏對大致工整。另外,該《詞》其二出句末字均押仄韻,韻律不亂。

③ "春"字在《集韻》還有上聲"尺尹切"一讀,其意爲"作也,出也",與《廣韻》平聲意不符,也於詩意不符。

（續表）

序號	出,對句末字	作者/詩題	韻	反切	詩體
34	園,寰	盧僎《初出京邑有懷舊林》	元	雨元	五排
35	猿,禽	徐彥伯《和李適答宋十一入崖口五渡見贈》	元	雨元	五排
36	門,①岑	張九齡《在郡秋懷二首》其二	魂	莫奔	五排
37	丹,欺	陳子昂《感遇詩三十八首》其三十三	寒	都寒	五排
38	關,光	喬知之《苦寒行》	刪	古遠	五排
39	山,都	權龍襄《神龍中自容山追入上詩》	山	所閒	五絕
40	蓮,②脂	武平一《妾薄命》	先	落賢	五排
41	然,通	張九齡《雜詩五首》其五	仙	如延	五律
42	然,隋	張九齡《在郡秋懷二首》其一	仙	如延	五排
43	緣,③幹	沈佺期《紹隆寺》	仙	與專	五排
44	條,涼	李嶠《奉使築朔方六州城率爾而作》	蕭	徒聊	五排
45	郊,河	薛稷《秋日還京陝西十里作》	肴	古肴	五排
46	阿,④湄	張九齡《夏日奉使南海在道中作》	歌	烏河	五律
47	花,麻	陳子昂《感遇詩三十八首》其九	麻	呼瓜	五排
48	方,⑤難	沈佺期《紹隆寺》	陽	符方	五排

---

① "門"自在《集韻》中有"克角切",入聲一讀,意義不明。

② "蓮"字在《廣韻》中還有上聲"力展切"一讀,釋爲"蓮芍,縣名,在馮翊",與平聲"芙蕖"意無關,且與詩意不符。

③ "緣"字在《廣韻》還有去聲"以絹切",《集韻》去聲"俞絹切",其意是"衣純也",與《廣韻》平聲意不符,也於詩意不符。

④ "阿"字在《集韻》中有"倚可切",上聲一讀,意思是"柔也",與《廣韻》平聲"曲也,近也,倚也"意項不符,也於詩意不符。

⑤ "方"字在《集韻》還有上聲"文紡切"和"甫兩切"兩讀,其意與《廣韻》平聲地名意不符,也於詩意不符。

(續表)

序號	出,對句末字	作者/詩題	韻	反切	詩體
49	方,筵	武則天《聽〈華嚴〉詩》	陽	符方	五排
50	陽,顴	盧僎《初出京邑有懷舊林》	陽	與章	五排
51	芳,誰	武平一《妾薄命》	陽	敷方	五排
52	蔦,鳴	徐彥伯《擬古三首》其二	唐	烏郎	五排
53	岡,連	張説《過漢南城嘆古墳》	唐	古郎	五排
54	情,然	宋之問《入崖口五渡寄李適》	清	疾盈	五排
55	冥,枝	陳元光《太母魏氏半徑題石》	青	莫經	五排
56	冰,①霜	喬知之《苦寒行》	蒸	筆陵	五排
57	柔,窮	張九齡《雜詩五首》其五	尤	耳由	五律
58	愁,持	沈佺期《傷王學士》	尤	士尤	五排
59	樓,奇	宋之問《陸渾水亭》	侯	落侯	五律
60	金,芝	張九齡《驪山下逍遙公舊居遊集》	侵	居吟	五排
61	今,亡	李嶠《奉使築朔方六州城率爾而作》	侵	居吟	五排
62	琴,柔	徐彥伯《擬古三首》其三	侵	巨金	五排

　　從上可以看出,第一時期出句平聲非韻共 29 例,第二時期 11 例,第三時期 62 例,共計 102 例。這些例子都不是首句,違反了律詩的要求,可以看作是從柏梁體向律詩發展的過渡階段。

(三) 首句入韻分析

　　首句入韻是指近體詩中首句參加押韻,其最末一字與第二

---

　　① "冰"字在《集韻》還有去聲"逋孕切"一讀,其意爲"冷迫也",動詞,與《廣韻》平聲"冰凍也"意思不符,也於詩意不符。

句末字相押。

　　據劉曉南《宋代閩音考》的研究，最早使用“鄰韻”這個術語的是北宋關於試賦的一些條款，而與律詩毫無關繫。[1] 目前最早所見到關於“借韻”的描述是嚴羽的《滄浪詩話》(此條承劉曉南老師告知)。明代提倡詩歌復古的“後七子”之一謝榛(1495—1575)在《四溟詩話》謂：“七言絕、律，起句借韻，謂之‘孤雁出群’，宋人多有之。”謝榛提出的“借韻”是特指近體詩而言的，後人則將這種現象稱爲“孤雁出群格”。比謝榛稍後的胡應麟首次把借韻的範圍定位在鄰韻，《詩藪》外編卷三：

　　　　凡唐人詩引韻旁出，如“洛陽城里見秋風，鶯離寒谷正逢春”之類，必東冬、真文次序鱗比，則可無遠借者。[2]

《詩藪》所引的詩例來自於唐人張籍，原詩爲：

秋　思
張　籍

　　洛陽城里見秋風，欲作家書意萬重。
　　復恐匆匆説不盡，行人臨發又開封。

該詩第一聯的出句末字“風”在《廣韻》中是“方戎切”，屬於東韻字；而同聯對句末字“重”的反切是“直容切”，屬於鍾韻字。二字的關係爲臨韻字，故胡應麟曰“次序鱗比”。

---

① 劉曉南：《宋代閩音考》，嶽麓書社，1999 年，第 4 頁。
② 胡應麟：《詩藪》，中華書局，1958 年，第 175 頁。

最早詳細分析這一現象的是清代學者錢大昕。錢大昕在《十駕齋養新錄》卷十六"借韻"條指出:

> 五七言近體第一句借用旁韻,謂之"借韻"。唐詩"犬吠水聲中,桃花帶雨濃""錦幃初卷衛夫人,綉被猶堆越鄂君",始啟其端。至皮、陸《松陵集》,則舉不勝舉矣。宋人借韻尤多。近代名家以此爲戒,此後生之勝於前賢者。[1]

"犬吠水聲中,桃花帶雨濃"這是李白《访戴天山道士不遇》的首聯。全詩如下:

访戴天山道士不遇

李 白

犬吠水聲中,桃花帶雨濃。

樹深時見鹿,溪午不聞鍾。

野竹分青靄,飛泉挂碧峰。

無人知所去,愁倚兩三松。

除首句外,該詩韻脚字是"濃"、"鍾"、"峰"、"松",這四個字在《廣韻》中都是"鍾"韻字,在"平水韻"中"鍾"、"冬"並爲一個"冬"韻。首句末字"中"是"東"韻字,"東"與"冬"相鄰,是爲借旁韻或借鄰韻。

"錦幃初卷衛夫人,綉被猶堆越鄂君"是李商隱《牡丹》中的

---

① 錢大昕:《十駕齋養新錄》,上海書店,1984 年。

首聯。全詩如下：

牡　丹

李商隱

錦幃初卷衛夫人，绣被猶堆越鄂君。

垂手亂翻雕玉佩，招腰爭舞郁金裙。

石家蠟燭何曾剪，荀令香爐可待熏。

我是夢中傳彩筆，欲書花葉寄朝雲。

全詩偶數句的韻脚字是"君"、"裙"、"熏"、"雲"，這四個字在《廣韻》中都是"文"韻字。首句末字"人"是"真"韻字，二韻在"平水韻"中屬於鄰韻。

此後，王力先生在《漢語詩律學》中也談到："盛唐之前，此例甚少，中晚唐漸多。誰知這樣一來，竟成了一種風氣！宋人的首句用鄰韻似乎是有意的，幾乎可説是一種時髦，越來越多了。""近體詩不得通韻，僅首句可用鄰韻。"[1]

從詩歌的用韻可以分析出，所謂鄰韻是指在詩韻中排列相近而音又相似的韻。一般来説，所謂"鄰韻"共有八類：[2]

（一）東冬爲一類。

（二）支微齊爲一類，支與微較近，它們與齊較遠。

（三）魚虞爲一類。

（四）佳灰爲一類。

（五）真文元寒删先六韻爲一類，真與文近，元與文近，寒與

---

①　王力：《漢語詩律學》，上海教育出版社，2002年增訂本，第55、73頁。
②　參考王力：《漢語詩律學》，上海教育出版社，2002年增訂本，第73頁。

删近,删與先近,先又與元近;真與元、寒與先、元與删較遠;至於真與寒、寒與元、文與删先、先與真文則原則上不能認爲鄰韻。

(六)蕭肴豪爲一類。

(七)庚青蒸三韻爲一類,庚與青較近,它們與蒸較遠。

(八)覃鹽咸爲一類。

另外,王力先生還承認,江韻與陽韻、佳韻與麻韻、蒸韻與侵韻也有一些"罕見的特例",但是對於這些押韻王力先生抱着懷疑的態度,例如他説:"'佳'字與麻韻通押,唐人即有之,例如杜甫《喜晴》及劉禹錫《送蘄州李郎中赴任》。但除'佳'字外,佳韻其他的字未見有與麻韻通押者。由此看來,也許'佳'字本是分屬佳麻兩韻,麻與佳韻是否應認爲鄰韻,頗成問題。"①

需要特別指出的是"首句入韻"這一現象主要是對於近體詩而言的,只有近體詩纔是研究首句入韻現象的最佳語料。並且王力先生也談到,首句入韻在盛唐之前甚少,那么初唐到底有無首句入韻情況? 如果有,它們是嚴格地符合上述八類借鄰韻的標準嗎? 如果是嚴格的借鄰韻,這些詩又是近體詩嗎? 帶着這些問題,筆者試着從不同的視角來研究初唐詩歌中的首句入韻現象。

依舊將初唐詩分成三個時段,分析不同階段首句入韻的情況和特點。

第一階段,隋至李世民段。這一階段,經統計得出共有78首首句入韻詩。五言律詩36首,五言絕句7首,五言排律20首,七言律詩7首,七言絕句3首,七言排律2首。將每種詩

① 王力:《漢語詩律學》,上海教育出版社,2002年增訂本,第73、69頁。

體各列三題示例分析,同時需要補充的是,這裏的"韻"指全詩的
押韻,有的詩押韻不止一個。例如第二例原詩爲:

出塞曲

竇威

匈奴屢不平,漢將欲縱橫。

看雲方結陣,卻月始連營。

潛軍度馬邑,揚斾掩龍城。

會勒燕然石,方傳車騎名。

全詩的韻脚字是"平,橫,營,城,名",該詩押"庚、清"通韻,其中
"平、橫"爲"庚"韻字,其餘皆爲"清"韻字,《廣韻》規定"庚、清"可
以"同用",所以把這樣的詩仍然看作是押一個韻,一韻到底。

表 24　初唐第一階段"首句入韻"詩一覽表

序號	出,對句末字	作者/詩題	韻	詩體
1	宮,叢	李世民《賦得花庭霧》	東	五律
2	平,橫	竇威《出塞曲》	庚(清)	
3	菲,暉	陳子良《醼蕭侍中春園聽妓》	微	
4	清,鳴	李世民《賦得早雁出雲鳴》	庚(清)	五絕
5	流,洲	徐賢妃《進太宗》	尤	
6	回,開	虞世南《春夜》	灰(咍)	
7	塘,航	李世民《採芙蓉》	陽(唐)	五排
8	桐,宮	陳叔達《聽鄰人琵琶》	東	
9	循,均	褚亮《傷始平李少府正已》	真(諄)	

(續表)

序號	出,對句末字	作者/詩題	韻	詩體
10	明,情	文德皇后《春遊曲》	庚(耕,清)	七律
11	央,裝	楊師道《詠馬》	陽(唐)	
12	邊,泉	王績《解六合丞還》	先(仙)	
13	成,生	虞世南《應詔嘲司花女》	庚(清)	七絕
14	分,紋	蕭翼《留題雲門》	文	
15	關,間	辯才《赴召》	刪(山)	
16	城,平	楊師道《闕題》	庚(清)	七排
17	春,神	謝偃《樂府新歌應教》	真(諄)	

首句末字未入本韻的詩歌有四首,以第二首詩爲例:

春旦直疏

王　績

春夜猶自長,高窗來月明。

耿耿不能寐,振衣步前楹。

懷抱暫無擾,自覺形神清。

遐想太古事,俯察今世情。

淳薄何不同,運數之所成。

歎息萬重隔,已聞晨雞鳴。

回看東南隅,□□□□□。

誰知忘機者,寂泊存其精。

《春旦直疏》第一聯出句末字"長"在《廣韻》中的反切爲"直良

切"，屬陽韻字；同聯對句末字"明"反切爲"武兵切"，屬庚韻字。
其他詩例見下表：

表 25　初唐第一階段首句借旁韻詩一覽表

序號	出,對句末字	作者/詩題	前字韻	全詩韻	詩體	是否爲鄰韻	王力是否提到
1	涇,縈	李世民《詠飲馬》	青	庚(清)	五律	是	是
2	長,明	王績《春旦直疏》	陽	庚(清)	五排	是	否
3	愁,噫	王績《端坐詠思》	尤	魚	五排	否	否
4	流,王	岑文本《五言春日侍宴望海應詔》	尤	陽	五排	否	否

　　例(1)(2)都是借用鄰韻，前者王力先生提到過，後者沒有。
例(2)中的第五聯出句末字"同"，押"東"韻，出韻，原因可能是韻
部語音相近。例(3)韻部不相鄰，出韻，原因同上，尚待研究。例
(4)韻部不相鄰，是平聲非韻。

　　第二階段，唐高宗段。這一階段，經統計共有 70 首首句入
韻詩。五言律詩，共有 40 首；五言絶句，共有 4 首；五言排律，共
有 7 首；七言律詩，共有 5 首；七言絶句，共有 13 首；七言排律，
共計 0 首。各列三題，以王勃詩爲例：

送杜少府之任蜀州

王　勃

城闕輔三秦，風煙望五津。

與君離別意，同是宦遊人。

海内存知己，天涯若比鄰。

無爲在歧路，兒女共沾巾。

全詩的韻脚字是：秦、津，人，鄰，巾，全詩押真韻，一韻到底。其他詩例如下表：

表 26　初唐第二階段"首句入韻"詩一覽表

序號	出，對句末字	作者/詩題	韻	詩體
1	鞍，蘭	盧照鄰《紫騮馬》	寒	五律
2	梅，開	楊炯《梅花落》	灰（咍）	
3	秦，津	王勃《送杜少府之任蜀州》	真	
4	丹，冠	駱賓王《於易水送人》	寒（桓）	五絕
5	箱，場	《永淳中童謡》	陽	
6	家，華	王勃《隴西行十首》其一	麻	
7	兵，征	宋璟《奉和聖製送張説巡邊》	庚（清）	五排
8	哉，來	蘇味道《九江口南済北接蕲春南與潯陽岸》	灰（咍）	
9	親，人	駱賓王《西行別東臺詳正學士》	真（諄）	
10	前，天	姜晞《龍池篇》	先（仙）	七律
11	山，顔	姜皎《龍池篇》	删（山）	
12	橋，鑣	韋嗣立《奉和初春幸太平公主南莊》	蕭（宵）	
13	丘，遊	盧照鄰《登封大酺歌四首》其三	尤	七絕
14	行，望	王勃《秋江送別》	陽（唐）	
15	空，風	邵大震《九日登玄武山旅眺》	東	

首句末字未入本韻的詩歌只有一首：

隴西行十首（其三）

王　勃

彫弓侍羽林，寶劍照期門。

南來射猛虎，西去獵平原。

全詩韻腳字爲：林，門，原。此詩偶句韻腳押"元、魂"韻，"門"押"魂"韻，"原"押"元"韻，《廣韻》"元、魂"同用。首句"林"押"侵"韻，韻部不相鄰，屬於平聲非韻。全詩五言四句，一韻到底，具有律詩形式。

　　第三階段，從唐中宗至唐玄宗先天二年。這一階段，經統計共有 451 首詩首句入韻。五言律詩，共有 170 首；五言絕句，共有 7 首；五言排律，共有 55 首；七言律詩，共有 102 首；七言絕句，共有 101 首；七言排律，共有 5 首。各舉三題，以張九齡詩爲例：

雜詩五首（其一）

張九齡

孤桐亦胡爲，百尺傍無枝。

疏陰不自覆，修幹欲何施。

高岡地復迴，弱植風屢吹。

凡鳥已相噪，鳳凰安得知。

該詩韻腳字爲：爲、枝，施，吹，知。全詩押支韻，一韻到底，具有律詩形式。其他詩例見下表：

表 27　初唐第三階段"首句入韻"詩一覽表

序號	出,對句末字	作者/詩題	韻	詩體
1	秋,周	唐中宗《九月九日幸臨渭亭登高得秋字》	尤	五律
2	初,餘	上官昭容《彩書怨》	魚	
3	爲,枝	張九齡《雜詩五首》其一	支	
4	臨,心	上官昭容《遊長寧公主流盃池二十五首》其十七	侵	五絶
5	悠,流	張九齡《登荆州城望江二首》其二	尤	
6	空,同	李嶠《中秋月二首》其二	東	
7	池,枝	韋承慶《直中書省》	支	五排
8	征,兵	張九齡《奉和聖制送尚書燕國公赴朔方》	庚(清)	
9	花,紗	宋之問《浣紗篇贈陸上人》	麻	
10	衡,清	崔日用《奉和立春遊苑迎春應制》	庚(清)	七律
11	泉,延	張九齡《奉和聖製龍池篇》	仙	
12	洲,幽	宋之問《三陽宮侍宴應制得幽字》	尤	
13	紛,君	武則天《如意娘》	文	七絶
14	來,臺	宋之問《苑中遇雪應制》	咍	
15	塵,新	崔湜《奉和幸韋嗣立山莊應制》	真	
16	良,長	郭震《同徐員外除太子舍人寓直之作》	陽(唐)	七排
17	方,堂	崔融《從軍行》	陽(唐)	
18	頭,樓	蔡孚《打毬篇》	尤	

　　首句借用旁韻共有 11 例,以郭震詩爲例:

雲

郭　震

聚散虛空去復還，野人閑處倚筇看。

不知身是無根物，蔽月遮星作萬端。

全詩韻脚字爲：還、看，端。第一聯出句末字"還"在《廣韻》中的反切爲"户關切"，屬删韻平聲字；"看"爲"苦寒切"，屬寒韻平聲字；"端"的反切是"多官切"，屬桓韻平聲字。寒、桓同用，算作同韻。但首聯出句末字"還"是删韻，和寒桓韻算是臨韻關係。其他詩例見下表：

表 28　初唐第三階段首句借旁韻詩一覽表

序號	出，對句末字	作者/詩題	前字韻	全詩韻	詩體	是否爲鄰韻	王力是否提到
1	宗，風	宋之問《傷王七秘書監寄呈揚州陸長史通簡府僚廣陵以廣好事》	冬	東	五排	是	是
2	還，看	郭震《雲》	删	寒（桓）	七絶	是	是
3	依，時	郭震《螢》	微	之、支	七絶	是	是
4	人，聞	郭震《蛩》	真	文	七絶	是	是
5	罷，歸	崔融《則天皇后挽歌二首》其二	支	微	七律	是	是
6	飛，陲	蘇頲《餞趙尚書攝御史大夫赴朔方軍》	微	支	五排	是	是
7	山，仙	張説《入海二首》其二	删	先（仙）	五排	是	是

(續表)

序號	出,對句末字	作者/詩題	前字韻	全詩韻	詩體	是否爲鄰韻	王力是否提到
8	江,宗	張説《廣州蕭都督入朝過岳州宴餞得冬字》	江	冬	五律	是	否
9	澄,輪	郭震《野井》	庚（或蒸）	真	七絕	否	否
10	空,冰	張説《夕宴房主簿舍》	東	蒸	五排	否	否
11	天,家	葉法善《留詩》	先	麻	五律	否	否

郭震的七言絕句在《全唐詩》中共有七首,其中有六首首句入韻,在這六首首句入韻詩中有四首首句入旁韻,這四首首句入旁韻的詩中有三首首句入鄰韻。這説明首句入韻反映了當時語音的變化,而非僅僅固定爲鄰韻。

在這 11 例中,(1)至(7)反映了初唐後期首句借鄰韻的情況;(8)也是借用鄰韻,但是詩律學或音韻學書中都幾乎沒有提到過;(9)和(10)兩例不算借用鄰韻,然而首句末字出韻的原因可能是語音已經相近;(11)例原因不明,或許是校勘問題,或許是真正的出韻,尚待考察。

此外,初唐白話詩人王梵志詩歌的首句入韻情況亦是存在的,其首句入韻詩共十一首,現選一例示意:

兀然無事(其三)

王梵志

我不樂生天,亦不愛福田。

　　饑來一砵飯，困來展脚眠。

　　愚人以爲笑，智者謂之然。

　　非愚亦非智，不是玄中玄。

該詩韻脚字爲：天、田，眠，然，玄。全詩押先（仙）韻，一韻到底，具有律詩形式。其他詩例如下表：

表 29　王梵志詩"首句入韻"一覽表

序號	出，對句末字	詩　　題	韻	詩體
1	天，田	《兀然無事》其三	先（仙）	五律
2	明，生	《五言白話詩》其十四	庚（耕）	五排
3	明，生	《五言白話詩》其十八	庚	五排
4	羊，當	《詩》"身如圈裹羊"	陽（唐）	五言六句
5	方，黃	《詩》"道士頭側方"	陽（唐）	五排
6	尼，儀	《詩》"寺内有個尼"①	支（脂，之）	五排
7	行，明	《詩》"第一須景行"	庚（清）	五排
8	親，珍	《回波樂》"世間何物親"	真	五律
9	來，開	《回波樂》"若能無著即如來"	咍	七律
10	争，生	《回波樂》"榮利皆悉争"	庚（耕）	五言六句
11	般，看	《回波樂》"學行百千般"	寒（桓）	五律

　　其中（1）至（7）出自"三卷本"，時段是初唐；（8）至（11）出自"一百一十首本"，時段是盛唐；"一卷本"無首句入韻情況。也就是說王梵志詩歌中没有首句押鄰韻的現象。

---

　　①　該詩韻脚還間雜"微"韻字"衣、饑"，其原因可能是語音相近。

（四）把上述所有首句末字入旁韻的情況製成表，並參照《漢語詩律學》，以王力先生是否提到爲標準區分，即表30。

表30　初唐詩首句入韻統計表

			第一期	第二期	第三期	合計
鄰韻	王力先生提到的	青∶庚	1			1
		冬∶東			1	1
		寒∶刪			1	1
		微∶支			3	3
		真∶文			1	1
		刪∶先			1	1
	未提到的	陽∶庚	1			1
		冬∶江			1	1
非鄰韻		魚∶尤	1			1
		尤∶陽	1			1
		侵∶元		1		1
		先∶麻			1	1
		東∶蒸			1	1
		真∶庚			1	1
共　計			4	1	11	16

再將初唐首句入鄰韻的例子與王力先生提出的八類進行分析對比，製成表，即表31。

表31　初唐詩首句入鄰韻統計表

	東冬	支微齊	魚虞	佳灰	真文元寒刪先	蕭肴豪	庚青蒸	覃盐咸	合計
借鄰韻	1	3	0	0	3	0	1	0	8

　　從上面兩個表格可以看出，初唐時期，首句借鄰韻還不普遍，例子非常少。詩人還是緊守陳規，首句要麼不入韻，用仄聲；要麼入韻，用本韻。

　　在首句借鄰韻的八例中，有三例是支微通押，這可能是語音演變的情況。其他还不能確定是語音相近还是偶然出韻，因爲例子過少。

　　另外八例當中，有兩例也是押鄰韻，"冬江"、"阳庚"，王力先生的著作中尚未提到。其他如"魚尤"、"尤阳"、"侵元"、"先麻"應該是偶然出韻。"真庚"、"东蒸"應該是語音相近，故而偶然借韻。魯國堯師認爲近體詩借韻、出韻現象是由於"韻母語音變化造成的歸併簡化現象，詩人們也是企圖以現實語音爲根據而押韻的"。①

　　（五）首句入韻在廣義上也是一種平聲非韻現象，因爲出句，不管各聯，按照詩律應該以押仄聲韻爲主。但是在初唐時期，出句平聲非韻共有 115 例，不一定借用鄰韻。首句入韻有 599 首，在這 599 首詩歌中，共有 16 首借用旁韻，借用鄰韻的只有 8 首。

　　可以説首句借用鄰韻的源頭是柏梁體，當詩人有了律詩概念的時候，出句應避免平聲韻，而一些詩歌卻還依然存在出句用平聲韻的情況，首句用平聲韻在各聯出句中佔極大多數，在首句用平聲韻的例子中，有些詩歌開始借用旁韻，由於語音相近，其中一半是借用鄰韻，這就是首句借用鄰韻的開端。把這個發展

---

　　①　魯國堯：《元遺山詩詞用韻考》，《南京大學學報》1986 年第 1 期。其后又有所修改，並題爲《元遺山詩詞曲用韻考》，收入《魯國堯語言學論文集》，江蘇教育出版社，2003 年，第 443 頁。

過程製成圖,就是:

　　　柏梁體(句句押韻)→出句平聲非韻→首句入韻→首句
借鄰韻。

二、音義參差現象

(一)《廣韻》《集韻》等韻書記載了大量中古時期的多音
字。多數多音字依照聲音辨別意義,即就是所謂的"四聲別
義"。

顏之推《顏氏家訓·音辭篇》記載"夫物體自有精麤,精麤謂
之好惡;人心有所去取,去取謂之好惡。此音見於葛洪、徐邈。
而河北學士讀尚書云好生惡殺。是爲一論物體,一就人情,殊不
通矣",指出了"好""惡"詞性不同則讀音不同的事實。宋人賈昌
朝《群經音辨》中用大量的篇幅來討論"好""惡"這個問題。清人
顧炎武、錢大昕、段玉裁等指出了好(上)/好(去),惡(入)/惡
(去)等詞語的聲音具有了辨別意義的功能。

在《經典釋文》裏,凡是遇到本義用本音讀出,則注明"如
字",凡是遇到轉化義的"讀破",才用反切注音。"如字"大部分
讀非去聲,"讀破"大部分讀去聲。周祖謨先生也提出,"讀破"已
經出現於鄭玄《三禮》注,高誘《淮南》《呂覽》注等東漢經師的音
釋,而劉熙的《釋名》更是大量地運用了四聲別義。[①] 王力、唐
納、周法高等先生也提出相同的觀點,並從《説文》《廣韻》《經典

---

① 周祖謨:《四聲別義釋例》,《問學集》,中華書局,1966 年,第 81—119 頁。
原載《輔仁學志》13.1-2(1945),第 75—112 頁。

釋文》《群經音辨》等文獻中找到了大量的例證。[1]

（二）一般來説，具有四聲別義特徵的多音字，其聲音與意義結合應該是非常緊密的，也就是説，一個聲音代表一個意義，不同的聲音代表不同的意義。

例如宋人關於"寧馨"一詞的音義，曾有兩則這樣的記録。

第一則出自南宋張淏的《雲谷雜記》：

> 馬永卿《嬾真子録》：山濤見王衍曰："何物老嫗，生寧馨兒。"寧作去聲，馨音哼，今南人尚言之，猶言恁地也。宋前廢帝悖逆，太后怒，語侍者曰："將刀來剖我腹，那得生寧馨兒。"此兩寧馨，同爲一意。吴曾《能改齋漫録》：唐張渭詩："囊無阿堵物，門有寧馨兒。"以寧爲去聲。劉夢得《贈日本僧智藏》詩云："爲問中華學道者，幾人雄猛得寧馨。"以寧爲平聲。蓋《王衍傳》云："何物老嫗，生寧馨兒。"山濤叱王衍語也。又《南史》：宋王太后疾篤，使呼廢帝，帝曰："病人間多鬼，那可往？"太后怒，謂侍者："將刀來剖我腹，那得生寧馨兒。"按二説，知晉宋間以寧馨兒爲不佳也，故山濤、王太后皆以此爲詆叱，豈非以爲兒非馨香者耶？雖亦去兩聲皆可同用，然張劉二詩，義則乖矣。東坡亦作仄聲，《平山堂》詩云："六朝文物餘秋壟，空使奸雄笑寧馨。"晉宋間人語助耳。予按寧馨，自是晉宋間一時之語，浙人往往有此談。[2]

① 王力：《漢語史稿》（中册），中華書局，1958，第 213—214 頁。G. B. Downer, Derivation by Tone Change in Classical Chinese, Bulletin of the School of Oriental and African Studies 22(1959), pp.258‑290。周法高：《中國古代語法·構詞編》(1962)，第 5—96 頁。

② （宋）張淏：《雲谷雜記》，中華書局，1958 年。

第二則出自南宋葉大慶（約 1180—1230）《考古質疑》。葉氏除了分析各種詩例之外，還指出"雖平去二聲皆可通用，然張劉二詩義則乖矣"。①

可見看出，以"寧"爲平聲，爲褒義；以"寧"爲仄聲，貶義，意思是"如此（兒）"。

然而在詩歌押韻時，多音字並不是按照意義注音的，而是完全依照格律，形成了特殊的"音義參差"現象。

音義參差是指多音字在押韻時，a 音不一定代表 a 義，而可能代表 b 義；或者說在詩歌中取了 b 義，卻讀爲 a 音，而不讀 b 音。在詩句中，則反映爲個別字不符格律要求，會出現語音和意義相乖的音義參差現象。

古人面對這一問題，顯示了矛盾的態度。宋人程大昌（1123—1195）在《演繁露》中記載：

> 沈存中《筆談》載拱宸管樂之辭曰："銀裝背嵬打回回。"背嵬者，大將帳前驍勇人也。章氏《槁簡贅筆》曰："背嵬即圓牌也。以皮爲之，朱漆金花，焕耀炳日。"予將漕時，都統郭綱者，韓蘄王背嵬也。讀嵬如崔嵬，蓋平聲也。如沈存中歌，則去聲。予以背嵬之義問郭，郭不能言。②

對於這個字在詩律中爲什麼要讀去聲，而不是讀爲口語中的平聲，古人還不能明白原因。

（四）當詩文中出現音義參差現象時，這些特殊字該讀何

① （宋）葉大慶：《考古質疑》，上海古籍出版社，1985 年。
② （宋）程大昌：《演繁露正續外三種》，新文豐出版股份有限公司，1984 年。

音,涉及是否入律這個近體詩中最重要的問題。例如王楙
(1151—1213)《野客叢書》中記載:

　　船人使風曰帆風,帆字作去聲呼。案《唐韻》去聲有此
一音,是以張説之律詩曰:"夏雲隨北帆,同日過江來。"

同書還記載:

　　東坡詩曰:"蒼茫瞰奔流。"又曰:"愁度奔河蒼茫間。"趙
注謂:"蒼茫兩字,古人用之,皆是平聲。而先生所用乃是仄
聲。蒼字,《廣韻》音粗朗反。而茫字,上聲皆不收。不知先
生所用出處,以俟博聞。"仆觀揚雄《校獵賦》:"鴻濛沆茫。"
字音莽。白樂天《雪》詩:"寒銷春蒼茫。"又曰:"野道何蒼
茫。"注"並音上聲"。近時蘇子美詩亦曰:"淮天蒼茫背殘
臘,江路委蛇逢舊春。"自注:"蒼茫仄聲。"茫作仄用,似此
甚多。①

　　這些記載都可以看出,古人遇到多音字,一般都要把入律作
爲第一位的標準,千方百計地給這些字找到一定的入律語音
依據。
　　前人對於這些音義參差字讀音的看法,可以分爲以下兩類。
　　第一類:依照意義,平仄固定。
　　陸遊在《老學庵筆記》中記載:

---

① （宋）王楙:《野客叢書》,中華書局,1987 年。

　　杜詩"夜闌更秉燭",意謂夜已深矣,宜睡,而復秉燭,以見久客喜歸之意。僧德洪妄云:"更,當平聲讀。"烏有是哉!①

第二類:依照格律,平仄變讀。
蔡寬夫在其所著的《詩話》中說:

　　秦漢以來,字書未備,既多假借,而音無反切,平側皆通用。②

連陸遊有時也遊移不定,如其舉詩例:

　　王廣津《宮詞》云:"新睡起來思舊夢,見人忘卻道勝常。""勝常"猶今夫婦人言"萬福"也。前輩尺牘有云"尊候勝常"者,"勝"字當平聲讀。③

陳鵠在《西塘集耆舊續聞》中說:

　　唐人以格律自拘,唯白居易敢易其音於語中,如"照地騏(音佶)麟袍","雪擺胡(音鶻)騰衫","欄杆三百六十(音諶)橋"。④

　　① (宋)陸游:《老學庵筆記》,上海掃葉山房,1926年。
　　② (宋)蔡寬夫:《蔡寬夫詩話》,郭紹虞:《宋詩話輯佚》,中華書局,1980年。
　　③ (宋)陸游:《老學庵筆記》,上海掃葉山房,1926年。
　　④ (宋)陳鵠:《西塘集耆舊續聞》,(宋)李廌撰:《師友談記》附錄《西塘集耆舊續聞》,中華書局,2002年。

程大昌的《演繁露》以劉禹錫詩爲例：

　　《劉禹錫集》二十八《送渾大夫赴豐州》,其詩曰:"鳳銜新詔降恩華,又見旌旗出渾家。"然則渾姓側聲也。①

孫奕在《履齋示兒編》有長篇論述：

　　韓吏部押韻或反平爲側,移側爲平,亦復多。《江漢》云:"華燭光爛爛"音闌,《此日足可惜》云:"往往副所望"音忘,《別竇司直》云:"婉孌不能忘"音望,《咏笋》云:"得時方張王"二音帳旺,《東都遇春》云:"渚牙相緯經"音徑,《送劉師服》云:"貴者恒難售"音酬,《食蝦蟆》云:"余初不下喉,近亦能稍稍"所敎反,《讀東方朔雜事》云:"事在不可赦"音奢,《方橋》云:"方橋如此作"音做,《送區弘南歸》云:"我念前人譬葑菲"音霏,《望秋作》云:"怯膽變勇神明鑒"音監。……左太沖《雜詩》云:"壯齒不常居,歲暮常慷慨"則已轉"慷"爲平聲也。陸士衡《爲顧彥先贈婦》云:"京洛多風塵,素衣化爲緇",則已轉"緇"爲上聲也。劉公幹《雜詩》云:"安得蕭蕭羽,從爾游波瀾",此以去聲郎旰切用"瀾"字也。顏延年《登巴陵城》云:"卻倚雲夢林,前瞻京臺囿",此以入聲於六切用"囿"字也。即此觀之,則知四聲皆有可通押者矣。②

---

① （宋）程大昌：《演繁露正續外三種》,新文豐出版股份有限公司,1984年。
② （宋）孫奕：《履齋示兒編二十三卷·附校補一卷》,（清）顧廣圻（撰、校補)《知不足齋叢書》本。

王楙《野客叢書》：

（多音字）皆隨韻而協之耳。……潘安仁等以“負荷”之“荷”作平聲協。[1]

《容齋隨筆》云：“白樂天好以司字作入聲讀，如云：‘四十著緋軍司馬，男兒官職未蹉跎’，‘一為軍司馬，三見歲重陽’是也。又以相字作入聲，如云：‘為問長安月，誰教不相離’是也。相字下自注云：‘思必切。’以十字作平聲讀，如云：‘在郡六十日，入山十二回’，‘綠漲東西南北水，紅欄三百九十橋’是也。以琵字作入聲讀，如云：‘四弦不似琵琶聲’是也。……白詩多犯鄙俗語，又如枇杷之枇，蒲萄之蒲，亦協入聲。如請召之請協平聲，諒闇之闇協去聲，似此類甚多。……是皆隨其律而用之。”[2]

大部分人贊同第二類説法，即平仄並不固定，在作詩時，應該以入律為第一準則，平仄可以相互轉換。對於這一現象，古人也相應做了解釋，主要有兩種説法。

第一種：出自文獻，音有所本。

胡仔《苕溪漁隱叢話》曰：

杜子美詩云：“借問大將誰，恐是霍嫖姚。”“漢朝頻遣將，應拜霍嫖姚。”按《漢史》顏師古注：“並去聲呼。”而此作

---

① （宋）王楙：《野客叢書》，中華書局，1987 年。
② （宋）王楙：《野客叢書》，中華書局，1987 年。

平聲用，蓋從服虔之音爾。①

王楙《野客叢書》：

今言"中酒"之"中"，多以爲平聲，祖《三國志》"中聖
人"、"中賢人"之語。然齊己《柳》詩曰："穠低似中陶潛酒，
軟極如傷宋玉風。"乃作仄聲。或者謂平仄一意，仆謂"中
酒"之"中"從仄聲，自有出處。按《前漢•樊噲傳》"軍士中
酒"，注："竹仲反。"齊己祖此。②

第二種：依照方音，平仄變讀。

目前學術界公認的最早提出語音變化的古音學家是明末人
陳弟，他説："時有古今，地有南北，字有更革，音有轉移，亦勢所
必至。"③然而對於語音隨地域改變而變，其實早在宋代就有人
指出，北宋文學家、號稱"蘇門六君子"的江西詩派重要詩人陳師
道(1053—1102)在《後山詩話》就曾舉其詩爲例：

山水如相識，豪華異昔聞。
聲言隨地改，吳越到江分。
門閉蕭蕭雨，風催緩緩雲。
會隨麋鹿去，長謝犬羊群。

---

① （宋）胡仔：《苕溪漁隱叢話》，中華書局，1962 年。
② （宋）王楙：《野客叢書》，中華書局，1987 年。
③ （明）陳弟：《毛詩古音考》，中華書局，1988 年。

其中"聲音隨地改,吳越到江分",①這句話可以看作是古人對語音隨着地域改變而改變的感性的、初步的認識。

俞瑛:

> 張衡《四愁詩》云:"美人贈我金錯刀。"古之錯,即今之磋也。磋,千個反,北人讀錯作去聲,南人讀錯作入聲,其實一也。②

程大昌:

> 《松陵集》陸龜蒙《樵子》詩云:"生自蒼崖邊,能詣白云養。"注:"養,去聲讀。山家謂養柴地爲養。"予按刑浙東,民有投牒言林養爲人所侵者,書養皆作"樣",予疑其無所本。今讀陸詩,知二浙方言有自來矣。③

陸遊:

> 世多言白樂天用"相"字,多從俗語作思必切,如"爲問長安月,如何不相離"是也。然北人大抵以"相"字作入聲,至今猶然,不獨樂天。老杜云:"恰似春風相欺得,夜來吹折數枝花。"亦從入聲讀,乃不失律。俗謂南人入京師,效北

---

① (宋)陳師道:《後山詩話》,《四庫叢書》本,集部。
② (宋)俞瑛:《席上腐談》,(明)陳繼儒輯:《寶顏堂秘笈廣函》,民國五十四年,景萬曆四十三年序綉水沈氏亦政堂刊本。
③ (宋)程大昌:《演繁露正續外三種》,新文豐出版股份有限公司,1984年。

語,過相藍,輒讀其榜曰大厮國寺,傳以爲笑。①

　　第一種强調了韻書的重要性,但忽視了語言的異代變化。宋儒吳棫、朱熹已經有了明確的古今音思想。明代音韻學家陳弟説:"時有古今,地有南北,字有變革,音有轉移,亦勢所必至。"在宋人筆記中,也有一些這樣的記載。朱翌説:"且古人語各不相同,如三國時與西漢人語,西漢人與六朝人語,各有體格。"②從具體韻字分析情況看,宋人已經察覺了語音的演變。宋人王觀國在《學林》中記載:"杜子美《彭衙行》押二餐、飧字韻。……(二字)音義不同,……餐,千安切;飧,音孫。……按《廣韻》上平聲二十三魂字部中有飧字,二十五寒字部中有餐字。子美《彭衙行》於兩部通押,蓋唐人詩文用韻如此。本朝始令禮部撮《廣韻》之要略者,使學者用之,而限以獨用、通用之文,故如餐飧二字,不得同韻而押矣。……此數詩或於魂字部中押,或於寒字部中押者,此所謂唐人用韻之例也。"③

　　第二種説法,比第一種説法更有道理,但是由於目前對於唐代方音的研究,尤其是單字音的研究還遠遠不夠,所以暫時無法確定這兩種説法哪種更佳。不過,可以知道的是,當時的方音確實是有很大區別的,例如西北方音、長安方音等。宋代的筆記有很多對於唐代詩人方音的記載,劉曉南先生全面地研究過宋代文獻中所記載的方音資料,擇其幾點以舉例。例如有秦語:"妥,

---

　　①　(宋)陸游:《老學庵筆記》,上海掃葉山房,1926 年。
　　②　(宋)朱翌:《猗覺寮雜記》,《宋人詩話外編》,國際文化出版公司,1996 年,第 416 頁。
　　③　(宋)王觀國:《學林》,中華書局,1988 年。又《宋人詩話外編》,國際文化出版公司,1996 年,第 481 頁。

音墮，乃韻。邠老不知秦音，以落爲妥，上聲，如曰雨妥花妥之類，少陵，秦人也。"①有西人土語："西人（按：此指西京人）呼土窟爲空。"②西人（此指郴州）城上問官軍："'漢人兀捺瓦擦否？'答曰：'兀捺瓦擦。'城上皆笑。兀捺瓦擦者，慚惶也。"③有金陵語："金陵人謂中酒曰酒惡，則知李後主詩云：'酒惡時拈花蕊嗅'，用鄉人語也。"④有吳語："吳人謂儂爲我，呼味爲寐。"⑤有閩語："閩人，語頗獠，恐奏時間陛下難會。"⑥

　　然而這兩種解釋也只能説明一部分字的變讀問題，加之對於唐代方言單個字音的研究還遠遠不夠，大部分音義參差字找不到理由，也許正如孫奕、王楙等人所説四聲皆可通押，音隨律轉罷了。

　　（五）再來看看初唐詩中一些具體的例子：

　　（1）游鱗映荷聚，驚翰繞林飛。（任希古《和長孫秘監伏日苦熱》）

　　"荷"在《廣韻》中有平上二音。平聲胡歌切，意爲"芙蕖"。上聲胡可切，意爲"負荷"。此聯之中，既有"游鱗"，則應該指平聲義"芙蕖"。然而，依照格律此聯格律是：平平仄仄仄，平仄仄

　　① （宋）邵博：《邵氏聞見後録》，中華書局，1983年。又《宋人詩話外編》，國際文化出版公司，1996年，第356頁。
　　② （宋）魏泰：《東軒筆録》，中華書局，1984年。又《宋人詩話外編》，國際文化出版公司，1996年，第217頁。
　　③ （宋）蘇軾：《仇池筆記》，見《東坡志林》，華東師範大學出版社，1983年。又《宋人詩話外編》，國際文化出版公司，1996年，第162頁。
　　④ （宋）趙令畤：《侯鯖録》，中華書局，2002年。又《宋人詩話外編》，國際文化出版公司，1996年，第249頁。
　　⑤ （宋）釋文瑩：《湘山野録》，中華書局，1984年。又《宋人詩話外編》，國際文化出版公司，1996年，第249頁。
　　⑥ （宋）吳處厚：《青箱雜記》，中華書局，1985年。又《宋人詩話外編》，國際文化出版公司，1996年，第131頁。

平平，“荷”必讀仄聲。①

（2）宴坐深林中，三世同一時。（張説《别平一師》）

“中”在《廣韻》中有平去二讀。此詩一韻到底，中間不换韻。“中”爲出句末字，當爲仄聲。而《廣韻》“中”字的仄聲義是“當也”，與格律不符。

（3）絲管清且哀，一曲傾一杯。（張説《岳州宴别潭州王熊二首》其一）

清，《集韻》疾郢切，上聲，“潔也”。且，“語辭也”，《廣韻》平上同義，此取平聲。該詩上句的格律是平仄仄平平，對句格律應該是平平仄仄平。如此才能兩句相對，並且與下聯出句“氣將然諾重”（仄平平仄仄）相黏。那麽“一”必須是一平一仄。而“一”是入聲字，在首字處不得不變讀。“曲”亦然。

（4）白浪行欲静，驄馬何嘗驅。（李乂《招諭有懷贈同行人》）

該詩押去聲韻，韻脚字是：諭、戍、駐、樹、注、趣、霧、蒟、驅、騖。“驅”在《廣韻》中有二讀，平聲豈俱切，驅馳也；去聲區遇切，無釋義。此處當爲去聲，取平聲意義。

（5）他道愁勝死，兒言死勝愁。（張鷟《報文成》）

此詩格律是：平仄平平仄，平平仄仄平。第一個“勝”依照格律是平聲，第二個“勝”是仄聲。“勝”在《廣韻》中有平去兩讀，平聲詩陵切，“勝負也”；去聲書證切，“任也，舉也”，就是“勝任”的意思。很顯然，這裏應該用平聲意項，但是第二個“勝”字卻取

---

① 若“荷”作平聲，則全聯格律是“平平仄平仄，仄仄仄平平”，符合拗體形式。但是初唐詩中是否已經使用拗救，則尚未有研究，此例姑且存疑。

了去聲的音。

（6）秦鷄常下雍，周鳳昔鳴岐。（沈佺期《夏日梁王席送張岐州》）

"雍"在這裏是出句末字，當爲仄聲。"雍"字在《廣韻》裏有平去兩讀，平聲於容切，縣名；去聲於用切，"擁也"。可以看出，"雍"在這裏讀爲去聲，而用了平聲的意思。

這樣的例子還有很多，不贅。從以上的例子可以看出，詩歌在押韻時，如果遇到多音字，不得不採取變通的原則。其變通的結果就是依照格律讀音，但是意義不變。這是因爲在詩歌創作中，"入律"是詩歌格律中最重要的問題。只有平仄和諧，完全入律了，一首詩纔能被認爲是完整的詩歌，纔能夠被世人所接受。爲了入律，有時必須讓語音變讀，只有這樣纔能保證不出律。這種現象也反映出在初唐時期，一些語辭的語音層面與意義層面並沒有緊密地結合，詞的語音和語義在爲了入律的前提下，產生了分離，從而產生了一種特殊的音義參差現象。

（六）在討論完多音字的音義參差現象之後，還可以繼續分析這樣一個在古漢語中非常棘手的問題：通假字在詩律中的讀音問題。一些通假字本身也承載了兩個或兩個以上的聲音，那麼它應該讀爲被通假字的語音，還是讀爲通假字的語音？希望借由詩律這一載體進行討論，希望解決目前通假字注音模棱兩可這一問題。

所謂"通假字"，《漢語大字典》解釋爲"用音同或音近的字來代替本字。嚴格説，與本無其字的假借不同，但習慣上也通稱假借。包括同音通假，如借'公'爲'功'，借'駿'爲'峻'；雙聲通假，借'祝'爲'織'，借'果'爲'敢'；叠韻通假，借'崇'爲'終'，借'革'

爲'勒'"。從概念上,通假字比較容易理解,但是運作時就會遇到一個不可回避的問題:如何給通假字注音?

《漢語大字典》中所舉的例子中,"公""功","駿""峻"同音,注音時不存在問題,但是其他字"祝""織","果""敢","崇""終","革""勒"究竟應該注哪個字的讀音,卻一直存在疑問。

請看《詩經》中一些通假字的注音:

(1)"兄弟鬩於牆,外禦其務"。(《詩·小雅·常棣》)

朱熹《詩集傳》引用了《春秋傳》對"務"的解釋:"務,作侮,罔甫反。"[1]陳振寰在《詩經》一書中也説"務","通'侮',欺凌、欺侮"。[2]"務",中古去聲;"侮",中古上聲。按其體例,"務"在這裏注爲去聲,非上聲。

(2)"每有良朋,烝也無戎"。(《詩·小雅·常棣》)

《毛傳》:"烝,衆。"陳振寰《詩經》:"'烝',通'衆'。"注音爲 zhēng。

(3)"神之聽之,終和且平"。(《詩·小雅·伐木》)

《爾雅·釋詁》:"神,慎也。慎,誠也。"[3]陳振寰《詩經》從之,注音時取"神"聲,而非"慎"聲。

(4)"豈敢定居,一月三捷"。(《詩·小雅·采薇》)

陳奐《詩毛氏傳疏》:"捷者,接之假借"。[4]陳振寰《詩經》:"捷,通接,兩軍交鋒。"注音爲 jié。

(5)"王于出征,以佐天子"。(《詩·小雅·六月》)

鄭箋:"于,曰。"意思爲"命令"。吕祖謙《吕氏家塾讀詩記》:

---

① (宋)朱熹:《詩集傳》,中華書局,1958 年。下同。
② 陳振寰:《詩經》(圖文本),灕江出版社,2003 年。下同。
③ 周祖謨:《爾雅校箋》,江蘇教育出版社,1984 年。
④ (清)陳奐:《詩毛氏傳疏》,《清經解續編》本。

"《爾雅》以于爲曰,則王于者,王曰也。"①陳啓源《毛詩稽古編》:"《六月》詩兩'王于出征',若不訓于爲曰,文義終不可通。"②陳振寰從上之説,注音時取"于"音,非"曰"音。

(6)"常棣之花,鄂不韡韡"。(《詩·小雅·常棣》)

"常",王先謙《詩三家義集疏》:"《魯》,常作棠。"③陳振寰從古説,"常"通"棠""唐",注音爲 táng。

"不",鄭箋:"承華者作鄂。不當作柎。柎,鄂足也。⋯⋯古聲不、柎同。"戴震《毛鄭詩考證》:"鄂不,今字爲鄂柎。"④"不",這裏意思爲花萼和萼托,陳振寰注音爲 fū。

(7)"宜爾其家,樂爾妻帑"。(《詩·小雅·常棣》)

"帑",今音 tǎng,陸德明《經典釋文》:"帑,依字吐蕩反,經典通爲妻孥字,今讀音孥也。"⑤"帑"通"孥",陳振寰注音爲 nú。

(8)"曰歸曰歸,歲亦莫止"。(《詩·小雅·采薇》)

陸德明《經典釋文》:"莫,音暮,本或作暮。""歲莫"即"歲暮",陳振寰注音爲 mù。

(9)"織鳥文章,白旆未央"。(《詩·小雅·六月》)

《鄭箋》:"織,徽織也。"朱熹《詩集傳》:"織,幟字同。"《周禮·司常·疏》引《詩》作"識"。段玉裁《毛詩故訓傳定本》:"織讀爲識,古徽幟作徽識。"⑥"織"通"識",陳振寰注音爲 zhì。

以上前 5 條注音取通假字的讀音,後 4 條取本字的讀音,注

---

① 轉引自林義光《詩經通解》,北京大學鉛印本,1936 年。
② (清)陳啓源:《毛詩稽古編》,《清經解》本。
③ (清)王先謙:《詩三家義集疏》,中華書局,1987 年。
④ (清)戴震:《毛鄭詩考證》,《清經解》本。
⑤ (唐)陸德明:《經典釋文》,上海古籍出版社,1985 年。
⑥ (清)段玉裁:《毛詩故訓傳定本》,《清經解》本。

音標準不統一。其實這一問題，古人的意見也並不統一。顏師古認爲應該讀通假字的音，他說："《衛詩·芄蘭》云：'能不我甲。'《毛傳》曰：'甲，狎也。'毛公此釋，蓋依《爾雅》本訓。而徐仙民遂音'甲'爲'狎'，《葛覃》篇云'服之無斁'，豈得讀云'服之無厭'乎？若以'甲'有'狎'音，假借爲字者，不應方待訓詁，始通其義也。"[1]但是段玉裁卻不同意這樣的讀法，他認爲應該讀爲被通假的本字的音，他說："徐仙民'甲'音胡甲反，不誤；《匡謬正俗》譏之，誤矣。《韓詩》作'狎'，本字也，《毛詩》作'甲'，假借也。"[2]王引之也持後一種觀點，他認爲："學者改本字讀之，則怡然理順；依借字解之，則以文害辭。"[3]由此看來，對於通假字的讀音並不統一，這樣會造成讀者閱讀時的困難，對於規範通假字的讀音十分迫切。

（七）爲了解決這一問題，本節選取"匪"字作爲研究對象，因爲"匪"在古漢語中多用於通假，具有一定的典型性。

首先先看《詩經》中"匪"字的用法：

1. 襯字，無義。

"篤公劉，匪居匪康"。（《詩·大雅·公劉》）

其中，第二個"匪"字爲襯字，全句意思是"忠厚老實的公劉，從不追求安逸的生活環境"，即是"篤公劉，匪居康"。

2. 通假。

（1）假借爲"斐"，文彩貌。

"有匪君子，如切如磋，如琢如磨"。（《詩·衛風·淇奧》）

① （唐）顏師古：《匡謬正俗》，商務印書館，1937 年。
② （清）段玉裁：《古文尚書撰異》，《清經解》本。
③ （清）王引之：《經義述聞》，鴻文書局石印本。

《毛傳》："匪，文章貌。"陸德明《經典釋文》："匪，本又作斐。《韓詩》作邲，美貌也。"《禮記・大學》引作"有斐君子"。陳奐《詩毛氏傳疏》："匪即斐之假借。"匪，上古幫母微部；斐，上古滂母微部，屬於音近假借。

（2）假借爲"誹"，誹謗、指責。

"雖曰匪予，既作爾歌"。（《詩・大雅・桑柔》）

林義光《詩經通解》："匪，讀爲誹。"全句意思是説："你雖然在背後辱罵我，我已經作了這首歌，（你應當聽之而悔之）。"匪、誹皆屬上古幫母微部，屬於同音假借。

（3）假借爲"彼"，指示代詞"那"。

"狐裘蒙戎，匪車不東"。（《詩・邶風・旄丘》）

陳奐《詩毛氏傳疏》："匪，彼也。言彼大夫之車不東來也。"彼，上部幫母歌部，與匪存在旁轉關係，王念孫認爲它們屬於音近通假。（《廣雅疏證》）

（4）假借爲"非"，不是。

"匪饑匪渴，德音來括"。（《詩・小雅・車舝》）

《鄭箋》："雖饑不饑，雖渴不渴。"《周語》引《頌》曰："莫匪而極。"韋《注》曰："匪，不也。無不於女時得其中也。"匪、非上古同屬幫母微部，屬於同音假借。

例（1）雖是音近假借，但是今天已經是同音字，例（2）是同音字，所以不存在注音的難題。例（3）在上古雖然音近，但是今天語音已經不同，如何注音没有辦法判斷。例（4）雖然上古聲音相同，但是承《廣韻》而來，今日聲調和中古一樣一上一平，如何讀音也不統一。

（八）由於"匪""非"在古漢語中長期存在通假關係，所以如果能找到某種文獻材料可以反映古代聲調，則注音問題即可迎刃而解。

眾所周知，近體詩對於平仄的要求十分嚴格，作近體詩絕對不允許出律落調。例如明人王世懋《藝圃擷餘》中說：

> 李頎七言律，最響亮整肅。忽於"遠公遁迹"詩第二句下一拗體，餘七句皆平正，一不合也；"開山"二字最不古，二不合也；"開山幽居"，文理不接，三不合也；重上一"山"字，四不合也。余謂必有誤。苦思得之，曰必"開士"也。易一字而對仗流轉，盡祛四失矣。余兄大喜，遂以書《藝苑卮言》。余後觀郎士元詩云："高僧本姓竺，開士舊名林。"乃元襲用頎詩，益以自信。[1]

王世懋所引的是李頎《題璿公山池》詩：

> 遠公遁迹廬山岑，開士幽居祇樹林。
> 片石孤峰窺色相，清池皓月照禪心。
> 指揮如意天花落，坐臥閒房春草深。
> 此外俗塵都不染，惟餘玄度得相尋。

此詩七律首句入韻平起式，首聯"遠公遁迹廬山岑，開山幽居祇樹林"格律當爲"平平仄仄仄平平，仄仄平平仄仄平"。王世懋除了列出文意、文理、文氣等原因之外，入律也是一個重要的因素。

---

① （明）王世懋：《藝圃擷餘》，（清）何文煥輯：《歷代詩話》，中華書局，1981年。

"山"是平聲字,用在這裏屬於出律,仄聲的"士"字剛好符合格律。此句在今《全唐詩》中已改爲"開士","山"爲"士"之訛誤。另查北宋咸平景德年間(998—1007 年)僧人道誠所集《釋氏要覽》中提到"經中多呼菩薩爲開士,前秦苻堅賜沙門有德解者,號開士",可見"開士"爲當時同行的佛教專有名詞,指菩薩或高僧。

從這個例子可以看出,近體格律詩中,尤其是第二、四、六在節奏點上的字,平仄對於入律很重要,古人的要求也很嚴格。查看近體詩節奏點上的"匪""非"通用情況,就可以知道古人對於通假字讀音的看法。

"匪"字在《全唐詩》中共見 149 次,其中符合上述要求的有 20 例,先逐一分析。

(1)來信應無已,申威亦匪躬。(宋昱《樟亭觀濤》)

此句平仄格式①應該爲"仄仄平平仄,平平仄仄平",故"匪"讀爲仄聲。

(2)左右看桑土,依然即匪他。(孟浩然《歸至郢中》)

此句平仄格式應該爲"仄仄平平仄,平平仄仄平",故"匪"讀爲仄聲。

(3)大運且如此,蒼穹寧匪仁。(李白《門有車馬客行》)

此句平仄格式應該爲"仄仄平平仄,平平仄仄平",故"匪"讀爲仄聲。

(4)百萬傳深入,寰區望匪它。(杜甫《散愁二首》(其一))

此句平仄格式應該爲"仄仄平平仄,平平仄仄平",故"匪"讀

---

① 這裏説的"平仄格式"是指標準的格律形式,但是例句中往往存在變體,例如第一、三、五字由平變仄,或者情況相反,只要不影響整聯節奏點(第二、四、六字)的格律,一般不再一一説明。

爲仄聲。

（5）昔承推獎分，愧匪挺生材。（杜甫《秋日荊南述懷三十韻》）

此句平仄格式應該爲“平平仄仄平，仄仄仄平平”，故“匪”讀爲仄聲。

（6）少壯樂難得，歲寒心匪他。（杜甫《湖中送敬十使君適廣陵》）

此句平仄格式應該爲“仄仄平平仄，平平仄仄平”，故“匪”讀爲仄聲。

（7）宸扆親唯敬，鈞衡近匪侵。（竇牟《元日喜聞大禮寄上翰林四學士中書六舍人二十韻》）

此句平仄格式應該爲“仄仄平平仄，平平仄仄平”，故“匪”讀爲仄聲。

（8）顧己草同賤，誓心金匪堅。（盧綸《秋幕中夜獨坐遲明因陪陳翃郎中晨謁上公因書即事兼呈同院諸公》）

此句平仄格式應該爲“仄仄平平仄，平平仄仄平”，故“匪”讀爲仄聲。

（9）紫翰宣殊造，丹誠屬匪躬。（李觀《試中和節詔賜公卿尺詩》）

此句平仄格式應該爲“仄仄平平仄，平平仄仄平”，故“匪”讀爲仄聲。

（10）棲雲自匪石，觀國暫同塵。（歐陽詹《送高士安下第歸岷南寧覲》）

此句平仄格式應該爲“平平仄仄仄，仄仄仄平平”，故“匪”讀爲仄聲。

（11）幽咽誰生怨，清泠自匪躬。（鮑溶《風箏》）

此句平仄格式應該爲"仄仄平平仄，平平仄仄平"，故"匪"讀爲仄聲。

（12）雖匪囊中物，何堅不可鑽。（楊收《筆》）

此句平仄格式應該爲"仄仄平平仄，平平仄仄平"，故"匪"讀爲仄聲。

（13）樂道乾知退，當官蹇匪躬。（李商隱《今月二日不自量度輒以詩一首四十韻……咏嘆不足之義也》）

此句平仄格式應該爲"仄仄平平仄，平平仄仄平"，故"匪"讀爲仄聲。

（14）若匪灾先兆，何緣思入冥。（鄭顥《續夢中十韻》）

此句平仄格式應該爲"仄仄平平仄，平平仄仄平"，故"匪"讀爲仄聲。

（15）驢駿勝贏馬，東川路匪賒。（賈島《寄令狐綯相公》）

此句平仄格式應該爲"仄仄平平仄，平平仄仄平"，故"匪"讀爲仄聲。

（16）道匪因經悟，心能向物空。（李建勛《懷贈操禪師》）

此句平仄格式應該爲"仄仄平平仄，平平仄仄平"，故"匪"讀爲仄聲。

（17）路匪人遮去，官須自覓休。（李建勛《病中書懷寄王二十六》）

此句平仄格式應該爲"仄仄平平仄，平平仄仄平"，故"匪"讀爲仄聲。

（18）權衡諒匪易，愚智信難移。（無名氏《人不易知》）

此句平仄格式應該爲"平平仄仄仄，仄仄仄平平"，故"匪"讀爲仄聲。

（19）戒師慚匪什，都講更勝詢。（貫休《劉相公見訪》）

此句平仄格式應該爲"平平仄仄仄，仄仄仄平平"，故"匪"讀爲仄聲。

（20）雖匪二賢曾入洛，忽驚六義減沈冏。（貫休《感懷寄盧給事二首》）

此句平仄格式應該爲"仄仄平平仄仄仄，平平仄仄仄平平"，故"匪"讀爲仄聲。

由上述所舉 20 例通假"非"的"匪"字平仄格律可以看出，"匪"字均讀爲仄聲，而非平聲，無一例外。

（九）由上文的分析可以看出，對於通假字的注音問題，其實有一條標準，即兩個不同音的字構成一組通假字，其讀音應該讀通假字的音，而不是本字語音。這樣一來，爲今後的古漢語研究，尤其是古漢語的注釋、今讀等問題，確立了一條明確的準繩。

三、王梵志詩異調相押現象分析

在異調通押現象中，值得注意的還有一位以口語白話創作的詩人王梵志。

王梵志詩歌中，異調相押的現象比較普遍，多見上去通押。《全唐詩》未著錄王詩，孫望《全唐詩逸》、童養年《全唐詩續補遺》、陳尚君《全唐詩續拾》中均補充了王梵志詩歌，此三書亦被收錄於中華書局 1999 年十五册增訂版《全唐詩》的第十三册和第十四册。

（一）《全唐詩續補遺》將王梵志詩定爲初唐，王梵志和他的詩歌所處時代都應定位於初唐時期。

但是在考察王梵志詩異調通押這一現象時,卻發現上述三書中所著録的詩歌在格律上,確切地説在異調通押問題上,表現出的差異非常明顯。要弄清這一特殊的現象,更好地研究異調通押問題,首先應釐清王梵志及其詩歌的年代。

上文説過,王梵志詩不見於《全唐詩》,其生平年代較難考證。目前所能見到的最早的關於王梵志的記載,是《太平廣記》卷八二《王梵志》和《永樂大典》引五代時人馮翊子(嚴子休)《桂苑叢談·史遺》等資料。兩書文字略有差異,但是主要内容没有太大差別。這裏引用《太平廣記》的文字:

> 王梵志,衛州黎陽人。黎陽城東十五里,有王德祖,當隋文帝時,家有林檎樹,生癭,大如斗。經三年,朽爛。德祖見之,乃剖其皮,遂見一孩兒。抱胎而(出),德祖收養之,至七歲,能語,曰:"誰人育我? 复姓何名?"德祖具以實語之:"因名林木梵天。"後改曰梵志。曰:"王家育我,可姓王也。"梵志乃作詩示人,甚有義旨。

古人對王梵志的出生來歷的記載似乎帶有神話的性質,不能作爲確鑿的證據。對於王梵志的生平時代,學術界目前尚有爭論。大致歸納一下,有"隋—初唐説","盛—中唐説","唐五代説"以及"非一人一時説"。

大部分中國學者持"隋—初唐説",例如胡適、任中敏、趙和平、鄧文寬、張錫厚、潘重規、朱鳳玉。

胡適在《白話文學史》中根據《太平廣記》的記載,認爲"此雖

是神話，然可以考見三事：一爲梵志生於衛州黎陽，即今河南濬
縣。一爲他生當隋文帝時，約六世紀末。三可以使我們知道唐
朝以及有關於梵志的神話，因而可以想見王梵志的詩在唐代很
風行，民間纔有這種神話起來。我們可以推定王梵志的年代約
當五九〇到六六〇年。"①

　　任中敏在《王梵志詩校輯序》中説："他的詩産生在初唐時
期。大曆年間，王梵志詩的手抄本已流傳到西部邊陲，敦煌遺書
内還殘存'大曆六年的一百一十首本'。這個寫本的原卷現藏在
列寧格勒博物館，從蘇聯編'敦煌手稿總目'附圖上，可清晰地看
到原卷題記：'大曆六年五月□日抄王梵志詩一百一十首沙門法
忍寫之記。'依此推知，王梵志不可能是'大曆貞元年間的人'，他
的詩也不會作於中唐。如果再就敦煌寫本《王道祭楊筠文》（伯
四九七八）所載：'維大唐開元廿七年，歲在癸丑二月，東朔方黎
陽故通玄學士王梵志直下孫王道，謹清酌白醪之奠，敬祭没逗留
風狂子，朱沙染癡兒弘農楊筠之靈……'這裏留下了鐵證！表明
開元二十七年，王梵志早已下世，他的孫兒所處時代在楊筠之
後，那麽説王梵志的時代至遲也要早於開元。這就同《桂苑叢
談》《太平廣記》卷八二記載的材料大體相近。總之，就時代而
言，王梵志詩産生在初唐時期，還是可信的。"②

　　趙和平、鄧文寬在《敦煌寫本王梵志詩校注》中，根據王梵
志詩中所反映的中男的年齡、府兵制的情況、錢幣文字、中央
與地方關係等細節，認爲"這些詩反映的社會歷史現象，起於
唐初武德四年，止於開元二十六年。詩人王梵志也必然活動

---

①　胡適：《白話文學史》，新月書店，1928 年。
②　任半塘：《王梵志詩校輯序》，《王梵志詩校輯》，中華書局，1983 年。

於這個時期".①

張錫厚在《唐初民間詩人王梵志考略》中根據盛唐詩僧皎然的《詩式》對於詩歌的排序推知,王梵志詩排於晉代郭璞詩和初唐第二期"四傑"之一的盧照鄰之間,所以他"初步揭開這個歷來被認爲'謎一般的'人物的真面目".②

潘重規在《王梵志出生時代的新觀察》中認爲,"我們用平常心對《桂苑叢談》做如實的了解,王梵志只是隋代出生的一個被人收養的嬰兒,長大後寫成許多動人的詩篇,在民間廣泛流傳,終於得到了大眾稱許爲偉大詩人而已。……王梵志出生時期,最遲在隋代晚年,甚至可能在隋文帝初年".③

朱鳳玉在《王梵志詩研究》中,提出了七條内證和十三條外證,從而得出"王梵志生於隋朝,而活動在初唐".④

持"盛—中唐説"的主要是國外學者,包括日本學者矢吹慶輝、入矢義高,法國學者戴密斯。

矢吹慶輝在《鳴沙餘韻解説》中根據《歷代法寶記》所載無住禪師引用王梵志詩而推斷説:"無住是唐德宗大曆九年(七七四)六月三日去世,死時六十一歲。由此可知,本詩集至少也是大曆以前撰集的."⑤

入矢義高在《論王梵志》中説:"我寧可採信矢吹氏慎重的態度——即本於《法寶記》的記載,而將王梵志詩集認定爲'至少也

---

① 趙和平、鄧文寬:《敦煌寫本王梵志詩校注》,《北京大學學報》1980 年第5—6 期。

② 張錫厚:《唐初民間詩人王梵志考略》,《中華文史論叢》1980 年第4 輯。

③ 潘重規:《王梵志出生時代的新觀察》,《慶祝吳其昱先生八秩華誕敦煌學特刊》,文津出版社,2002 年。

④ 朱鳳玉:《王梵志詩研究》,臺灣學生書局,1986—1987 年。

⑤ 矢吹慶輝:《鳴沙餘韻解説》,巖波書店,1933 年。

是大曆以前的撰集'。……但祇要《法寶記》可信，我認爲他就像玄朗上人一樣，借用王梵志的詩進行教化的時期，大約是天寶、大曆年間。……如果確實有王梵志這個人，而且《詩式》和《詩議》中王梵志的詩不是後人所擬作，則王梵志的在世年代最遲在貞元年間。"①

戴密斯在《王梵志詩附太公家教》引言中指出王梵志詩中出現的語詞"唾面自乾"來自婁師德，而"婁師德在六三〇至六九九年生存，那麼，王梵志詩集的第三卷不會早於八世紀。……倒是王梵志可能的生存年代是八世紀"。②

持唐五代説的是日本學者游佐昇。

游佐昇在《論王梵志詩一卷》中提道："能證明其(《王梵志詩一卷》)確實成立的時期，應是伯三七一六寫本中所署的'天成五年'(九三〇)。即從文獻學的觀點分析，《王梵志詩一卷》的成立，應該是以唐五代時期爲其成立時期的上限。"不過他又承認"王梵志這一人存在於初唐時期"，不過詩集的時期應該晚定。③

持"非一人一時説"的是日本菊池英夫和項楚。

菊池英夫在《王梵志詩集和山上憶良〈貧窮問答歌〉之研究》中説："每一詩輯原卷的名稱都是王梵志詩集，但其編纂詩集卻不同。也許是産生於唐宋之間，當時的人們喜好將不同詩選或歌謠以及警語冠上相同的名稱，而假托王梵志的名字來出版。因此我們不可能找出一個特定的人作爲同一名稱發行的各種詩輯中所有詩、歌謠的作者。我不得不指出費盡心思來追查該文

---

① 入矢義高：《論王梵志》，《王梵志校輯》，中華書局，1983 年。
② 戴密斯：《王梵志詩附太公家教》，法蘭西學院高等中國學研究所，1982 年。
③ 游佐昇：《論王梵志詩一卷》，《東洋大學大學院紀要》，1980 年。

作者的生平將徒勞無功,也没有必要。"①

　　項楚嚴格區别了三卷本、一百一十首本和一卷本王梵志詩在思想上、文學色彩上的不同,他認爲"三卷本王梵志詩集的作品主要産生在初唐時期",一百一十首本殘卷"可以斷定它主要是盛唐時期僧侣們的創作",一卷本"我們可以推定它是由晚唐時期一位民間知識分子編寫,而借用了《王梵志詩》的大名以廣流傳"。②

　　我們採用項楚的説法,其原因除去項楚提到的文學意義、色彩、思想上的差别以外,還可以補充一條:三卷本、一百一十首本、一卷本,在詩歌格律上有所不同。僅以異調通押爲依據,大概可以看出三卷本通押次數最多,一百一十首本通押次數較多,而一卷本較少存在異調通押現象。

　　(二)"三卷本"③的仄韻詩共有75首。純押上聲詩15首,押去聲詩13首,押入聲詩27首。無上入、去入、上去入通押。上去通押較多,共20首:

　　(1)唤,漢,□,反。(王梵志《兀然無事》)

　　該詩全詩爲:

兀然無一事,何曾有人唤。

---

　　① 　菊池英夫:《王梵志詩集和山上憶良〈貧窮問答歌〉之研究》,朱鳳玉譯:《敦煌學》第13輯,1988年。
　　② 　項楚:《敦煌詩歌導論》,巴蜀書社,2001年。
　　③ 　本書所用版本是中華書局1999年版的《全唐詩》。在該版《全唐詩》中,三卷本和一百一十首本均出自《全唐詩續拾》和《全唐詩補遺》,詩歌皆録自張錫厚《王梵志詩校輯》,並參考郭在貽《王梵志詩匯校》(中國訓詁學會第四屆年會論文);一卷本出自《全唐詩補逸》,該書選取了劉復的《敦煌掇瑣》,並參考鄭振鐸《梵志詩拾遺》補缺。三個本子均參考了項楚、蔣紹愚、周一良、黄征、松尾良樹、戴密微等先生的校勘成果。

　　　　　向外覓功夫，總是癡頑漢。

　　　　　糧不畜一粒，逢飯便知□。

　　　　　世間多事人，相趁渾不反。

　　首聯韻脚字"喚"是去聲換韻字，頷聯韻脚字"漢"是去聲翰韻字，《廣韻》翰換同用，"平水韻"歸爲一韻。頸聯韻脚字不詳。尾聯韻脚字"反"是上聲阮韻字。此例爲上去通押。（爲節省篇幅，下文不再引用全詩，只寫出韻脚字）

　　（2）罪，袋，改，悔，婿。（王梵志《五言白話詩》）

　　"罪"是上聲賄韻字，"改"是上聲海韻字，"悔"兼有上聲賄韻和去聲隊韻兩讀，《廣韻》賄和海同用，"平水韻"亦定爲一韻。"袋"是去聲代韻字。"婿"是去聲霽韻字，當爲出韻，不計。此例上去通押。

　　（3）貴，是，費，鬼，死。（同上）

　　"貴"是去聲未韻字，"費"可讀爲去聲至、未、霽韻，"是"是上聲紙韻字，"鬼"是上聲尾韻字，"死"是上聲旨韻字。《廣韻》紙、旨同用，"平水韻"歸爲"紙"韻，"至"韻包含於它的去聲"寘"韻。"尾"韻和"紙"韻是鄰韻，"未"韻是它的去聲。此例屬於上去通押，也反映了紙尾通用現象。

　　（4）去，字，子，被，睡，起，戲，地，事，使，死，恥，鬼。（同上）

　　"去"是上聲語韻和去聲遇韻，"字"、"地"、"死"是去聲至韻，"子"兼有上聲止韻和去聲志韻，"被"兼有上聲紙韻和去聲寘韻，"睡""戲"是去聲寘韻，"起""恥"是上聲止韻，"事"是去聲志韻，"使"上聲止韻或去聲志韻，"鬼"是上聲尾韻。在《廣韻》中，"止""紙""旨"同用，"語""尾"是鄰韻，此處爲通用；"至""寘""志"三韻同用。此例爲上去通押。

（5）婦，故，母，付，戶，肚，住，汝。（同上）

"婦"是上聲有韻字，"故"是去聲暮韻字，"母"是上聲厚韻字，"付""住"是去聲遇韻字，"戶""肚"是上聲姥韻字，"汝"是上聲語韻字。"有""厚"二韻在《廣韻》可以同用，"平水韻"亦爲同一韻；它們與"姥"韻通用，當是語音相近故而出韻。"暮""遇"在《廣韻》中可以同用，"平水韻"也爲一韻，它們與"姥"韻構成上去通押關係。

（6）我，坐，破。（同上）

"我"是上聲哿韻字，"坐"兼有上聲果韻和去聲過韻兩讀，"破"是去聲過韻字。此例爲上去通押。

（7）氣，使，地，死，恥，止。（同上）

"氣"是去聲未韻字，"使"兼有上聲止韻或去聲志韻，"地""死"是去聲至韻，"恥"是上聲止韻，"止"是上聲止韻。"止"和"未"韻屬於鄰韻通用，"止""至"二韻上去通押。

（8）好，道，竈，飽。（同上）

"好""道"兼有上聲皓韻和去聲号韻兩讀，"竈"是去聲号韻，"飽"是上聲巧韻字。此例可以看作上聲"巧"韻和去聲"号"韻通押，然而此二韻不管在《廣韻》或"平水韻"都應獨用。而此處通押原因有二，其一是此二韻語音相近，其二是此二韻韻字過少。

（9）冢，甕，巷，送，籠。（同上）

"冢"是上聲腫韻字，"甕"是去聲送韻，"巷"是去聲絳韻，"送"是去聲送韻，"籠"是上聲董韻。[1] "董"和"送"韻是上去通

---

[1] 此依《集韻》，因《廣韻》"籠"字只有平聲一讀。

押關係，"董""腫"爲鄰韻，"巷"爲出韻，不計。

（10）好，襖，道，笑，鳥，哨，報，道。（王梵志《詩》）

"好""道"兼有上聲皓韻和去聲号韻兩讀，"襖"是上聲皓韻字，"鳥"是上聲篠韻字，"笑""哨"是去聲笑韻，"報"是去聲号韻。皓篠；笑號。"篠"的去聲"嘯"與"笑"韻同用，所以"篠""笑"是上去通押。"皓""号"也是上去通押。而"皓""篠"通用，當是語音相近的結果。

（11）裏，使，彎，地，你，事，愧，事。（同上）

"裏"是上聲止韻字，"使"兼有上聲止韻和去聲志韻，"彎""地""愧"去聲至韻，"你"是上聲止韻或紙韻字，[①]"事"是去聲志韻。此例爲上去通押。

（12）過，臥，禍，我。（同上）

"過""臥"是去聲過韻字，"禍"是上聲果韻，"我"是上聲哿韻字。"哿""果"同用，"過"是"果"的去聲韻，此例爲上去通押。

（13）動，用，送，棒。（同上）

"動"是上聲董韻字，"用"是去聲用韻，"送"是去聲送韻，"棒"是上聲講韻。"送"和"用"韻爲鄰韻，"董"和"送"是上去通押；"棒"字可能在當時的方言裏有接近上聲"腫"韻一讀，因爲其聲符"奉"是"腫"韻字，可惜韻書没有記載。

（14）冢，頂，用，動，棒，送，用。（同上）

"冢"是上聲腫韻字，"頂"是上聲迥韻，"用"是去聲用韻，"動"是上聲董韻字，"棒"是上聲講韻，"送"是去聲送韻。"腫""董"二韻爲鄰韻，它們和"迥"韻語音相近，此三韻與"送"韻形成

---

① 此依《集韻》，因《廣韻》無"你"字。

上去通押關係。

(15) 户,母,醜,語,土,護。(同上)

"户""土"是上聲姥韻字,"母"是上聲厚韻字,"醜"是上聲有韻字,"語"有上聲語韻一讀,"護"是去聲暮韻。"姥""語"是鄰韻,語音相近所以通用,它們和"暮"韻是上去通押關係。"姥""語"與"厚""有"通用,原因不明。

(16) 老,道,寶,到,道,惱。(同上)

"老""寶""惱"是上聲皓韻,"道"兼有上聲皓韻和去聲号韻兩讀,"到"是去聲号韻。此例爲上去通押。

(17) 子,死,泪,你,鬼。(同上)

"子"兼有上聲止韻和去聲志韻,"死""泪"是去聲至韻,"你"是上聲止韻或紙韻字,"鬼"是上聲尾韻字。上去通押。

(18) □,箸,慮,取。(同上)

"箸""慮"是去聲御韻字,"取"是上聲麌韻或厚韻字。上去通押。

(19) □,你,至,理。(同上)

"你"是上聲止韻或紙韻字,"至"是去聲至韻字,"理"是上聲止韻字。上去通押。

(20) 保,道,老,到。(同上)

"保""老"是上聲皓韻字,"道"兼有上聲皓韻和去聲号韻兩讀,"到"是去聲号韻。上去通押。

(三) 在"三卷本"中有一些比較"模棱兩可"的通押現象,需要詳細判斷。

(1) 木,足,蹙,獨;慮,據,去,處。(王梵志《五言》其七)

"木""蹙""獨"是入聲屋韻字,"足"兼有去聲遇韻和入聲燭韻。入聲"屋"和"燭"韻相鄰，語音相近。"慮""據"是去聲御韻字，"去""處"兼有上聲語韻和去聲御韻。但也有學者認爲該詩自"獨"韻之後，應爲另外一首（參看張錫厚，1983 年）。所以是否算是去入通押，尚待存疑。

（2）子，速，佛，出，没，窟，唧。（王梵志《五言白話詩》）

"子"兼有上聲止韻和去聲志韻，"速"是入聲屋韻字，"佛"是入聲物韻字，"出"是入聲術韻字，"没""窟"是上聲没韻字，"唧"兼有入聲質韻和職韻兩讀。入聲質韻和術韻在《廣韻》中可以同用；物韻和没韻語音相近，區别僅在於介音之有無，質、術、物、没四韻語音接近。而且由於王梵志詩並不分段，《全唐詩》中的詩歌分立是後人之行爲，該詩前一首押"恥""止"等，和"子"同屬上聲止韻，所以懷疑"子"韻當屬上首詩。這首詩是否算作上入通押，也暫存疑。

（四）"一百一十首本"中共有仄韻詩 34 首。其中純押上聲詩有 9 首，押去聲詩有 7 首，押入聲詩有 12 首。無上入、去入通押。上去通押 7 首，上去入通押 4 首。

上去通押：

（1）去，數，土，墓，處，去。（王梵志《回波樂》）

"去""處"兼有上聲語韻和去聲御韻，"數"兼有上聲麌韻和去聲遇韻兩讀，"土"是上聲姥韻字，"墓"是去聲暮韻。上去通押。

（2）子，使，裏，死，子，值，此，唯。（同上）

"子""使"兼有上聲止韻和去聲志韻，"裏"是上聲止韻字，"死"是上聲旨韻，"值"是去聲志韻字，"此"是上聲紙韻字，"唯"有上聲脂韻一讀。上去通押。

（3）死，鬼，米，事，地。（同上）

"死"是上聲旨韻，"地"是去聲至韻，"鬼"是上聲尾韻字，"米"是上聲薺韻字，"事"是去聲志韻。此五字通押，原因在於語音接近，屬於上去通押。

（4）死，使，地，你，事，子，喜，值，事，子。（同上）

"死"是上聲旨韻，"地"是去聲至韻，"使""子"兼有上聲止韻和去聲志韻，"你"是上聲止韻或紙韻字，"事"是去聲志韻，"喜"兼有上聲止韻和去聲志韻兩讀，"值"是去聲志韻字。上去通押。

（5）死，你，死，喜，地，子，水。（同上）

"死"是上聲旨韻，"地"是去聲至韻，"你"是上聲止韻或紙韻字，"喜"兼有上聲止韻和去聲志韻兩讀，"子"兼有上聲止韻和去聲志韻，"水"是上聲旨韻。上去通押。

（6）少，保，翹，少，調。（同上）

"少"兼有上聲小韻和去聲笑韻兩讀，"保"是上聲皓韻字，"翹"是去聲笑韻，"調"是去聲嘯韻。《廣韻》"笑""嘯"同用，它們和"小"韻上去通押。

（7）寺，子，死，似。（《詩》）

"寺"，祥吏切，去聲，志韻字。"子""似"上聲止韻字，"死"是上聲字旨韻字。上去通押。

上去入通押：

（1）角，各，樂，獄，覺，襖，調。（王梵志《詩》）

"角"兼有入聲屋韻和覺韻兩讀，"各"是入聲鐸韻字，"樂"兼有入聲鐸韻、覺韻和去聲效韻三讀，"獄"是入聲燭韻字，"覺"兼有入聲覺韻和去聲效韻兩讀；"襖"是上聲皓韻字，"調"是去聲嘯韻字。入聲燭韻和覺韻主要元音相近，覺韻和鐸韻韻尾相同。

該例是上去入通押。

（2）女,屋,覆,護,悞。（王梵志《詩》）

“女”兼有上聲語韻和去聲御韻兩讀,“屋”是入聲屋韻字,
“覆”兼有入聲屋韻和去聲宥韻兩讀,“護”“悞”是去聲暮韻字。
上去入通押。

（3）哭,賣,改,在。（王梵志《詩》）

“哭”是入聲屋韻字,“賣”是去聲卦韻字,“改”是上聲海韻
字,“在”兼有上聲海韻和去聲代韻兩讀。上去入通押。

（4）皺,語,口,急,醜,酒,走,首,狗,口,手。（王梵志《詩》）

“皺”是去聲宥韻字,“語”是上聲語韻和去聲御韻兩讀,“口”
“狗”是上聲厚韻,“急”是入聲緝韻,“醜”“酒”“手”是上聲有韻,
“走”兼有上聲厚韻和去聲候韻兩讀,“首”兼有上聲有韻和去聲
宥韻。《廣韻》“厚”“有”二韻可以同用,“宥”是“有”韻的去聲韻。
上去入通押。

另外,亦有一些需要判斷的通押現象。

（1）□,過,足,促,燭,束,僕,毒。（王梵志《詩》）

“過”是去聲過韻字,“足”兼有去聲遇韻和入聲燭韻,“促”
“燭”“束”是入聲燭韻字,“僕”是入聲屋韻字,《集韻》也有沃韻一
讀,“毒”是入聲沃韻字。王梵志詩常常換韻,很有可能前兩韻字
爲去聲韻,後七韻字押入聲韻,第一個韻脚字並未考求出來,所
以暫時還不能確定此詩是否是上去通押。

（2）一,失;漢,畔,唤,散。（王梵志《回波樂》）

“一”“失”是入聲質韻字,“漢”是去聲翰韻字,“畔”“唤”是去
聲換韻字,“散”是去聲“翰”韻字,但是在《集韻》中讀爲“换”韻。
“翰”“换”在《廣韻》中可以同用,在“平水韻”歸爲一韻。然而此

例前兩韻爲入聲,後四韻爲去聲,用韻分佈整齊,不像上去通押例用韻分佈參差交錯,所以本例可以看作是換韻。不算嚴格意義上的上去通押。

(五)"一卷本"中仄韻詩共有 20 首。其中純押上聲詩 3 首,押去聲詩 8 首,押入聲詩 7 首。無上入、去入、上去入通押。上去通押,共有 2 首:

(1)臥,坐,火,破,課,我。(王梵志《詩》)

"臥""破""課"是去聲過韻字,"坐"兼有上聲果韻和去聲過韻兩讀,"火"是上聲果韻字,"我"是上聲哿韻字。《廣韻》中果哿同用,"平水韻"也將二韻歸爲一韻。故而此例是上去通押例。

(2)裏,味。(同上)

"裏"是上聲止韻字,"味"是去聲未韻字。上去通押。

(六)上去通押在"三卷本"整個仄韻詩中所佔比例是 28％、在"一百一十首本"中佔 20％(若算上全部異調通押,則佔 32％),在"一卷本"中佔 20％。用表格反映,就是表 32。

表 32　王梵志詩異調通押比例表

版本	時期	上聲詩	去聲詩	入聲詩	上去通押	上去入通押	共計	比例
三卷本	初唐	15	13	27	20	0	75	28％
一百一十首本	盛唐	9	6	12	7	4	38	29％
一卷本	晚唐	3	8	7	2	0	20	20％
合計		27	27	46	29	4	133	26％

這比例隨着時代的推移,呈現遞減趨勢。在初、盛唐時期,通押現象在仄韻詩中所佔比例將近 30％,而到了晚唐時期只佔

20％（這一比例也許會更小，因爲這個“一卷本”中的詩歌太少了，所以基數過少，纔顯得比例很大）。這可以從另外一個角度證明項楚的推論是可以成立的，因爲“一卷本”的創作出自下層文人之手，其時詩律已嚴，所以通押較少。而“三卷本”和“一百一十首本”出自多人之手，詩律也並未嚴格，所以通押比較多。

在詩歌押韻中，出韻（通押）是絕對不允許犯的“詩病”之一，但是這裏的通押比例如此之高，不禁讓人察覺到口語入詩和文人詩之間是存在巨大差異的。根據上文的統計，初唐時期文人詩歌通押現象佔所有仄韻詩的 1％，而白話口語詩通押佔 28％。

（七）最後分析上去通押現象，考察是否已經出現“濁上變去”這一語音變化。

在“三卷本”中，出現在多押去聲韻詩歌中的個別上聲字有 11 個：反、起、恥、鬼、止、冢、籠、鳥、裏、你、取。

反：在《廣韻》中讀作上聲時，聲母是“幫”母，在《集韻》中是“非”母或者“並”母。“並”母是全濁聲母。

起：在《廣韻》和《集韻》中聲母均是“溪”，次清。

恥：在《廣韻》和《集韻》中聲母均是“徹”，次清。

鬼：在《廣韻》和《集韻》中聲母均是“見”，全清。

止：在《廣韻》和《集韻》中聲母均是“章”，全清。

冢：在《廣韻》和《集韻》中聲母均是“知”，全清。

籠：在《廣韻》中聲母是“來”。

鳥：在《廣韻》和《集韻》中聲母均是“端”，全清。

裏：在《廣韻》中聲母是“來”。

你：在《集韻》中聲母是“泥”。

取：在《廣韻》和《集韻》中聲母可作“精”或“清”，清。

這 11 個字,只有"反"可以算作全濁字,其他都不是。"三卷本"(初唐)的異調通押與"濁上變去"無關,這一時期"濁上"字還不存在向去聲變化的趨勢。

在"一百一十首本"中,出現在多押去聲韻詩歌中的個別上聲字有五個:鬼,米,你,水,保。在"一卷本"中,出現在多押去聲韻詩歌中的個別上聲字有 2 個:火,我。這些字都不是全濁聲母字,但是由於字數太少,還不能妄下結論。

(八)與前文文人詩異調通押現象對比,初唐文人詩中異調通押現象極少,唯有王梵志詩歌中有一定數量的上去通押現象。這種現象反映出了三個特點:

(1)文人詩和白話詩之前在用韻上存在很大的差別,在其創作上有"雅"和"俗"的分別。文人在創作時,詩病是要極力避免的,格律是不可不講究的一條重要標準。而白話詩更能反映出民間創作是以口語入詩,對於格律並不作過於苛刻的要求。以王梵志詩歌而言,他創作詩歌的目的是爲諷喻世人從善,其詩歌的傳播途徑是上口而歌,那么只要琅琅可歌就行。前文曾經說過,文人詩在盛唐之後就已不能演唱,格律變成一种案頭創作的規則。這就是二者的差別原因所在。

(2)文人詩和白話詩產生這么大的差別,也可以看作是詩律漸細的一種表現。這種差別表現在後世越來越明顯,盛、中唐時期的寒山、拾得其詩歌格律與小李杜的差別就十分明顯。

(3)在所有的通押例子中,還沒有出現"濁上變去"這一現象。"濁上變去"是中古漢語和近代漢語區別最大的標誌性語音現象,由此看來,初唐時期屬於中古漢語範疇,而不能籠統地把唐代劃入近代漢語範疇。

四、與格律相關的初唐詩異文現象

異文材料對於古籍整理與研究非常重要。朱承平在《異文類語料的鑒別與應用》一書中主要討論版本異文、引用異文、兩書異文、名稱異文四種不同語料的鑒別與應用方法，該書還詳細闡明了不同異文的鑒別及應用。[①] 只有完全無誤地判定並甄別了諸種異文，纔能得到可以信賴的文獻底本。

不過在朱著或其他相關著作中並没有看到利用詩詞格律來判定異文的情況。《全唐詩》中的異文數量巨大，其中有一類異文屬於聲調相異的類型。這種異文可以通過利用格律規則來判定其之正誤。需要説明的是，這種判斷方法並不是唯一的標準，也不一定是百分之百準確的，然而卻可以作爲各種常見判斷方法之外的另一種新的判斷標準，爲異文判定提供補充的、輔助的準則。

（一）黏對相符

（1）園荒一徑斷，苔古半階斜。（李世民《過舊宅二首》其一）

該詩全篇詩句及平仄格式爲：

新豐停翠輦，譙邑駐鳴笳。

（平平平仄仄，平仄仄平平）

園荒一徑斷，苔古半階斜。

---

① 朱承平：《異文類語料的鑒別與應用》，岳麓書社，2005 年。

（平平仄仄仄，平仄仄平平）

前池消舊水，昔樹發今花。

（平平平仄仄，仄仄仄平平）

一朝辭此地，四海遂爲家。

（仄平平仄仄，仄仄仄平平）

頷聯對句"苔古半階斜"第二字"古"一作"平"。依照格律，該詩的對句應該是"平仄仄平平"式，如果作"平"則變成了"平平仄平平"，失律，且不對仗，所以當以"古"字爲佳。

（2）階馥舒梅素，盤花捲燭紅。（李世民《守歲》）

該詩全篇詩句及平仄格式爲：

暮景斜芳殿，年華麗綺宮。

（仄仄平平仄，平平仄仄平）

寒辭去冬雪，暖帶入春風。

（平平仄平仄，仄仄仄平平）

階馥舒梅素，盤花捲燭紅。

（仄仄平平仄，平平仄仄平）

共歡新故歲，迎送一宵中。

（仄平平仄仄，平仄仄平平）

頸聯對句"盤花捲燭紅"一作"盤捲燭花紅"。"盤花捲燭紅"的格律是平平仄仄平，符合格律要求。"盤捲燭花紅"的格律是平仄仄平平，雖然符合格律，但是與上句"仄仄平平仄"不對。明活字本作"盤捲花燭紅"，亦失律。

（3）和氣吹緑野，梅雨灑芳田。（李世民《咏雨》）

該詩全篇詩句及平仄格式爲：

和氣吹緑野，梅雨灑芳田。

（平仄平仄仄，平仄仄平平）

新流添舊澗，宿霧足朝煙。

（平平平仄仄，仄仄仄平平）

雁濕行無次，花沾色更鮮。

（仄仄平平仄，平平仄仄仄）

對此欣登歲，披襟弄五弦。

（仄仄平平仄，平平仄仄平）

首聯出句"和氣吹緑野"第二字"氣"一作"風"。若作"氣"，則此句格律是"平仄平仄仄"，出律，不符合格律要求。換成"風"則爲"平平平仄仄"，入律。《文苑英華》亦作"風"。

（4）流鶯拂綉羽，二月上林期。待雪消金禁，銜花向玉墀。翅掩飛燕舞，啼惱婕妤悲。料取金閨意，因君問所思。（劉孝孫《賦得春鶯送友人》）

一本下四句倒在上。該詩入律，然而只有頷聯與頸聯不黏，"花"與"掩"異調。如果下四句倒上，全詩當作：

翅掩飛燕舞，啼惱婕妤悲。

（仄仄平平仄，平仄仄平平）

料取金閨意，因君問所思。

（仄仄平平仄，平平仄仄平）

流鶯拂綉羽,二月上林期。

(平平仄仄仄,仄仄仄平平)

待雪消金禁,銜花向玉墀。

(仄仄平平仄,平平仄仄平)

如此,則"君"與"鶯"同調,符合黏對規則。《全唐詩》亦收録此倒置詩作,並置於賀朝名下,列入第一百一十七卷。

(5)白雲抱危石,玄猿挂迴條。(陸敬《巫山高》)

該詩全篇詩句及平仄格式爲:

巫岫鬱岧嶢,高高入紫霄。

(平仄仄平平,平平仄仄平)

白雲抱危石,玄猿挂迴條。

(仄平仄平仄,平平仄仄平)

懸崖激巨浪,脆葉隕驚飆。

(平平仄仄仄,仄仄仄平平)

別有陽臺處,風雨共飄颻。

(仄仄平平仄,平平仄仄平)

頷聯"白雲抱危石"中的"抱危"一作"間抱"。此處當作"抱危",若如此,則全句格律是:仄平仄平仄,平平仄仄平,則二句平仄不對立。所以有可能是"間抱",不過若作"間抱",則首句變成孤平。

(6)誰知北嶽下,延首咏霓裳。(王績《遊仙四首》其二)

該詩全篇詩句及平仄格式爲:

上月芝蘭徑,中嶽紫翠房。

(仄仄平平仄,平平仄仄平)

金壺新煉乳,玉釜始煎香。

(平平平仄仄,仄仄仄平平)

六局黃公術,三門赤帝方。

(仄仄平平仄,平平仄仄平)

吹沙聊作鳥,動石試爲羊。

(平平平仄仄,仄仄仄平平)

緱氏還程促,瀛洲會日長。

(平仄平平仄,平平仄仄平)

誰知北嶽下,延首詠霓裳。

(平平仄平仄,平仄仄平平)

最後一聯出句"誰知北嶽下"第四字"嶽"一作"阜"。該字《四部叢刊》本亦注"一作阜"。若作"嶽",全句格律是平平仄平仄,平仄仄平平,失對。如果作"阜",全句格律平平仄仄平,平仄仄平平,入律。

(7) 晚雲含朔氣,斜照蕩秋光。(上官儀《奉和秋日即目應制》)

該詩全篇詩句及平仄格式爲:

上苑通平樂,神池遍建章。

(仄仄平平仄,平平仄仄平)

樓臺相掩映,城闕互相望。

(平平平仄仄,仄仄仄平平)

緹油泛行幔,簫吹轉浮梁。

(平平仄仄仄,平仄仄平平)

晚雲含朔氣，斜照蕩秋光。

（仄平平仄仄，平仄仄平平）

落葉飄蟬影，平流寫雁行。

（仄仄平平仄，平平仄仄平）

槿散淩風縟，荷銷裛露香。

（仄仄平平仄，平平仄仄平）

仙歌臨杆詣，玄豫曆長楊。

（平平平仄仄，平仄仄平平）

歸路乘明月，千門開未央。

（平仄平平仄，平平平仄平）

第四句對句"斜照蕩秋光"第二字"照"一作"陽"。若作"陽"，全句格律是仄平平仄仄，平平仄平平，不對。改作"照"則格律是仄平平仄仄，平仄仄平平，入律，且對仗工整。

（8）明朝散雲雨，遙仰德爲鄰。（宋之問《答李司户夔》）

該詩全篇詩句及平仄格式爲：

遠方來下客，輶軒攝使臣。

（仄平平仄仄，平平仄仄平）

弄琴宜在夜，傾酒貴逢春。

（仄平平仄仄，平仄仄平平）

駟馬留孤館，雙魚贈故人。

（仄仄平平仄，平平仄仄平）

明朝散雲雨，遙仰德爲鄰。

（平平仄平仄，平仄仄平平）

尾聯出句"明朝散雲雨"第四字"雲"一作"行"。雲,王分切,平聲字。如果此處作"雲",則全聯的格律是平平仄平仄,[①]平仄仄平平。兩句不對。而"行"有仄聲一讀,有可能是"行"字,但是依"行",則句意較爲難以解釋。《唐詩紀事》作"雲雨散",那么格律就變成"平平平仄仄,平仄仄平",入律。

(9)身經大火熱,顔入瘴江消。(宋之問《早發韶州》)

該詩全篇詩句及平仄格式爲:

炎徼行應盡,回瞻鄉路遙。

(仄仄平平仄,平平平仄平)

珠厓天外郡,銅柱海南標。

(平平平仄仄,平仄仄平平)

日夜清明少,春冬霧雨饒。

(仄仄平平仄,平平仄仄平)

身經大火熱,顔入瘴江消。

(平平仄仄仄,平仄仄平平)

觸影含沙怒,逢人女草摇。

(仄仄平平仄,平平仄仄平)

露濃看菌濕,風颭覺船飄。

---

① 關於"平平仄平仄"句式是否屬於律句尚存在爭論。王力先生認爲這種句式是一種"特殊句式"(《漢語詩律學》,第103—111頁),唐宋詩人並不避免使用這種句式,多用於尾聯且成爲時尚。但是,王力先生所舉的例證大多爲盛唐之后,而初唐時期情況並不如此,這樣的詩句也有用於首聯的,如虞世南《奉和詠日午》"高天净秋色,長漢轉曦車",用於頷聯的如李百藥《寄楊公》"分庭接遊士,虚館待時笑"。首先,並不能因爲很多人使用就把某種句式劃歸爲律句或非律句。再次,初唐時期詩律未細(王力先生尚説"(盛唐)"詩律未細,《漢語詩律學》,第103頁),詩歌中很少運用拗救等句式,所以這裏把初唐詩中的"平平仄平仄"看作是一種非律句形式。

（仄平平仄仄，平仄仄平平）

直禦魑將魅，寧論鷗與鶚。

（仄仄平平仄，平平平仄平）

虞翻思報國，許靖願歸朝。

（平平平仄仄，仄仄仄平平）

綠樹秦京道，青雲洛水橋。

（仄仄平平仄，平平仄仄平）

故園長在目，魂去不須招。

（仄平平仄仄，平仄仄平平）

第四聯出句"身經大火熱"中的"大火"一作"火山"，《文苑英華》亦作"火山"。此句黏對較工，此處若爲"大火"，則全聯格律是平平仄仄仄，仄仄仄平平。如果作"火山"，則格律是平平仄平仄，仄仄仄平平，兩句不對。

（10）枕席臨窗曉，帷屏向月空。（崔湜《婕妤怨》）

該詩全篇詩句及平仄格式爲：

不分君恩斷，新妝視鏡中。

（仄仄平平仄，平平仄仄平）

容華尚春日，嬌愛已秋風。

（平平仄平仄，平仄仄平平）

枕席臨窗曉，帷屏向月空。

（仄仄平平仄，平平仄仄平）

年年後庭樹，榮落在深宮。

（平平仄平仄，平仄仄平平）

頸聯對句"帷屏向月空"的"帷屏"一作"屏帷""屏帳"。此聯黏對工整,此處當作"帷屏"或"屏帷",這樣格律就是仄仄平平仄,平平仄仄平。而如果作"屏帳",則格律是仄仄平平仄,平平仄仄平。兩句不對,且與下聯出句"年年後庭樹"失黏。不過該詩亦有其他失對之處,如頷聯出句第四字"春"和尾聯出句第四字"庭"的平仄都不合格律,所以全詩尚不算嚴格的律詩,此平仄分析僅作參考判斷。

(11)若至蘭臺下,還拂楚王襟。(李嶠《風》)

該詩全篇詩句及平仄格式爲:

落日生蘋末,搖揚遍遠林。
(仄仄平平仄,平平平仄平)
帶花疑鳳舞,向竹似龍吟。
(仄平平仄仄,仄仄仄平平)
月動臨秋扇,松清入夜琴。
(平仄平平仄,平平仄仄平)
若至蘭臺下,還拂楚王襟。
(仄仄平平仄,平仄仄平平)

尾聯出句"若至蘭臺下"一作"蘭臺宮殿峻"。此處當作後一句"蘭臺宮殿峻",若作後一句,全聯格律是平平平仄仄,仄仄仄平平。並且與上聯對句"松清入夜動"相黏。由是,則黏對工整,符合全詩格律。

(12)李陵賦詩罷,王喬曳舄來。(李嶠《鳧》)

該詩全篇詩句及平仄格式爲:

颭遝睢陽涘，浮游漢水隈。

（仄仄平平仄，平平仄仄平）

錢飛出井見，鶴引入琴哀。

（平平仄仄平，仄仄仄平平）

李陵賦詩罷，王喬曳舄来。

（仄平仄平仄，平平仄仄平）

何當歸太液，翔集動成雷。

（平平平仄仄，平仄仄平平）

頸聯出句"李陵賦詩罷"一作"降將貽詩罷"。此處當作後一句，若作後一句，全聯的格律是平仄平平仄，平平仄仄平。並且與上聯對句"鶴引入琴哀"相黏。由是，則黏對工整，符合全詩格律。不過《日藏古抄本李嶠詠物詩注》作"李陵賦詩罷"，該抄本是以張庭芳注本爲主的混和本子，時代最早相當於大唐天寶六載（747），這一證據可能更有説服力。

（13）何如萬方會，頌德九門前。（李嶠《奉和天樞成宴夷夏群僚應制》）

該詩全篇詩句及平仄格式爲：

轍迹光西崦，勳庸紀北燕。

（仄仄平平仄，平平仄仄平）

何如萬方會，頌德九門前。

（平平仄平平，仄仄仄平平）

灼灼臨黄道，迢迢入紫煙。

（仄仄平平仄，平平仄仄平）

仙盤正下露，高柱欲承天。

（平平仄仄仄，平仄仄平平）

山類叢雲起，珠疑大火懸。

（平仄平平仄，平平仄仄平）

聲流塵作劫，業固海成田。

（平平平仄仄，仄仄仄平平）

帝澤傾堯酒，宸歌掩舜弦。

（仄仄平平仄，平平仄仄平）

欣逢下生日，還睹上皇年。

（平平仄平仄，平仄仄平平）

第二聯出句"何如萬方會"第四字"方"一作"國"。此處當作"國"，應該是仄聲。若作"國"，全句的格律是平平仄仄仄，仄仄仄平平，黏對工整。而"方"雖然在《集韻》中也有仄聲一讀，但那是"倣"的異體字；它在《廣韻》中均讀如平聲，所以不符合格律的要求，也與全詩的格律不符。該詩最後一聯出句第四字"生"亦不合格律要求，但無異文可判斷，暫且存疑。

（14）空餘濟南劍，天子署高名。（崔融《戶部尚書崔公挽歌》）

該詩全篇詩句及平仄格式爲：

八座圖書委，三臺章奏盈。

（仄仄平平仄，平平平仄平）

舉杯常有勸，曳履忽無聲。

（仄平平仄仄，仄仄仄平平）

市若荆州罷，池如薛縣平。

（仄仄平平仄，平平仄仄平）
空餘濟南劍，天子署高名。
（平平仄平仄，平仄仄平平）

尾聯出句“空餘濟南劍”中的“濟南”一作“南斗”。依照平仄格律，此處當作“南斗”，若作“南斗”則全聯的格律是平平平仄仄，仄仄仄平平，兩句相對。而若作“濟南”則格律是平平仄平仄，仄仄仄平平，失對。該詩黏對工整，不當作“濟南”。

(15) 句芒人面乘兩龍，道是春神衛九重。（閻朝隱《奉和聖製春日幸望春宫應制》）

該詩全篇詩句及平仄格式爲：

句芒人面乘兩龍，道是春神衛九重。
（仄平平仄平仄平，仄仄平平仄仄平）
彩勝年年逢七日，酴醿歲歲滿千鍾。
（仄仄平平平仄仄，平平仄仄仄平平）
宫梅間雪祥光遍，城柳含煙淑氣濃。
（平平仄仄平平仄，平仄平平仄仄平）
醉倒君前情未盡，願因歌舞自爲容。
（仄仄平平平仄仄，平平平仄仄平平）

首聯出句“句芒人面乘兩龍”中的“乘兩”一作“兩乘”。此處當作“兩乘”，若是，則全句的格律是仄平平仄仄平平，仄仄平平仄仄平，兩句相對。而如果作“乘兩”，全句的格律是仄平平仄平仄平，仄仄平平仄仄平，失對。

　　（16）鸚鵡休言秦地樂，回頭一顧一相思。（閻朝隱《餞唐永昌》）

　　該詩全篇詩句及平仄格式爲：

> 洛陽難理若棼絲，椎破連環定不疑。
>
> （仄平平仄仄平平，平仄平平仄仄平）
>
> 鸚鵡休言秦地樂，回頭一顧一相思。
>
> （平仄平平平仄仄，平平仄仄仄平平）

第二聯出句"鸚鵡休言秦地樂"一作"鸚鵡鳥道長安樂"。前一句"鸚鵡休言秦地樂"的格律是平仄平平平仄仄，後一句"鸚鵡鳥道長安樂"的格律是平仄仄仄平平仄。顯然，後句"鸚鵡鳥道長安樂"不入律，該詩爲七言絕句，格律工整，此處當作前句。

　　（17）鸚鵡休言秦地樂，回頭一顧一相思。（閻朝隱《餞唐永昌》）

　　同前詩，第二聯對句"回頭一顧一相思"第二字"頭"一作"首"。此處爲對句第二字，由於出句第二字是"鵡"，仄聲，此處應該用平聲字，所以當是"頭"，而不是"首"。

　　（18）此庭草欲奏，温室樹無言。（韋元旦《早朝》）

　　該詩全篇詩句及平仄格式爲：

> 震維芳月季，宸極衆星尊。
>
> （仄平平仄仄，平仄仄平平）
>
> 珮玉朝三陛，鳴珂度九門。
>
> （仄仄平平仄，平平仄仄平）

挈壺分早漏，伏檻耀初暾。

（仄平平仄仄，仄仄仄平平）

北倚蒼龍闕，西臨紫鳳垣。

（仄仄平平仄，平平仄仄平）

詞庭草欲奏，溫室樹無言。

（平平仄仄仄，平仄仄平平）

鱗翰空爲忝，長懷聖主恩。

（平仄平平仄，平平仄仄平）

第五聯出句"欲奏"一作"雖視"。出句第四字，應該和對句第四字"無"平仄相對，並與同句第二字"庭"平仄相反，"無""庭"都是平聲字，此處當用仄聲。"欲"餘蜀切，入聲，符合這裏的要求；"雖"，息遺切，平聲，不符。所以此處當用"欲奏"而非"雖視"。

(19) 勿使燕然上，惟留漢將功。（陳子昂《送魏大從軍》）

該詩全篇詩句及平仄格式爲：

匈奴猶未滅，魏絳復從戎。

（平平仄仄仄，仄仄仄平平）

悵別三河道，言追六郡雄。

（仄仄平平仄，平平仄仄平）

雁山橫代北，狐塞接雲中。

（仄平平仄仄，平仄仄平平）

勿使燕然上，惟留漢將功。

（仄仄平平仄，平平仄仄平）

尾聯對句"惟留漢將功"一作"獨留漢臣功"。活字本、明刊本、明楊澄注本、《四庫》本均作"惟留漢將功",《四部叢刊》本作"獨有漢臣功"。此聯出句格律是仄仄平平仄,要求對句應該是平平仄仄平。"獨留漢臣功"的格律是仄平仄平平,出律;"獨有漢臣功"的格律是"仄仄仄平平",失對。只有"惟留漢將功"纔符合要求。

　　(20) 出没同洲島,沿洄異渚濆。(陳子昂《入東陽峽與李明府舟前後不相及》)

　　該詩全篇詩句及平仄格式爲:

東嶽初解纜,南浦遂離群。

(平平平仄仄,平仄仄平平)

出没同洲島,沿洄異渚濆。

(仄仄平平仄,平平仄仄平)

風煙猶可望,歌笑浩難聞。

(平平平仄仄,平仄仄平平)

路轉青山合,峰回白日曛。

(仄仄平平仄,平平仄仄平)

奔濤上漫漫,積水下沄沄。

(平平仄仄仄,仄仄仄平平)

倏忽猶疑及,差池復兩分。

(仄仄平平仄,平平仄仄平)

離離間遠樹,藹藹没遙氛。

(平平仄仄平,仄仄仄平平)

地上巴陵道,星連牛斗文。

(仄仄平平仄,平平平仄平)

孤狄啼寒月，哀鴻叫斷雲。

（平仄平平仄，平平仄仄平）

仙舟不可見，搖思坐氛氳。

（平平仄仄仄，平仄仄平平）

第二聯對句"沿洄異渚潰"一作"栖泊異江潰"。活字本、明刊本作"沿洄異渚潰"，《四部叢刊》本作"栖泊異汀潰"。此聯出句格律是仄仄平平仄，要求對句格律應該是平平仄仄平。"栖泊異江潰""栖泊異汀潰"是平仄仄平平，與出句不對，且與下聯出句"風煙猶可望"不黏。而"沿洄異渚潰"符合格律，相對工整。不過該詩第九聯出句"孤狄啼寒月"與上聯對句"星連牛斗文"平仄不黏，所以格律並不十分嚴密，不是嚴格意義上的近體詩。

（21）朝來江曲地，無處不光輝。（李乂《春日侍宴芙蓉園應制》）

該詩全篇詩句及平仄格式爲：

水殿臨丹巘，山樓繞翠微。

（仄仄平平仄，平平仄仄平）

昔遊人托乘，今幸帝垂衣。

（仄平平仄仄，平仄仄平平）

澗篆緣峰合，嶽花逗浦飛。

（仄仄平平仄，平平仄仄平）

朝來江曲地，無處不光輝。

（平平平仄仄，平仄仄平平）

尾聯出句"朝來江曲地"一作"朝回曲江地"。該詩五言八句,格律工整。此聯對句格律是平仄仄平平,那麼出句就應該是平平平仄仄。而"朝回曲江地"的格律是平平仄平仄,不僅不和對句相對,也不入律。所以此處應當是"朝來江曲地"而非"朝回曲江地"。

（22）神明近茲地,何必往蓬瀛。（李乂《幸白鹿觀應制》）

該詩全篇詩句及平仄格式爲:

制蹕乘驪阜,回輿指鳳京。

（仄仄平平仄,平平仄仄平）

南山四皓謁,西嶽兩童迎。

（平平仄仄仄,平仄仄平平）

雲幄臨懸圃,霞杯薦赤城。

（平仄平平仄,平平仄仄平）

神明近茲地,何必往蓬瀛。

（平平仄平仄,平仄仄平平）

尾聯出句第四字"茲"一作"福"。該詩五言八句,格律工整。此聯對句格律是平仄仄平平,那麼出句就應該是平平平仄仄。而"神明近茲地"的格律是平平仄平仄,與下句不對,並且也不入律。所以應當用"福"字,那麼全句爲"神明近福地",格律是平平仄仄仄,與下句相對,全詩合律。

（二）避免三平

初唐人並不能嚴格避免三平調,尤其是在古體詩以及準律體詩歌中。這裏所舉的十例均具有律詩的形式,前文説過,這種判斷並不是唯一標準,只是提供多一種參考。

(1)露濃晞晚笑,風勁淺殘香。(李世民《賦得殘菊》)

該詩全篇詩句及平仄格式爲:

階蘭凝曙霜,岸菊照晨光。

(平平平仄平,仄仄仄平平)

露濃晞晚笑,風勁淺殘香。

(仄平平仄仄,平仄仄平平)

細葉凋輕翠,圓花飛碎黄。

(仄仄平平仄,平平平仄平)

還持今歲色,復結後年芳。

(平平平仄仄,仄仄仄平平)

頷聯對句第三字“淺”一作“搖”。明活字本、《文苑英華》均作“搖”。如果作“搖”,則對句的格律就是平仄平平平,是典型的三平調,不符合格律。不過該詩首聯對句“岸菊照晨光”和頷聯出句“露濃晞晚笑”平仄不相黏,不算嚴格的律詩,故此處平仄判斷僅作參考。

(2)初秋玉露清,早雁出空鳴。(李世民《賦得早雁出雲鳴》)

該詩全篇詩句及平仄格式爲:

初秋玉露清,早雁出空鳴。

(平平仄仄平,仄仄仄平平)

隔雲時亂影,因風乍含聲。

(仄平平仄仄,平平仄仄平)

第一聯對句"早雁出空鳴"的第三字"出"一作"生"。如果作"生",則全句爲"早雁生空鳴",格律是仄仄平平平,三平調,不符合格律要求。但是該詩第二聯出句和對句的第二字、第四字平仄一樣,失對,全詩不算嚴格的律詩,故此處平仄判斷僅作參考。

（3）微形藏葉裏,亂響出風前。（李世民《賦得弱柳鳴秋蟬》）

該詩全篇詩句及平仄格式爲:

> 散影玉階柳,含翠隱鳴蟬。
>
> （仄仄仄平仄,平仄仄平平）
>
> 微形藏葉裏,亂響出風前。
>
> （平平平仄仄,仄仄仄平平）

第二聯對句"亂響出風前"第三字"出"一作"生"。《初學記》亦作"生"。如果作"生",則全句爲"亂響生風前",格律是仄仄平平平,三平調,不符合格律要求。但是該詩第一聯出句和對句的第二字、第四字平仄一樣,失對,全詩不算嚴格律詩,故此處平仄判斷僅作參考。

（4）識事須相逢,情知乏禮生。（王梵志《"尊人相逐出"》）

該詩全篇詩句及平仄格式爲:

> 尊人相逐出,子莫向前行。
>
> （平平平仄仄,仄仄仄平平）
>
> 識事須相逢,情知乏禮生。
>
> （仄仄平平平,平平仄仄平）

第二聯出句"須相逢"一作"相逢見"。若作"須相逢",則全句格律是仄仄平平平,是三平調。而此詩出自"一卷本"王梵志詩,全卷無一處有"三平調",故而可知當作"相逢見"。伯三六五六、伯二八四二卷作"相逢見"。《王梵志詩校輯》亦認爲應該是"相逢見",其根據來自丁五、丁一〇。[①]

(5) 莫學痛才漢,無事棄他門。(王梵志《"主人無床枕"》)

該詩全篇詩句及平仄格式爲:

> 主人無床枕,坐旦捉狗狐。
>
> (仄平平平仄,仄仄仄仄平)
>
> 莫學痛才漢,無事棄他門。
>
> (仄仄仄平仄,平仄仄平平)

第二聯對句"棄他門"伯三六五六卷作"去他門"、伯二八四二卷作"尋他朋"。此處不應作"尋他朋",若如是則全句變爲"無事尋他朋",格律爲平仄平平平,此處應避免三平。此詩出自一卷本王梵志詩,不應出現三平調。《王梵志詩校輯》亦認爲應該是"去他門",其根據來自丁五。[②]

(6) 相見作先拜,膝下没黄金。(王梵志《"在鄉須下意"》)

該詩全篇詩句及平仄格式爲:

> 在鄉須下意,爲客莫高心。
>
> (仄平平仄仄,平仄仄平平)

---

① 參張錫厚《王梵志詩校輯》,中華書局,1983 年,第 10 頁。
② 參張錫厚《王梵志詩校輯》,中華書局,1983 年,第 110 頁。

　　相見作先拜,膝下没黄金。

　　(平仄仄平仄,仄仄仄平平)

第二聯對句第三字"没"伯三七一六卷作"投"。"投",度侯切,平聲。如果作"投",除了詩意不順,且犯三平大忌,故當作"没"。此詩出自一卷本王梵志詩,不應出現三平調。《王梵志詩校輯》卻認爲應該是"投",其根據來自丁四。[1]

　　(7) 願言從愛客,清夜幸同嬉。(李嶠《月》)

　　該詩全篇詩句及平仄格式爲:

　　桂滿三五夕,蕣開二八時。

　　(仄仄平仄仄,平平仄仄平)

　　清輝飛鵲鑒,新影學蛾眉。

　　(平平平仄仄,平仄仄平平)

　　皎潔臨疏牖,玲瓏鑒薄帷。

　　(仄仄平平仄,平平仄仄平)

　　願言從愛客,清夜幸同嬉。

　　(仄平仄仄仄,平仄仄平平)

尾聯一作"願陪北堂宴,長賦西園詩",格律爲:平仄平仄仄,平仄平平平。"西園詩"是三平,應當極力避免,李嶠詩歌中並未出現三平調,故而知道不合適。另外,出句"願陪北堂宴"格律不工,與全詩格律不符。故而當作"願言從愛客,清夜幸同嬉"。然而

---

① 參張錫厚《王梵志詩校輯》,中華書局,1983 年,第 82 頁。

《日藏古抄李嶠詠物詩注》作"願陪北堂宴,長賦西園詩"。

(8) 銜燭耀幽都,含章擬鳳雛。(李嶠《龍》)

該詩全篇詩句及平仄格式爲:

銜燭耀幽都,含章擬鳳雛。

(仄仄仄平平,平平仄仄平)

西秦飲渭水,東洛薦河圖。

(平平仄仄仄,平仄仄平平)

帶火移星陸,升雲出鼎湖。

(仄仄平平仄,平平仄仄平)

希逢聖人步,庭闕正晨趨。

(平平仄平仄,平仄仄平平)

首聯出句"銜燭耀幽都"第三字"耀"一作"輝"。此處不應該作"輝",如果作"輝",則該句的格律是平仄平平平,是三平調,應當避免。《日藏古抄李嶠詠物詩注》亦作"耀"。不過該詩尾聯出句第二字"逢"和第四字"人"平仄相同,沒有對立,顯然該詩還不算嚴格的律詩,上文的判斷僅作參考。

(9) 叢生調木首,圓實檳榔身。(沈佺期《題椰子樹》)

該詩全篇詩句及平仄格式爲:

日南椰子樹,香嫋出風塵。

(仄平平仄仄,平仄仄平平)

叢生調木首,圓實檳榔身。

(平平仄仄仄,平仄平平平)

玉房九霄露,碧葉四時春。

（仄平仄平仄,仄仄仄平平）

不及埜林果,移根隨漢臣。

（仄仄平平仄,平平平仄平）

頷聯對句"圓實檳榔身"第三字"檳"一作"白"。此詩五言八句,格律工整,不應出現三平尾。"檳",必鄰切,平聲。若用"檳"字,則勢必造成三平調,不符合全詩格律。而"白",傍陌切,入聲,符合要求。不過陶敏等人的注本此作"檳榔",沒有提及這裏的異文。[1] 不過該詩頸聯"玉房九霄露"的第二字"房"和第四字"霄"都是平聲字,沒有對立,所以該詩不算嚴格的律詩,上文的判斷僅作參考。

（三）出句仄脚

平聲律體詩出句當爲仄聲,通常稱之爲"出句仄脚",也就是説出句末字應該用仄聲字,不能用平聲字。

（1）打罵但知默,無應即是能。（王梵志《"耶娘行不正"》）

該詩全篇詩句及平仄格式爲:

耶孃行不正,不事任依從。

（平平平仄仄,仄仄仄平平）

打罵但知默,無應即是能。

（仄仄仄平仄,平平仄仄平）

第二聯出句"打罵但知默"第五字"默"伯二八四二卷作"恩"。依

① 陶敏等:《沈佺期宋之問集校注》,中華書局,2001年,第122頁。

照格律,出句末字當作仄聲,而"恩"是"烏痕切",平聲,不符合要求。此詩出自王梵志一卷本詩,出句腳没有用平聲例。《王梵志詩校輯》亦認爲應該是"默",其根據來自丁五。[1]

(2) 觀内有婦人,號名是女官。(王梵志《詩》"觀内有婦人")

該詩全篇詩句及平仄格式爲:

觀内有婦人,號名是女官。
(仄仄仄仄平,仄平仄仄平)
各各服梳略,悉帶芙蓉冠。
(仄仄平平仄,仄仄平平平)
長裙並金色,橫披黄儭單。
(平平仄平仄,仄仄平仄平)
朝朝步虚讚,道聲數千般。
(平平仄平仄,仄平仄平平)
貧無巡門乞,得穀相共湌。
(平平平平仄,仄仄平仄平)
常住無貯積,鐺釜當房安。
(平仄平仄仄,平仄仄平平)
眷屬王侵苦,衣食遠求難。
(仄仄平平仄,平平仄平平)
出無夫婿見,病困絶人看。
(仄平平仄仄,仄仄仄平平)
乞就生緣活,交即免飢寒。
(仄仄平平仄,平仄仄平平)

① 參張錫厚《王梵志詩校輯》,中華書局,1983年,第110頁。

第一聯出句"觀内有婦人"第五字"人"一作"女"。雖然全詩多處不合黏對規則,出律較多,但"人"是出句末字,當用仄聲字。"人",如鄰切,平聲字,用於此處不當。該詩雖不是律詩,其出句末字除"人"外,分別是"略""色""讚""乞""積""苦""見""活",無一平聲字,故而知道"人"當作"女",符合出句仄脚原則。乙二本作"女",而《王梵志詩校輯》卻認爲應該是"人",原因不明。

(3)艷色奪人目,斁嚥亦相誇。(宋之問《浣紗篇贈陸上人》)

該詩全篇詩句如下,平仄格式從略:

> 越女顏如花,越王聞浣紗。
> 國微不自寵,獻作吴宮娃。
> 山藪半潛匿,芎蕱更蒙遮。
> 一行霸句踐,再笑傾夫差。
> 艷色奪人目,斁嚥亦相誇。
> 一朝還舊都,靚妝尋若耶。
> 鳥驚入松網,魚畏沉荷花。
> 始覺冶容妄,方悟群心邪。
> 欽子秉幽意,世人共稱嗟。
> 願言托君懷,倘類蓬生麻。
> 家住雷門曲,高閣凌飛霞。
> 淋漓翠羽帳,旖旎采雲車。
> 春風艷楚舞,秋月纏胡笳。
> 自昔專嬌愛,襲玩唯矜奢。
> 達本知空寂,棄彼猶泥沙。

> 永割偏執性，自長薰修芽。
>
> 攜妾不障道，來止妾西家。

第五聯出句"豔色奪人目"中的"人目"一作"常人"。依照格律，此處應作"人目"，因"目"是仄聲字，且不在首聯出句位置，故符合出句仄腳要求。該詩雖然是古風，但是全詩沒有換韻，故不存在出句末字平聲的可能，因而用"常人"不合適。

（4）鳥驚入松網，魚畏沈荷花。（宋之問《浣紗篇贈陸上人》）

全詩見上例。其中第七聯出句"鳥驚入松網"一作"林鳥驚入松"。從對仗上看，前句比後句更工。從出句韻腳字的格律要求上看，"網"文兩切，仄聲字；"松"，祥容切，平聲字。顯然，前句更合適。《唐詩紀事》作"林鳥驚入松，網魚畏荷花"，不知何本。

（5）嘆世已多感，懷心益自傷。（劉希夷《蜀城懷古》）

該詩全篇詩句如下，平仄格式從略：

> 蜀土繞水竹，吳天積風霜。
>
> 窮覽通表裏，氣色何蒼蒼。
>
> 舊國有年代，青樓思豔妝。
>
> 古人無歲月，白骨冥丘荒。
>
> 寂厤彈琴地，幽流讀書堂。
>
> 玄龜埋葡室，彩鳳滅詞場。
>
> 陣圖一一在，柏樹雙雙行。
>
> 鬼神清漢廟，鳥雀參秦倉。
>
> 嘆世已多感，懷心益自傷。
>
> 賴蒙靈丘境，時當明月光。

第九聯出句"嘆世已多感"一作"嘆逝日已多"。此句是出句，要求仄聲韻腳，"嘆世已多感"符合；而"嘆逝日已多"中"多"是平聲字，不符合要求。綜觀全詩十聯中其他九聯的韻腳字"竹""裏""代""月""地""室""在""廟""境"，無一平聲韻腳字；全詩一韻到底，也不存在出句末字平仄相間情況，所以此處當用"嘆世已多感"，而非"嘆逝日已多"。

　　（6）赤螭媚其彩，婉孌蒼梧泉。（陳子昂《贈趙六貞固二首》其二）

　　　　該詩全篇詩句如下，平仄格式從略：

> 赤螭媚其彩，婉孌蒼梧泉。
> 昔者琅琊子，躬耕亦慨然。
> 美人豈遐曠，之子乃前賢。
> 良辰在何許，白日屢頽遷。
> 道心固微密，神用無留連。
> 舒可彌宇宙，攬之不盈拳。
> 蓬萊久蕪没，金石徒精堅。
> 良寶委短褐，閒琴獨嬋娟。

第一聯出句"赤螭媚其彩"末字"彩"一作"形"。出句末字當用仄聲作爲韻腳字。"彩"倉宰切，上聲。"形"，戶經切，平聲。故而此處當用"彩"，而非"形"。全詩共八聯，除首聯外，其他七聯出句的末字"子""曠""許""密""宙""没""褐"均爲仄聲字，無一例外，但《陳子昂集》《陳子昂詩注》均作"形"，原因不明。

　　（7）小人投天涯，流落巴丘城。（趙冬曦《陪張燕公行郡竹籬》）

該詩全篇詩句及平仄格式爲：

良臣乃國寶，麾守去承明。

（平平仄仄仄，平仄仄平平）

外户人無閉，浮江獸已行。

（仄仄平平仄，平平仄仄平）

隨來晉盜逸，民化蜀風清。

（平平仄仄仄，平仄仄平平）

郭郭從葬典，州閭荷德聲。

（平仄平平仄，平平仄仄平）

小人投天涯，流落巴丘城。

（仄平平平平，平仄平平平）

所賴中和作，優遊鑿與耕。

（仄仄平平仄，平平仄仄平）

全詩基本符合格律要求，只有第五聯例外。第五聯出句"小人投天涯"末字"涯"一作"渥"。出句末字當用仄聲作爲韻脚字。"涯"，五佳切，平聲。"渥"，於角切，入聲。故而此處當用"渥"，而非"涯"。但是"涯"比"渥"更符合詩意，且該聯出現三平調和四平調，頗爲特殊，從詩律上無法判斷，暫且存疑。

(四) 其他

(1) 酒肉獨自抽，糟糠遣他吃。（王梵志《詩》"思量小家婦"）

該詩全篇詩句爲：

思量小家婦，貧奇惡行迹。

酒肉獨自抽，糟糠遣他吃。

生活九牛挽，唱叫百夫敵。

自著紫麂翁，餘人赤羖羈。

索得屈烏爵，家風不禁益。

第二聯出句"酒肉獨自抽"第五字"抽"一作"袖"。此詩是仄韻詩，大部分仄韻詩出句末字爲一平一仄互換。若作"抽"，此詩出句末字分別是"婦"（仄）、"抽"（平）、"挽"（仄）、"翁"（平）、"爵"（仄），平仄交替，符合這一原則。《王梵志詩校輯》亦認爲應該是"抽"，並注："獨自抽，謂獨自享用。抽，取也。"①

（2）曉霽望嵩丘，白雲半嶽足。（陳子昂《同宋參軍之問夢趙六贈盧陳二子之作》）

全詩如下：

曉霽望嵩丘，白雲半嶽足。

氛氳涵翠微，宛如嬴臺曲。

故人昔所尚，幽琴歌斷續。

變化竟無常，人琴遂兩亡。

白雲失處所，夢想曖容光。

疇昔疑緣業，儒道兩相妨。

前期許幽報，迨此尚茫茫。

晤言既已失，感歎情何一。

① 參張錫厚《王梵志詩校輯》，中華書局，1983年，第81頁。

始憶攜手期，雲臺與峨眉。

達兼濟天下，窮獨善其時。

諸君推管樂，之子慕巢夷。

奈何蒼生望，卒爲黃綬欺。

銘鼎功未立，山林事亦微。

撫孤一流慟，懷舊日暌違。

盧子尚高節，終南臥松雪。

宋侯逢聖君，驍駬遊青雲。

而我獨蹭蹬，語默道猶屯。

征戍在遼陽，蹉跎草再黃。

丹丘恨不及，白露已蒼蒼。

遠聞山陽賦，感涕下沾裳。

第一聯出句"曉霽望嵩丘"第五字"丘"一作"嶽"。該詩韻腳平仄互換，前六句押入聲韻。每句末字分別是：丘（嶽）、足，微、曲，尚、續。仄韻詩出句末字一般平仄相間，首句末字當作仄聲的"嶽"字。並且，從詩意上理解，"嶽"亦比"丘"更爲恰當。並且也可以從文獻上找到根據，例如《詩·大雅·崧高》："崧高維岳"，《毛傳》："嶽，高貌。山大而高曰嶽。"且《陳子昂集》《陳子昂詩注》亦作"嶽"。

（3）鉡山烽候驚，弭節度龍城。（虞世南《從軍行二首》其一）

全詩如下：

鉡山烽候驚，弭節度龍城。

冀馬樓蘭將，燕犀上谷兵。

劍寒花不落，弓曉月逾明。

凜凜嚴霜節，冰壯黃河絕。

蔽日卷征蓬，浮天散飛雪。

全兵值月滿，精騎乘膠折。

結髮早驅馳，辛苦事旌麾。

馬凍重關冷，輪摧九折危。

獨有西山將，年年屬數奇。

第一聯"塗山烽候驚"末字"驚"一作"警"。此處看似出句末字當用仄聲"警"字，其實不然。理由之一是該詩換韻，換韻詩在換韻的一聯，出句往往要求入韻，"驚"與"城"在平水韻中都是庚韻字，入韻。全詩的韻腳字是<u>"驚"、"城"</u>，"兵"，"明"；<u>"節"、"絕"</u>，"雪"，"折"；<u>"馳"、"麾"</u>，"危"，"奇"。理由之二是該詩的第二首首句亦入律，如：

烽火發金微，連營出武威。

孤城塞雲起，絕陣虜塵飛。

俠客吸龍劍，惡少縵胡衣。

朝摩骨都壘，夜解谷蠡圍。

蕭關遠無極，蒲海廣難依。

沙磴離旌斷，晴川候馬歸。

交河梁已畢，燕山旆欲揮。

方知萬里相，侯服見光輝。

第一聯出句末字是"微"，對句末字是"威"，"微"參與了押韻。

（4）上有仙人長命緕，中看玉女迎歡綉。（沈佺期《七夕曝衣篇》）

全詩如下：

君不見，
昔日宜春太液邊，披香畫閣與天連。
燈火灼爍九微映，香氣氛氳百和然。
此夜星繁河正白，人傳織女牽牛客。
宮中擾擾曝衣樓，天上娥娥紅粉席。
曝衣何許曛半黃，宮中彩女提玉箱。
珠履奔騰上蘭砌，金梯宛轉出梅梁。
絳河裏，碧煙上，
雙花伏兔畫屏風，四子盤龍挈鬥帳。
舒羅散穀雲霧開，綴玉垂珠星漢回。
朝霞散彩羞衣架，晚月分光劣鏡臺。
上有仙人長命緕，中看玉女迎歡繡。
玳瑁簾中別作春，珊瑚窗裏翻成畫。
椒房金屋寵新流，意氣驕奢不自由。
漢文宜惜露臺費，晉武須焚前殿裘。

"上有仙人長命緕"一句末字"緕"一作"錦"。此詩是換韻古風。
這種古風在換韻時，一般要求首句入韻。例如，該詩的韻腳是：
邊、連，然；白、客，席；黃、箱，梁；上、帳，開、回、臺；緕（錦）、綉，
畫；流、由，裘。由此可以看出，與"綉"、"畫"押韻的只能是"緕"，
而不是"錦"。所以此處當用"緕"，而非"錦"。《沈佺期宋之問集

校注》亦作"緒"，並注："長命緒，五色絲縷。《天中記》卷五引《風俗通》：'五月五日以五色絲縷繫臂，辟兵及鬼，令人不病。一名長命縷。'"①

（5）醉後樂無極，彌勝未醉時。（張説《醉中作》）

全詩詩篇及格律如下：

醉後樂無極，彌勝未醉時。

（仄仄仄平仄，平平仄仄平）

動容皆是舞，出語總成詩。

（仄平平仄仄，仄仄仄平平）

第一句"樂無極"一作"無窮樂"、"方知樂"。此詩五言四句，格律工整。若首句作"醉後樂無極"，格律是仄仄仄平仄，是爲孤平，乃律詩大忌。而若作"醉後無窮樂"或"醉後方知樂"，格律是仄仄平平仄，從而格律工整，符合律詩要求。所以此處當從"無窮樂"或"方知樂"。

（6）勁虜欲南窺，揚兵護朔陲。（蘇頲《餞趙尚書攝御史大夫赴朔方軍》）

全詩如下：

勁虜欲南窺，揚兵護朔陲。

（仄仄仄平平，平平仄仄平）

趙堯寧易印，鄧禹即分麾。

①　《沈佺期宋之問集校注》，中華書局，2001 年，第 212 頁。

（仄平平仄仄，仄仄仄平平）

野餞回三傑，軍謀用六奇。

（仄仄平平仄，平平仄仄平）

雲邊愁出塞，日下愴臨岐。

（平平平仄仄，仄仄仄平平）

拔劍行人舞，揮戈戰馬馳。

（仄仄平平仄，平平仄仄平）

明年麟閣上，充國畫於斯。

（平平平仄仄，平仄仄平平）

第一聯出句"勁虜欲南窺"末字"窺"一作"飛"。此詩韻腳是
"陲"、"麾"、"奇"、"岐"、"馳"、"斯"，在平水韻中是支韻。"窺"，
去隨切，支韻。"飛"，甫微切，微韻。《全唐詩》共載蘇頲平韻詩
88首，其中有36首詩首句入韻，比例是41%，這一比例非常高。
但是在這36首首句入韻詩中，沒有一首詩首句借鄰韻。而《餞
趙尚書攝御史大夫赴朔方軍》首句末字存在異文，如果用"飛"
字，就是借用鄰韻。但是從蘇頲押韻的習慣上看，或者從該詩的
詩意上看，都可認爲此處應該作"窺"，而非"飛"，也就是說，不存
在首句借用鄰韻的情況。

第四章　結　　論

通過逐字、句、聯、篇的分析，並聯繫前人研究成果，希望得出以下結論。

第一，初唐詩處於永明體向近體的過渡時期，其性質應該是"律古之間"，而非古人所説的統統屬於"古體"。具體而言，初唐第一階段是轉型期，第二階段是定型期，第三階段是成型期。

第二，在初唐三個階段中，前兩個階段失黏、失對情況比較多，後一階段漸少。入律情況也相應呈現出遞增趨勢，這説明律體的成分愈來愈多。直至第三階段，律詩最終成熟定型。

第三，初唐詩格律具有五個非常明顯的特點：異調通押較少；首句入韻與出句落韻較多；音義參差明顯；異文較多；律詩定型過程明晰。

1. 異調通押較少

永明體中的異調通押現象比較常見，盛唐時期古風要求詩人可以異調通押。而綜觀初唐詩歌，其異調通押現象非常少見，可以看出，在聲韻和格律同時變革的時候，詩人最先改變的是聲韻。不過在初唐時期有位特殊的白話詩人王梵志，他的詩歌中異調通押的現象比較多，這反映出白話口語詩歌和文人創作的詩歌，在聲律上還是有所區別的。

2. 首句入韻與出句非韻平聲現象較多

首句入韻一般被認爲是七言詩的特點,而在初唐時期五言詩的首句入韻情況也非常多。首句借用鄰韻的比例不高,一些借用例王力先生並没有提到,並且還有一些借韻不是鄰韻。出句非韻平聲的數量非常大,在初唐詩歌中比較普遍。這些是從齊梁體到近體過渡階段的一些特殊現象。

3. 音義參差明顯

初唐時期,一些語辭的語音層面與意義層面並没有緊密地結合,而産生了一種特殊的音義參差現象。

4. 異文較多

由於盛唐時期詩人比較著名,詩集流傳也廣泛,所以詩歌的版本比較統一,從而異文較少。相比較而言,初唐詩流傳不廣,版本較雜,所以異文比較多。

5. 律詩定型過程明晰

初唐詩經歷了從永明體到近體的變化,永明體於此時終結,近體於此詩醞釀並定型,其詩體的變化比較明顯,並且有迹可尋。

附錄一　初唐重要詩人生卒年表
（附作品數目一覽表）

分期	詩人	生卒系年	《全唐詩》收詩總數	其他收詩總數	詩歌總數
第一期	虞世南	558—638	32	0	32
	陳叔達	？—635	10	1	11
	楊師道	？—647	21	2	23
	褚亮	560—647	33	0	33
	李百藥	565—648	26	3	29
	陳子良	575—632	13	0	13
	魏徵	580—643	35	3	38
	王績	585/590—644	56	69	125
	李世民	599—649	101	11	112
	許敬宗	592—672	27	19	46
	上官儀	608？—664	20	12	32
第二期	駱賓王	622/919/640—684	130	0	130
	武則天	624—705	46	3	49
	盧照鄰	634/635—686/689	105	0	105
	杜審言	645？—708	43	0	43

（續表）

分期	詩　人	生卒系年	《全唐詩》收詩總數	其他收詩總數	詩歌總數
第二期	李　嶠	646—715?	209	9	218
	蘇味道	648—705	16	0	16
	王　勃	650/649/648—676/667	89	14	103
	楊　烱	650—693?	33	2	35
	劉希夷	651—?	35	4	39
	崔　融	653—706	18	2	20
第三期	徐彥伯	?—714	33	0	33
	陳元光	?—?	3	45	48
	宋之問	656—713	198	21	219
	沈佺期	656—715	156	2	158
	陳子昂	659/661—700/702	128	1	129
	上官昭容	664—710	32	0	32
	張　説	667—730	308	4	312
	蘇　頲	670—727	99	1	100
	崔　湜	671—713	39	0	39
	張九齡	678—740	218	4	222

附録二　初唐詩之平仄等量現象例釋

　　若依照"聯"這個單位來分析近體詩,形式嚴格的律詩一般有首聯、頷聯、頸聯、尾聯,共四聯。在每一聯中,標準的句式有以下幾種。

　　五律共四種:

　　　　仄仄平平仄,平平仄仄平。(aB)
　　　　平平平仄仄,仄仄仄平平。(bA)
　　　　仄仄仄平平,平平仄仄平。(AB)
　　　　平平仄仄平,仄仄仄平平。(BA)

這四種句式有一個共同的特點,平聲字與仄聲字的數量相等,每聯中平仄字數分別是五個字。

　　七律共四種:

　　　　平平仄仄仄平平,仄仄平平仄仄平。(AB)
　　　　仄仄平平平仄仄,平平仄仄仄平平。(bA)
　　　　平平仄仄平平仄,仄仄平平仄仄平。(aB)

仄仄平平仄仄平,平平仄仄仄平平。(BA)

與五律同樣,這四種句式的共同特點也是平聲與仄聲字的數量相等,每聯分別是七個字。

也就是說,嚴格且標準的律詩,一聯之中,平聲與仄聲的數量應該是相等的,這種現象可以稱爲"平仄等量"現象。利用"平仄等量"這一概念,可以判斷詩句是否合律,凡律句一律平仄等量(或接近),而出律句的平仄通常都不相等。例如:

南歸阻雪

孟浩然

我行滯宛許,日夕望京豫。

(仄平仄仄仄,仄仄仄平仄)

曠野莽茫茫,鄉山在何處。

(仄仄仄平平,平平仄平仄)

孤煙村際起,歸雁天邊去。

(平平平仄仄,平仄平平仄)

積雪覆平皋,饑鷹捉寒兔。

(仄仄仄平平,平平仄平仄)

少年弄文墨,屬意在章句。

(仄平仄平仄,仄仄仄平仄)

十上恥還家,裴回守歸路。

(仄仄仄平平,平平仄平仄)

第一聯平聲字 2 個,仄聲字 8 個,出律。第五聯平聲字 2 個,仄聲字 8 個，出律。該詩詩句的平仄數量明顯不相等。再如：

出　塞　曲
竇　威

匈奴屢不平，漢將欲縱橫。

（平平仄仄平，仄仄仄仄平）

看雲方結陣，卻月始連營。

（平平平仄仄，仄仄仄平平）

潛軍度馬邑，揚旆掩龍城。

（平平仄仄仄，平仄仄平平）

會勒燕然石，方傳車騎名。

（仄仄平平仄，平平平仄平）

以首聯爲例，第一聯平聲字 4 個，仄聲字 6 個，出律。

　　這種現象在詩律研究中有重要的意義。前人的研究均認爲出句若是不規律的律句，或者非律句，對句的拗救規則並沒有規律可言。非律句的研究已經嚴重滯後於律句的研究，其主要原因在於對於古風這樣的詩體，不太好找出固定的格律，所以歸納起來比較困難。然而初唐詩正好介於古體詩和近體詩之間，在律體中夾雜了大量的非律句。對這些非律句進行分析，則可以看出，非律句同樣存在着平仄等量原則，並且隨着時代的越來越晚，這種現象就會越來越明顯。這同時也反映了律詩正逐步定型。

　　把初唐詩歌中會出現的特殊句式先做簡單的分類，即四平句、四仄句、孤平句、孤仄句、五平句和五仄句，然後再看它們在一聯之內是否遵循平仄等量原則。

一、孤平句

1. 出句是孤平句，對句是孤仄句，平仄數量基本相等，初唐詩歌中共得 79 句：

冠蓋往來合，風塵朝夕驚。（李世民《入潼關》）

朔風动秋草，清跸長安道。（袁朗《賦饮马長城窟》）

鳥庭已向内，龍荒更鑿空。（袁朗《賦饮马長城窟》）

颯颯風葉下，遥遥煙景曛。（長孫無忌《灞橋待李將軍》）

暫以綠車重，言承朱邸榮。（褚亮《奉和禁苑餞別應令》）

舉袂慘將別，停懷悵不怡。（褚亮《晚別樂記室彦》）

稍覺私意盡，行看蓬鬢衰。（劉孝孫《送劉散員同賦陳思王詩遊人久不歸》）

短長插鳳翼，洪細摹鸞音。（楊師道《詠笙》）

切切孤竹管，來應雲和琴。（楊師道《詠笙》）

九重麗天邑，千門臨上春。（楊師道《奉和正日臨朝應詔》）

赫赫西楚國，化爲丘與榛。（王珪《詠漢高祖》）

舊井改人世，寒泉久不通。（鄭世翼《過嚴君平古井》）

已踵四知舉，非無三傑名。（陳子良《贊德上越國公楊素》）

拔劍倚天外，蒙犀輝日精。（陳子良《贊德上越國公楊素》）

寄語少年子，無辭歸路遥。（李百藥《少年行》）

丈夫自有志，寧傷官不公。（李百藥《途中述懷》）

野净山气斂，林疏風露長。（唐高宗《九月九日》）

攬轡獨長息，方知斯路難。（張文琮《蜀道難》）

影照鳳池水，香飄鷄樹風。（張文琮《和楊舍人咏中書省花樹》）

豈不愛攀折，希君懷袖中。（張文琮《和楊舍人咏中書省花樹》）

滴瀝露枝響，空濛煙壑深。（上官儀《奉和山夜臨秋》）

凜凜千載下，穆然懷清風。（盧照鄰《咏史四首》其三）

泛灧月華曉，裴回星鬢垂。（盧照鄰《宿晉安亭》）

忽忽歲雲暮，相望限風煙。（盧照鄰《贈益府裴録事》）

覽鏡改容色，藏書留姓名。（盧照鄰《首春貽京邑文士》）

一月朔巡狩，群后陪清鑾。（張九齡《奉和聖製倖晉陽宮》）

櫪馬苦踡跼，籠禽念遐征。（張九齡《秋晚登樓望南江入始興郡路》）

内顧覺今是，追歎何時平。（張九齡《秋晚登樓望南江入始興郡路》）

苟能秉素節，安用叨華簪。（張九齡《郡舍南有園畦雜樹聊以永日》）

松澗聆遺風，蘭林覽餘滋。（張九齡《驪山下逍遙公舊居遊集》）

日夜沐甘澤，春秋等芳叢。（張九齡《雜詩五首》其五）

持此謝高鳥，因之傳遠情。（張九齡《感遇十二首》其二）

燕雀感昏旦，簷楹呼匹儔。（張九齡《感遇十二首》其六）

但欲附高鳥，安敢攀飛龍。（張九齡《感遇十二首》其十一）

白晝晦如夕，洪濤聲若雷。（張九齡《江上遇疾風》）

永路日多緒，孤舟天復冥。（張九齡《湘中作》）

迹與素心別，感從幽思盈。（張九齡《巡屬縣道中作》）

展力慚淺效，銜恩感深慈。（張九齡《夏日奉使南海在道中作》）

感物遽如此，勞生安可思。（張九齡《使還都湘東作》3）

萬木柔可結，千花敷欲然。（張九齡《冬中至玉泉山寺屬窮

陰冰閉崖谷無色及仲春行縣復往焉故有此作》）

　　楚子初逞志，樊妃嘗獻箴。（張九齡《郢城西北有大古冢數十觀其封域多是楚時諸王而年代久遠不復可識唯直西有樊妃冢因後人爲植松柏故行路盡知之》）

　　衆口金可鑠，孤心絲共棼。（張九齡《荊州作二首》其一）

　　小人恐致寇，終日如臨深。（張九齡《在郡秋懷二首》其二）

　　志合豈兄弟，道行無賤貧。（張九齡《叙懷二首》其一）

　　變化合群有，高深侔自然。（張九齡《題山水畫障》）

　　竟與尚書佩，遥應天子提。（張九齡《贈澧陽韋明府》）

　　復見林上月，娟娟猶未沈。（張九齡《晨出郡舍林下》）

　　蜀嚴化已久，沈冥空所思。（張九齡《送姚評事入蜀各賦一物得卜肆》）

　　結宇倚青壁，疏泉噴碧潭。（張九齡《故刑部李尚書荊谷山集會》）

　　渺漫野中草，微茫空裏煙。（張九齡《故刑部李尚書挽詞三首》其三）

　　迹爲坐忘晦，言猶强著詮。（張九齡《奉和聖制經河上公廟》）

　　萬乘華山下，千岩雲漢中。（張九齡《奉和聖制途經華山》）

　　入蜀舉長算，平吳成大功。（張九齡《奉和聖制過王濬墓》）

　　但願白心在，終然涅不淄。（張九齡《酬宋使君見詒》）

　　是節暑雲熾，紛吾心所尊。（張九齡《奉使自藍田玉山南行》）

　　上界投佛影，中天揚梵音。（張九齡《祠紫蓋山經玉泉山寺》）

　　義濟亦吾道，誠存爲物祈。（張九齡《洪州西山祈雨是日輒應因賦詩言事》）

　　策馬既長遠，雲山亦悠悠。（張九齡《登樂遊原春望書懷》）

拙病宦情少,羇閑秋氣悲。(張九齡《郡内閑齋》)

故事昔嘗覽,遺風今豈訛。(張九齡《商洛山行懷古》)

在德不在險,方知王道休。(張九齡《奉和聖制度潼關口號》)

歲月既如此,爲心那不愁。(張九齡《登荆州城望江二首》其二)

自歎兄弟少,常嗟離別多。(宋之問《別之望後獨宿藍田山莊》)

始覺冶容妄,方悟群心邪。(宋之問《浣紗篇贈陸上人》)

不作離別苦,歸期多年歲。(宋之問《自衡陽至韶州謁能禪師》)

漾漾潭際月,颺颺杉上風。(宋之問《宿雲門寺》)

永夜豈雲寐,曙華忽蔥蘢。(宋之問《宿雲門寺》)

庶幾蹤謝客,開山投剡中。(宋之問《宿雲門寺》)

浦樹浮鬱鬱,皐蘭覆靡靡。(宋之問《自洪府舟行直書其事》)

草樹饒野意,山川多古情。(宋之問《奉使嵩山途經緱嶺》)

澤國韶氣早,開簾延霽天。(宋之問《玩郡齋海榴》)

越俗鄙章甫,捫心空自憐。(宋之問《玩郡齋海榴》)

去國夏雲斷,還鄉秋雁飛。(宋之問《送李侍御》)

合浦途未極,端溪行暫臨。(宋之問《端州別袁侍郎》)

劍幾傳好事,池臺傷故人。(宋之問《過史正議宅》)

壯麗一朝盡,威靈千載空。(宋之問《奉和幸長安故城未央宮應制》)

氣出海生日,光清湖起雲。(宋之問《夜渡吳松江懷古》)

郡職昧爲理,邦空寧自誣。(宋之問《謁禹廟》)

攬泣固無趣,銜杯空爾爲。(崔湜《贈蘇少府赴任江南余時還京》)

2. 出句是孤平句,但對句不是孤仄句的,平仄數量不等,在初唐詩中共得 198 句:

赫奕儼冠蓋，紛綸盛服章。（李世民《正日臨朝》）

納善察忠諫，明科慎刑賞。（李世民《帝京篇十首》之十）

駐蹕撫田畯，回輿訪牧童。（李世民《重幸武功》）

列筵歡故老，高宴聚新豐。（李世民《重幸武功》）

遍野屯萬騎，臨原駐五營。（李世民《還陝述懷》）

昔地一番內，今宅九圍中。（李世民《過舊宅二首》其二）

庶幾保貞固，虛己屬求賢。（李世民《春日玄武門宴諸臣》）

草秀故春色，梅艷昔年妝。（李世民《元日》）

巨川思欲濟，終以寄舟航。（李世民《元日》）

日晃白花色，風動千林翠。（李世民《初春等樓即目述懷》）

未展六奇術，先虧一簣功。（李世民《傷遼東戰亡》）

水光鞍上側，馬影溜中橫。（李世民《詠飲馬》）

對敵六奇舉，臨戎八陣張。（李世民《宴中山》）

七府璿衡始，三元寶曆新。（嚴師古《奉和正日臨朝》）

負扆延百辟，垂旒禦九賓。（嚴師古《奉和正日臨朝》）

漢祖起豐沛，乘運起躍鱗。（王珪《詠漢高祖》）

夜宴經柏穀，朝遊出杜原。（魏徵《賦西漢》）

首夏別京輔，杪秋滯三河。（魏徵《暮秋言懷》）

縱橫計不就，慷慨志猶存。（魏徵《述懷》）

杖策謁天子，驅馬出東門。（魏徵《述懷》）

豈不憚艱險，深懷國士恩。（魏徵《述懷》）

季布無二諾，侯嬴重一言。（魏徵《述懷》）

遠近洲渚出，颯邐鳧雁喧。（劉孝孫《早發成皋望河》）

翅掩飛鴦舞，啼惱婕妤悲。（劉孝孫《賦得春鶯送友人》）

則百昌厥後，於萬永斯年。（陸敬《遊隋故都》）

日羽廓遊氣，天陣清華野。（許敬宗《奉和執契静三邊應詔》）

是節歲窮紀，關樹蕩涼颸。（許敬宗《奉和入潼關》）

既詮衆妙理，聊暢遠遊情。（許敬宗《遊清都觀尋沈道士得清字》）

日色夏猶冷，霜華春未歇。（李義府《和邊城秋氣早》）

拓地勳未賞，亡城律豈寬。（虞世南《擬飲馬長城窟》）

上將三略遠，元戎九命尊。（虞世南《出塞》）

顧步已相失，裴回各自憐。（虞世南《飛來雙白鶴》）

道冠二儀始，風高三代英。（虞世南《賦得慎罰》）

稼穡良所重，方復悦豐年。（虞世南《發營逢雨應詔》）

竹生大夏谿，蒼蒼富奇質。（王績《古意六首》其二）

寶龜尺二寸，由來宅深水。（王績《古意六首》其三）

一朝失運會，剖腸血流死。（王績《古意六首》其三）

不知歲月久，稍覺枝幹折。（王績《古意六首》其四）

嘆息聊自思，此生豈我情。（王績《古意六首》其六）

直置百年内，誰論千載後。（王績《山中叙志》）

孟光倘未嫁，梁鴻正需婦。（王績《山中叙志》）

我欲圖世樂，斯樂難可常。（王績《贈梁公》）

使我視聽遣，自覺塵累祛。（王績《薛記室收過莊見尋率題古意以贈》）

策杖尋隱士，行行路漸賒。（王績《策杖尋隱士》）

石梁横澗斷，土室映山斜。（王績《策杖尋隱士》）

宛洛盛皇居，規模窮大壯。（鄭世翼《登北邙還望京洛》）

左右多帝宅，參差居將相。（鄭世翼《登北邙還望京洛》）

問我故鄉事，慰子羈旅色。（朱仲晦《答王無功問故園》）

獨子園最古,舊林間新坰。(朱仲晦《答王無功問故園》)

語罷相歡息,浩然起深情。(朱仲晦《答王無功問故園》)

冶長倦縲紲,韓安歎死灰。(毛素明《與琳法師》)

嶺雲蓋道轉,巖花映綬開。(陳子良《上之回》)

雁行蔽虜甸,魚貫出長城。(陳子良《贊德上越國公楊素》)

七德播雄略,十萬騁行兵。(陳子良《贊德上越國公楊素》)

六郡多壯士,三邊豈足平。(陳子良《贊德上越國公楊素》)

落葉聚還散,征禽去不歸。(陳子良《送別》)

不下結綺閣,空迷江令語。(歐陽詢《道失》)

掛纓豈憚宿,落珥不勝嬌。(李百藥《少年行》)

索索風葉下,離離早鴻度。(李百藥《晚渡江津》)

沐蘭祈泗上,謁帝動深衷。(李百藥《謁漢高廟》)

館宇肅而靜,神心康且逸。(李百藥《登葉縣故城謁潘諸良廟》)

獻壽符萬歲,移風韻九成。(李百藥《奉和正日臨朝應詔》)

一摘使瓜好,再摘使瓜稀。(章懷太子《黃臺瓜辭》)

魯幕飄欲捲,宛騑悲還顧。(上官儀《謝都督挽歌》)

塞垣通碣石,虜障抵祁連。(盧照鄰《關山月》)

季生昔未達,身辱功不成。(盧照鄰《咏史四首》其一)

漢祖廣招納,一朝拜公卿。(盧照鄰《咏史四首》其一)

大漢昔雲季,小人道遂振。(盧照鄰《咏史四首》其二)

有美光時彥,養德坐山樊。(盧照鄰《三月曲水宴得尊字》)

耳目多異賞,風煙有奇狀。(盧照鄰《奉使益州至長安發鍾陽驛》)

所以成獨立,耿耿歲雲暮。(盧照鄰《贈益府群官》)

倘遇忠孝所,爲道憶長安。(盧照鄰《大劍送別劉右使》)

落日照高牖，涼風起庭樹。（任希古《和李公七夕》）

鶴蓋動宸眷，龍章送遠遊。（楊思玄《奉和別魯王》）

意氣百年内，平生一寸心。（賀遂亮《贈韓思彦》）

百粵霧紛滿，諸戎澤普通。（陳元光《示珦》）

慶展簪裾洽，恩融雨露濡。（賀敳《奉和九月九日應制》）

孝思義罔極，易禮光前式。（楊炯《奉和上元酺宴應詔》）

漢氏昔雲季，中原争逐鹿。（楊炯《廣溪峽》）

吉日四黄馬，宣王六月兵。（崔日用《奉和聖制送張説巡遍》）

盜移未改命，歷在終履端。（張九齡《奉和聖制倖晉陽宫》）

地識斬蛇處，河臨飲馬間。（張九齡《奉和聖制次成臯先聖擒建德之所》）

紹成即我後，封岱出天關。（張九齡《奉和聖制次成臯先聖擒建德之所》）

降鑑引君道，慇勤啓政門。（張九齡《奉和聖制賜諸州刺史以題座右》）

豈徒任遇重，兼爾宴錫繁。（張九齡《奉和聖制賜諸州刺史以題座右》）

始掘既由楚，終焚乃因牧。（張九齡《和黄門盧監望秦始皇陵》）

義疾恥無勇，盜憎攻亦鋭。（張九齡《酬周判官巡至始興會改秘書少監見貽之作兼呈耿廣州》）

履險甘所受，勞賢惡相曳。（張九齡《酬周判官巡至始興會改秘書少監見貽之作兼呈耿廣州》）

攬轡但荒服，循陔便私第。（張九齡《酬周判官巡至始興會改秘書少監見貽之作兼呈耿廣州》）

所仗有神道，況承明主惠。（張九齡《酬周判官巡至始興會

改秘書少監見貽之作兼呈耿廣州》)

美景向空盡，歡言隨事銷。(張九齡《和吏部李侍郎見示秋夜望月憶諸侍郎之什其卒章有前後行之戲因命仆繼作》)

絶迹尋一徑，異香聞千裏。(張九齡《登南嶽事畢謁司馬道士》)

入室希把袖，登牀願啓言。(張九齡《登南嶽事畢謁司馬道士》)

際會非有欲，往來是無妄。(張九齡《九月九日登龍山》)

且泛籬下菊，還聆郢中唱。(張九齡《九月九日登龍山》)

閉閣幸無事，登樓聊永日。(張九齡《登郡城南樓》)

感别時已屢，憑眺情非一。(張九齡《登郡城南樓》)

謬忝爲邦寄，多慚理人術。(張九齡《登郡城南樓》)

目盡有餘意，心惻不可諼。(張九齡《歲初巡屬縣登高安南樓言懷》)

美化猶寂蔑，迅節徒飛奔。(張九齡《歲初巡屬縣登高安南樓言懷》)

歲陰向琬晚，日夕空屏營。(張九齡《秋晚登樓望南江入始興郡路》)

我本玉階侍，偶防金仙道。(張九齡《與生公尋幽居處》)

不種緣嶺竹，豈植臨潭草。(張九齡《與生公尋幽居處》)

造物良有寄，嬉遊乃愜衷。(張九齡《與生公遊石窟山》)

咄咄共攜手，冷然且馭風。(張九齡《與生公遊石窟山》)

下有北流水，上有南飛禽。(張九齡《郡舍南有園畦雜樹聊以永日》)

幸無迫賤事，聊可袪迷襟。(張九齡《始興南山下有林泉嘗卜居焉荆州臥病有懷此地》)

世路少夷坦，孟門未嶇嶔。(張九齡《始興南山下有林泉嘗

卜居焉荆州卧病有懷此地》)

力衰在所養，時謝良不任。(張九齡《始興南山下有林泉嘗
卜居焉荆州卧病有懷此地》)

但憶舊棲息，願言遂窺臨。(張九齡《始興南山下有林泉嘗
卜居焉荆州卧病有懷此地》)

仰霄謝逸翰，臨路嗟疲足。(張九齡《晨中獨坐齋中偶爾而咏》)

小道至泥難，巧言因萋毀。(張九齡《咏史》)

往事誠已矣，道存猶可追。(張九齡《驪山下逍遥公舊居遊集》)

已云寵禄過，況在華髮衰。(張九齡《驪山下逍遥公舊居遊集》)

漢水訪遊女，解佩欲誰與。(張九齡《雜詩五首》其一)

有生豈不化，所感奚若斯。(張九齡《感遇十二首》其三)

側見雙翠鳥，巢在三珠樹。(張九齡《感遇十二首》其四)

化蝶猶不識，川魚安可羡。(張九齡《感遇十二首》其五)

衆情累外物，恕己忘内修。(張九齡《感遇十二首》其六)

豈伊地氣暖，自有歲寒心。(張九齡《感遇十二首》其七)

可以薦嘉客，奈何阻重深。(張九齡《感遇十二首》其七)

運命唯所遇，循環不可尋。(張九齡《感遇十二首》其七)

漢上有遊女，求思安可得。(張九齡《感遇十二首》其十)

我有異鄉憶，宛在雲溶溶。(張九齡《感遇十二首》其十一)

嘯歎此寒木，疇昔乃芳蕤。(張九齡《感遇十二首》其十二)

瓦飛屋且發，帆快檣已摧。(張九齡《江上遇疾風》)

不識鄧公樹，猶傳陰后石。(張九齡《南陽道中作》)

事去物無象，感來心不懌。(張九齡《南陽道中作》)

舞情有詭激，坤元曷紛矯。(張九齡《入廬山仰望瀑布水》)

默然置此去，變化誰能了。(張九齡《入廬山仰望瀑布水》)

想像終古迹，惆悵獨往心。（張九齡《出爲豫章郡途次廬山東嶽下》）

緬然萬里路，赫曦三伏時。（張九齡《夏日奉使南海在道中作》）

且欲湯火蹈，況無鬼神欺。（張九齡《夏日奉使南海在道中作》）

吕梁有出入，乃覺非虛詞。（張九齡《夏日奉使南海在道中作》）

惠問終不絶，風流獨至今。（張九齡《郢城西北有大古冢數十觀其封域多是楚時諸王而年代久遠不復可識唯直西有樊妃冢因後人爲植松柏故行路盡知之》）

亦以行則是，豈必素有聞。（張九齡《荆州作二首》其一）

進士苟非黨，免相安得群。（張九齡《荆州作二首》其一）

古劍徒有氣，幽蘭只自薰。（張九齡《荆州作二首》其一）

況乃山海澤，效無毫髮端。（張九齡《荆州作二首》其二）

内訟已慚沮，積毀今摧殘。（張九齡《荆州作二首》其二）

未得操割效，忽復寒暑移。（張九齡《在郡秋懷二首》其一）

露下霜且降，澤中草離披。（張九齡《在郡秋懷二首》其一）

一郡苟能化，百城豈雲寡。（張九齡《忝官二十年盡在内職及爲郡嘗積戀因賦詩焉》）

一木逢厦構，纖塵願山益。（張九齡《將發還鄉示諸弟》）

弱歲讀群史，抗迹追古人。（張九齡《叙懷二首》其一）

被褐有懷玉，佩印從負薪。（張九齡《叙懷二首》其一）

已矣直躬者，平生壯圖失。（張九齡《叙懷二首》其二）

玉戚初蹈厲，金匏既静好。（張九齡《南郊太尉酌獻武舞作凱安之樂》）

介福何穰穰，精誠格穹昊。（張九齡《南郊太尉酌獻武舞作凱安之樂》）

禊飲豈吾事，聊將偶俗塵。（張九齡《三月三日登龍山》）

獨無謝客賞，況復賈生心。（張九齡《將至岳陽有懷趙二》）

溪流清且深，松石復陰臨。（張九齡《初發曲江溪中》）

萬乘度荒隴，一顧凛生風。（張九齡《奉和聖制過王濬墓》）

翊聖負明主，妨賢愧友生。（張九齡《酬宋使君見贈之作》）

同聲感喬木，比翼謝長離。（張九齡《酬通事舍人寓直見示篇中兼起居陸舍人景獻》）

將相有更踐，簡心良獨難。（張九齡《送趙都護赴安西》）

海縣且悠緬，山郵日駿奔。（張九齡《奉使自藍田玉山南行》）

耳和繡翼鳥，目暢錦鱗魚。（張九齡《南山下舊居閑放》）

累累見陳迹，寂寂想雄圖。（張九齡《登荊州城樓》）

既傷日月逝，且欲桑榆收。（張九齡《登樂遊原春望書懷》）

本與衆山絶，況兹韶景和。（張九齡《登臨沮樓》）

郡閣晝常掩，庭蕪日復滋。（張九齡《郡内閑齋》）

上慚伯樂顧，中負叔牙知。（張九齡《南還以詩代書贈京師舊僚》）

上宰既傷舊，下流彌感衷。（張九齡《和姚令公哭李尚書乂》）

自古天地辟，流爲峽中水。（楊炯《西陵峽》）

可憐楚破息，腸斷息夫人。（宋之問《息夫人》）

仍爲泉下骨，不作楚王嬪。（宋之問《息夫人》）

一行霸句踐，再笑傾夫差。（宋之問《浣紗篇贈陸上人》）

錦繢織苔蘚，丹青畫松石。（宋之問《初至崖口》）

漸見江勢闊，行嗟水流漫。（宋之問《自湘源至潭州衡山縣》）

地闊八荒近，天回百川澍。（宋之問《景龍四年春祠海》）

地盡天水合，朝及洞庭湖。（宋之問《洞庭湖》）

野積九江潤,山通五嶽圖。(宋之問《洞庭湖》)

獨此臨泛漾,浩將人代殊。(宋之問《洞庭湖》)

秉願守樊圃,歸閑欣藝牧。(宋之問《溫泉莊臥病寄楊七炯》)

物用益沖曠,心源日閑細。(宋之問《自衡陽至韶州謁能禪師》)

感真六象見,垂兆二鳥鳴。(宋之問《遊法華寺》)

鳳歸慨處士,鹿化聞仙公。(宋之問《宿雲門寺》)

羽翮傷已毀,童幼憐未識。(宋之問《早發大庾嶺》)

貴身賤外物,抗迹遠塵軌。(宋之問《自洪府舟行直書其事》)

妙年拙自晦,皎潔弄文史。(宋之問《自洪府舟行直書其事》)

迨茲理已極,竊位申知己。(宋之問《自洪府舟行直書其事》)

百越去魂斷,九疑望心死。(宋之問《自洪府舟行直書其事》)

旦別已千歲,夜愁勞萬端。(宋之問《下桂江縣黎壁》)

企予見夜月,委曲破林巒。(宋之問《下桂江縣黎壁》)

畢景至緱嶺,嶺上煙霞生。(宋之問《奉使嵩山途經緱嶺》)

補袞望奚塞,尊儒位未充。(宋之問《傷王七秘書監寄呈揚州陸長史通簡府僚廣陵以廣好事》)

撫躬萬里絕,豈染一朝妍。(宋之問《玩郡齋海榴》)

綠柳開復合,紅塵聚還散。(宋之問《長安路》)

玉樹朝日映,羅帳春風吹。(宋之問《折楊柳》)

坐看長夏晚,秋月生羅幃。(宋之問《有所思》)

去去獨吾樂,無然愧此生。(宋之問《陸渾山莊》)

臥病人事絕,嗟君萬里行。(宋之問《送杜審言》)

宿帆震澤口,曉渡松江潰。(宋之問《夜渡吳松江懷古》)

下車霰已積,攝事露行濡。(宋之問《謁禹廟》)

願與道林近,在意逍遙篇。(宋之問《湖中別鑒上人》)

傳道仙星媛，年年會水隅。（宋之問《七夕》）

禦旗探紫籙，仙仗辟丹丘。（崔湜《幸白鹿觀應制》）

去國未千里，離家已再旬。（崔湜《至桃林塞作》）

二、孤仄句

1. 出句是孤仄句，對句是孤平句的，平仄等量，初唐詩中共得 2 句：

悠悠詠靡鹽，庶以窮日夕。（張九齡《巡按自灘水南行》）

江流去朝宗，晝夜茲不舍。（張九齡《忝官二十年盡在內職及爲郡嘗積戀因賦詩焉》）

2. 出句是孤仄句，對句不是孤平句的，平仄不等量，初唐詩中共得 43 句：

長城連不窮，所以隔華戎。（袁朗《賦飲馬長城窟》）

遙山麗如倚，長流縈似帶。（李世民《於北平作》）

峨嵋岫初出，洞庭波漸起。（李世民《度秋》）

勞歌大風曲，威加四海清。（李世民《詠風》）

方欣投轄情，且駐當歸別。（杜正倫《冬日宴於庶子宅各賦一字得節》）

參差歌管颺，容裔羽旗懸。（杜正倫《玄武門侍宴》）

拂蜺九旗映，儀鳳八音殊。（岑文本《奉和正日臨朝》）

寧知軒轅後，更有伶倫出。（王績《古意六首》其二）

風驚西北枝，雹損東南節。（王績《古意六首》其四）

嘗愛陶淵明，酌醴焚枯魚。（王績《薛記室收過莊見尋率題古意以贈》）

嘗學公孫弘，策杖牧群豬。（王績《薛記室收過莊見尋率題古意以贈》）

今朝下堂來，池冰開已久。（王績《春日》）

巫山淩太清，岩嶢類削成。（鄭世翼《巫山高》）

春景嬌春臺，新露泣新梅。（謝偃《踏歌詞三首》其一）

伊我非真龍，勿驚疲朽質。（李百藥《登葉县故城謁潘諸良廟》）

風光翻露文，雪華上空碧。（上官儀《早春桂林殿應詔》）

雍容謝朝廷，談笑獎人倫。（盧照鄰《咏史四首》其二）

鴻度何時還，桂晚不同攀。（盧照鄰《贈益府裴録事》）

青山雲路深，丹壑月華臨。（盧照鄰《贈益府裴録事》）

群鳳從之遊，問之何所欲。（盧照鄰《贈益府群官》）

悠悠天宇平，昭昭月華度。（任希古《和李公七夕》）

無由西北歸，空自東南顧。（任希古《和李公七夕》）

華表瑶池冥，清漳玉樹枝。（陳元光《太母魏氏半徑題石》）

庸才若劉禪，忠佐爲心腹。（楊炯《廣溪峽》）

徵人遠鄉思，倡婦高樓別。（韋承慶《折楊柳》）

雲霞千里開，洲渚萬形出。（張九齡《登郡城南樓》）

孤桐亦胡爲，百尺傍無枝。（張九齡《雜詩五首》其一）

悠悠天地間，委順無不樂。（張九齡《雜詩五首》其二）

魚游樂深池，鳥棲欲高枝。（張九齡《感遇十二首》其三）

形骸非我親，衾枕即鄉縣。（張九齡《感遇十二首》其五）

多謝週身防，常恐橫議侵。（張九齡《出爲豫章郡途次廬山東嶽下》）

秋風入前林，蕭瑟鳴高枝。（張九齡《在郡秋懷二首》其一）

議道誠愧昔，覽分還愜今。（張九齡《在郡秋懷二首》其二）

雲胡當此時，緬邈復爲客。（張九齡《將發還鄉示諸弟》3）

東望何悠悠，西來晝夜流。（張九齡《登荊州城望江二首》其二）

傳聞潁陽人，霞外漱靈液。（宋之問《答田徵君》）

吾師在韶陽，欣此得躬詣。（宋之問《自衡陽至韶州謁能禪師》）

院梅發向尺，園鳥復成曲。（宋之問《春湖古意》）

銘骨懷林丘，逆鱗讓金紫。（宋之問《自洪府舟行直書其事》）

物在人已矣，都疑淮海空。（宋之問《傷王七秘書監寄呈揚州陸長史通簡府僚廣陵以廣好事》）

仙媛乘龍日，天孫捧雁來。（宋之問《壽陽王花燭圖》）

峰攢入雲樹，崖噴落江泉。（宋之問《下桂江龍目灘》）

孤舟泛盈盈，江流日縱橫。（宋之問《入瀧州江》）

三、四平句

1. 出句是四平句，對句是四仄句的，平仄等量，初唐詩中共得 3 句：

吉凶成糾纏，倚伏難預祥。（王珪《詠淮陰侯》）

我從銅州來，見子上京客。（朱仲晦《答王無功問故園》）

五明霜紈開羽扇，百和香車動畫輪。（陸敬《七夕賦詠成篇》）

2. 出句是四平句，對句不是四仄句的，平仄不等量，初唐詩中共得 38 句：

思君如明燭，煎心且銜淚。（陳叔達《自君之出矣》）

詎知韓長孺，無復重然灰。（袁朗《和洗掾登城南坂望京邑》）

朝光浮燒野，霜華净碧空。（李世民《秋暮言志》）

沈沈蓬萊閣，日夕鄉思多。（魏徵《暮秋言懷》）

書帷通行徑，琴臺枕槿籬。（岑文本《安德山池宴集》）

桃門通山抃，蓬渚降霓裳。（徐許敬宗《奉和春日望海》）

回頭尋仙事，並是一空虛。（王績《田家三首》其一）

履霜成堅冰，知足膡不祥。（王績《贈梁公》）

何事須筌蹄，今已得兔魚。（王績《薛記室收過莊見尋率題古意以贈》）

神麾颸珠雨，仙吹響飛流。（上官儀《奉和過舊宅應制》）

髡鉗爲臺隸，灌園變姓名。（盧照鄰《咏史四首》其一）

幸逢滕將軍，兼遇曹丘生。（盧照鄰《咏史四首》其一）

誰知仙舟上，寂寂無四鄰。（盧照鄰《咏史四首》其二）

何公何爲敗，吾謀適不同。（盧照鄰《咏史四首》其三）

歸來教鄉里，童蒙遠相求。（盧照鄰《咏史四首》其四）

參辰昭文物，宇宙浹聲名。（楊炯《奉和上元酺宴應詔》）

朝聞循誠節，夕飲蒙瘴癘。（張九齡《酬周判官巡至始興會改秘書少監見貽之作兼呈耿廣州》）

今來重餘論，懷此更終朝。（張九齡《和吏部李侍郎見示秋夜望月憶諸侍郎之什其卒章有前後行之戲因命仆繼作》）

思來江山外，望盡煙雲生。（張九齡《秋晚登樓望南江入始興郡路》）

傳聞襄王世，仍立巫山祀。（張九齡《登古陽雲臺》）

纖纖良田草，靡靡唯從風。（張九齡《雜詩五首》其五）

誰知林棲者，聞風坐相悅。（張九齡《感遇十二首》其一）

且知皆自然，高下無相恤。（張九齡《彭蠡湖上》）

唯傳賢媛隴，猶結後人心。（張九齡《郢城西北有大古冢數十觀其封域多是楚時諸王而年代久遠不復可識唯直西有樊妃冢

因後人爲植松柏故行路盡知之》）

悠悠滄江渚，望望白雲涯。（張九齡《在郡秋懷二首》其一）

挂冠東都門，採厥南山岑。（張九齡《在郡秋懷二首》其二）

驅傳應經此，懷賢倘問之。（張九齡《送姚評事入蜀各賦一物得卜肆》）

天清華林苑，日晏景陽樓。（張九齡《經江寧覽舊迹至玄武湖》）

晴明西峰日，綠縟南溪樹。（宋之問《雨從箕山來》）

安期今何在，方丈蔑尋路。（宋之問《景龍四年春祠海》）

兹山棲靈異，朝夜翳雲族。（宋之問《温泉莊卧病寄楊七炯》）

家臨清溪水，溪水繞磐石。（宋之問《答田徵君》）

坐禪羅浮中，尋異窮海裔。（宋之問《自衡陽至韶州謁能禪師》）

兹焉多嘉遁，數子今莫同。（宋之問《宿雲門寺》）

昔聞垂堂言，將誠千金子。（宋之問《自洪府舟行直書其事》）

嚴程無休隙，日夜涉風水。（宋之問《自洪府舟行直書其事》）

悠悠南溟遠，採掇長已矣。（宋之問《自洪府舟行直書其事》）

暝投蒼梧郡，愁枕白雲眠。（宋之問《下桂江龍目灘》）

四、四仄句

1. 出句是四仄句，對句是四平句，平仄等量，初唐詩共得 10 句：

駐蹕俯九都，停觀妖氛滅。（李世民《遼城望月》）

上客莫畏斜光晚，自有西園明月輪。（謝偃《樂府新歌應教》）

石榴絞帶輕花轉，桃枝綠扇微風發。（上官儀《和太尉戲贈高陽公》）

天子玉檻折，將軍丹血流。（盧照鄰《詠史四首》其四）

智者不我邀，愚夫餘不顧。（盧照鄰《贈益府群官》）

寂寂罷將迎，門無車馬聲。（盧照鄰《首春貽京邑文士》）

三峽七百里，唯言巫峽長。（楊炯《巫峽》）

神女去已久，雲雨空冥冥。（張九齡《巫山高》）

靈異若有對，神仙真可尋。（張九齡《祠紫蓋山經玉泉山寺》）

雲雨歡一別，川原勞載馳。（張九齡《南還以詩代書贈京師舊僚》）

2. 出句是四仄句，對句不是四平句，平仄不等量，初唐詩共得 54 句：

逶迤萬雉列，隱軫千閭布。（袁朗《和洗掾登城南坂望京邑》）

平日醉不醒，十年味不敗。（李世民《賜魏徵詩》）

朝光浮燒野，霜華淨碧空。（李世民《秋暮言志》）

昔乘匹馬去，今驅萬乘來。（李世民《題河中府逍遥樓》）

憶昔與項王，契闊時未伸。（王珪《詠淮陰侯》）

聲教溢四海，朝宗引百川。（魏徵《奉和正日臨朝應詔》）

草萋看稍靡，葉燥望疑稀。（褚亮《奉和詠日午》）

嘉客勿遽反，繁絃曲未成。（楊師道《詠琴》）

問鳳那遠飛，賢君坐相望。（王績《古意六首》其六）

資稅幸不及，伏臘常有儲。（王績《薛記室收過莊見尋率題古意以贈》）

朽木不可雕，短翮將焉攄。（王績《薛記室收過莊見尋率題古意以贈》）

追道宿昔事，切切心相於。（王績《薛記室收過莊見尋率題古意以贈》）

梅李夾兩岸，花枝何扶疏。（王績《薛記室收過莊見尋率題古意以贈》）

子問我所知，我對子應識。（朱仲晦《答王無功問故園》）

天子命薄伐，受脤事專征。（陳子良《贊德上越國公楊素》）

已惑孔貴嬪，又被辭人侮。（歐陽詢《道失》）

煙暖共掩映，林野俱蕭瑟。（李百藥《登葉县故城謁瀋諸良廟》）

楚塞郁不窮，吳山高漸出。（李百藥《登葉县故城謁瀋諸良廟》）

秦晉積舊匹，潘徐有世親。（李百藥《戲贈潘徐城門迎兩新婦》）

烽火夜似月，兵氣曉成虹。（盧照鄰《結客少年場行》）

弟子數百人，散在十二州。（盧照鄰《咏史四首》其四）

一鳥自北燕，飛來向西蜀。（盧照鄰《贈益府群官》）

不息惡木枝，不飲盜泉水。（盧照鄰《贈益府群官》）

絕壁聳萬仞，長波射千里。（楊炯《西陵峽》）

霸迹在沛庭，舊儀睹漢宮。（張九齡《奉和聖制倖晉陽宮》）

課最力已陳，賞延恩復博。（張九齡《奉和聖制送十道採訪使及朝集使》）

興運昔有感，建祠北山顛。（張九齡《奉和聖制謁宣元皇帝廟齋》）

一探石室文，再擢金門第。（張九齡《酬周判官巡至始興會改秘書少監見貽之作兼呈耿廣州》）

過舉及小人，便蕃在中歲。（張九齡《酬周判官巡至始興會改秘書少監見貽之作兼呈耿廣州》）

榮達豈不偉，孤生非所任。（張九齡《郡舍南有園畦雜樹聊以永日》）

感物重所懷，何但止足斯。（張九齡《驪山下逍遙公舊居遊集》）

蘿蔦必有托，風霜不能落。（張九齡《雜詩五首》其二）

物類有固然，誰能取徑通。（張九齡《雜詩五首》其五）

草木有本心，何求美人折。（張九齡《感遇十二首》其一）

憑此目不覯，要之心所鍾。（張九齡《感遇十二首》其十一）

春令夙所奉，駕言遵此行。（張九齡《巡屬縣道中作》）

秋瘴寧我毒，夏水胡不夷。（張九齡《夏日奉使南海在道中作》）

高秋向所忝，於義如浮雲。（張九齡《荊州作二首》其一）

明聖不世出，翼亮非苟安。（張九齡《荊州作二首》其二）

徇義在匹夫，報恩猶一餐。（張九齡《荊州作二首》其二）

魚鳥好自逸，池籠安所欽。（張九齡《在郡秋懷二首》其二）

塵事固已矣，秉意終不遷。（張九齡《題山水畫障》）

君有百煉刃，堪斷七重犀。（張九齡《贈澧陽韋明府》）

攜妾不障道，來止妾西家。（宋之問《浣紗篇贈陸上人》）

意得兩契如，言盡共忘喻。（宋之問《雨從箕山來》）

地首地肺何曾擬，天目天臺倍覺慚。（李旦《石淙》）

仙事與世隔，冥搜徒已屢。（宋之問《景龍四年春祠海》）

願以有漏軀，聿薰無生慧。（宋之問《自衡陽至韶州謁能禪師》）

霧露晝未開，浩途不可測。（宋之問《早發大庾嶺》）

感謝鵷鷺朝，勤修魑魅職。（宋之問《早發大庾嶺》）

舟子怯桂水，最言斯路難。（宋之問《下桂江縣黎壁》）

書乃墨場絕，文稱詞伯雄。（宋之問《傷王七秘書監寄呈揚
州陸長史通簡府僚廣陵以廣好事》）

嘗忝長者轍，微言私謂通。（宋之問《傷王七秘書監寄呈揚
州陸長史通簡府僚廣陵以廣好事》）

謀士伏劍死，至今悲所聞。（宋之問《夜渡吳松江懷古》）

五、五平句

1. 出句是五平句，對句是五仄句，平仄等量，初唐詩暫缺。

2. 出句是五平句，對句不是五仄句，平仄不等量，初唐詩僅得 1 句：

唐風思何深，舜典敷更寬。（張九齡《奉和聖製倖晉陽宮》）

六、五仄句

1. 出句是五仄句，對句是五平句，平仄等量，初唐詩暫缺。

2. 出句是五仄句，對句不是五平句，平仄不等量，初唐詩得 23 句：

院果早晚熟，林花先後明。（朱仲晦《答王無功問故園》）

擄藻挾錦綺，育德潤瑤瓊。（陳子良《贊德上越國公楊素》）

水霧一遍起，風林兩岸秋。（陳子良《入蜀秋夜宿江渚》）

玉帛委奄尹，斧鑕嬰縉紳。（盧照鄰《咏史四首》其二）

在晦不絕俗，處亂不爲親。（盧照鄰《咏史四首》其二）

一爲侍禦史，慷慨説何公。（盧照鄰《咏史四首》其三）

願得斬馬劍，先斷佞臣頭。（盧照鄰《咏史四首》其四）

三秋北地雪皚皚，萬裏南翔渡海來。（盧照鄰《失群雁》）

九月九日眺山川，歸心歸望積風煙。（盧照鄰《九月九日登玄武山》）

聖澤九垓普，天文七曜周。（楊思玄《奉和別魯王》）

可以涉砥柱，可以浮呂梁。（楊炯《巫峽》）

紫氣尚蓊鬱,玄元如在焉。(張九齡《奉和聖製謁宣元皇帝廟齋》)

誘我棄智訣,迨茲長生理。(張九齡《登南嶽事畢謁司馬道士》)

出處各有在,何者爲陸沈。(張九齡《始興南山下有林泉嘗卜居焉荆州臥病有懷此地》)

一跌不自保,萬全焉可尋。(張九齡《始興南山下有林泉嘗卜居焉荆州臥病有懷此地》)

木直幾自寇,石堅亦他攻。(張九齡《雜詩五首》其五)

苟得不可遂,吾其謝世嬰。(張九齡《巡屬縣道中作》)

路極意謂盡,勢回趣轉綿。(宋之問《入崖口五渡寄李適》)

谷鳥囀尚澀,源桃驚未紅。(宋之問《宿雲門寺》)

吼沫跳急浪,合流環峻灘。(宋之問《下桂江縣黎壁》)

豈傲夙所好,對之與俱歡。(宋之問《下桂江縣黎壁》)

大隱德所薄,歸來可退耕。(宋之問《奉使嵩山途經緱嶺》)

二百四十載,海内何紛紛。(宋之問《過函谷關》)

七、六仄句

1. 出句是六仄句,對句是六平句,平仄等量,初唐詩暫缺。

2. 出句是六仄句,對句不是六平句的,平仄不等量,初唐詩僅得 1 句:

十五學劍北擊胡,羌歌燕築送城隅。(王宏《從軍行》)

依照近體詩格律,平聲字和仄聲字的數量應該相等,其原因在於聲音高低的和諧性較爲重要,音聲抑揚則需平仄數量相等才行；若平仄不等，那麽整聯的聲調則過平或過曲折，在樂感上缺乏變化之美。但從上文的統計可以看出，一聯之中，平仄等量者少，而平仄不等者多。其原因在於初唐詩的性質是"律古之間"，因其尚在古體詩向近體詩（律詩）過渡的中間狀態，出律的句子較多，所以有這樣的統計結果，也就不足爲奇了。

附録三　王士禎《律詩定體》之近體詩格律規則詳析

　　有唐一代,近體詩創作繁盛,詩體格律隨之定矣。古人有云:"詩人之難也,不敢有傲氣,不敢有躁心,不敢有乖調。"①所謂"不敢有乖調",是説不可違背平仄規律。這些平仄規則在詩人進行創作時是要嚴格遵守的,但是對於這些規則的研究,在清代以前大多是零言片語,不成系統,故清人認爲説論詩律猶如談龍,見其首而不見其尾,實難琢磨,故有《談龍録》之成書。

　　然自清以降,談格論律之書蜂出,或簡或繁,不下十數種,直至 20 世紀中葉王力先生《漢語詩律學》的出現。王氏之書可謂洋洋大觀,可以看作是詩詞格律研究的集大成之作。清代學者對於詩律的研究豐富詳瞻,並且具有很高的學術價值,王力先生在《漢語詩律學》中曾舉例説:"在没有看見董文涣的《聲調四聲譜圖説》以前,我自己就不知道律詩中有所謂'拗救'(更確切地説,我從前只知道有'拗'而不知道有'救'),有所謂'上尾',等等。而'拗救'之類正是前人所研究出來可靠的詩律。"②然而清

---

　　① 　(清)宋徵璧:《抱真堂詩話》,《清詩話續編》,上海古籍出版社,1983 年,第128 頁。
　　② 　王力:《漢語詩律學·序》(增訂本),2002 年,第 2 頁。

代學者對於詩律的研究成果並没有得到應有的重視和細緻的整理。看來爲了繼承王力先生的傳統,在詩律問題上做更加深入的研究,已經是到了對清人詩律進行大規模、系統性研究的時候了。

　　王士禎的《律詩定體》在清人詩律研究著作中是比較有代表性的一部。王士禎(1634—1711),字子真,一字貽上,號阮亭,又號漁洋山人,山東新城人。順治十二年進士。歷任户部郎中、國子監祭酒,刑部尚書等。王士禎初名王士禎,自號漁洋山人。卒後,爲避清世宗胤禛(雍正)名諱,追改名爲王士正。乾隆三十年(1766),追諡“文簡”。乾隆三十九年(1775),改名爲王士禎。王士禎詩論以“神韻説”最爲知名。“神韻説”是對詩歌内容和韻味的探求,希望詩歌的境界達到不著痕迹、超逸空寂之感。此外,王士禎也很重視詩詞的音節和格律。《律詩定體》共一卷,雖然此書只有寥寥數百字,但論及近體詩卻能概括性地説明唐人格律,以破除流俗“一三五不論”之説。這本書對於後世的影響深遠,如李郁文《律詩四辨》、日本穀立德之《全唐聲律論》等書,例證雖較王書多,但其大旨未能外於王氏之語。《律詩定體》對近體詩格律的説明,共 3 條,8 句,本節將對之逐一進行細讀式分析。

一、五言律詩總論

　　“五律,凡雙句二四應平仄者,第一字必用平,斷不可雜以仄聲,以平平只有二字相連,不可令單也。其二四應仄平者,第一字平仄皆可用,以仄仄仄三字相連,換以平韻無妨

也。大約仄可換平，平斷不可換仄，第三字同此。若單句第
一字，可勿論。"

（一）凡雙句二四應平仄者，第一字必用平，斷不可雜以仄
聲，以平平只有二字相連，不可令單也

在五言律詩的句式中，第二字、第四字分別是平聲、仄聲的
有兩種，一是平平仄仄平，一是平平平仄仄，王力先生分別將這
兩種句式稱爲 B 和 b，這裏依照王先生的說法，下同。

1. B 句式"平平仄仄平"，第一字必須用平聲，不可以用仄
聲。若首字用以仄聲，其句式勢必變爲仄平仄仄平，這種句式在
詩病中叫"孤平"，乃近體詩之大忌之一。例如：

冬日洛城北謁玄元皇帝廟[①]

杜　甫

配極玄都閟，憑虛禁禦長。（B）

守祧嚴具禮，掌節鎮非常。

碧瓦初寒外，金莖一氣旁。（B）

山河扶繡户，日月近雕梁。

仙李盤根大，猗蘭奕葉光。（B）

世家遺舊史，道德付今王。

畫手看前輩，吴生遠擅場。（B）

森羅移地軸，妙絶動宫牆。

無聖聯龍衮，千官列雁行。（B）

---

　① 爲了説明近體詩的平仄規則，本節所舉詩例從初唐詩擴展到整個全唐詩，
有時也兼及宋代律詩。

冕旒俱秀髮，旌旆盡飛揚。

翠柏深留景，紅梨迥風霜。(B)

風箏吹玉柱，露井凍銀床。

身退卑周室，經傳拱漢皇。(B)

穀神如不死，養拙更何鄉。

贈韋左丞丈濟天寶七年以韋濟爲河南尹遷尚書左丞

杜　甫

左轄頻虛位，今年得舊儒。(B)

相門韋氏在，經術漢臣須。

時議歸前烈，天倫恨莫俱。(B)

鴒原荒宿草，鳳沼接亨衢。

有客雖安命，衰容豈壯夫。(B)

家人憂幾杖，甲子混泥途。

不謂矜餘力，還來謁大巫。(B)

歲寒仍顧遇，日暮且踟躕。

老驥思千里，饑鷹待一呼。(B)

君能微感激，亦足慰榛蕪。

投贈哥舒開府二十韻

杜　甫

今代麒麟閣，何人第一功。(B)

君王自神武，駕馭必英雄。

開府當朝傑，論兵邁古風。(B)

先鋒百勝在，略地兩隅空。

青海無傳箭，天山早掛弓。(B)

廉頗仍走敵，魏絳已和戎。

每惜河湟棄，新兼節制通。(B)

智謀垂睿想，出入冠諸公。

日月低秦樹，乾坤繞漢宮。(B)

胡人愁逐北，宛馬又從東。

受命邊沙遠，歸來御席同。(B)

軒墀曾寵鶴，畋獵舊非熊。

茅土加名數，山河誓始終。(B)

策行遺戰伐，契合動昭融。

勳業青冥上，交親氣概中。(B)

未爲珠履客，已見白頭翁。

壯節初題柱，生涯獨轉蓬。(B)

幾年春草歇，今日暮途窮。

軍事留孫楚，行間識呂蒙。(B)

防身一長劍，將欲倚崆峒。

以上所舉的三首詩 23 例 B 句式首字均爲平聲，無一出律。

然而王士禛在這裏説得過於片面，對於 B 句式來説，首字固應用平聲，不過詩人有時也會用仄聲，形成"拗"體，這種"拗"必須"救"，救的辦法有以下兩種：

其一，本句自救。就是説，首字用仄聲，第三字變仄聲爲平聲，以避免孤平，句式爲仄平平仄平，一般稱爲孤平拗救。例如：

夜宿山寺

李　白

危樓高百尺，手可摘星辰。

（平平平仄仄，仄仄仄平平）

不敢高聲語，恐驚天上人。

（仄仄平平仄，仄平平仄平）

頷聯對句首字"恐"應平而仄，第三字"天"變仄爲平。

宿五松山下荀媼家

李　白

我宿五松下，寂寥無所歡。

（仄仄仄平仄，仄平平仄平）

田家秋作苦，鄰女夜舂寒。

（平平平仄仄，平仄仄平平）

跪進雕胡飯，月光明素盤。

（仄仄平平仄，仄平平仄平）

令人慚漂母，三謝不能餐。

（仄平平仄仄，平仄仄平平）

頸聯對句首字"月"應平而仄，第三字"明"變仄爲平。

五陵書懷五十韻（平仄標注略）

劉禹錫

西漢開支郡，南朝號戚藩。

四封當列宿，百雉俯清沅。
高岸朝霞合，驚湍激箭奔。
積陰春暗度，將霽霧先昏。
俗尚東皇祀，謠傳義帝冤。
桃花迷隱迹，楝葉慰忠魂。
戶算資漁獵，鄉豪恃子孫。
照山畬火動，踏月俚歌喧。
擁楫舟爲市，連甍竹覆軒。
披沙金粟見，拾羽翠翹翻。
茗折蒼溪秀，蘋生枉渚暄。
禽驚格磔起，魚戲噞喁繁。
沈約臺榭故，李衡墟落存。
湘靈悲鼓瑟，泉客泣酬恩。
露變蒹葭浦，星懸橘柚村。
虎咆空野震，鼉作滿川渾。
鄰里皆遷客，兒童習左言。
炎天無冽井，霜月見芳蓀。
清白家傳遠，詩書志所敦。
列科叨甲乙，從宦出丘樊。
結友心多契，馳聲氣尚吞。
士安曾重賦，元禮許登門。
草檄嫖姚幕，巡兵戊己屯。
築臺先自隗，送客獨留髡。
遂結王畿綬，來觀衢室樽。
鳶飛入鷹隼，魚目儷璵璠。

曉燭羅馳道，朝陽辟帝閽。

王正會夷夏，月朔盛旗幡。

獨立當瑤闕，傳呵步紫垣。

按章清犴獄，視祭潔蘋蘩。

御曆昌期遠，傳家寶祚蕃。

緟文光夏啓，神教畏軒轅。

內禪因天性，雄圖授化元。

繼明懸日月，出震統乾坤。

大孝三朝備，洪恩九族惇。

百川宗渤澥，五嶽輔昆侖。

何幸逢休運，微班識至尊。

校緡資筭榷，復土奉山園。

一失貴人意，徒聞太學論。

直廬辭錦帳，遠守愧朱幡。

巢幕方猶燕，搶榆尚笑鯤。

邅回過荊楚，流落感涼溫。

旅望花無色，愁心醉不惛。

春江千里草，暮雨一聲猿。

問卜安冥數，看方理病源。

帶賒衣改制，塵澀劍成痕。

三秀悲中散，二毛傷虎賁。

來憂禦魑魅，歸願牧雞豚。

就日秦京遠，臨風楚奏煩。

南登無灞岸，旦夕上高原。

其中"李衡墟落存"與"二毛傷虎賁"二句首字"李""二"本應用平聲,但是這裏詩人用了仄聲,所以第三字就由原來的仄聲字改爲平聲字"墟"和"傷"。

贈 隱 者
儲嗣宗

盡室居幽谷,亂山爲四鄰。
（仄仄平平仄,仄平平仄平）
霧深知有術,窗静似無人。
（仄平平仄仄,平仄仄平平）
鶴語松上月,花明雲裏春。
（仄仄平平仄,平平平仄平）
生涯更何許,尊酒與垂綸。
（平平仄仄仄,平仄仄平平）

首聯對句首字"亂"應平而仄,第三字"爲"變仄爲平。

寄江滔求孟六遺文
劉眘虚

南望襄陽路,思君情轉親。
（平仄平平仄,平平平仄平）
偏知漢水廣,應與孟家鄰。
（平平仄仄仄,平仄仄平平）
在日貪爲善,昨來聞更貧。
（仄仄平平仄,仄平平仄平）

相如有遺草，一爲問家人。

（平平仄仄仄，仄仄仄平平）

頸聯對句首字"昨"應平而仄，第三字"聞"變仄爲平。

倦寢聽晨雞

趙　嘏

去去邊城騎，愁眠掩夜歸。

（仄仄平平仄，平平仄仄平）

披衣窺落月，拭淚待鳴雞。

（平平平仄仄，仄仄仄平平）

不憤連年別，那堪長夜啼。

（仄仄平平仄，仄平平仄平）

功成應自恨，早晚發遼西。

（平平平仄仄，仄仄仄平平）

頸聯對句首字"那"應平而仄，第三字"長"變仄爲平。

其二，本句與出句同時相救。

孤平拗救與出句第三字由正變拗同時應用，例如：

早寒有懷

孟浩然

木落雁南渡，北風江上寒。

（仄仄仄平仄，仄平平仄平）

我家襄水曲，遙隔楚雲端。

（仄平平仄仄，平仄仄平平）

鄉淚客中盡，孤帆天際看。

（平仄仄平仄，平平平仄平）

迷津欲有聞，平海夕漫漫。

（平平仄仄平，平仄仄平平）

除了首聯對句首字"北"應平而仄，第三字"江"變仄爲平，即孤平拗救以外，出句的第三字"雁"也由原來平仄格律中所規定的平聲變爲仄聲。

宿五松山下荀媪家

李　白

我宿五松下，寂寥無所歡。

（仄仄仄平仄，仄平平仄平）

田家秋作苦，鄰女夜舂寒。

（平平平仄仄，平仄仄平平）

跪進雕胡飯，月光明素盤。

（仄仄平平仄，仄平平仄平）

令人慚漂母，三謝不能餐。

（仄平平仄仄，平仄仄平平）

除了首聯對句首字"寂"應平而仄，第三字"無"變仄爲平，即孤平拗救以外，出句的第三字"五"也由原來平仄格律中所規定的平聲變爲仄聲。

喜外弟盧綸見宿

司空曙

静夜四無鄰,荒居舊業貧。

(仄仄仄平平,平平仄仄平)

雨中黃葉樹,燈下白頭人。

(仄平平仄仄,平仄仄平平)

以我獨沈久,愧君相見頻。

(仄仄仄平仄,仄平平仄平)

平生自有分,況是蔡家亲。

(平平仄仄仄,仄仄仄平平)

除了頸聯對句首字"愧"應平而仄,第三字"相"變仄爲平,即孤平拗救以外,出句的第三字"獨"也由原來平仄格律中所規定的平聲變爲仄聲。

依韻和子聰見寄

(宋)梅堯臣

嘗念錢行舟,風蟬動去愁。

(平仄仄平平,平平仄仄平)

獨登孤岸立,不見遠帆收。

(仄平平仄仄,仄仄仄平平)

及送故人盡,亦嗟歸迹留。

(仄仄仄平仄,仄平平仄平)

洛陽君更憶,寧復醉危樓。

(仄平平仄仄,平仄仄平平)

頸聯除了首字"亦"應平而仄,第三字"歸"變仄爲平,即孤平拗救以外,出句的第三字"故"也由原來平仄格律中所規定的平聲變爲仄聲。

孤平拗救與出句第一、三字由正變拗同時應用,例如:

送人東遊

温庭筠

荒戍落黃葉,浩然離故關。

(平仄仄平仄,仄平平仄平)

高風漢陽渡,初日郢門山。

(平平仄平仄,平仄仄平平)

江上幾人在,天涯孤棹還。

(平仄仄平仄,平平平仄平)

何當重相見,樽酒慰離顏。

(平平平仄仄,平仄仄平平)

除了首聯對句首字"浩"應平而仄,第三字"離"變仄爲平,即孤平拗救以外,出句的第一字"荒"也由原來平仄格律中所規定的仄聲變爲平聲,第三字"落"由原來平仄格律中所規定的平聲變爲仄聲。

小出塞曲

(宋)陸 遊

全師出雁塞,百戰運龍韜。

(平平平仄仄,仄仄仄平平)

金絡洮州馬，珠裝夏國刀。

（平仄平平仄，平平仄仄平）

度沙風破肉，攻壘雪平壕。

（仄平平仄仄，平仄仄平平）

明日受降處，甲奇熊耳高。

（平仄仄平仄，仄平平仄平）

尾聯除了首字“甲”應平而仄，第三字“熊”變仄爲平，即孤平拗救以外，出句的第一字“明”也由原來平仄格律中所規定的仄聲變爲平聲，第三字“受”也由原來平仄格律中所規定的平聲變爲仄聲。

孤平拗救與出句第四字由正變拗同時應用，例如：

別劉大校書
高　適

昔日京華去，知君才望新。

（仄仄平平仄，平平平仄平）

應猶作賦好，莫歎在官貧。

（平平仄仄仄，仄仄仄平平）

且復傷遠別，不然愁此身。

（仄仄平仄仄，仄平平仄平）

清風幾萬里，江上一歸人。

（平平仄仄仄，平仄仄平平）

除了頸聯對句首字“不”應平而仄，第三字“愁”變仄爲平，即孤平拗救以外，出句的第四字“遠”也由原來平仄格律中所規定的平聲變爲仄聲。

別韋五

高　適

徒然酌杯酒，不覺散人愁。

（平平仄平仄，仄仄仄平平）

相識仍遠別，欲歸翻旅遊。

（平仄平仄仄，仄平平仄平）

夏雲滿郊甸，明月照河洲。

（仄平仄平仄，平仄仄平平）

莫恨征途遠，東看漳水流。

（仄仄平平仄，平平平仄平）

除了頷聯首字"欲"應平而仄，第三字"翻"變仄爲平，即孤平拗救以外，出句的第四字"遠"也由原來平仄格律中所規定的平聲變爲仄聲。

及第後答潼關主人

呂　温

本欲雲雨化，卻隨波浪翻。

（仄仄平仄仄，仄平平仄平）

一沾太常第，十過潼關門。

（仄平仄平仄，仄仄平平平）

志力且虛棄，功名誰復論。

（仄仄仄平仄，平平平仄平）

主人故相問，慚笑不能言。

（仄平仄平仄，平仄仄平平）

除了首聯對句首字"卻"應平而仄，第三字"波"變仄爲平，即孤平
拗救以外，出句的第四字"雨"也由原來平仄格律中所規定的平
聲變爲仄聲。該詩較多詩句出律。

秋晴西樓

（宋）劉　敞

清風捲氛翳，廣野露秋毫。

（平平仄平仄，仄仄仄平平）

木落山覺瘦，雨晴天似高。

（仄仄平仄仄，仄平平仄平）

開窗置樽酒，看月湧江濤。

（平平仄平仄，仄仄仄平平）

高臥淹湖海，非關氣獨豪。

（平仄平平仄，平平仄仄平）

除了首字"雨"應平而仄，第三字"天"變仄爲平，即孤平拗救以外，出
句的第四字"覺"也由原來平仄格律中所規定的平聲變爲仄聲。

孤平拗救與出句第一字、第四字由正變拗同時應用，例如：

歸嵩山作

王　維

清川帶長薄，車馬去閑閑。

（平平仄仄仄，平仄仄平平）

流水如有意，暮禽相與還。

（平仄平仄仄，仄平平仄平）

荒城臨古渡，落日滿秋山。

（平平平仄仄，仄仄仄平平）

迢遞嵩高下，歸來且閉關。

（平仄平平仄，平平仄仄平）

除了頷聯對句首字“暮”應平而仄，第三字“相”變仄爲平，即孤平拗救以外，出句的第一字“流”也由原來平仄格律中所規定的仄聲變爲平聲，第四字“有”由原來平仄格律中所規定的平聲變爲仄聲。

送杜佐下第歸陸渾別業

岑　參

正月今欲半，陸渾花未開。

（平仄平仄仄，仄平平仄平）

出關見青草，春色正東來。

（平平仄平仄，平仄仄平平）

夫子且歸去，明時方愛才。

（平仄仄平仄，平平平仄平）

還須及秋賦，莫即隱嵩萊。

（平平仄平仄，仄仄仄平平）

除了首聯對句首字“陸”應平而仄，第三字“花”變仄爲平，即孤平拗救以外，出句的第一字“正”也由原來平仄格律中所規定的仄

聲變爲平聲，第四字"欲"由原來平仄格律中所規定的平聲變爲
仄聲。

視刀環歌
劉禹錫

常恨言語淺，不如人意深。
（平仄平仄仄，仄平平仄平）
今朝兩相視，脈脈萬重心。
（平平仄平仄，仄仄仄平平）

除了首聯首字"不"應平而仄，第三字"人"變仄爲平，即孤平拗救
以外，出句的第一字"常"也由原來平仄格律中所規定的仄聲變
爲平聲，第四字"語"由原來平仄格律中所規定的平聲變爲仄聲。
　　孤平拗救與出句第三字、第四字由正變拗同時應用，例如：

除夜有懷
孟浩然

迢遞三巴路，羈危萬里身。
（平仄平平仄，平平仄仄平）
亂山殘雪夜，孤燭異鄉人。
（仄平平仄仄，平仄仄平平）
漸與骨肉遠，轉於奴僕親。
（仄仄仄平仄，仄平平仄平）
那堪正飄泊，來日歲華新。
（仄平仄平仄，平仄仄平平）

除了頸聯對句首字"轉"應平而仄,第三字"奴"變仄爲平,即孤平拗救以外,出句的第三字"骨"也由原來平仄格律中所規定的平聲變爲仄聲,第四字"肉"由原來平仄格律中所規定的平聲變爲仄聲。

自　遣

李　白

對酒不覺暝,落花盈我衣。

(仄仄仄仄平,仄平平仄平)

醉起步溪月,鳥還人亦稀。

(仄仄仄平仄,仄平平仄平)

除了首聯對句首字"落"應平而仄,第三字"盈"變仄爲平,即孤平拗救以外,出句的第三字"不"也由原來平仄格律中所規定的平聲變爲仄聲,第四字"覺"由原來平仄格律中所規定的平聲變爲仄聲。

掛席江上待月有懷

李　白

待月月未出,望江江自流。

(仄仄仄仄仄,仄平平仄平)

倏忽城西郭,青天懸玉鉤。

(仄平平平仄,平平平仄平)

素華雖可攬,清景不可遊。

(仄平平仄仄,平仄仄仄平)

耿耿金波里，空瞻鳷鵲樓。

（仄仄平平仄，平平平仄平）

除了首聯對句首字"望"應平而仄，第三字"江"變仄爲平，即孤平拗救以外，出句的第三字"月"也由原來平仄格律中所規定的平聲變爲仄聲，第四字"未"由原來平仄格律中所規定的平聲變爲仄聲。

蕃　劍
杜　甫

致此自僻遠，又非珠玉裝。

（仄仄仄仄仄，仄平平仄平）

如何有奇怪，每夜吐光芒。

（平平仄仄仄，仄仄仄平平）

虎氣必騰踔，龍身寧久藏。

（仄仄仄平仄，平平平仄平）

風塵苦未息，持汝奉明王。

（平平仄仄仄，平仄仄平平）

除了首聯對句首字"又"應平而仄，第三字"珠"變仄爲平，即孤平拗救以外，出句的第三字"自"也由原來平仄格律中所規定的平聲變爲仄聲，第四字"僻"由原來平仄格律中所規定的平聲變爲仄聲。

獨遊輞川
（宋）蘇舜欽

行穿翠靄中，絕澗落疎鐘。

（平平仄仄平，仄仄仄平平）

數里踏亂石，一川環碧峰。

（仄仄仄仄仄，仄平平仄平）

暗林麋養角，當路虎留蹤。

（仄平平仄仄，平仄仄平平）

隱逸何曾見，孤吟對古松。

（仄仄平平仄，平平仄仄平）

頷聯除了首字"一"應平而仄，第三字"環"變仄爲平，即孤平拗救以外，出句的第三字"踏"也由原來平仄格律中所規定的平聲變爲仄聲，第四字"亂"也由原來平仄格律中所規定的平聲變爲仄聲。

雨　過

（宋）周紫芝

池面過小雨，樹腰生夕陽。

（平仄仄仄仄，仄平平仄平）

雲分一山翠，風與數荷香。

（平平仄平仄，平仄仄平平）

素月自有約，綠瓜初可嚐。

（仄仄仄仄仄，仄平平仄平）

鸂鶒莫飛去，留此伴新涼。

（平平仄平仄，平仄仄平平）

頸聯除了首字"綠"應平而仄，第三字"初"變仄爲平，即孤平拗救以外,出句的第三字"自"也由原來平仄格律中所規定的平聲變爲仄聲,第四字"有"也由原來平仄格律中所規定的平聲變爲仄聲。

晚　步

（宋）陳與義

眹畝意不適,出門聊散憂。

（仄仄仄仄仄,仄平平仄平）

雨餘山欲近,春半水爭流。

（仄平平仄仄,平仄仄平平）

衆籟夕還作,孤懷行轉幽。

（仄仄仄平仄,平平平仄平）

溪西篁竹亂,微徑雜歸牛。

（平平平仄仄,平仄仄平平）

首聯除了首字"出"應平而仄,第三字"聊"變仄爲平,即孤平拗救以外,出句的第三字"意"也由原來平仄格律中所規定的平聲變爲仄聲,第四字"不"也由原來平仄格律中所規定的平聲變爲仄聲。

孤平拗救與出句第一、三、四字由正變拗同時應用,例如:

與諸子登峴山

孟浩然

人事有代謝,往來成古今。

（平仄仄仄仄,仄平平仄平）

江山留勝迹,我輩復登臨。

(平平平仄仄,仄仄仄平平)

水落魚梁淺,天寒夢澤深。

(仄仄平平仄,平平仄仄平)

羊公碑字在,讀罷淚沾襟。

(平平平仄仄,仄仄仄平平)

除了首聯對句首字"往"應平而仄,第三字"成"變仄爲平,即孤平拗救以外,出句的第一字"人"也由原來平仄格律中所規定的仄聲變爲平聲,第三字"有"也由原來平仄格律中所規定的平聲變爲仄聲,第四字"代"由原來平仄格律中所規定的平聲變爲仄聲。

落　花

李商隱

高閣客竟去,小園花亂飛。

(平仄仄仄仄,仄平平仄平)

參差連曲陌,迢遞送斜暉。

(平平平仄仄,平仄仄平平)

腸斷未忍掃,眼穿仍欲歸。

(平仄仄仄仄,仄平平仄平)

芳心向春盡,所得是沾衣。

(平平仄平仄,仄仄仄平平)

除了首聯對句與頸聯對句首字"小"與"眼"應平而仄,第三字"花"與"仍"變仄爲平,即孤平拗救以外,出句的第一字"高"與

"腸"又由原來平仄格律中所規定的仄聲變爲平聲,第三字"客"
與"未"由原來平仄格律中所規定的平聲變爲仄聲,第四字"竟"
與"忍"由原來平仄格律中所規定的平聲變爲仄聲。

野　步

許　棠

閑賞步易遠,野吟聲自高。

(平仄仄仄仄,仄平平仄平)

路無人到迹,林有鶴遺毛。

(仄平平仄仄,平仄仄平平)

物外趣都別,塵中心枉勞。

(仄仄仄平仄,平平平仄平)

沿溪收墮果,坐石喚饑猱。

(平平平仄仄,仄仄仄平平)

除了首聯對句首字"野"應平而仄,第三字"聲"變仄爲平,即孤平
拗救以外,出句的第一字"閑"也由原來平仄格律中所規定的
仄聲變爲平聲,第三字"步"由原來平仄格律中所規定的平聲
變爲仄聲,第四字"易"由原來平仄格律中所規定的平聲變爲
仄聲。

贈蕭光祖

(宋)周　孚

之子固絶俗,少年甘寂寥。

(平仄仄仄仄,仄平平仄平)

田園一蚊蜻，書卷百牛腰。

（平平仄平仄，平仄仄平平）

除了首字"少"應平而仄，第三字"甘"變仄爲平，即孤平拗救以
外，出句的第一字"之"也由原來平仄格律中所規定的仄聲變爲
平聲，第三字"固"也由原來平仄格律中所規定的平聲變爲仄聲，
第四字"絶"也由原來平仄格律中所規定的平聲變爲仄聲。

雨　過

（宋）周紫芝

池面過小雨，樹腰生夕陽。

（平仄仄仄仄，仄平平仄平）

雲分一山翠，風與數荷香。

（平平仄平仄，平仄仄平平）

素月自有約，綠瓜初可嘗。

（仄仄仄仄仄，仄平平仄平）

鸂鷘莫飛去，留此伴新涼。

（平平仄平仄，平仄仄平平）

首聯除了首字"樹"應平而仄，第三字"生"變仄爲平，即孤平拗救
以外，出句的第一字"池"也由原來平仄格律中所規定的仄聲變
爲平聲，第三字"過"也由原來平仄格律中所規定的平聲變爲仄
聲，第四字"小"也由原來平仄格律中所規定的平聲變爲仄聲。

2. b句式"平平平仄仄"，第一字可平可仄。舉三例證明
之，如：

巳上人茅齋

杜　甫

患氣經時久，臨江卜宅新。
（仄仄平平仄，平平仄仄平）
喧卑方避俗，疏快頗宜人。
（平平平仄仄，平仄仄平平）
有客過茅宇，呼兒正葛巾。
（仄仄平平仄，平平仄仄平）
自鋤稀菜甲，小摘爲情親。
（仄平平仄仄，仄仄仄平平）

望月懷遠

張九齡

海上生明月，天涯共此時。
（仄仄平平仄，平平仄仄平）
情人怨遙夜，竟夕起相思。
（平平仄仄夜，仄仄仄平平）
滅燭憐光滿，披衣覺露滋。
（仄仄平平仄，平平仄仄平）
不堪盈手贈，還寢夢佳期。
（仄平平仄仄，平仄仄平平）

杜少府之任蜀州

王　勃

城闕輔三秦，風煙望五津。

(平仄仄平平,平平仄仄平)

與君離別意,同是宦遊人。

(仄平平仄仄,平仄仄平平)

海內存知己,天涯若比鄰。

(仄仄平平仄,平平仄仄平)

無爲在歧路,兒女共沾巾。

(平平仄平仄,平仄仄平平)

雖然從以上的詩例看來,b句式的首字平仄皆可用,然而詩人在寫詩的時候還是有很多變例的。其第三字可以變平聲爲仄聲,這是第一字仍然是可平可仄的。例如:

晚　春
孟浩然

二月湖水清,家家春鳥鳴。

(仄仄平仄平,平平平仄平)

林花掃更落,徑草踏還生。

(平平仄仄仄,仄仄仄平平)

酒伴來相命,開樽共解酲。

(仄仄平平仄,平平仄仄平)

當杯已入手,歌妓莫停聲。

(平平仄仄仄,平仄仄平平)

初　月
杜　甫

光細弦欲上,影斜輪未安。

（平仄平仄仄，仄平平仄平）

微升古塞外，已隱暮雲端。

（平平仄仄仄，仄仄仄平平）

河漢不改色，關山空自寒。

（平仄仄仄平，平平平仄平）

庭前有白露，暗滿菊花圍。

（平平仄仄仄，仄仄仄平平）

題破山寺後禪院
常　建

清晨入古寺，初日照高林。

（平平仄仄仄，平仄仄平平）

竹徑通幽處，禪房花木深。

（仄仄平平仄，平平平仄平）

山光悅鳥性，潭影空人心。

（平平仄仄仄，平仄仄平平）

萬籟此都寂，但餘鐘磬音。

（仄仄仄平仄，仄平平仄平）

送張惟儉秀才入舉
李嘉佑

清秀過終童，攜書訪老翁。

（平仄仄平平，平平仄仄平）

以吾爲世舊，憐爾繼家風。

（仄平平仄仄，平仄仄平平）

淮岸經霜柳，關城帶月鴻。

（平仄平平仄，平平仄仄平）

春歸定得意，花送到東中。

（平平仄仄仄，平仄仄平平）

螢　火

杜　甫

幸因腐草出，敢近太陽飛。

（仄平仄仄仄，仄仄仄平平）

未足臨書卷，時能點客衣。

（仄仄平平仄，平平仄仄平）

隨風隔幔小，帶雨傍林微。

（平平仄仄仄，仄仄仄平平）

十月清霜重，飄零何處歸。

（仄仄平平仄，平平平仄平）

江頭五詠·鸂鶒

杜　甫

故使籠寬織，須知動損毛。

（仄仄平平仄，平平仄仄平）

看雲莫悵望，失水任呼號。

（仄平仄仄仄，仄仄仄平平）

六翮曾經剪，孤飛卒未高。

（仄仄平平仄，平平仄仄平）

且無鷹隼慮，留滯莫辭勞。

（仄平平仄仄，平仄仄平平）

　　另一種變例是第三字由平變仄，第四字由仄變平，即由原本的平平平仄仄，變爲平平仄平仄，也是就説第三字拗，第四字救。此種形式，王力先生認爲首字應該“以避免仄聲爲原則”。例如：

望月懷遠
張九齡

海上生明月，天涯共此時。
（仄仄平平仄，平平仄仄平）
情人怨遙夜，竟夕起相思。
（平平仄平仄，仄仄仄平平）
滅燭憐光滿，披衣覺露滋。
（仄仄平平仄，平平仄仄平）
不堪盈手贈，還寢夢佳期。
（仄平平仄仄，平仄仄平平）

杜少府之任蜀州
王　勃

城闕輔三秦，風煙望五津。
（平仄仄平平，平平仄仄平）
與君離別意，同是宦遊人。
（仄平平仄仄，平仄仄平平）
海內存知己，天涯若比鄰。

（仄仄平平仄，平平仄仄平）

<u>無</u>爲在歧路，兒女共沾巾。

（平平仄平仄，平仄仄平平）

然而細究詩例，還有很多詩句是不避仄聲的，例如：

江頭無詠·麗春

杜　甫

百草競春華，麗春應最勝。

（仄仄仄平平，仄平平仄仄）

<u>少</u>須好顏色，多漫枝條剩。

（仄平仄平仄，平仄平平仄）

紛紛桃李枝，處處總能移。

（平平平仄平，仄仄仄平平）

如何貴此重，卻怕有人知。

（平平仄仄仄，仄仄仄平平）

早　歸

元　稹

春靜曉風微，淩晨帶酒歸。

（平仄仄平平，平平仄仄平）

<u>遠</u>山籠宿霧，高樹影朝暉。

（仄平平仄仄，平仄仄平平）

飲馬魚驚水，穿花露滴衣。

（仄仄平平仄，平平仄仄平）

嬌鶯似相惱，含囀傍人飛。

（平平仄仄仄，平仄仄平平）

田　家
楊　顏

小園足生事，尋勝日傾壺。

（仄平仄平仄，平仄仄平平）

蒔蔬利於鬻，繞青摘已無。

（仄平仄平仄，平平仄仄平）

四鄰依野竹，日夕采其枯。

（仄平平仄仄，仄仄仄平平）

田家心適時，春色遍桑榆。

（平平平仄平，平仄仄平平）

社日寄崔都水及諸弟群屬
韋應物

山郡多暇日，社時放吏歸。

（平仄平仄仄，仄平仄仄平）

坐閣獨成悶，行塘閱清輝。

（仄仄仄平仄，平平仄平平）

春風動高柳，芳園掩夕扉。

（平平仄平仄，平平仄仄平）

遙思里中會，心緒悵微微。

（平平仄仄仄，平仄仄平平）

簡盧陟

韋應物

可憐白雪曲，未遇知音人。
（仄平仄仄仄，仄仄平平平）
恓惶戎旅下，蹉跎淮海濱。
（平平平仄仄，平平平仄平）
澗樹含朝雨，山鳥哢餘春。
（仄仄平平仄，平仄仄平平）
我有一瓢酒，可以慰風塵。
（仄仄仄平仄，仄仄仄平平）

答王十三維

儲光羲

門生故來往，知欲命浮觴。
（平平仄平仄，平仄仄平平）
忽奉朝青閣，回車入上陽。
（平仄平平仄，平平仄仄平）
落花滿春水，疏柳映新塘。
（仄平仄平仄，平仄仄平平）
是日歸來暮，勞君奏雅章。
（仄仄平平仄，平平仄仄平）

春日野行

溫庭筠

騎馬踏煙莎，青春奈怨何。

（平平仄平平，平平仄仄平）

蝶翎朝粉盡，鴉背夕陽多。

（仄平平仄仄，平仄仄平平）

柳豔欺芳帶，山愁縈翠蛾。

（仄仄平平仄，平平平仄平）

別情無處說，方寸是星河。

（仄平平仄仄，平仄仄平平）

《新年》(其一)

（宋）蘇　軾

曉雨暗人日，春愁連上元。

（仄仄仄平仄，平平平仄平）

水生挑菜渚，煙濕落梅村。

（仄平平仄仄，平仄仄平平）

小市人歸盡，孤舟鶴踏翻。

（仄仄平平仄，平平仄仄平）

猶堪慰寂寞，漁火亂黃昏。

（平平仄仄仄，平仄仄平平）

遊鶴林招隱

（宋）蘇　軾

郊原雨初霽，春物有餘妍。

（平平仄平仄，平仄仄平平）

古寺滿修竹，深林聞杜鵑。

（仄仄仄平仄，平平平仄平）

睡餘柳花墮，目眩山櫻然。

（仄平仄平仄，仄仄平平平）

西窗有病客，危坐看香煙。

（平平仄仄仄，平仄仄平平）

　　所以對於 b 句式平平平仄仄及其變體而言，首字可平可仄。《律詩定體》說"第一字必用平，斷不可雜以仄聲"，是不全面的。

　　（二）其二四應仄平者，第一字平仄皆可用，以仄仄仄三字相連，換以平韻無妨也。

　　第二、四字分別爲仄聲和平聲，並且在一句之中有三個仄聲字相連的詩句只有"仄仄仄平平"，王力先生稱之爲 A 句式。該句式首字可平可仄，例如：

哭嚴僕射歸櫬

杜　甫

素幔隨流水，歸舟返舊京。

（仄仄平平仄，平平仄仄平）

老親如宿昔，部曲異平生。

（仄平平仄仄，仄仄仄平平）

風送蛟龍雨，天長驃騎營。

（平仄平平仄，平平仄仄平）

一哀三峽暮，遺後見君情。

（仄平平仄仄，平仄仄平平）

宴戎州楊使君東樓

杜　甫

勝絶驚身老，情忘發興奇。
（仄仄平平仄，平平仄仄平）
座從歌妓密，樂任主人爲。
（仄平平仄仄，仄仄仄平平）
重碧拈春酒，輕紅擘荔枝。
（仄仄平平仄，平平仄仄平）
樓高欲愁思，橫笛未休吹。
（平平仄平仄，平仄仄平平）

書　邊　事

張　喬

調角斷清秋，征人倚戍樓。
（仄仄仄平平，平平仄仄平）
春風對青冢，白日落梁州。
（平平平平仄，仄仄仄平平）
大漢無兵阻，窮邊有客遊。
（仄仄平平仄，平平仄仄平）
蕃情似此水，長願向南流。
（平平仄仄仄，平仄仄平平）

尋陸鴻漸不遇

皎　然

移家雖帶郭，野徑入桑麻。

（平平平仄仄,仄仄仄平平）

近種籬邊菊,秋來未著花。

（仄仄平平仄,平平仄仄平）

扣門無犬吠,欲去問西家。

（仄平平仄仄,仄仄仄平平）

報導山中去,歸來每日斜。

（仄仄平平仄,平平仄仄平）

　　A句式的第三字可以變仄聲爲平聲,首字仍然可平可仄。
例如:

秦州雜詩（平仄分析從略）

杜　甫

滿目悲生事,因人作遠遊。

遲回度隴怯,浩蕩及關愁。

水落魚龍夜,山空鳥鼠秋。

西征問烽火,心折此淹留。

秦州山北寺,勝迹隗囂宮。

苔蘚山門古,丹青野殿空。

月明垂葉露,雲逐渡溪風。

清渭無情極,愁時獨向東。

州圖領同谷,驛道出流沙。

降虜兼千帳,居人有萬家。

馬驕珠汗落,胡舞白蹄斜。

年少臨洮子,西來亦自誇。

鼓角緣邊郡，川原欲夜時。

秋聽殷地發，風散入雲悲。

抱葉寒蟬靜，歸來獨鳥遲。

萬方聲一概，吾道竟何之。

南使宜天馬，由來萬匹强。

浮雲連陣沒，秋草遍山長。

聞說真龍種，仍殘老驌驦。

哀鳴思戰鬥，迴立向蒼蒼。

城上胡笳奏，山邊漢節歸。

防河赴滄海，奉詔發金微。

士苦形骸黑，旌疏鳥獸稀。

那聞往來戍，恨解鄴城圍。

莽莽萬重山，孤城山谷間。

無風雲出塞，不夜月臨關。

屬國歸何晚，樓蘭斬未還。

煙塵獨長望，衰颯正摧顏。

聞道尋源使，從天此路回。

牽牛去幾許，宛馬至今來。

一望幽燕隔，何時郡國開。

東征健兒盡，羌笛暮吹哀。

今日明人眼，臨池好驛亭。

叢篁低地碧，高柳半天青。

稠疊多幽事，喧呼閱使星。

老夫如有此，不異在郊坰。

雲氣接昆侖，涔涔塞雨繁。

羌童看渭水，使客向河源。

煙火軍中幕，牛羊嶺上村。

所居秋草淨，正閉小蓬門。

蕭蕭古塞冷，漠（仄）漠秋雲低。

黃鵠翅垂雨，蒼鷹饑啄泥。

薊門誰自北，漢將獨征西。

不意書生耳，臨衰厭鼓鼙。

山頭南郭寺，水號北流泉。

老樹空庭得，清渠一邑傳。

秋花危石底，晚景臥鐘邊。

俯仰悲身世，溪風為颯然。

傳道東柯谷，深藏數十家。

對門藤蓋瓦，映竹水穿沙。

瘦地翻宜粟，陽坡可種瓜。

船人近相報，但恐失桃花。

萬古仇池穴，潛通小有天。

神魚人不見，福地語真傳。

近接西南境，長懷十九泉。

何時一茅屋，送老白雲邊。

未暇泛滄海，悠悠兵馬間。

塞門風落木，客舍雨連山。

阮籍行多興，龐公隱不還。

東柯遂疏懶，休鑷鬢毛斑。

東柯好崖谷，不與眾峰群。

落日邀雙鳥，晴天養片雲。

野人矜險絕，水竹會平分。

採藥吾將老，兒童未遣聞。

邊秋陰易久，不復辨晨光。

簷雨亂淋幔，山雲低度牆。

鸕鸒窺淺井，蚯蚓上深堂。

車馬何蕭索，門前百草長。

地僻秋將盡，山高客未歸。

塞雲多斷續，邊日少光輝。

警急烽常報，傳聞檄屢飛。

西戎外甥國，何得迕天威。

鳳林戈未息，魚海路常難。

候火雲烽峻，懸軍幕井幹。

風連西極動，月過北庭寒。

故老思飛將，何時議築壇。

唐堯真自聖，野老復何知。

曬藥能無婦，應門幸有兒。

藏書聞禹穴，讀記憶仇池。

爲報鴛行舊，鷦鷯在一枝。

酬衛八雪中見寄

高　適

季冬憶淇上，落日歸山樊。

（仄平仄平仄，仄仄平平平）

舊宅帶流水，平田臨古村。

（仄仄仄平仄，平平平仄平）

雪中望來信，醉裏開衡門。
（仄平仄平仄，仄仄平平平）

果得希代寶，緘之那可論。
（仄仄平平仄，平平仄仄平）

簡盧陟
韋應物

可憐白雪曲，未遇知音人。
（仄平仄仄仄，仄仄平平平）

恓惶戎旅下，蹉跎淮海濱。
（平平平仄仄，平平平仄平）

澗樹含朝雨，山鳥哢餘春。
（仄仄平平仄，平仄仄平平）

我有一瓢酒，可以慰風塵。
（仄仄仄平仄，仄仄仄平平）

登烏江柏子岡懷潘景仁
（宋）賀鑄

驅車柏子岡，引首東南望。
（平平仄仄仄，仄仄平平平）

孤戍帶寒日，長江流大荒。
（平仄仄平仄，平平平仄平）

故人越五嶺，旅雁留三湘。
（仄平仄仄仄，仄仄平平平）

好待春風暖，相隨還北鄉。
（仄仄平平仄，平平平仄平）

闕　題

劉眘虛

道由白雲盡，春與青溪長。
（仄平平平仄，平仄平平平）
時有落花至，遠隨流水香。
（平仄仄平仄，仄平平仄平）
閑門向山路，深柳讀書堂。
（平平仄平仄，平仄仄平平）
幽映每白日，清輝照衣裳。
（平仄仄仄仄，平平仄平平）

終南別業

王　維

中歲頗好道，晚家南山陲。
（平仄平仄仄，仄平平平平）
興來每獨往，勝事空自知。
（仄平仄平仄，仄仄平仄平）
行到水窮處，坐看雲起時。
（平仄仄平仄，仄平平仄平）
偶然值林叟，談笑無還期。
（仄平仄平仄，平仄平平平）

聽蜀僧濬彈琴

李　白

蜀僧抱綠綺，西下峨眉峰。

（仄平仄仄仄，平仄平平平）

爲我一揮手，如聽萬壑松。

（仄仄仄平仄，平平仄仄平）

客心洗流水，餘響入霜鐘。

（仄平仄平仄，平仄仄平平）

不覺碧山暮，秋雲暗幾重。

（仄仄仄平仄，平平仄仄平）

題破山寺後禪院

常　建

清晨入古寺，初日照高林。

（平平仄仄仄，平仄仄平平）

竹徑通幽處，禪房花木深。

（仄仄平平仄，平平平仄平）

山光悅鳥性，潭影空人心。

（平平仄仄仄，平仄仄平平）

萬籟此都寂，但餘鐘磬音。

（仄仄仄平仄，仄平平仄平）

路逢崔、元二侍禦避馬見招，
以詩見贈

韋應物

一臺稱二妙，歸路望行塵。

（仄平平仄仄，平仄仄平平）

俱是攀龍客，空爲避馬人。

（仄仄平平仄，平平仄仄平）

見招翻踟蹰，相問良殷勤。

（仄平平仄仄，平仄平平平）

日日吟趨府，彈冠豈有因。

（仄仄平平仄，平平仄仄平）

然而這種變例在近體詩中是詩人極力避免的，因爲仄仄平平平的句式並不嚴格地符合近體詩格律的要求，句尾三個平聲字相連，構成所謂的"三平調"，這正是古風的特點。

（三）大約仄可換平，平斷不可換仄，第三字同此

1. 仄可換平

首字爲仄聲的句式是 A 句式"仄仄仄平平"，上文已經説過，A 句式的首字可平可仄。

2. 平斷不可換仄

首字爲平聲的句式是 B 句式"平平平仄仄"，上文提到 B 句式首字可平可仄，以用平聲爲正。若第一字變平爲仄，則第三字勢必由仄爲平，既"仄平平仄平"，是爲拗救。

3. 第三字同此

對於 A 句式而言，第三字可平可仄，是一種變例，但是如果第三字變爲平聲以後，其句式變爲"仄仄平平平"，三個平聲連用是古風的三平調，在近體詩中是要絕對避免的。

對於 B 句式而言，若第一字由平而仄，第三字仄聲可以換爲平聲，既"仄平平仄平"，是爲拗救。

可見這一條王士禎説的不完全正確。

(四) 若單句第一字,可勿論

單句第一字就是出句首字。B 句式多用於對句,用於出句的很少,只有平起首句入韻五言律詩的首聯出句才是 B 句式,這裏王士禎討論的是五言仄起首句不入韻詩,所以在這種情況下,B 句式不用於首句。

就 A 句式而言,只有 AB 一種句式組合,而且需要首句入韻。例如,

杜少府之任蜀州
王 勃

城(平)闕輔三秦,風煙望五津。

(平仄仄平平,平平仄仄平)

與君離別意,同是宦遊人。

(仄平平仄仄,平平仄仄平)

海內存知己,天涯若比鄰。

(仄仄平平仄,平平仄仄平)

無為在歧路,兒女共沾巾。

(平平仄平仄,平平仄仄平)

和晉陵陸丞早春遊望
杜審言

獨(仄)有宦遊人,偏驚物候新。

(仄仄平平平,平平仄仄平)

雲霞出海曙,梅柳渡江春。

(平平仄仄仄,平仄仄平平)

淑氣催黃鳥,晴光轉綠蘋。

（仄仄平平仄，平平仄仄平）

忽聞歌古調，歸思欲沾巾。

（仄平平仄仄，平仄仄平平）

月夜憶舍弟

杜　甫

戍（仄）鼓斷人行，秋邊一雁聲。

（仄仄仄平平，平平仄仄平）

露從今夜白，月是故鄉明。

（仄平平仄仄，仄仄仄平平）

有弟皆分散，無家問死生。

（仄仄平平仄，平平仄仄平）

寄書長不避，況乃未休兵。

（仄平平仄仄，仄仄仄平平）

終　南　山

王　維

太（仄）乙近天都，連山接海隅。

（仄仄仄平平，平平仄仄平）

白雲回望合，青靄入看無。

（仄平平仄仄，平平仄仄平）

分野中峰變，陰晴眾壑殊。

（平仄平平仄，平平仄仄平）

欲投人處宿，隔水問樵夫。

（仄平平仄仄，仄仄仄平平）

送梓州李使君

王　維

萬(仄)壑樹參天,千山響杜鵑。
(仄仄仄平平,平平仄仄平)
山中一夜雨,樹杪百重泉。
(平平仄仄仄,仄仄仄平平)
漢女輸橦布,巴人訟芋田。
(仄仄平平仄,平平仄仄平)
文翁翻教授,不敢依先賢。
(平平平仄仄,仄仄平平平)

漢江臨泛

王　維

楚(仄)塞三湘接,荆門九派通。
(仄仄平平仄,平平仄仄平)
江流天地外,山色有無中。
(平平平仄仄,平仄仄平平)
郡邑浮前浦,波瀾動遠空。
(仄仄平平仄,平平仄仄平)
襄陽好風日,留醉與山翁。
(平平仄平仄,平仄仄平平)

宿桐廬江寄廣陵舊遊

孟浩然

山(平)暝聞猿愁,滄江急夜流。

（平仄平平平,平平仄仄平）

風鳴兩岸葉,月照一孤舟。

（平平仄仄仄,仄仄仄平平）

建德非吾土,維揚憶舊遊。

（仄仄平平仄,平平仄仄平）

還將兩行淚,遙寄海西頭。

（平平仄仄仄,仄仄仄平平）

喜外弟盧綸見宿
司空曙

靜（仄）夜四無鄰,荒居舊業貧。

（仄仄仄平平,平平仄仄平）

雨中黃葉樹,燈下白頭人。

（仄平平仄仄,平仄仄平平）

以我獨沈久,愧君相見頻。

（仄仄平平仄,仄平平仄平）

平生自有分,況是蔡家親。

（平平仄仄仄,仄仄仄平平）

秋日赴闕題潼關驛樓
許 渾

紅（平）葉晚蕭蕭,長亭酒一瓢。

（平仄仄平平,平平仄仄平）

殘雲歸太華,疏雨過中條。

（平平平仄仄,平仄仄平平）

樹色隨山迥,河聲入海遙。

(仄仄平平仄,平平仄仄平)

帝鄉明日到,猶自夢漁樵。

(仄平平仄仄,平仄仄平平)

涼　思
李商隱

客(仄)去波平檻,蟬休露滿枝。

(仄仄平平仄,平平仄仄平)

永懷當此節,倚立自移時。

(仄平平仄仄,仄仄仄平平)

北斗兼春遠,南陵寓使遲。

(仄仄平平仄,平平仄仄平)

天涯占夢數,疑誤有新知。

(平平仄仄仄,平仄仄平平)

可以看出,第一字不拘平仄,可以通用。

二、五言平起不入韻

“凡第三字俱以平仄平仄聯下,與仄起不入韻者相同”。

(一) 凡第三字俱以平仄平仄聯下

這裏王士禎提出一個迷題,所謂“第三字俱以平仄平仄聯下”是什麼意思呢? 把五言律詩的四種句式全部分析一遍,得出

以下三種可能:

第一,指四個出句的第三字分別是平仄平仄,然而這樣的情況是不可能出現的,因爲若四個出句的第三字分別是平仄平仄,則犯了近體詩的大忌"失黏"。所以可以排除這種可能。

第二,指出句與對句的第三字分別爲"平仄平仄",這樣也會犯詩病之一"失對"。這種推測也可以排除。

第三,指首聯、頷聯的出、對句第三字分別爲"平仄平仄",頸聯、尾聯同此。

如果要首聯、頷聯的出、對句第三字分別爲"平仄平仄",那麼有兩種詩歌格式符合這種情況,即五言平起首句不入韻式和五言仄起首句不入韻式。

五言平起首句不入韻式的格律形式是:

平平平仄仄,仄仄仄平平。
仄仄平平仄,平平仄仄平。
平平平仄仄,仄仄仄平平。
仄仄平平仄,平平仄仄平。

例如:

賦得古原草送別
白居易

離離原上草,一歲一枯榮。
(平平平仄仄,仄仄仄平平)
野火燒不盡,春風吹又生。

（仄仄平平仄，平平平仄平）

遠芳侵古道，晴翠接荒城。

（仄平平仄仄，平仄仄平平）

又送王孫去，萋萋滿別情。

（仄仄平平仄，平平仄仄平）

首聯出句第三字爲"原"，對句的第三字爲"一"；頷聯出句第三字爲"燒"，對句的第三字爲"吹"，"原""一"與"燒""吹"這兩組字分別可以構成平仄平仄的聲調對立。頸聯出句第三字爲"侵"，對句的第三字爲"接"；尾聯出句第三字爲"王"，對句的第三字爲"滿"，"侵""接"與"王""滿"構成平仄平仄的聲調對立。

五言仄起首句不入韻式的格律形式是：

仄仄平平仄，平平仄仄平。
平平平仄仄，仄仄仄平平。
仄仄平平仄，平平仄仄平。
平平平仄仄，仄仄仄平平。

例如：

春　望

杜　甫

國破山河在，城春草木深。

（仄仄平平仄，平平仄仄平）

感時花濺淚，恨別鳥驚心。

（仄平平仄仄，仄仄仄平平）

烽火連三月，家書抵萬金。

（平仄平平仄，平平仄仄平）

白頭搔更短，渾欲不勝簪。

（仄平平仄仄，仄仄仄平平）

首聯出句第三字爲“山”，對句的第三字爲“草”；頷聯出句第三字爲“花”，對句的第三字爲“鳥”，“山”、“草”與“花”、“鳥”這兩組字分別可以構成平仄平仄的聲調對立。頸聯出句第三字爲“連”，對句的第三字爲“抵”；尾聯出句第三字爲“搔”，對句的第三字爲“不”，“連”、“抵”與“搔”、“不”這兩組字構成平仄平仄的聲調對立。

從兩首具體詩例及對其平仄的分析來看，我們的推測是符合王士禛《律詩定體》的意思的，即就是說，“第三字俱以平仄平仄聯下”是指首聯、頷聯的出、對句第三字分別爲“平仄平仄”，頸聯、尾聯同此。

五言平起首句不入韻式和五言仄起首句不入韻式兩種詩體的格律基本一致，唯一區別之處在於詩句的順序不同，五言平起首句不入韻式的首聯和頷聯恰好是五言仄起首句不入韻式的頷聯和首聯，五言平起首句不入韻式的頸聯和尾聯也正好是五言仄起首句不入韻式的尾聯和頸聯。

三、五言平起入韻

“平起入韻者少，與仄起入韻同”。

（一）平起入韻者少

近體詩可以分成 4 種形式，平起入韻，平起不入韻，仄起入韻，仄起不入韻。爲分析平起入韻詩在所有近體詩中所佔的比率，不妨以杜詩爲例，統計分析其所有的五言近體詩。《杜甫全集》中共收録五言近體詩 799 首，五言平起首句入韻的一共有 9 首，它們分別是：

重題鄭氏東亭

華亭入翠微，秋日亂清暉。

崩石歊山樹，清漣曳水衣。

紫鱗沖岸躍，蒼隼護巢歸。

向晚尋征路，殘雲傍馬飛。（押微韻）

端午賜衣

宮衣亦有名，端午被恩榮。

細葛含風軟，香羅疊雪輕。

自天題處濕，當暑著來清。

意內稱長短，終身荷全情。（押庚韻）

題玄武禪師屋壁

何年顧虎頭，滿壁畫瀛州。

赤日石林氣，青天江海流。

錫飛常近鶴，杯度不驚鷗。

似得廬山路，真隨惠遠遊。（押尤韻）

郪城西原送李判官兄武判官弟赴成都府

憑高送所親，久坐惜芳辰。

遠水非無浪，他山自有春。

野花隨處發，官柳著行新。

天際傷愁別，離筵何太頻。（押真韻）

玩月呈漢中王

夜深露氣清，江月滿江城。

浮客轉危坐，歸舟應獨行。

關山同一照，烏鵲自多驚。

欲得淮王術，風吹暈已生。（押庚韻）

望牛頭寺

牛頭見深林，梯徑繞幽深。

春色浮山外，天河宿殿陰。

傳燈無白日，布地有黃金。

體作狂歌老，回看不住心。（押侵韻）

自瀼西荆扉且移居東屯茅屋四首
（其二）

東屯復瀼西，一種住青溪。

來往皆茅屋，淹留爲稻畦。

市喧宜近利，林僻此無蹊。

若放襄翁語，須令乘客迷。（押齊韻）

送孟十二倉曹赴東京選

君行別老親，此去苦家貧。

藻鏡留連客，江山憔悴人。

秋風楚竹冷，夜雪鞏梅春。

朝夕高堂念，應宜彩服新。（押真韻）

題郪縣郭三十二明府茅屋壁

江頭且系船，爲爾獨相憐。

雲散灌壇雨，春青彭澤田。

頻驚適小國，一擬問高天。

別後巴東路，逢人問幾賢。（押先韻）

這 9 首五言平起首句入韻詩在 779 首五言近體詩中只佔 1.1％，比率非常小，所以王士禎說“平起入韻者少”。

（二）“與仄起入韻同”

這句話從表面看可以有兩種理解方式，一是平起首句入韻詩與仄起首句入韻詩的格律相同；一是平起首句入韻詩與仄起首句入韻詩同樣少。這裏是指第二種。因爲就第一種而言，平起首句入韻詩與仄起首句入韻詩格律形式並不相同，平起首句入韻詩首聯平仄格式是“平平仄仄平，仄仄仄平平”，仄起首句入韻詩首聯是“仄仄仄平平，平平仄仄平”，差別非常明顯。爲了檢驗第二種理解是否正確，仍統計杜甫所有的五言近體詩。《杜甫全集》中五言仄起首句入韻詩共有 27 首，這些詩是：

房兵曹胡馬詩

胡馬大宛名，鋒棱瘦骨成。

竹批雙耳峻，風入四蹄輕。

所向無空闊，真堪托死生。

驍騰有如此，萬里可橫行。（押庚韻）

杜位宅守歲

守歲阿戎家，椒盤已頌花。

盍簪喧櫪馬，列炬散林鴉。

四十明朝過，飛騰暮景斜。

誰能更拘束？爛醉是生涯。（押麻韻）

遣　興

驥子好男兒，前年學語時。

問知人客姓，誦得老夫詩。

世亂憐渠小，家貧仰母慈。

鹿門攜不遂，雁足繫難期。

天地軍麾滿，山河戰角悲。

倘歸免相失，見日敢辭遲。（押支韻）

秦州雜詩二十首(其七)

莽莽萬重山，孤城山谷間。

無風雲出塞，不夜月臨關。

屬國歸何晚？樓蘭斬未開。

煙塵獨長望,衰颯正摧顏。（押刪韻）

月夜憶舍弟

戍鼓斷人行,秋邊一雁聲。

露從今夜白,月是故鄉明。

有弟皆分散,無家問死生。

寄書長不避,況乃未休兵。（押庚韻）

西　郊

時出碧雞坊,西郊向草堂。

市橋官柳細,江路野梅香。

傍架齊書帙,看題減藥囊。

無人覺來往,疏懶意何長。（押陽韻）

出　郭

霜露晚淒淒,高天逐望低。

遠煙鹽井上,斜景雪峰西。

故國猶兵馬,他鄉亦鼓鼙。

江城今夜客,還與舊烏啼。（押齊韻）

過南鄰朱山人水亭

相近竹參差,想過人不知。

幽花欹滿樹,小水細通池。

歸客村非遠,殘樽席更移。

看君多道氣,從此數追隨。(押支韻)

落　日

落日在簾鉤,溪邊春事幽。
芳菲緣岸圃,樵爨倚攤舟。
啅雀爭枝墜,飛蟲滿院遊。
濁醪誰造汝? 一酌散千憂。(押尤韻)

徐　步

整履步青蕪,荒庭日欲晡。
芹泥隨燕觜,花蕊上蜂須。
把酒從衣濕,吟詩信杖扶。
敢論才見忌,實有嘴如愚。(押虞韻)

高　楠

楠樹色冥冥,江邊一蓋青。
近跟開藥圃,接葉制茅亭。
落景陰猶合,微風韻可聽。
尋常絕醉困,臥此片時醒。(押青韻)

朝　雨

涼氣晚蕭蕭,江雲亂眼飄。
風鴛藏近渚,雨燕集深條。
黃綺終辭漢,巢由不見堯。
草堂樽酒在,幸得過清朝。(押蕭韻)

行次鹽亭縣聊題四韻奉簡嚴遂州 蓬州兩使君諮議諸昆季

馬首見鹽亭，高山擁縣青。

雲溪花淡淡，春郭水泠泠。

全蜀多名士，嚴家聚德星。

長歌意無極，好爲老夫聽。（押青韻）

西閣口號

山木抱雲稠，寒江繞上頭。

雪崖纔變石，風幔不依樓。

社稷堪流涕，安危在運籌。

看君話王室，感動幾銷憂。（押尤韻）

峽口二首(其一)

峽口大江間，西南控白蠻。

城欹連粉堞，岸斷更青山。

開闢多天險，防隅一水關。

亂離聞鼓角，秋氣動衰顏。（押刪韻）

鸚　鵡

鸚鵡含愁思，聰明憶別離。

翠衿渾短盡，紅觜漫多知。

未有開籠日，空殘舊宿枝。

世人憐復損，何用羽毛奇。（押支韻）

中　宵

西閣百尋餘，中宵步綺疏。

飛星過水白，落月動沙虛。

擇木知幽鳥，潛波想巨魚。

親朋滿天地，兵甲少來書。（押魚韻）

獨坐二首(其一)

竟日雨冥冥，雙崖洗更青。

水花寒落岸，山鳥暮過庭。

暖老須燕玉，充饑憶楚萍。

胡笳在樓上，哀怨不堪聽。（押青韻）

暝

日下四山陰，山庭嵐氣侵。

牛羊歸徑險，鳥雀聚枝深。

正枕當星劍，收書動玉琴。

半扉開燭影，欲掩見清砧。（押侵韻）

雨四首(其二)

江雨舊無時，天晴忽散絲。

暮秋沾物冷，今日過雲遲。

上馬回休出，看鷗坐不辭。

高軒當灩澦，潤色靜書帷。（押支韻）

雨四首(其四)

楚雨石苔滋,京華消息遲。

山寒青兕叫,江晚白鷗饑。

神女花鈿落,鮫人織杼悲。

繁憂不自整,終日灑如絲。(押支韻)

朝二首(其一)

清旭楚宮南,霜空萬嶺含。

野人時獨往,雲木曉相參。

俊鶻無聲過,饑烏下食貪。

病身終不動,搖落任江潭。(押覃韻)

夜二首(其一)

白夜月休弦,燈花半委眠。

號山無定鹿,落樹憂驚蟬。

暫憶江東鱠,兼懷雪下船。

蠻歌犯星起,空覺在天邊。(押先韻)

送大理封主簿五郎親事不合卻赴通州主簿前閬州賢子餘與主簿平章鄭氏女子垂欲納鄭氏伯父京書至女子已許他族親事遂停

禁臠去東床,趨庭赴北堂。

風波空遠涉,琴瑟幾虛張。

渥水出驊騮,昆山生鳳皇。

兩家誠款款,中道許蒼蒼。

頗謂秦晉匹,從來王謝郎。

青春動才調,白首缺輝光。

玉潤終孤立,珠明得暗藏。

餘寒折花卉,恨別滿江鄉。(押陽韻)

重 題

涕泗不能收,哭君餘白頭。

兒童相識盡,宇宙此生浮。

江雨銘旌濕,湖風井徑秋。

還瞻魏太子,賓客減應劉。(押尤韻)

公安縣懷古

野曠呂蒙營,江深劉備城。

寒天催日短,風浪與雲平。

灑落君臣契,飛騰戰伐名。

維舟倚前浦,長嘯一含情。(押庚韻)

對 雪

北雪犯長沙,胡雲冷萬家。

隨風且間葉,帶雨不成花。

金錯囊從罄,銀壺酒易賒。

無人竭浮蟻,有待至昏鴉。(押麻韻)

從比例上看,27 首五言仄起首句入韻詩在 799 首五言近體詩中佔 3.4%,比例依然很小,所以它和五言平起首句入韻詩情況基本相同,所以王士禎説"平起入韻者少,與仄起入韻同"。

四、七言律詩總論

"凡七言第一字俱不論。第三字與五言第一字同例。凡雙句第三字應仄聲者可換平聲,應平聲者不可換仄聲。"

(一) 凡七言第一字俱不論

1. 七言平起首句不入韻句式"平平仄仄平平仄",首字可以用平聲,也可以用仄聲。

首字用平聲,例如(七言詩平仄分析從略,下同):

野　望
杜　甫

西(平)山白雪三奇戌,南浦清江萬里橋。

海内風塵諸弟隔,天涯涕淚一身遥。

唯將遲暮供多病,未有涓埃答聖朝。

跨馬出郊時極目,不堪人事日蕭條。

詠懷古迹(其一)
杜　甫

支(平)離東北風塵際,漂泊西南天地間。

三峽樓臺淹日月,五溪衣服共雲山。

羯胡事主終無賴,詞客哀時且未還。

庾信平生最蕭瑟,暮年詩賦動江關。

十二月一日三首(其一)

杜　甫

今(平)朝臘月春意動，雲安縣前江可憐。
一聲何處送書雁，百丈誰家上水船。
未將梅蕊驚愁眼，要取楸花媚遠天。
明光起草人所羨，肺病幾時朝日邊。

十二月一日三首(其二)

杜　甫

寒(平)輕市上山煙碧，日滿樓前江霧黃。
負鹽出井此溪女，打鼓發船何郡郎。
新亭舉目風景切，茂陵著書消渴長。
春花不愁不爛漫，楚客唯聽棹相將。

九日五首(其一)

杜　甫

重(平)陽獨酌杯中酒，抱病起登江上臺。
竹葉於人既無分，菊花從此不須開。
殊方日落玄猿哭，舊國霜前白雁來。
弟妹蕭條各何往，干戈衰謝兩相催。

覽　物

杜　甫

曾(平)屬掾吏趨三輔，憶在潼關詩興多。

巫峽忽如瞻華岳，蜀江猶似見黃河。
舟中得病移衾枕，洞口經春長薜蘿。
形勝有餘風土惡，幾時回首一高歌。

冬　至
杜　甫

年(平)年至日長爲客，忽忽窮愁泥殺人。
江上形容吾獨老，天邊風俗自相親。
杖藜雪後臨丹壑，鳴玉朝來散紫宸。
心折此時無一寸，路迷何處見三秦。

江州重別薛六、柳八二員外
劉長卿

生(平)涯豈料承優詔，世事空知學醉歌。
江上月明胡雁過，淮南木落楚山多。
寄身且喜滄洲近，顧影無如白髮何。
今日龍鍾人共棄，愧君猶遣慎風波。

長沙過賈誼宅
劉長卿

三(平)年謫宦此棲遲，萬古惟留楚客悲。
秋草獨尋人去後，寒林空見日斜時。
漢文有道恩猶薄，湘水無情吊豈知。
寂寂江山搖落處，憐君何事到天涯。

首字用仄聲,例如:

客　至
杜　甫

舍(仄)南舍北皆春水,但見群鷗日日來。
花徑不曾緣客掃,蓬門今始爲君開。
盤餐市遠無兼味,樽酒家貧只舊醅。
肯與鄰翁相對飲,隔籬呼取盡餘杯。

將赴荆南,寄別李劍州
杜　甫

使(仄)君高義驅今古,寥落三年坐劍州。
但見文翁能化俗,焉知李廣未封侯。
路經灩澦雙蓬鬢,天入滄浪一釣舟。
戎馬相逢更何日,春風回首仲宣樓。

寄李儋、元錫
韋應物

去(仄)年花裏逢君別,今日花開已一年。
世事茫茫難自料,春愁黯黯獨成眠。
身多疾病思田裏,邑有流亡愧俸錢。
聞道欲來相問訊,西樓望月幾回圓。

遣悲懷(其一)
元　稹

謝(仄)公最小偏憐女,嫁與黔婁百事乖。

顧我無衣搜畫篋,泥他沽酒拔金釵。

野蔬充膳甘長藿,落葉添薪仰古槐。

今日俸錢過十萬,與君營奠復營齋。

2. 七言平起首句入韻句式"平平仄仄仄平平",首字可平可仄。

首字用平聲,例如:

望薊門

祖 詠

燕(平)臺一望客心驚,簫鼓喧喧漢將營。

萬里寒光生積雪,三邊曙色動危旌。

沙場烽火連胡月,海畔雲山擁薊城。

少小雖非投筆吏,論功還欲請長纓。

送魏萬之京

李 頎

朝(平)聞遊子唱離歌,昨夜微霜初渡河。

鴻雁不堪愁裏聽,雲山況是客中過。

關城樹色催寒近,御苑砧聲向晚多。

莫見長安行樂處,空令歲月易蹉跎。

送李少府貶峽中王少府貶長沙

高 適

嗟(平)君此別意何如,駐馬銜杯問謫居。

巫峽啼猿數行淚，衡陽歸雁幾封書。

青楓江上秋天遠，白帝城邊古木疏。

聖代即今多雨露，暫時分手莫躊躇。

奉和中書舍人賈至早朝大明宮
岑　參

雞(平)鳴紫陌曙光寒，鶯囀皇州春色闌。

金闕曉鐘開萬戶，玉階仙仗擁千官。

花迎劍珮星初落，柳拂旌旗露未乾。

獨有鳳凰池上客，陽春一曲和皆難。

宿　府
杜　甫

清(平)秋幕府井梧寒，獨宿江城蠟炬殘。

永夜角聲悲自語，中天月色好誰看。

風塵荏苒音書絕，關塞蕭條行路難。

已忍伶俜十年事，強移棲息一枝安。

詠懷古迹(其三)
杜　甫

群(平)山萬壑赴荆門，生長明妃尚有村。

一去紫臺連朔漠，獨留青冢向黃昏。

畫圖省識春風面，環佩空歸月夜魂。

千載琵琶作胡語，分明怨恨曲中論。

自夏口至鸚鵡洲望岳陽寄元中丞

劉長卿

汀(平)洲無浪復無煙,楚客相思益渺然。
漢口夕陽斜渡鳥,洞庭秋水遠連天。
孤城背嶺寒吹角,獨戍臨江夜泊船。
賈誼上書憂漢室,長沙謫去古今憐。

同題仙遊觀

韓 翃

仙(平)臺下見五城樓,風物淒淒宿雨收。
山色遙連秦樹晚,砧聲近報漢宮秋。
疏鬆影落空壇静,細草香閑小洞幽。
何用別尋方外去,人間亦自有丹丘。

春 思

皇甫冉

鶯(平)啼燕語報新年,馬邑龍堆路幾千。
家住秦城鄰漢苑,心隨明月到胡天。
機中錦字論長恨,樓上花枝笑獨眠。
爲問元戎竇車騎,何時反斾勒燕然。

晚次鄂州

盧綸

雲(平)開遠見漢陽城,猶是孤帆一日程。

估客晝眠知浪靜,舟人夜語覺潮生。

三湘衰鬢逢秋色,萬里歸心對月明。

舊業已隨征戰盡,更堪江上鼓鼙聲。

無題(重帷深下,下篇)
李商隱

重(平)帷深下莫愁堂,臥後清宵細細長。

神女生涯原是夢,小姑居處本無郎。

風波不信菱枝弱,月露誰教桂葉香。

直道相思了無益,未妨惆悵是清狂。

貧　女
秦韜玉

蓬(平)門未識綺羅香,擬托良媒益自傷。

誰愛風流高格調,共憐時世儉梳妝。

敢將十指誇偏巧,不把雙眉鬥畫長。

苦恨年年壓金線,爲他人作嫁衣裳。

首字用仄聲的,例如:

九日登望仙臺,呈劉明府容
崔　曙

漢(仄)文皇帝有高臺,此日登臨曙色開。

三晉雲山皆北向,二陵風雨自東來。

關門令尹誰能識,河上仙翁去不回。

且欲近尋彭澤宰,陶然共醉菊花杯。

登金陵鳳凰臺
李　白

鳳(仄)凰臺上鳳凰遊，鳳去臺空江自流。
吳宮花草埋幽徑，晉代衣冠成古丘。
三山半落青天外，二水中分白鷺洲。
總爲浮雲能蔽日，長安不見使人愁。

酬郭給事
王　維

洞(仄)門高閣靄餘輝，桃李陰陰柳絮飛。
禁裏疏鐘官舍晚，省中啼鳥吏人稀。
晨搖玉佩趨金殿，夕奉天書拜瑣闈。
強欲從君無那老，將因臥病解朝衣。

隋　宮
李商隱

紫(仄)泉宮殿鎖煙霞，欲取蕪城作帝家。
玉璽不緣歸日角，錦帆應是到天涯。
於今腐草無螢火，終古垂楊有暮鴉。
地下若逢陳後主，豈宜重問後庭花。

利州南渡
溫庭筠

澹(仄)然空水對斜暉，曲島蒼茫接翠微。

波上馬嘶看棹去，柳邊人歇待船歸。

數叢沙草群鷗散，萬頃江田一鷺飛。

誰解乘舟尋範蠡，五湖煙水獨忘機。

3. 七言仄起首句不入韻句式“仄仄平平平仄仄”，首字可以用仄聲，也可以用平聲。

首字用仄聲，例如：

奉和聖制從蓬萊向興慶閣道中留春雨中春望之作應制
王　維

渭(仄)水自縈秦塞曲，黃山舊繞漢宮斜。

鑾輿迥出千門柳，閣道回看上苑花。

雲裏帝城雙鳳闕，雨中春樹萬人家。

爲乘陽氣行時令，不是宸遊玩物華。

聞官軍收河南河北
杜　甫

劍(仄)外忽傳收薊北，初聞涕淚滿衣裳。

卻看妻子愁何在，漫卷詩書喜欲狂。

白日放歌須縱酒，青春作伴好還鄉。

即從巴峽穿巫峽，便下襄陽向洛陽。

閣　夜
杜　甫

歲(仄)暮陰陽催短景，天涯霜雪霽寒宵。

五更鼓角聲悲壯,三峽星河影動搖。

野哭幾家聞戰伐,夷歌數處起漁樵。

臥龍躍馬終黃土,人事依依漫寂寥。

詠懷古迹(其四)
杜　甫

蜀(仄)主窺吳幸三峽,崩年亦在永安宮。

翠華想像空山裏,玉殿虛無野寺中。

古廟杉松巢水鶴,歲時伏臘走村翁。

武侯祠屋常鄰近,一體君臣祭祀同。

遣悲懷(其三)
元　稹

昔(仄)日戲言身後意,今朝皆到眼前來。

衣裳已施行看盡,針線猶存未忍開。

尚想舊情憐婢僕,也曾因夢送錢財。

誠知此恨人人有,貧賤夫妻百事哀。

首句用平聲的,例如:

詠懷古迹(其五)
杜　甫

諸(平)葛大名垂宇宙,宗臣遺像肅清高。

三分割據紆籌策,萬古雲霄一羽毛。

伯仲之間見伊呂,指揮若定失蕭曹。

福移漢祚難恢復，志決身殲軍務勞。

和裴迪登蜀州東亭送客逢早梅相憶見寄
杜　甫

東(平)閣官梅動詩興，還如何遜在揚州。

此時對雪遙相憶，送客逢春可自由。

幸不折來傷歲暮，若爲看去亂鄉愁。

江邊一樹垂垂發，朝夕催人自白頭。

戲作寄上漢中王二首
杜　甫

雲(平)裏不聞雙雁過，掌中貪見一珠新。

秋風嫋嫋吹江漢，只在他鄉何處人。

謝安舟楫風還起，梁苑池臺雪欲飛。

杳杳東山攜漢妓，泠泠修竹待王歸。

4. 七言仄起首句不入韻句式"仄仄平平仄仄平"，首字可仄可平。

首字仄聲的，例如：

和賈至舍人早朝大明宮
王　維

五(仄)夜漏聲催曉箭，九重春色醉仙桃。

旌旗日暖龍蛇動，宮殿風微燕雀高。

朝罷香煙攜滿袖，詩成珠玉在揮毫。

欲知世掌絲綸美,池上於今有鳳毛。

積雨輞川莊作

王 維

積(仄)雨空林煙火遲,蒸藜炊黍餉東菑。
漠漠水田飛白鷺,陰陰夏木囀黃鸝。
山中習靜觀朝槿,松下清齋折露葵。
野老與人爭席罷,海鷗何事更相疑。

贈闕下裴舍人

錢 起

二(仄)月黃鶯飛上林,春城紫禁曉陰陰。
長樂鐘聲花外盡,龍池柳色雨中深。
陽和不散窮途恨,霄漢長懷捧日新。
獻賦十年猶未遇,羞將白髮對華簪。

錦 瑟

李商隱

錦(仄)瑟無端五十弦,一弦一柱思華年。
莊生曉夢迷蝴蝶,望帝春心托杜鵑。
滄海月明珠有淚,藍田日暖玉生煙。
此情可待成追憶,只是當時已惘然。

無題(昨夜星辰)

李商隱

昨(仄)夜星辰昨夜風,畫樓西畔桂堂東。

身無彩鳳雙飛翼，心有靈犀一點通。

隔座送鉤春酒暖，分曹射覆蠟燈紅。

嗟余聽鼓應官去，走馬蘭臺類斷蓬。

春　雨
李商隱

悵(仄)臥新春白袷衣，白門寥落意多違。

紅樓隔雨相望冷，珠箔飄燈獨自歸。

遠路應悲春晼晚，殘宵猶得夢依稀。

玉璫緘劄何由達，萬里雲羅一雁飛。

無題(鳳尾香羅，上篇)
李商隱

鳳(仄)尾香羅薄幾重，碧文圓頂夜深縫。

扇裁月魄羞難掩，車走雷聲語未通。

曾是寂寥金燼暗，斷無消息石榴紅。

斑騅只繫垂楊岸，何處西南任好風。

宮　詞
薛　逢

十(仄)二樓中盡曉妝，望仙樓上望君王。

鎖銜金獸連環冷，水滴銅龍晝漏長。

雲髻罷梳還對鏡，羅衣欲換更添香。

遙窺正殿簾開處，袍袴宮人掃御牀。

首字用平聲的,例如:

蜀　相

杜　甫

丞(平)相祠堂何處尋,錦官城外柏森森。

映階碧草自春色,隔葉黃鸝空好音。

三顧頻煩天下計,兩朝開濟老臣心。

出師未捷身先死,長使英雄淚滿襟。

登　高

杜　甫

風(平)急天高猿嘯哀,渚清沙白鳥飛回。

無邊落木蕭蕭下,不盡長江衮衮來。

萬里悲秋常作客,百年多病獨登臺。

艱難苦恨繁霜鬢,潦倒新停濁酒杯。

登　樓

杜　甫

花(平)近高樓傷客心,萬方多難此登臨。

錦江春色來天地,玉壘浮雲變古今。

北極朝廷終不改,西山寇盜莫相侵。

可憐後主還祠廟,日暮聊爲梁甫吟。

詠懷古迹(其二)

杜　甫

搖(平)落深知宋玉悲,風流儒雅亦吾師。

悵望千秋一灑淚，蕭條異代不同時。

江山故宅空文藻，雲雨荒臺豈夢思。

最是楚宮俱泯滅，舟人指點到今疑。

登柳州城樓寄漳汀封連四州刺史

柳宗元

城(平)上高樓接大荒，海天愁思正茫茫。

驚風亂颭芙蓉水，密雨斜侵薜荔牆。

嶺樹重遮千里目，江流曲似九回腸。

共來百越文身地，猶自音書滯一鄉。

西塞山懷古

劉禹錫

西(平)晉樓船下益州，金陵王氣黯然收。

千尋鐵鎖沉江底，一片降幡出石頭。

人世幾回傷往事，山形依舊枕江流。

今逢四海爲家日，故壘蕭蕭蘆荻秋。

自河南經亂關內阻饑兄弟離散各在一處因望月有感聊書所懷寄上浮梁大兄于潛七兄烏江十五兄兼示符離及下邽弟妹

白居易

時(平)難年饑世業空，弟兄羈旅各西東。

田園寥落干戈後，骨肉流離道路中。

弔影分爲千里雁，辭根散作九秋蓬。

共看明月應垂淚，一夜鄉心五處同。

遣悲懷（其三）
元　稹

閑（平）坐悲君亦自悲，百年都是幾多時。
鄧攸無子尋知命，潘岳悼亡猶費詞。
同穴窅冥何所望，他生緣會更難期。
唯將終夜長開眼，報答平生未展眉。

無題（來是空言）
李商隱

來（平）是空言去絕蹤，月斜樓上五更鐘。
夢爲遠別啼難喚，書被催成墨未濃。
蠟照半籠金翡翠，麝熏微度繡芙蓉。
劉郎已恨蓬山遠，更隔蓬山一萬重。

籌　筆　驛
李商隱

猿（平）鳥猶疑畏簡書，風雲常爲護儲胥。
徒令上將揮神筆，終見降王走傳車。
管樂有才終不忝，關張無命欲何如。
他年錦裏經祠廟，梁父吟成恨有餘。

無題（相見時難）
李商隱

相（平）見時難別亦難，東風無力百花殘。

春蠶到死絲方盡,蠟炬成灰淚始幹。

曉鏡但愁雲鬢改,夜吟應覺月光寒。

蓬山此去無多路,青鳥殷勤爲探看。

蘇 武 廟

温庭筠

蘇(平)武魂銷漢使前,古祠高樹兩茫然。

雲邊雁斷胡天月,隴上羊歸塞草煙。

回日樓臺非甲帳,去時冠劍是丁年。

茂陵不見封侯印,空向秋波哭逝川。

由於七言詩句的首字距離句尾最遠,並且不處在節奏點上,所以相較於其他字地位最不重要,故而平仄一律不論。然而細究詩例,首字應平而用仄或者應仄而用平時,詩人雖然不把這種情況看作"拗",但是往往還是會利用一些辦法來"救"之。這樣一救,在聲調方面"更覺鏗鏘可喜"。[①] 這種特殊的"救"可以分爲以下幾種類型:

第一,本句自救。

七言第一字應平而仄,第三字則變仄爲平以救之。具體而言,原來的"平平仄仄平平仄"句式,變爲"仄平平仄平平仄",例如王昌齡《從軍行》"更吹羌笛關山月"。原來的"平平仄仄仄平平"句式,變爲"仄平平仄仄平平",例如崔曙《九日登望仙臺呈劉明府》"漢文皇帝有高臺",李白《登鳳凰臺》"鳳凰臺上鳳凰遊",

---

① 王力:《漢語詩律學》(增訂本),2002年,第94頁。

李商隱《隋宮》"紫泉宮殿鎖煙霞"，温庭筠《利州南渡》"澹然空水對斜暉……數叢沙草群鷗散"等。

七言第一字應仄而平，第三則仄變平爲仄以救之。具體而言，原來的"仄仄平平平仄仄"句式，變爲"平仄仄平平仄仄"，例如杜甫《詠懷古迹》(其五)"諸葛大名垂宇宙"，《少年行二首》(其二)"巢燕養雛渾去盡"等。

第二，對句相救。

出句第一字應平而仄，或者應仄而平，可以將對句的頭節首字改變聲調以救其拗。具體而言，原來的"平平仄仄平平仄，仄仄平平仄仄平"變爲"仄平仄仄平平仄，平仄平平仄仄平"，例如張祜《愛妾換馬》"乍牽玉勒辭金棧，催整花鈿出繡閨"。原來的"平平仄仄仄平平，仄仄平平仄仄平"變爲"仄平仄仄仄平平，平仄平平仄仄平"，例如白居易《薔薇正開春酒初熟》"甕頭竹葉經春熟，階底薔薇入夏開"。原來的"仄仄平平平仄仄，平平仄仄仄平平"變爲"平仄平平平仄仄，仄平仄仄仄平平"，例如韓偓《雨後月中玉堂閑坐》"唯對松篁聽刻漏，更無塵土翳虛空"，鮑溶《夏日懷杜悰駙馬》"閑遣青琴飛小雪，自看碧玉破甘瓜"，等等。

第三，本句與對句同時相救。

出句的第一字應平而仄，或者應仄而平，本句的第三字和對句頭節首字改變平仄同時相救。也就是說原本"平平仄仄平平仄，仄仄平平仄仄平"的句式，變爲"仄平平仄平平仄，平仄平平仄仄平"，例如杜甫《將赴荆南寄別李劍州》"使君高義驅古今，寥落三年坐劍州"，韋應物《寄李儋、元錫》"去年花裏逢君別，今日花開已一年"。原來的"平平仄仄仄平平，仄仄平平仄仄平"句式，變爲"仄平平仄仄平平，平仄平平仄仄平"，例如王維《酬郭給事》"洞門高閣靄餘輝,桃李陰陰柳絮飛"。原本的"仄仄平平平仄仄,平平仄仄仄平平",變爲"平仄仄平平仄仄,仄平仄仄仄平平",例如杜甫《戲作寄上漢中王二首》"雲裏不聞雙雁過,掌中貪見一珠新"等。

　　一般以爲,本句與對句同時相救時,除了本句的第三字、對句的第一字以外,對句的第三字也改變其平仄以救。例如王建《九仙公主舊莊》"樓上鳳凰飛去後,白雲紅葉屬山雞",杜牧《長安》"南苑草芳眠錦雉,夾城雲暖下霓旄",姚合《送唐中丞開淘西湖夏日遊泛》"紅斾路幽山翠濕,錦帆風起浪花飄"等。然而這些詩例並不能證明對句的第三字參與相救出句首字,因爲對句第三字之所以變換平仄,是爲了救出句第三字之拗。也就是説,出句第三字變換平仄以救本句首字之拗,同時,第三字也在形式上形成了新的拗,那麽對句第三字變換平仄來救這個新的拗。爲了證明這個論斷,若找到出句首字不拗,單單第三字拗的詩句,若對句第三字變換平仄,則可以證明這個論斷的正確與否。例如許渾《秋日候扇》"井轉轆轤千樹曉,門開闔闔萬山秋",這聯詩句的格律本來應該是"仄仄平平平仄仄,平平仄仄仄平平",出句第三字應作平聲,但是現在變成了仄聲字"轆",對句第三字也由本來規定的仄聲變成了平聲字"閭"來救出句之拗。再如許渾《南康阻涉》"馬上折殘江北柳,舟中開盡嶺南花",亦是同理。所以説本句與對句同時相救時,必須是出句第三字和對句第一字相救,對句的第三字對於出句首字之拗不參與相救。

　　從以上分析來看,除了"仄仄平平仄仄平"句式無拗救形式以外,其他三種句式首字雖可以變換平仄,但是詩人依然會把它看成一種拗體,並對之相救。甚至"仄仄平平仄仄仄,平平仄仄仄平平"式的拗體形式"平仄仄平平仄仄,仄平平仄仄平平"在中晚唐以後,差不多成了一種文人慣用的風尚。①

(二) 第三字與五言第一字同例

七律的句子可以看作是五律句子的延長,即在"仄仄平平仄"前加"平平",變爲"平平仄仄平平仄"(a);在"仄仄平平平"前加"平平",變爲"平平仄仄仄平平"(A);在"平平平仄仄"前加"仄仄",變爲"仄仄平平平仄仄"(b);在"平平仄仄平"前加"仄仄",變爲"仄仄平平仄仄平"(B)。

因爲七律的第三字與五律的第一字所處的位置相同,所以它們在句中的平仄地位相當。舉例來説,a 句式,第三字用如仄聲,岑參《和賈至舍人早朝大明宫之作》"花迎劍佩星初落",第三字用如平聲,高適《送李少府貶峽中,王少府貶長沙》"青楓江上秋天遠";A 句式,第三字用如仄聲,祖詠《望薊門》"燕臺一去客心驚",第三字用如平聲,崔顥《黄鶴樓》"煙波江上使人愁";b 句式,第三字用如平聲,崔顥《黄鶴樓》"日暮鄉關何處是",第三字用如仄聲,王維《積雨輞川莊作》"漠漠水田飛白鷺"。以上三種句式的第三字和五律第一字一樣可平可仄。對於 B 句式,第三字也是和五律第一字一樣,只能用平不可用仄,例如李白《登金陵鳳凰臺》"二水中分白鷺洲",因爲如果第三字如果用爲仄聲,則該句救變成了孤平句。如同五律一樣,如果七律第三字用了仄聲字,那麽可以把第五字從仄聲變爲平聲來補救,句子變成"仄仄平平平仄平"。例如杜甫《蜀相》"隔葉黄鸝空好音",錢起

---

① 王力:《漢語詩律學》(增訂本),2002 年,第 97 頁。

《贈闕下裴舍人》"二月黄鸝飛上林",劉禹錫《西塞山懷古》"故壘蕭蕭蘆荻秋",等等。

所以説七言的第三字和五言的第一字平仄地位相同。

(三) 凡雙句第三字應仄聲者可换平聲,應平聲者不可换仄聲

1. 凡雙句第三字應仄聲者可换平聲。

出現於對句並且第三字爲仄聲的是 A 句式,既"平平仄仄仄平平"(A1①),該句式第三字可以换爲平聲,既"平平平仄仄平平"(A2),前文已經舉過崔顥《黄鶴樓》的例子,現在再補充幾個例證:

辰陽即事
張　謂

青楓落葉正堪悲,黄菊殘花欲待誰。

水近偏逢寒氣早,山深常見日光遲(A2)。

愁中卜命看周易,病裏招魂讀楚詞。

自恨不如湘浦雁,春來即是北歸時(A2)。

杜侍御送貢物戲贈
張　謂

銅柱朱崖道路難,伏波橫海舊登壇(A2)。

越人自貢珊瑚樹,漢使何勞獬豸冠。

疲馬山中愁日晚,孤舟江上畏春寒(A2)。

由來此貨稱難得,多恐君王不忍看。

---

① A1 爲筆者命名,是指 A 句式的第一種變體,A2、B1、B2、B3 同此。

途中望雨懷歸

韋　莊

滿空寒雨漫霏霏，去路雲深鎖翠微。
牧豎遠當煙草立，饑禽閑傍渚田飛（A2）。
誰家樹壓紅榴折，幾處籬懸白菌肥。
對此不堪鄉外思，荷蓑遙羨釣人歸。

聽趙秀才彈琴

韋　莊

滿匣冰泉咽又鳴，玉音閑淡入神清。
巫山夜雨弦中起，湘水清波指下生。
蜂簇野花吟細韻，蟬移高柳迸殘聲（A2）。
不須更奏幽蘭曲，卓氏門前月正明。

江　樓　月

元　稹

嘉陵江岸驛樓中，江在樓前月在空。
月色滿床兼滿地，江聲如鼓復如風（A2）。
誠知遠近皆三五，但恐陰晴有異同。
萬一帝鄉還潔白，幾人潛傍杏園東。

渡　漢　江

元　稹

嶓冢去年尋漾水，襄陽今日渡江濆（A2）。

山遙遠樹纔成點，浦静沉碑欲辨文。

萬里朝宗誠可美，百川流入渺難分。

鯢鯨歸穴東溟溢，又作波濤隨伍員。

2. 應平聲者不可換仄聲

凡雙句對句第三字爲平聲的句子是 B 句式，既"仄仄平平仄仄平"。若將第三字由平換仄，句式則變爲"仄仄仄平仄仄平"。這種變例除了句尾有一個平聲字以外，句中只有一個平聲字，犯了孤平大忌，這種情況是詩人極力避免的。在唐人七律中，孤平的例子很少見，王力先生《漢語詩律學》中指出《全唐詩》中只有 1 則七律孤平例句，李頎《野老曝背》："百歲老翁不種田，惟知曝背樂殘年。有時捫虱獨搔首，目送歸鴻籬下眠。"[1]然而這句"百歲老翁不種田"並不出現在對句。遍查宋詩，也發現一例，黃庭堅《次韻裴仲謀同年》"舞陽去葉纔百里，賤子與公俱少年"。

在唐人的詩句中，B 句式第三字如果由平變仄，可以用第五字救之，具體辦法是將第五字由仄變平，既"仄仄仄平平仄平"（B1），從而句中便有了兩個平聲字，句子的平仄也就協調了。例如：

至 後

杜 甫

冬至至後日初長，遠在劍南思洛陽（B1）。

___

① 王力：《漢語詩律學》（增訂本），2002 年，第 103 頁。

青袍白馬有何意，金轂銅駝非故鄉。

梅花欲開不自覺，棣萼一別永相望。

愁極本憑詩遣興，詩成吟詠轉淒涼。

回鄉偶書（其一）

賀知章

少小離鄉老大回，鄉音難改鬢毛衰。

兒童相見不相識，笑問客從何處來（B1）。

另外，也可以將 B 句式的第一字用為平聲，既"平仄仄平仄仄平"（B2），以協調平仄，來救孤平，例如：

燕子樓三首（其三）

白居易

今春有客洛陽回，曾到尚書墓上來（B2）。

見說白楊堪作柱，爭教紅粉不成灰。

寄遠三首（其一）

杜　牧

前山極遠碧雲合，清夜一聲白雪微（B2）。

欲寄相思千里月，溪邊殘照雨霏霏。

泊蒜山津聞東林寺光儀上人物故

許　渾

雲齋曾宿借方袍，因說浮生大夢勞。

言下是非齊虎尾，宿來榮辱比鴻毛。

孤舟千棹水猶闊，寒殿一燈夜更高(B2)。

明日東林有誰在，不堪秋磬拂煙濤。

錢唐見芮逢

羅　隱

蔡倫池北雁峰前，罹亂相兼十九年。

所喜故人猶會面，不堪良牧已重泉。

醉思把箸歆歌席，狂憶判身入酒船(B2)。

今日與君贏得在，戴家灣裏兩皤然。

這兩種方法還可以同時使用，既第三字由平變仄，造成孤平格局，而第一字和第五字均由仄聲變爲平聲，句式變爲"平仄仄平平仄平"(B3)，來救孤平。例如：

遣悲懷(其三)

元　稹

閑坐悲君亦自悲，百年都是幾多時。

鄧攸無子尋知命，潘岳悼亡猶費詞(B3)。

同穴窅冥何所望，他生緣會更難期。

唯將終夜長開眼，報答平生未展眉。

秋宿湘江遇雨

譚用之

江上陰雲鎖夢魂，江邊深夜舞劉琨。

秋風萬里芙蓉國,暮雨千家薜荔村。

鄉思不堪悲橘柚,旅遊誰肯重王孫。

漁人相見不相問,長笛一聲歸島門(B3)。

咸陽城樓東
許　渾

一上高城萬里愁,蒹葭楊柳似汀洲。

溪雲初起日沈閣,山雨欲來風滿樓(B3)。

鳥下綠蕪秦苑夕,蟬鳴黃葉漢宮秋。

行人莫問當年事,故國東來渭水流。

新城道中(其一)
(宋)蘇　軾

東風知我欲山行,吹斷簷間積雨聲。

嶺上晴雲披絮帽,樹頭初日挂銅鉦。

野桃含笑竹籬短,溪柳自搖沙水清(B3)。

西崦人家應最樂,煮芹燒筍餉春耕。

夜泊水村
(宋)陸　遊

腰間羽箭久凋零,太息燕然未勒銘。

老子猶堪絕大漠,諸君何至泣新亭。

一身報國有萬死,雙鬢向人無再青(B3)。

記取江湖泊船處,臥聞新雁落寒汀。

題湖邊莊

（宋）王十朋

十里青山蔭碧湖，湖邊風物畫難如。
夕陽茅舍客沽酒，明月小橋人釣魚(B3)。
舊卜草莊臨水竹，來尋野叟問耕鋤。
他年待挂衣冠後，乘興扁舟取次居。

綜上所述，王士禎的《律詩定體》一書由於是草創之作，疏漏在所難免，但是該書卻能用寥寥百餘字概括性地說明近體詩格律的大旨總綱，啟發後來學者，在今天的音韻與詩律研究中需要給予足夠的重視，在漢語詩律學史上應該佔有一席之地。

附錄四　王力《漢語詩律學》詩律補正

　　自隋唐開始,近體詩和古風創作繁盛,其平仄格律也漸漸爲詩人所墨守。至於中晚唐之後,平仄規則鐵定,詩作很少落調出律。但是對於這些規則的研究自唐至明,九百年間,乏人問津。自清人王士禎(1634—1711)《律詩定體》刊行之後,對於詩律的研究纔漸成氣候。在衆多的詩律論著中,王力先生的《漢語詩律學》可謂扛鼎之作。該書吸取了當時所能見到的清人的研究成果,加上王力先生自己的研究,首次全面、詳細地總結了漢語詩、詞、曲的格律規則,對後來的研究產生了極其深遠的影響。

　　《漢語詩律學》可以分爲全本和選本兩套版本體系。全本包括上海教育版和山東教育版。《漢語詩律學》初版於 1958 年由新知識出版社刊行。上海教育出版社於 1962 年出版新一版,王力先生在此版中删去了首版的第五章《白話詩和歐化詩》。1979 年上海教育出版社推出增訂本,在這一版中,王力先生恢復了新一版裹删去的第五章《白話詩和歐化詩》;但是和新知識的首版不同的是,在這一版裹,原來的附注部分由五個增加到三十二個。2002 年,上海教育出版社以“世紀文庫”的形式重新出版 1979 年的增訂本,目前這一版也是坊間可以看到的最權威的版本。山東教育出版社在 1989 年出版《王力文集》，《漢語詩律學》被收録於《文集》的第十四、十五卷。不同的是，山東版把原來上海諸版的繁體字一律改爲簡化字。選本也分兩種，山西古籍出版社將《漢語詩律學》的第一章《近體詩》和第三章《詞》單獨抽出，於 2003 年分別刊行，並題爲《王力近體詩格律學》和《王力詞律學》。2004 年中國人民大學出版社又以《古體詩律學》《曲律學》和《現代詩律學》的形式出版了《漢語詩律學》的第二章《古體詩》、第四章《曲》和第五章《白話詩和歐化詩》，並和《詩經韻讀‧楚辭韻讀》《希臘羅馬文學》一起合稱爲“王力別集”。2015 年中華書局將《漢語詩律學》分爲上下兩册，收録於《王力全集》之中。本文以上海教育出版社 2002 年《漢語詩律學》增訂本及 2015 年中華書局《王力全集》本爲主要研究藍本，同時參考其它版本並作簡要比較。

　　由於王力先生所處之時代條件有限，有些文獻、資料尚未完全發掘或者整理不盡完善，故《漢語詩律學》一書中尚有若干遺漏或訛誤，本文抱着爲該書刊謬補缺的宗旨，對其詩律部分訂正錯誤，補充缺漏，並對一些存在爭議的問題進行進一步的探索。故本文分爲三個部分，一爲刊謬，一爲補缺，一爲商榷。

一、刊謬

（一）平仄誤標

　　1. 五言平起平收式的格律是“平平仄仄平”，但是《漢語詩律學》（下文簡稱《漢》）舉元稹《春六十韻》爲例（王力，2002 年，第 89 頁），其中一聯是“遊衍關心樂，詩書封面聾”。“封”，《廣韻》

爲敷榮切,屬於幫母鍾韻合口三等平聲字,與平仄格律要求不合。查《全唐詩》該句原爲"詩書對面聲","對"《廣韻》爲都對切,是端母隊韻合口一等去聲字,符合平仄格律中的仄聲地位。可見"封"爲"對"字之誤。①

2. 近體五言子類特殊形式是把本該用"平平平仄仄"的句子變爲"平平仄平仄"。在這種情形下,"頭節上字以避免仄聲爲原則"(王力,2002年,第104頁)。在《漢》所舉的例子中有兩聯是:"落花滿春水,疏柳映新塘。"(儲光羲《答王十三維》)"小園足生事,尋勝日頃壺。"(楊顏《田家》),頭節上字分別是"落"和"小"。"落",《廣韻》爲盧各切,屬於來母鐸韻開口一等入聲字。"小",《廣韻》爲私兆切,屬於心母小韻開口三等上聲字。這兩個字都沒有避免仄聲。

如果首字不避免仄聲,"則以普通形式爲宜"(王力,2002年,第104頁)。所謂"普通形式"是指若頭節首字用如仄聲,則本句第三字應該用平聲,其格律爲"仄平平仄仄"。《漢》附錄部分爲這種"普通形式"列舉了10條例證(王力,2002年,第990頁):

> 不堪盈手贈,還寢夢佳期。(張九齡《望月懷遠》)
> 忽聞歌古調,歸思欲沾巾。(杜審言《和晉陵陸丞早春遊望》)
> 勝朝無闕事,自覺諫書稀。(岑參《寄左省杜拾遺》)
> 白頭搔更短,渾欲不勝簪。(杜甫《春望》)

---

① "封"誤用爲"對",只出現於上海版中。

寄書長不達,況乃未休兵。① (杜甫《月夜憶舍弟》)

欲投人處宿,隔水問樵夫。 (王維《終南山》)

坐觀垂釣者,徒有羨魚情。 (孟浩然《臨洞庭湖上張丞相》)

永懷愁不寐,松月夜窗虛。 (孟浩然《歲暮歸南山》)

向來吟秀句,不覺以鳴鴉。 (韓翃《酬程延秋夜即事見贈》)

帝鄉明日到,猶自夢漁樵。 (許渾《秋日赴闕題潼關驛樓》)

這 10 條例證的首字均爲仄聲,第三字爲平聲,無一例外。對比
這些例證,儲光羲、楊顏兩例第三字分別是“滿”和“足”。“滿”,
《廣韻》爲莫旱切,屬於明母緩韻合口一等上聲字。“足”,《廣韻》
爲即玉切,屬於精母燭韻合口三等入聲字;又子句切,將喻切,屬
於精母遇韻合口三等去聲字。“滿”和“足”都是仄聲字,不是“普
通形式”。所以這兩個例子在子類特殊形式中不能算作是典型
的例子,放於此處並不合適。

　　3. 宋人對於唐人的特殊形式“(仄仄)平平仄平仄”,不僅運
用純熟,而且可以説是“青出於藍”(王力,2002 年,第 107 頁)。

　　王力先生在這裏共舉了 81 例,包括首聯、頷聯、頸聯和尾
聯。在這 81 例中,有兩聯不合平仄,它們分別是用於頷聯的“得
到我來恰君去,正當臘後與春前”(楊萬里《辛亥元日送張德茂自
建康移帥江陵二首》(其二)②)和用於頸聯的“更著好風墮清句,
不知何地頓閒愁”(楊萬里《和昌英主簿叔久雨》③)。此二聯中

─────────────

　　① 《漢語詩律學》原作“況是未休兵”,今據《全唐詩》卷二二五改之。

　　② 《漢》原作“《辛亥元日送張德茂》”,所引詩例爲二首之二,今據《全宋詩》卷
二三〇五改之。

　　③ 《漢》原作“《和昌英叔久雨》”,今據《全宋詩》卷二二七七改之。

第三字依照格律應該用平聲,但是"我",《廣韻》爲五可切,屬於疑母哿韻開口一等上聲字。"好",《廣韻》爲呼晧切,屬於曉母晧韻一等開口上聲字,又呼號切,曉母晧韻一等開口去聲字。"我"和"好"均爲仄聲,不符合這裏的格律要求。

4. 當丙種拗救和丑類特殊形式同時並用時,五言的格律應該是"仄仄平仄仄,仄平平仄平",七言是"平平仄仄平仄仄,仄仄仄平平仄平"。

《漢》舉了 11 聯唐詩的例子(王力,2002 年,第 113 頁),其中有 3 例不合格律:

致此自僻遠,又非珠玉裝。① (杜甫《蕃劍》)

待月月未出,望江江自流。(李白《掛席江上待月有懷》)

腸斷未忍掃,眼穿仍欲歸。(李商隱《落花》)

這三聯出句的第三字分別是"自"、"月"、"未"。"自",《廣韻》爲疾二切,屬於從母至韻三等開口去聲字。"月",《廣韻》爲魚厥切,屬於疑母月韻三等合口入聲字。"未",《廣韻》無沸切,屬於明母未韻三等合口去聲字。這三個字都是仄聲字,不符合這裏所規定的平聲要求。

另外,王力先生還舉了 9 聯宋代的例子(王力,2002 年,第 114 頁),有 5 聯同樣不符合平仄規律:

數里踏亂石,一川環碧峰。(蘇舜欽《獨遊輞川》)

之子固絕俗,少年甘寂寥。(周孚《贈蕭光祖》)

素月自有約,綠瓜初可嚐。(周紫芝《雨過》)

---

① "僻",《漢》原作"避",今據《全唐詩》卷二二五和《杜甫全集》第 150 頁改之。

　　眹畝意不適，出門聊散憂。（陳與義《晚步》）

　　宦遊何嘗路九折，歸臥恨無山萬重。（陸遊《桐廬縣泛
舟東歸》）

　　前 4 句的第三字分別是"踏"、"固"、"自"、"意"和最後一句
的第五字是"路"。"踏"，《廣韻》爲他合切，屬於透母合韻一等開
口入聲字。"固"，《廣韻》爲古暮切，屬於見母暮韻一等合口去聲
字。"自"，《廣韻》爲疾二切，屬於從母至韻三等開口去聲字。
"意"，《廣韻》爲於記切，屬於影母志韻三等開口去聲字。"路"，
《廣韻》作洛故切，屬於來母暮韻一等合口去聲字。"踏"、"固"、
"自"、"意"、"路"五個字都是仄聲字，不合平聲的要求。

　　5. 四仄句"平仄仄仄仄""同聯的另一句最好是五平或四
平"（王力，2002 年，第 408 頁），書中的三個例證是：

　　於何今相逢，華髮在我後。（王季友《滑中贈崔高士瑾》①）

　　仙境若在夢，朝雲如可親。（李頎《寄焦煉師》②）

　　溪口水石淺，泠泠明藥叢。（常建《仙谷遇毛女意知是
秦宮人》③）

　　《漢》説"於何今相逢"，"朝雲如可親"，"泠泠明藥叢"都是五平或
四平句。誠然，這三句中，前兩句分別是五平句和四平句，但是
第三句"泠泠明藥叢"的平仄是"仄仄平仄平"，是孤平句。查閲

---

① 　《漢》原作"《滑中贈顧高士瑾》"，今據《全唐詩》卷二五九改之。
② 　《漢》原作"王昌齡"，今據《全唐詩》卷一三二改之。
③ 　《漢》原作"《仙谷遇毛女》"，今據《全唐詩》卷一四四改之。

《全唐詩》纔知道這句詩原文爲"溪口水石淺,泠泠明藥叢",這樣一來,對句的平仄是"平平平仄平",才符合原來的文意。

6.古風"仄平平平仄"句式同聯的另一句"或第二字仄,第四字平","或第二字平,第四字仄"(王力,2002年,第410頁)。對第一種形式,同聯另一句"或第二字仄,第四字平",書中舉了5聯詩句作爲例證:

> 嶺外飛電明,夜來前山雨。(薛曙《宿大通和尚塔敬贈如上人兼呈常孫二山人》①)
> 生事且彌漫,願爲持竿叟。(綦毋潛《春泛若耶溪》②)
> 忽然爲枯木,微興遂如兀。(常建《白龍窟泛舟寄天臺學道者》③)
> 自雲多方術,往往通神靈。(高適《遇沖和先生》④)
> 舊居緱山下,偏識緱山雲。(岑參《過緱山王處士黑石谷隱居》⑤)

《漢》認爲"嶺外"、"生事"、"忽然"、"自雲"、"舊居"五例全都是"第二字仄,第四字平"。但是"嶺外飛電明"一句存疑。第二字"外",《廣韻》爲五會切,屬於疑母泰韻一等合口去聲字。第四字"電",《廣韻》爲堂練切,定母霰韻四等開口去聲字。二字同時爲仄聲,不是一仄一平的關係,所以此例不足以作爲證據。

---

① 《漢》原作"薛據《宿大通和尚塔》",今據《全唐詩》卷一五五改之。
② 《漢》原作"《春泛耶溪》",今據《全唐詩》卷一三五改之。
③ 《漢》原作"《白龍窟泛舟》",今據《全唐詩》卷一四四改之。
④ 《漢》原作"張説《過沖和先生》",今據《全唐詩》卷二一二改之。
⑤ 《漢》原作"《過緱山王處士》",今據《全唐詩》卷一九八改之。

7. 在論述七言古風"仄平仄仄平平平"時,例句中有一句平仄不當。"將軍族貴兵且强,漢家已是渾邪主"(高適《送渾將軍出塞》)(王力,2002 年,第 413 頁),此聯對句"漢家已是渾邪主"平仄是"仄平仄仄平平仄"。"主",《廣韻》爲之庾切,屬於章母麌韻三等合口上聲字,不符合格律要求。查《全唐詩》,果見"主"爲"王"之誤,原句爲"將軍族貴兵且强,漢家已是渾邪王"。"王",《廣韻》作雨方切,屬於雲母陽韻三等合口平聲字,符合平仄格律。

8. "仄平仄仄仄仄平"句是七言古風中極爲罕見的句子,一般被認爲是拗句(王力,2002 年,第 420 頁)。對這種罕見的句式,《漢》一共有兩句詩例,但是其中一例於格律不合。"星宫之君醉瓊漿,羽人稀少不在旁"(杜甫《寄韓諫議》),第三字"稀",《廣韻》作香衣切,屬於曉母微韻三等開口平聲字,所以對句"羽人稀少不在旁"的平仄是"仄平平仄仄仄平",與原文所要解釋的例子不合。

9. "仄平平平仄仄仄"句是七言古風中典型的三仄脚句(王力,2002 年,第 426 頁),《漢》所舉了例子中,有一例於平仄不合。"自從周衰更七國,竟使秦人有九有"(蘇軾《鳳翔八觀·石鼓歌》)[①],對句"竟使秦人有九有"的格律是"仄仄平平仄仄仄",第二字"使",《廣韻》作疎士切,屬於生母止韻三等開口上聲字,又疎事切,屬於生母志韻三等開口去聲字,是仄聲字,不符合本句要求的平聲原則。

10. "平仄平仄平仄仄"句是七言古風所有句式中最爲罕見

---

① 《漢》原作"《石鼓》",今據《全宋詩》卷七八六改之。

的一種特殊句式(王力,2002年,第430頁),對於這種句式《漢》只給出了唯一一個例句,它是韓愈的《石鼓歌》其中一聯"牧童敲火牛礪角,誰復著手爲摩挲"。此聯出句第一字"牧",《廣韻》作莫六切,屬於明母屋韻三等合口入聲字。第二字"童",《廣韻》作徒紅切,屬於定母通韻一等合口平聲字。全句格律是"仄平平仄平仄仄",和此節句式所要求的"平仄平仄平仄仄"不合。

11. "仄仄平仄平平仄"句相較於其它句式而言,在七言古風詩句中算是比較常用的一種(王力,2002年,第432頁)。在《漢》所舉的4條例證中,有一例和此句式不合。"舊聞石鼓今見之,文字鬱律蛟蛇走"(蘇軾《鳳翔八觀・石鼓歌》[①]),對句第三字此處當用平聲,但是"鬱",《廣韻》作於六切,屬於影母屋韻三等合口入聲字,它的聲調是仄聲,所以用在此處並不合適。

(二) 解釋不當

1. 七言詩首字可以不論平仄,《漢語詩律學》對此分析甚精,但是王力先生又舉了白居易的《城上夜宴》:

> 少年曾管二千兵,晝聽笙歌夜斫營。自反丘園頭盡白,每逢旗鼓眼猶明。

> 杭州暮醉連床臥,吳郡春遊並馬行。自愧阿連官職慢,只教兄作使君兄。

列舉此例後,《漢》說"全首只有'風''萬''從''歡'以及第二'夢'

---

① 《漢》原作"《石鼓》",今據《全宋詩》卷七八六改之。

字不合平仄格式"(王力,2002 年,第 81 頁)。由於七言詩的首字可以不論平仄,所以"風""從"以及第二"夢"字並不存在合不合平仄的問題。

2. 甲種拗句在本句自救時,方法之一是七言第一字應平而用仄,第三字應仄而平。《漢》舉了 4 條例證(王力,2002 年,第 94 頁):

> 夕陽城上角偏愁。(李嘉佑《同皇甫冉登重玄閣》)
> 夜鐘殘月雁歸聲。(高適《夜別韋司士得城字》①)
> 更吹羌笛關山月。(王昌齡《從軍行七首》(其一)②)
> 葉心朱實看時落。(杜甫《院中晚晴懷西郭茅舍》③)

這四聯詩句中,前兩聯均是對句,原句是"清梵林中人轉靜,夕陽城上角偏愁"(李嘉佑《同皇甫冉登重玄閣》),"高館張燈酒復清,夜鐘殘月雁歸聲"(高適《夜別韋司士》),暫且不論。後兩聯爲出句,"更吹羌笛關山月,無那金閨萬里愁"(王昌齡《從軍行》),"葉心朱實看時落,階面青苔先自生"(杜甫《院中晚晴懷西郊茅舍》)。後兩聯的格律應該爲"平平仄仄平平仄,仄仄平平仄仄平"。王昌齡聯平仄是"仄平平仄平平仄,平仄平平仄仄平",出句第一字應平而仄,第三字應仄而平,對句首字平仄不論,屬於本句自救類型。杜甫聯格律是"仄平平仄平平仄,平仄平平平

---

① 《漢》原作"《夜別韋司士》",今據《全唐詩》卷二一四改之。
② 《漢》原作"《從軍行》",詩例爲七首其一,今依《全唐詩》卷一四三改爲現在的詩題。
③ 《漢》原作"《院中晚晴懷西郊茅舍》",今據《全唐詩》卷二二八和《杜甫全集》第 201 頁改之。

仄平",出句第一字應平而仄,第三字應仄而平,對句首字平仄不論,符合本句自救類型。然而細究詩例,可以發現杜甫聯對句的第五字"先"已經由原來的仄聲變成了平聲,也就是説,對句也救了出句的拗。由此看來,杜甫一聯並非本句自救,放於此處不甚合適。

二、補缺

1. 講到首句用韻時,《漢》説"盛唐以前,此例(按:此處指首句借鄰韻)甚少(下面只舉李頎、杜甫、劉長卿、王維各一首),中晚唐漸多"(王力,2002年,第55頁)。王力先生舉了杜甫的《秋野五首》(其一):①

> 秋野日疏蕪,寒江動碧虛。繫舟蠻井絡,卜宅楚村墟。
> 棗熟從人打,葵荒欲自鋤。盤餐老夫食,分減及溪魚。

該詩韻脚字爲"蕪"、"虛"、"墟"、"鋤"、"魚"。其中"虛"、"墟"、"鋤"、"魚"押魚韻,首句韻脚"蕪",借虞韻,全詩以魚韻爲主,王力先生將它的押韻方式稱爲"以虞襯魚"。

在《全唐詩》中,杜甫只有這一首詩是首句借用鄰韻。然而新版的《杜甫全集》卷十八之附録部分收録了四首杜甫他集互見的詩文,其中有《軍中醉飲寄沈八劉叟》一首同樣也在首句借了鄰韻:

---

① 《漢》原作"《秋野》",所引詩例爲五首其一,今據《全唐詩》卷二二九和《杜甫全集》第214頁改之。

酒渴愛江清，餘酣漱晚汀。

軟莎欹坐穩，冷石醉眠醒。

野膳隨行帳，華音發從伶。

數杯君不見，都已遣沈冥。

全詩韻脚字是"清"、"汀"、"醒"、"伶"、"冥"。其中"汀"、"醒"、"伶"、"冥"押庚韻，首句韻脚字"清"是清韻字，按照王力先生的說法，這首詩的押韻方式應該是"以清襯庚"。

　　2. 五言古風五仄句"仄仄仄仄仄"，它的同一聯"最好用五平"（王力，2002 年，第 407 頁）。王力先生舉了一聯詩例："出處兩不合，忠貞何由伸？"（王昌齡《送韋十二兵曹》[①]）該句出句是五仄句，對句是五平句符合五仄句同聯用五平的要求，但是這聯詩句並不是唯一的例子。對於五仄句，此節共列舉了 8 聯詩例，除了王昌齡句以外，還漏掉了一句"願守黍稷稅，歸耕東山田"（劉脊虛《潯陽陶氏別業》），出句同樣是五仄句，對句也是五平句。

三、商榷

　　王力先生把古風通韻分成三種形式（王力，2002 年，第 346—360 頁）。第一是偶然出韻，就是說在全詩的韻脚中只有一個字出韻，這種出韻可以看作是偶然現象，此處不贅。第二是主從通韻，就是說以甲韻爲主，參雜着少數的乙韻字。例如儲光

---

　　① 《漢》原作"《送十二兵曹》"，今據《全唐詩》卷一四〇改之。

曦《採蓮詞》：

> 淺渚荇花繁，深潭菱葉<u>疏</u>。
>
> 獨往方自得，恥邀淇上<u>姝</u>。
>
> 廣江無術阡，大澤絕方<u>隅</u>。
>
> 浪中海童語，流下鮫人<u>居</u>。
>
> 春雁時隱舟，新萍復滿<u>湖</u>。
>
> 採採乘日暮，不思賢與<u>愚</u>。

這首詩的韻脚字是"疏"、"姝"、"隅"、"居"、"湖"、"愚"。該詩在押韻方式上屬於"虞主魚從"，全詩主要押虞韻，韻脚字是"姝"、"隅"、"湖"、"愚"；此外，還有兩個韻脚字"疏"和"居"是魚韻字。虞韻和魚韻字的比例是4：2。除了這首《採蓮詞》以外，王力先生還舉了十一首詩，這十一首詩的比例並不平均。儲光羲《觀范陽遞俘》，虞主魚從，比例爲8：2。杜甫《草堂》，虞主魚從，24：6。王昌齡《縅氏尉沈興宗置酒南溪留贈》，至主未從，10：2。儲光羲《歌舒大夫頌德》，庚主青從，18：4。劉長卿《夕次簪石湖夢洛陽親故》，[1]遇主禦從，5：3。杜甫《贈李白》，皓主巧從，4：2。杜甫《渼陂西南臺》，梗主迥從，10：2。杜甫《發同谷縣》，陌主錫從，8：2。張籍《沈千運舊居》，東主冬從，9：2。姚合《拾得古硯》，[2]陌主職從，6：4。杜甫《憶昔二首》（其二），[3]質主屑從，8：3。

---

① 《漢》原作"《夕次儋石湖》"，今據《全唐詩》卷一四九改之。
② 《漢》原作"《拾得古研》"，今據《全唐詩》卷五〇二改之。
③ 《漢》原作《憶昔二首》（錄一），今依《漢語詩律學》體例改之。

第三種是等立通韻，即是説通押的兩韻字數大致相等。例如儲光羲《田家雜興》（其二）：

衆人恥貧賤，相與尚膏腴。

我情既浩蕩，所樂在畋<u>漁</u>。

山澤時晦暝，歸家暫閒<u>居</u>。

滿園植葵藿，繞屋樹桑<u>榆</u>。

禽雀知我閒，翔集依我<u>廬</u>。

所願在優遊，州縣莫相<u>呼</u>。

日與南山老，兀然傾一<u>壺</u>。

這首詩是"魚虞同用"。"漁"、"居"、"廬"是魚韻字，"腴"、"榆"、"呼""壺"是虞韻字，魚韻和虞韻字的比例是 3：4。除了這首《田家雜興》以外，還有十首詩例。儲光羲《田家雜興》（其一），語虞同用，語韻字和虞韻字的比例是 5：2。韋應物《擬古詩十二首》（其四），[1] 皓有同用，3：5。蕭穎士《留別二三子得韻字》，[2] 震問同用，2：2。王維《戲贈張五弟諲三首》（其一）[3]，阮銑同用，3：6。儲光羲《秋次霸亭寄申大》，阮銑同用，4：7。王維《奉和聖制送不蒙都護兼鴻臚卿歸安西應制》，[4] 泰隊同用，4：2。王昌齡《宿灞上寄侍御璵弟》，泰隊同用，12：18。孟浩然

---

① 《漢》原作《擬古詩》"，所引詩例爲十二首之四，今依《全唐詩》卷一八六改爲現在的詩題。

② 《漢》原作"《留別二三子》"，今據《全唐詩》卷一五四改之。

③ 《漢》原作"《戲贈張五弟諲》"，所引詩例爲三首其一，今依《全唐詩》卷一二五改爲現在的詩題。

④ 《漢》原作"《奉和聖制送不蒙都護歸安西》"，今據《全唐詩》卷一二五改之。

《越中逢天台太乙子》，泰卦同用，5：5。杜甫《鹿頭山》，月曷同用，7：5。孟浩然《秋登蘭山寄張五》，月屑同用，3：3。

從比例上看，主從通韻和等立通韻分佈並不嚴格，例如儲光羲《採蓮詞》、杜甫《贈李白》、王維《奉和聖制送不蒙都護兼鴻臚卿歸安西應制》兩韻比例都是2：4，可是前兩首詩屬於主從通韻，而王維的詩卻是等立通韻。主從通韻中的姚合《拾得古硯》（4：6），在比例上大於等立通韻的王維《戲贈張五弟諲三首》（3：6），更符合等立通韻的標準。

在等立通韻中，儲光羲《田家雜興》（其一）（2：5），在比例上小於屬於主從通韻的劉長卿《夕次簷石湖夢洛陽親故》（3：5），更應該看作是主從通韻。

可見由於標準沒有具體確立，造成了分析歸納時的混亂。依照數據比例，凡比例小於或等於50％的，應該算作主從通韻，反之則是等立通韻。依照這個觀點，以上所引的詩中，屬於主從通韻的是：儲光羲《採蓮詞》、儲光羲《觀范陽遞俘》、杜甫《草堂》、王昌齡《緱氏尉沈興宗置酒南溪留贈》、儲光羲《歌舒大夫頌德》、杜甫《贈李白》、杜甫《渼陂西南臺》、杜甫《發同谷縣》、張籍《沈千運舊居》、杜甫《憶昔二首》（其二）、儲光羲《田家雜興》（其一）、王維《戲贈張五弟諲三首》（其一）、王維《奉和聖制送不蒙都護兼鴻臚卿歸安西應制》。屬於等立通韻的是：劉長卿《夕次簷石湖夢洛陽親故》、姚合《拾得古硯》、儲光羲《田家雜興》（其二）、韋應物《擬古詩十二首》（其四）、蕭穎士《留別二三子得韻字》、儲光羲《秋次霸亭寄申大》、王昌齡《宿灞上寄侍御璵弟》、孟浩然《越中逢天台太乙子》、杜甫《鹿頭山》、孟浩然《秋登蘭山寄張五》。

　　從刊謬、補缺和商榷三個方面對《漢語詩律學》一書進行補正，文中所指出的遺漏、訛誤等除特別指出版本外，均出現在所有版本中。相比較於《漢語詩律學》一書對於詩律的研究成就，這些遺漏、訛誤只能算是小小瑕疵，畢竟瑕不掩玉，並不妨礙王力先生的《漢語詩律學》成爲一代煌煌巨著。

主要引用及參考文獻

第一部分　著　作

［唐］白居易《金針詩格》,《全唐五代詩格彙考》,南京:鳳凰出版社,2002 年

鮑明煒《唐代詩文韻部研究》,南京:江蘇古籍出版社,1990 年

北京大學中國文學史教研室《魏晉南北朝文學史參考資料》,北京:中華書局,1962 年

［宋］蔡寬夫《詩話》,《宋詩話輯佚》(郭紹虞輯),北京:中華書局,1980 年

［明］陳第《毛詩古音考》,北京:中華書局,1988 年

陳鋒《詩詞曲格律》,哈爾濱:黑龍江人民出版社,1981 年

［宋］陳鵠《西塘集耆舊續聞》,(附錄於［宋］李廌《師友談記》),北京:中華書局,2002 年

［清］陳奐《詩毛氏傳疏》,《清經解續編》本

［宋］陳彭年等《宋本廣韻·永禄本韻鏡》,南京:江蘇教育出版社,2002 年

［清］陳啓源《毛詩稽古編》,清經解本

［宋］陳善《捫虱新話》，《宋人詩話外編》，北京：國際文化出版公司，1996 年

陳尚君等《全唐詩補編》，北京：中華書局，1992 年

［宋］陳師道《後山詩話》，《四庫叢書》本

陳振寰《詩經》（圖文本），桂林：灕江出版社，2003 年

［清］陳振孫《直齋書錄解題》，武英殿聚珍本，乾隆三十八年

［唐］陳子昂《陳子昂詩注》，彭慶生注，成都：四川人民出版社，1982 年

［宋］程大昌《演繁露正續外三種》，臺灣：新文豐出版股份有限公司，1984 年

程毅中《宋人詩話外編》，國際文化出版公司，1996 年

儲泰松《唐五代關中方音研究》，安徽大學出版社，2005 年

崔南圭《杜詩的音樂世界》，遼海出版社，2002 年

［清］戴震《毛鄭詩考證》，《清經解》本

［宋］丁度等《宋刻集韻》，北京：中華書局，1989 年

丁福保《歷代詩話續編》，北京：中華書局，1983 年

［清］董文渙《聲調四譜》，同治三年洪洞董氏刻本

［唐］杜審言《杜審言詩注》，徐定祥注，上海：上海古籍出版社，1982 年

杜松柏《清詩話訪佚初編》，臺北：新文豐出版公司，1987 年

段寶林、過偉《民間詩律》，北京：北京大學出版社，1987 年

段寶林《中外民間詩律》，北京：北京大學出版社，1991 年

段寶林、過偉、劉琦《古今民間詩律》，北京：北京大學出版社，1999 年

［清］段玉裁《毛詩故訓傳定本》,《清經解》本

段玉裁《古文尚書撰異》,《清經解》本

馮勝利《漢語的韻律、詞法和句法》,北京：北京大學出版社,1992 年

馮勝利《漢語韻律句法學》,上海：上海教育出版社,2000 年

馮勝利《漢語韻律句法研究》,北京：北京大學出版社,2005 年

傅璇琮等《全宋詩》,北京：北京大學出版社,1991 年

［宋］葛立方《韻語陽秋》,上海：上海古籍出版社,1984 年

高棅《唐詩品彙》,上海：上海古籍出版社,1982 年

耿振生《詩詞曲的格律和用韻》,鄭州：大象出版社,1997 年

耿志堅《中唐詩人用韻考》,臺北：復文圖書出版社,1991 年

郭芹納《詩律》,北京：商務印書館,2004 年

郭紹虞《語文通論續編》,上海：開明書店,1948 年

郭紹虞《宋詩話考》,北京：中華書局,1979 年

郭紹虞《宋詩話輯佚》,北京：中華書局,1980 年

郭紹虞《清詩話續編》,上海：上海古籍出版社,1983 年

河南大學唐詩研究室編著《全唐詩重篇索引》,河南大學出版社,1982 年

何偉棠《從永明體到律體》(增訂版),廣州：廣東高等教育出版社,2005 年

賀巍《詩詞格律淺説》,北京：北京人民出版社,1978 年

［清］何文焕輯《歷代詩話》,北京：中華書局,1981 年

何文匯《詩詞四論》,上海：漢語大詞典出版社,1999 年

胡適《白話文學史》,上海：新月書店,1928 年

［明］胡應麟《詩藪》，北京：中華書局，1958 年

［明］胡震亨《唐音癸籤》，北京：中華書局，1959 年

［宋］胡仔《苕溪漁隱叢話》，北京：中華書局，1962 年

［宋］黃朝英《靖康緗素雜記》，北京：古籍出版社，1986 年

［清］紀昀《沈氏四聲考》，《四部叢刊》本

［唐］皎然《詩式》，北京：人民文學出版社，2003 年

簡明勇《律詩研究》，臺北：五洲出版社，1973 年

姜書閣《詩學廣論》，北京：中國社會科學出版社，1992 年

［元］揭傒斯《吳禮部詩話》，《揭傒斯全集》，上海：上海古籍出版社，1985 年

［唐］空海《文鏡秘府論》，北京：人民文學出版社，1957 年

鄺健行《詩賦與律調》，北京：中華書局，1994 年

鄺健行《詩賦合論稿》，南京：江蘇古籍出版社，2002 年

鄺健行、陳永明、吳淑鈿《韓國詩話中論中國詩資料選粹》，北京：中華書局，2002 年

［宋］李廌《師友談記》，北京：中華書局，2002 年

李立信《七言詩的起源與發展》，臺北新文豐出版股份有限公司，2001 年

［唐］李嶠《日藏古抄李嶠咏物詩注》，張庭芳等注，上海：上海古籍出版社，1998 年

［唐］李世民《李世民集》，吳雲等注，西安：陝西人民出版社，1986 年

李新魁《實用詩詞曲格律詞典》，廣州：花城出版社，1999 年

梁守濤《英詩格律淺說》，北京：商務印書館，1979 年

林義光《詩經通解》，北京：北京大學鉛印本，1936 年

劉曉南《宋代閩音考》,長沙：岳麓書社,1999 年

[梁] 劉勰《文心雕龍》,北京：中華書局,1957 年

劉鐵冷《作詩百法》,上海：中原書局,1934 年

[唐] 盧照鄰《盧照鄰集》,徐明霞注,北京：中華書局,1980 年

[唐] 盧照鄰《盧照鄰集箋注》,祝尚書箋注,上海：上海古籍出版社,1994 年

魯國堯《魯國堯語言學論文集》,南京：江蘇教育出版社,2003 年

[唐] 陸德明《經典釋文》,上海：上海古籍出版社,1985 年

[宋] 陸遊《老學庵筆記》,上海：掃葉山房,1926 年

[宋] 羅大經《鶴林玉露》,北京：中華書局,1983 年

羅常培《漢語音韻學導論》,北京：中華書局,1956 年

羅根澤《中國文學批評史》,北京：古典文學出版社,1957 年

[唐] 駱賓王《駱臨海集箋注》,陳熙晉箋注,上海：上海古籍出版社,1985 年

聶永華《初唐宮廷詩風流變考論》,北京：中國社會科學出版社,2002 年

[清] 彭定求等《全唐詩》,北京：中華書局,1999 年;上海：上海古籍出版社,1986 年

啓功《詩文聲律論稿》(新 1 版),北京：中華書局,2000 年

[清] 錢大昕《十駕齋養新錄》,上海：上海書店,1984 年

[清] 錢木庵《唐音審體》,北京：北京大學出版社,1984 年

錢志熙《魏晉南北朝詩歌史述》,北京：北京大學出版社,2005 年

［宋］邵博《邵氏聞見後録》，北京：中華書局，1983 年

申駿《中國歷代詩話選粹》，北京：光明日報出版社，1999 年

［宋］沈括《夢溪筆談》，北京：中華書局，1960 年

［唐］沈佺期、宋之問《沈佺期宋之問集校注》，陶敏等校注，北京：中華書局，2001 年

施文德《詩詞格律新形式符號》，上海：上海辭書出版社，2003 年

十三所高校《中國文學史》編寫組《中國文學史》，南昌：江西人民出版社，1979 年

［明］宋孟清《詩學體要類編》，明弘治刻本，《四庫》本

［宋］蘇軾《仇池筆記》，《東坡志林》，華東師範大學出版社，1983 年

［唐］蘇味道《蘇味道詩譯注》，李升旗譯注，北京：中央文獻出版社，2000 年

［宋］孫奕《履齋示兒編二十三卷·附校補一卷》，《知不足齋叢書》本年

涂宗濤《詩詞曲格律概要》，天津：天津人民出版社，1982 年

涂宗濤《詩詞曲答問》，天津：天津人民出版社，2005 年

［唐］王勃《王子安集校注》，蔣清翊校注，上海：上海古籍出版社，1995 年

［唐］王昌齡《詩格》，《全唐五代詩格彙考》，鳳凰出版社，2005 年

王重民等《全唐詩外編》，（内含王重民《補全唐詩》《補全唐詩拾遺》，孫望《全唐詩補逸》，童養年《全唐詩續補遺》四書），北京：中華書局，1982 年

［清］王夫之等《清詩話》,上海：上海古籍出版社,1999 年

［宋］王觀國《學林》,北京：中華書局,1988 年

［唐］王績《王績詩注》,王國安注,上海：上海古籍出版社,1981 年

［唐］王績《王無功文集》,上海：上海古籍出版社,1987 年

王力《漢語史稿》(中册),北京：中華書局,1958 年

王力《詩詞格律概要》,北京：北京出版社,1979 年

王力《王力詩論》,南寧：廣西人民出版社,1988 年

王力《詩詞格律》(新 1 版),北京：中華書局,2000 年

王力《漢語詩律學》(增訂本),上海：上海教育出版社,2002 年

王力《漢語詩律學》(上下册),北京：中華書局,2015 年

王力《詩詞格律十講》,北京：商務印書館,2002 年

王力《王力近體詩格律學》,太原：山西古籍出版社,2003 年

王力《古體詩律學》,北京：中國人民大學出版社,2004 年

王力《詩經韻讀》,北京：中國人民大學出版社,2004 年

［宋］王楙《野客叢書》,北京：中華書局,1987 年

王夢鷗《初唐詩學著述考》,臺北：商務印書館,1974 年

［明］王世懋《藝圃擷餘》,《歷代詩話》,北京：中華書局,1981 年

［明］王世貞《藝苑卮言》,濟南：齊魯書社,1992 年

［清］王士禎《律詩定體》,《清詩話》,上海：上海古籍出版社,1999 年

王士禎《詩問四種》,濟南：齊魯書社,1985 年

［清］王先謙《詩三家義集疏》,北京：中華書局,1987 年

［清］王引之《經義述聞》，上海：鴻文書局，石印本

［宋］王應麟《困學紀聞》，北京：商務印書館，1959 年

［宋］魏泰《東軒筆録》，北京：中華書局，1984 年

［宋］魏慶之《詩人玉屑》，北京：中華書局，1963 年

［宋］文瑩《湘山野録》，北京：中華書局，1984 年

［宋］吳處厚《青箱雜記》，北京：中華書局，1985 年

吳潔敏、朱宏達《漢語節律學》，北京：語文出版社，2004 年

［明］吳訥《文章辨體》，北京：人民文學出版社，1962 年

吳文治主編《明詩話全編》，南京：江蘇古籍出版社，1997 年

吳文治主編《宋詩話全編》，南京：江蘇古籍出版社，1998 年

吳翔林《英詩格律及自由詩》，北京：商務印書館，1993 年

吳丈蜀《詩詞曲格律講話》，鄭州：河南人民出版社，1986 年

［唐］武則天《武則天集》，羅元貞點校，太原：山西人民出版社，1987 年

夏援道《詩詞曲聲律淺説》，武漢：湖北教育出版社，2000 年

項楚《敦煌詩歌導論》，成都：巴蜀書社，2001 年

謝榛《詩家直説》，孫慶立等箋注，濟南：齊魯書社，1987 年

徐青《古典詩律史》，西寧：青海人民出版社，1980 年

徐青《唐詩格律通論》，北京：當代中國出版社，2002 年

徐志剛《詩詞韻律》，濟南：濟南出版社，2002 年

顏景農《格律詩語式》，南京：江蘇教育出版社，2003 年

［宋］嚴羽《滄浪詩話》，郭紹虞校釋，北京：人民文學出版社，1961 年

［唐］顏師古《匡謬正俗》，北京：商務印書館，1937 年

［唐］楊炯《楊炯集》（附於《盧照鄰集》之後），徐明霞注，北

京：中華書局，1980 年

　　［明］楊慎《選詩拾遺》，《楊升庵叢書》，臺北：天地出版社，
2002 年

　　［元］楊載《詩法家數》，《歷代詩話》，北京：中華書局，
1981 年

　　楊仲義、梁葆莉《漢語詩體學》，北京：學苑出版社，2000 年

　　［宋］葉大慶《考古質疑》，上海：上海古籍出版社，1985 年

　　葉淮《詩詞曲格律指要》，徐州：中國礦業大學出版社，
1997 年

　　［宋］葉夢得《石林詩話》，北京：中華書局，1958 年

　　［清］葉燮《原詩》，北京：人民文學出版社，1979 年

　　［宋］葉寘《愛日齋叢鈔》，《宋人詩話外編》，北京：國際文
化出版公司，1996 年

　　余浩然《格律詩詞寫作》，長沙：岳麓書社，2001 年

　　余乃永校注《新校互注宋本廣韻》，上海：上海辭書出版社，
2000 年

　　宇文所安《初唐詩》，北京：三聯書店，2004 年

　　宇文所安《盛唐詩》，北京：三聯書店，2004 年

　　［宋］俞瑛《席上腐談》，［明］陳繼儒輯《寶顏堂秘笈廣函》，
民國五十四年，景萬曆四十三年序綉水沈氏亦政堂刊本年

　　［宋］袁文《甕牖閑評》，上海：上海古籍出版社，1985 年

　　［唐］元稹《唐故工部員外郎杜君墓系銘並序》，《元稹集》，
北京：中華書局，1982 年

　　［宋］張表臣《珊瑚鈎詩話》，《四庫全書》本

　　張伯偉《全唐五代詩格彙考》，南京：鳳凰出版社，2002 年

張伯偉《稀見本宋人詩話四種》，南京：江蘇古籍出版社，2002 年

［宋］張淏《雲谷雜記》，北京：中華書局，1958 年

［唐］張九齡《曲江集》，廣州：廣東人民出版社，1986 年

張錫厚《王梵志詩校輯》，北京：中華書局，1983 年

［宋］趙令畤《侯鯖錄》，北京：中華書局，2002 年

［明］真空《貫珠集》，《四庫全書》本

［清］鄭元慶《湖錄經籍考》，吳興劉氏嘉業堂刊《吳興叢書》本，1920 年

中國科學院文學研究所《中國文學史》編寫組《中國文學史》，北京：人民文學出版社，1962 年

周法高《中國古代語法·構詞編》，臺北：臺聯國風出版社，1962 年

周祖謨《爾雅校箋》，南京：江蘇教育出版社，1984 年

周世箴《語言學與詩歌詮釋》，臺北：晨星出版社，2003 年

周勛初《唐詩大辭典》（修訂本），南京：鳳凰出版社，2003 年

朱炳煦《唐代文學概論》，上海：群衆圖書公司，1929 年

朱承平《對偶辭格》，長沙：岳麓書社，2003 年

朱鳳玉《王梵志詩研究》，臺北：臺灣學生書局，1986—1987 年

朱光潛《詩論》，上海：上海古籍出版社，2005 年

［宋］朱熹《詩集傳》，北京：中華書局，1958 年

［宋］朱翌《猗覺寮雜記》，《宋人詩話外編》，北京：國際文化出版公司，1996 年

〔日〕倉石武四郎《中國文學史》，東京：中央公論社，

1980 年

〔日〕前野直彬《中國文學史》,東京：東京大學出版會,
1975 年

〔日〕矢吹慶輝《鳴沙餘韻解説》,東京：岩波書店,1933 年

〔法〕戴密斯《王梵志詩附太公家教》,法蘭西學院高等中國學研究所,1982 年

第二部分 論 文

鮑明煒《李白詩的韻系》,《南京大學學報》1957 年第 1 期

鮑明煒《初唐詩文韻系》,《音韻學研究》(第 2 輯),中華書局,1986 年

陳海波、尉遲治平《五代詩韻系略説》,《語言研究》1998 年第 2 期

儲泰松《唐五代關中詩人律詩失律現象研究》,《安徽師範大學學報》2004 年第 2 期

儲泰松《〈西昆酬唱集〉的格律特徵》,《中國韻文學刊》2005 年第 2 期

陳順智《瀋約"四聲"説本於傳統文化之四象理論》,《武漢大學學報》2000 年第 5 期

陳順智《漢語"四聲"之形成與佛經"轉讀"無關》,《西南師範大學學報》2005 年第 1 期

陳新雄《詩韻的通轉》,《木鐸》1987 年第 11 期

陳寅恪《四聲三問》,《清華學報》1934 年第 2 期

鄧文彬《中國古代語音研究的興起與反切法和四聲説的産

生》,《西南民族大學學報》2004 年第 1 期

丁邦新《平仄新考》,《歷史語言研究所集刊》(47),1975 年

丁治民《沈約詩文用韻概況》,《鎮江師範高等專科學校學報》1998 年第 2 期

杜曉勤《從永明體到沈宋體》,《唐研究》(2),1996 年

都興宙《王梵志詩用韻考》,《蘭州大學學報》1986 年第 1 期

馮承基《論永明聲律——四聲》,《大陸雜誌語文叢書》(第 2 輯第 4 册),1970 年

馮承基《論永明聲律——八病》,《大陸雜誌語文叢書》(第 2 輯第 4 册),1970 年

馮春田《永明聲病説的再認識——談平頭、上尾、蜂腰、鶴膝》,《語文研究》1982 年第 1 期

紺弩《四聲論》,《中國語言》1936 年第 2 期

高華平《"四聲之目"的发明時間及創始人再議》,《文學遺產》2005 年第 5 期

高林廣《試論李世民的詩學思想及其對初唐詩風的影響》,《文科教學》1997 年第 1 期

葛曉音《論初盛唐絶句的發展——兼論絶句的起源和發展》,《文學評論》1999 年第 1 期

郭芹納《詩律補説》,《古漢語研究》2002 年第 1 期

郭紹虞《蜂腰鶴膝解》,《社會科學戰綫》1979 年第 3 期

耿志堅《初唐詩人用韻考》,《臺灣教育學院語文教育研究》1987 年第 6 期

耿志堅《盛唐詩人用韻考》,《臺灣教育學院學報》1989 年第 14 期

耿志堅《唐大曆前後詩人用韻考》,《復興崗學報》1989 年第 41 期

耿志堅《唐貞元前後詩人用韻考》,《復興崗學報》1989 年第 42 期

耿志堅《唐元和前後詩人用韻考》,《彰化師範大學學報》1990 年第 15 期

耿志堅《晚唐及唐末五代近體詩用韻考》,《彰化師範大學學報》1991 年第 2 期

耿志堅《晚唐及唐末五代僧侶詩用韻考》,《聲韻論叢》(第 4 輯),學生書局,1992 年

顧黔《杜荀鶴詩用韻考》,《天津師範大學學報》1990 年第 3 期

關會民《"四聲別義"現象及其起源發微》,《寶雞師範學院學報》1989 年第 1 期

韓成武、陳菁怡《杜審言與五律、五排聲律的定型——兼述初唐五律、五排的定型過程》,《深圳大學學報》2003 年第 1 期

何池《談陳元光籍貫生平與"龍湖集"真偽》,《陳元光與漳州開發國際學術討論會論文集》,廈門:廈門大學出版社,1992 年

何偉棠《"孤平拗救"句法的聲律特點》,《語文月刊》1983 年第 12 期

胡安順《聲律在唐人近體詩中的應用概論》,《中國音韻學研究》,光明日報出版社,2020 年

黃炳輝《論永明聲律說的幾個問題》,《學術月刊》1984 年第 12 期

黃耀堃《唐代近體首句用韻研究》,《黃耀堃語言學論文集》,

鳳凰出版社,2004 年

　　黄燿樞《沈約〈詩聲韻〉的研究》,香港大學碩士論文, 1968 年

　　霍松林《簡論近體詩格律的正與變》,《文學遺産》2003 年第 1 期

　　計終勝《音韻平仄及四聲淺釋》,《東方雜誌》1942 年第 11 期

　　姜聿華《釋子的梵唄轉讀與近體詩的平仄格式》,《吉林大學學報》1993 年第 6 期

　　江惜美《四聲探究》,《絃詠集》,臺北：書銘出版事業公司, 1995 年

　　疚齋《四聲鈎沉》,《學林》1941 年第 7 期

　　居思信《是"濁上變去"還是"上去通押"》,《齊魯學刊》 1982 年第 5 期

　　菊池英夫《王梵志詩集和山上憶良〈貧窮問答歌〉之研究》, 《敦煌學》(13),1988 年

　　鄺健行《初唐五言律體律調完成過程之考察》,《唐代文學研究》(3),桂林：廣西師範大學出版社,1992 年

　　鄺健行《吴體與齊梁體》,《唐代文學研究》(5),桂林：廣西師範大學出版社,1994 年

　　鄺健行《近體詩創作中的四聲遞用與抑揚清濁闡説》,《重慶工商大學學報》2003 年第 1 期

　　賴江基《從白居易詩用韻看"濁上變去"》,《暨南學報》 1982 年第 4 期

　　賴惟勤《漢音之聲明及其聲調》,《南大語言學》(第一編),北

京：商務印書館，2004年

李長仁《入聲字的分化與近體詩的平仄》，《松遼學刊》
1989年第2期

李斐《"主從通韻""等立通韻"分界補説》，《中國韻文學刊》
2005年第4期

李斐《近體詩連仄句申論》，《中國韻文學刊》2008年第3期

李斐《律詩定型及其成因淺探》，《語言學論叢》（四十一輯），
商務印書館，2010年

李斐《王梵志詩歌異調通押現象辨析》，《漢語史學報》（十三
輯），上海教育出版社，2013年

李斐《析李白五絶〈怨情〉之多情與細膩詩風》，《南國人文學
刊》（第五輯），澳門大學出版社，2013年

李斐《初唐詩首句入韻與出句平聲非韻現象研究》，《中國音
韻學暨黃典誠學術思想國際學術研討會論文集》，廈門大學出版
社，2014年

李斐《王力〈漢語詩律學〉研讀札記（一）》，《北斗語言學刊》
（第三輯），2017，上海古籍出版社

李斐《王士禛〈律詩定體〉所反映的近體詩格律問題》，《中國
音韻學》，2020，光明日報出版社

李立信《論杜甫奇數句詩》，《唐代文化研討會論文集》，臺
北：文史哲出版社，1991年

李立信《近體詩"首句借鄰韻説"商榷》，《第四屆唐代文化學
術研討會論文集》，成功大學，1999年

李無未、陳珊珊《日本學者對"聲明"與漢字音調關繫的考
訂》，《北京大學學報》2005年第1期

李西安《漢語格律與漢族旋律》,《音樂研究》2001年第3期

林繼中《崔融的啓示——小議詩律化研究中的一個盲點》,《光明日報》2005年1月27日

林家驪《釋"四聲八病"》,《文史知識》1996年第10期

林亦《論六言詩的格律》,《文學遺産》1996年第1期

劉保明《〈諱辨〉"濁上變去"例補證》,《中國語文》1987年第1期

劉根輝《從中唐詩韻看當時的"濁上變去"》,《語言研究》,1999年,增刊

劉根輝、尉迟治平《中唐詩韻系略説》,《語言研究》1999年第1期

劉麗川《王梵志白話詩的用韻》,《語言論集》(2),北京:人民大學出版社,1984年

劉現强《詩歌格律與漢語節奏研究》,《語言學論叢》(32),北京:商務印書館,2006年

劉曉南《唐宋近體詩借韻的語音依據與語料價值》,《古漢語研究》1999年第1期

劉曉南《宋代文士用韻與宋代語音》,《藝文述林》,上海:上海文藝出版社,1999年

劉曉南《近代文士用韻與宋代通語及方言》,《古漢語研究》,2001年第1期

魯國堯《周維培〈曲譜研究〉序》,《文教資料》1997年第6期

魯國堯《元遺山詩词曲韻考》,《魯國堯語言學論文集》,南京:江苏教育出版社,2003年

魯國堯《"庾信平生最蕭瑟,暮年詩賦動江關"——序秋楓·

潘慎〈詩韻詞律〉》,《文化月刊》2006 年第 1 期

魯國堯《苦心利他,匠心獨運(外一章)——讀郭芹納〈詩律〉后之感言與引申》,《語文研究》2006 年第 4 期

魯國堯《語言學與美學的會通:讀木華〈海賦〉》,《古漢語研究》2012 年第 3 期

魯國堯《古詩文吟誦·我學習古詩文吟誦的經歷》,《甘肅高師學報》2013 年第 4 期

魯國堯、吳葆勤《〈宋本廣韻〉·〈永禄本韻镜〉合刊影印本弁語》,《〈宋本廣韻〉·〈永禄本韻镜〉》,南京:江苏教育出版社,2002 年

陸梅珍《杜甫五言近體詩格律中的拗救問題》,《音韻論叢》,濟南:齊鲁書社,2004 年

陸梅珍《杜甫拗體七律格律探究》,《音韻論集》,北京:中華書局,2004 年

陸梅珍《杜甫對七言絶句格律建設的貢獻》,《中國音韻學》,南京大學,2008 年

陸志韋《試論杜甫律詩的格律》,《文學評論》1962 年第 4 期

羅常培《四聲五聲六聲八聲皆爲周氏所发現》,《羅常培語言學論文集》,商務印書館,2004 年

木齋《論孟浩然律詩多不合律》,《長江學術》(7),武漢:長江文藝出版社,2005 年

聶鴻仁《平上去入四聲解》,《國學叢刊》1923 年第 3 期

聶鴻音《論永明聲律説的本質和起源》,《蘭州大學學報》1985 年第 1 期

潘重規《隨劉善經四聲指歸小箋》,《中國學報》1945 年第

4 期

潘重規《王梵志出生時代的新觀察》,《慶祝吳其昱先生八秩華誕敦煌學特刊》,臺北：文津出版社,2002 年

平田昌司《梵讚與四聲論(上)——科舉製度與漢語史Ⅱ》,臺灣第二屆國際暨第十屆聲韻學學術研討會論文集,中山大學,1992 年

普慧《齊梁詩歌聲律論與佛經轉讀及佛教悉曇》,《文史哲》2000 年第 6 期

饒宗頤《印度波尼仙之圍陀三聲論略——四聲外來説平議》,《梵學集》,上海：上海古籍出版社,1993 年

任二北《王梵志詩校輯序》,《王梵志詩校輯》,北京：中華書局,1983 年

師爲公、郭力《沈佺期、宋之問詩歌用韻考》,《鐵道師院學報》1990 年第 2 期

石毓智《中古音節縮化與詩歌形式變遷》,《學術研究》2005 年第 2 期

孫捷、尉遲治平《盛唐詩韻系略説》,《語言研究》2001 年第 3 期

唐作藩《寒山子詩韻(附拾得詩韻)》,《語言學論叢》(5),北京：商務印書館,1963 年

唐作藩《蘇軾詩韻考》,《王力先生紀念論文集》,北京：商務印書館,1990 年

陶蔚南《近體詩平仄四禁忌》,《安慶師範學院學報》1989 年第 4 期

王昌茂《簡論平仄在近體詩格律中的地位和作用》,《語苑撷

英》,北京：北京語言文化大學出版社,1998 年

王兆鵬《〈廣韻〉"獨用""同用"使用年代考——以唐代科舉考試詩賦用韻爲例》,《中國語文》,1998 年第 2 期

王兆鵬《唐代試律詩用韻頻率考》,《漢字文化》2005 年第 2 期

吳眉孫《四聲説》,《同聲月刊》1941 年第 6 期

吳小平《論"齊梁體"及其與五言聲律形式的關繫》,《遼寧大學學報》1987 年第 2 期

徐青《論聲律結構的原則》,《湖州師專學報》1984 年第 2 期

徐青《中晚唐時期的詩律特點》,《湖州師專學報》1996 年第 3 期

徐青《南北朝詩人對詩律的探索和貢獻》,《湖州師專學報》1997 年第 1 期

徐青《中國古代詩律體系》(上、下),《湖州師專學報》1999 年第 1—2 期

薛鳳生《唐詩之聲律》,《音韻學研究通訊》(10),1986 年

薛鳳生 Seven Centuries of Rhyming in Chinese Poetry: a Linguistic Interpretation, CTAA, 1976 年

薛鳳生《從語言學角度看七百年中國詩歌的押韻》(劉静譯),《語言研究與教學》,1982 年第 4 期

薛鳳生 Elements in the Metrics of T'ang Poetry(《唐詩聲律之本質》),《歷史語言研究所集刊》,1971(42.3)

楊素姿《瀋約"聲病説"之音韻現象》,《語言研究》,1998 年,增刊

俞敏《永明運動的表裏》,《中國語文學論文選》,日本光生

館,1984 年

游佐昇《論王梵志詩一卷》,《東洋大學大學院紀要》,
1980 年

詹英《四聲研究》,《讀書通訊》1944 年第 9 期

詹英《四聲與五音》,《現代學報》1941 年第 9—10 期

張洪明《漢語近體詩聲律模式的物質基礎》,《中國社會科學》1987 年第 4 期

張洪明《語言的對比與詩律的比較》,《復旦學報》1987 年第 4 期

張明高,郁沅《六朝詩話鈎沈》,北京:中國廣播電視出版社,1997 年

張世祿《詩歌押韻和格律問題補議》,《文匯報》,1982 年 2 月 16 日

張世祿《關於舊詩的格律》,《徐州師範大學學報》1982 年第 4 期

張錫厚《唐初民間詩人王梵志考略》,《中華文史論叢》(4),1980 年

張中宇《韻律與中國詩歌繁榮的相關度分析》,《重慶大學學報》2002 年第 1 期

趙昌平《唐七律的成就及風格溯源》,《中華文史論叢》(4),上海:上海古籍出版社,1986 年

趙和平、鄧文寬《敦煌寫本王梵志詩校注》,《北京大學學報》1980 年第 5—6 期

趙克剛《濁上變去論》,《重慶師範學院學報》1986 年第 3 期

趙蓉、尉遲治平《晚唐詩韻系略説》,《語言研究》1999 年第

2 期

鄭再發《近體詩律新説》,《南大語言學》(第二編),北京：商務印書館,2005 年

周長楫《中古韻部在閩南話讀書音裏的分合——兼論陳元光唐詩詩作的真僞》,《語言研究》,1996 年,增刊

周崇謙《六言格律詩的平仄格律》,《中國韻文學刊》1997 年第 1 期

周祖謨《四聲別義釋例》,《問學集》,北京：中華書局,1966 年

周祖謨《四聲別義創始之時代》,《文字音韻訓詁論集》,北京：北京大學出版社,2000 年

朱廣成《和體抑揚,聲不失序：劉勰聲律論的歷史意義》,《語言文字學》1992 年第 7 期

祝文白《四聲概説》,《真理雜誌》1944 年第 3 期

〔日〕入矢義高《論王梵志》,《王梵志校輯》,北京：中華書局,1983 年

Chao, Yuan Ren *Tone and intonation in Chinese*, BIHP, 1933(4.2)

Chao, Yuan Ren *A preliminary study of English intonation and its Chinese equivalents*, BIHP Special Issue No., 1933.

Chao, Yuan Ren *Iambic rhythm and the verb-object construction in Chinese*, Studies in Linguistics, 1942(2.3)

Chao, Yuan Ren《中文裏音節跟體裁的關係》,BIHP, 1968(40)

Chao, Yuan Ren *Rhythm and structure in Chinese word*

conception, Bulletin of the Department of Archaeology and Anthropology, 1975

Chao, Yuan Ren *Chinese tones and English stress*, in Aspects of Chinese Socialinguistics, Essays by Y.R.Chao.1976

Chen, Matthew Y. *Matrical Structure: evidence from Chinese Poetry*, Linguistic Inquiry, 1979(10)

Chen, Matthew Y. *The primary of rhythm in verse: a linguistic perspective*, JCL, 1980(8)

Chen, Tsai-Fa. *Tonal feature of Proto-South-Min*, Papers in East Asian Language, 1983(1)

G. B. Downer. *Derivation by Tone Change in Classical Chinese*, Bulletin of the School of Oriental and African Studies (22), 1959

Ilse Lehiste《詩律、顯著性和韻律感知》,《國外語言學》1995 年第 1 期

Liberman, M. & A. Prince *On stress and linguistic rhythm*, Linguistic Inquiry, 1997(8)

回望·前行(代後記)

　　當我把書稿的最後一個字校訂完畢之後,心裏的焦灼感似乎少了很多。因疫情關係,2020年春季與夏季,整個人似乎變得又鬆弛又焦慮。雖然疫情嚴峻,但由於寓所與學校相距不遠,我仍是每天都會去辦公室,借助網絡平台,給學生線上授課。空蕩蕩的校園裏,通常只有三兩間辦公室亮着燈。中午去學校隔壁的商場買飯,走半天都遇不到幾個人。沒有其他人注視的目光,人就容易變得鬆弛。因校園處於半關閉的狀態,很長時間都遇不到同事,就連圖書館也休館了,所以我就徹底放鬆了幾天。除了上課,每天下班後幾乎無所事事,無非是做做飯、遛遛狗、看看紀錄片。但也就是在這種狀態之下,人開始變得焦慮。不知道疫情何時結束,不知道自己每日生活的意義是什麼。古人常說"慎獨",於是在短暫的放縱之後,我又開始回歸於平日繁忙的狀態中。認真備課,努力教書;下課後持續讀書,並且開始着手整理幾部書稿。儘管今年上半年的狀態不算最佳,但依然要感謝那個每日堅持不懈的自己。就是因爲有了這樣的堅持,纔讓我能在繁忙的教學之餘,和同事共同主編一本文集,并在今年六月於香港順利出版,同時也讓我重新整理了這本書的草稿。這部書即將付梓,此刻一個人枯坐在辦公室,回望自己的求學、治學之路，心中不免生出一些感慨。

20 世紀 90 年代，我進入了中學階段，家裏的小人書似乎不再能引起我的興趣。儘管我有全套的《紅樓夢》連環畫，但文字的吸引力卻慢慢地超過了圖畫，文字所能提供的想象空間也更吸引我。我找到了家中書架上的四卷本《紅樓夢》，那是人民文學出版社出版的簡體橫排本。因爲情節早已爛熟，加上央視《紅樓夢》電視劇的播出，讓我對人物形象也有了很直觀的印象，所以在閱讀書本的時候，似乎並没有太多的障礙。那時除了完成課業之外，最大的興趣就是閱讀，從中學一年級開始，一直到現在，仍會在睡前隨意翻看《紅樓夢》，無論從哪裏開始讀，都能讓我沉浸其中。書中的情節、人物的對話、寓意深刻的詩詞，都深深地刻在我腦海中，這也許就是我對語言文學打下的初步基礎。

中學有早自習，通常七點左右就要到學校晨讀。因爲來不及在家中吃早餐，父母就開始給我一些零花錢。每天放學我都會和同學鑽進學校附近的小書店流連，爸媽給的早餐錢全都省下來，換成了一本本書，或買或租，當然租得多，因爲便宜。九十年代的内地還保留着全民極度渴求知識的社會風氣，書店裏不僅有金庸、瓊瑤等暢銷小説，也有《水滸傳》《三言二拍》《唐詩三百首》《宋詞三百首》《巴黎聖母院》《簡‧愛》等文學名著。我通常來者不拒，常常換着花樣去讀書。當時有很多書都是晚上打着手電筒在被窩裏看完的，因爲第二天若能及時還回去，就可以少付一天的租金。就這樣，在中學的六年間，我基本上保持着每週讀一兩本課外書的習慣，從未間斷。

雖然自己對文科和理科都有興趣，學業上也没有偏科，甚至還拿過幾次奧林匹克化學和地理競賽獎，但因爲一直醉心於閱讀文學作品的緣故,所以始終對文學的興趣更大一些。再加上那時尚是一個自尊心很強、好勝心亦盛的少年,常苛求自己每年都要考進全年級前三名,故而一直在學業上很努力。正因如此,中學的成績還不錯,所以順理成章地保送進入了陝西師範大學中文系"基地班"讀書。初入大學,最先吸引我的是中文系各個不同學科的課程,以及圖書館裏大量的藏書。那時我對"理論"很感興趣,爲此我認真修讀了中文系名目繁多的文學理論課程,甚至還選修或自學了"西方哲學史"、"現代藝術批評"之類的跨系課程。大概仍在十七八歲強説愁的年紀吧,我在"西方文論"的門口繞了一圈,又快步回到了自己一直喜愛的古典文學領域,在唐詩宋詞中找到了那份青澀期淡淡的"愁緒"。同時把對理論的熱愛轉移到了極具邏輯條理的語言學課程之中。憑着一份天生不服輸的傻氣,我用了很多的心力去修讀被同學視爲"絕學"的"漢語音韻學"課程,並在修讀、學習的過程中找到了樂趣。學習音韻學,首先要把"三十六字母"和"二百零六韻"完整地背下來,但是這幾百個表面上毫無關聯的漢字,要按順序一一背誦,談何容易。還好那時年輕,記憶力還行,每天走路時都念念有詞,就連吃飯、運動也會默誦,就這樣不知不覺間記住了音韻學課上要求背誦的內容,邁出了在這條路上的第一步。

因爲本科成績還行,所以我又被保送上了本校的碩士。憑着一份對音韻學的熱愛,我將之當作碩士研究的方向。在讀碩士的三年中,我的導師劉靜教授以《漢語史稿》爲課本,系統地講授了從上古音到近代音的發展變化,並且讓我動手製作《廣韻韻譜》,這些都令我獲益良多。劉靜老師還帶我們幾個研究生去河南開封、蘭考一帶調查方言、記錄語音,尋找《中原音韻》的基礎方音。這讓我對現代方言產生了極大的興趣，我的碩士論文也選擇了《陝西潼關方言研究》作爲題目，並且在幾年後出版了。

2003年碩士畢業之後，我來到了另外一座古都南京，考取了南京大學中文系的博士生，正式成爲魯國堯先生的弟子。在開學的系會上，魯老師贈給各位同學一個"正"字，希望大家身正、學問正、做人正。這個字一直烙印在我心底，雖然現在已經畢業十多年了，但我依然以此作爲自己人生的指導標杆。在南大讀書的三年，魯老師給了我很多教導和幫助。在我剛剛入校的時候，魯老師說："王力先生的《漢語詩律學》出版了半個世紀，這麼重要的一本書卻很少人去研究，這麼重要的一門學問也乏人繼承，李斐你就以此爲博士論文的研究方向吧。"那時我真是誠惶誠恐，因爲大部分同學剛剛入學，還處於迷惘階段，根本不知道論文該寫什麼，而我這麼早就確定了論文的方向；另一方面，我又很欣喜，我一直喜歡古典文學，喜歡詩詞，喜歡音樂，詩律不就是詩歌與音樂（節奏）的結合嗎？於是，我開始細讀《漢語詩律學》，按照老師所教授的方法，讀書時每個字、每句話都停下來想一想，想想王力先生爲什麼會這麼說，有什麼作用和意義。同時，爲了分析詩歌的入律情況，我斥"巨資"（相當於當時好幾個月的研究生補貼）購買了一整套《全唐詩》和《先秦漢魏晉南北朝詩》等大部頭書籍。每天除了上課、完成作業，就是給每首詩的每個字標平仄，然後分析格律。這兩本書有多少字，我就標了多少平仄，一個字沒落下。魯老師一直督促我學習，關心我的進步。因爲當年上海路的博士生宿舍，就在魯老師南秀村家的隔壁，所以每天去圖書館的路上，或者從學校餐廳回來的途中，都有可能遇到魯老師。除了上課聽老師講課之外，就這樣利用課餘時間，向老師匯報自己讀書的心得，聽老師的指導意見和建議。可以説，我博士論文中無論是每一個結論，還是每一章的佈局，甚至每一首詩的分析，都是在老師的指導下完成的，都包含着老師的心血（當然文責由我自負）。記得那時老師説，研究一個學問，就要把這門學問所有的書籍和文章都要看過，要多讀書纔能前進一小步。老師常常買書，我們這些學生也就常跟隨老師脚步去買書。南大附近的大小書店、朝天宮的舊書肆、楊公井的古舊書店，都留下過我的足迹。逛書店讓我迅速了解學術界、出版界最新的發展動向，也讓我在緊張的學習之餘，有了一些小小的樂趣。到現在我還保留着這個習慣，每到一個城市，就先去書店，如果找到了香港買不到的書籍，那真是能快樂好久好久。攻讀博士期間，因爲魯老師的言傳身教，我在心裏把老師當作榜樣，也從不放鬆對自己的要求。總算功夫不負有心人，終於在博士第二年，我在核心期刊發表了三篇學術論文（南大的要求真嚴啊），得以順利開題。在第三年完成了博士論文《初唐詩格律研究》，因爲魯老師的悉心指導，論文得到了南京大學中文系的"優秀博士論文"稱號。

博士畢業之後，我先在上海師範大學對外漢語學院工作一年，爲本科生上對外漢語及中國文化課程，同時給研究生開設歷史語言學課，並且幸運地申請到了國家社科基金青年項目。2007年移居香港，進入香港嶺南大學中國語文教學與測試中心工作。工作之後，事務繁多，在香港的生活壓力也不小。但是憑着一份對學術的堅持，我還是要求自己每年發表兩三篇學術論文，當然有音韻學、詩律學的，也有香港語言研究等不同領域的文章。同時，這些年還在香港和內地的一些報刊上，開設語言學隨筆專欄,陸陸續續寫了數十篇語言生活隨筆。

最近,獲母校的聘請,成爲陝西師範大學人文社會科學高等研究院副研究員,讓我有了一種回家的感覺。僅以此書獻給母校,希望能爲陝師大的學術研究增添一磚一瓦。這讓我感到非常榮幸與驕傲。

回首人生四十年的歲月,感謝成長路上幫助過我的諸位師友。除了魯國堯先生和劉靜先生這兩位導師之外,在師大讀書期間,陳楓、胡安順、郭芹納、党懷興、邢向東等老師對我幫助良多,帶我走上了語言學這條道路。這本書的出版,胡安順老師幫我尤其多,感激不盡。在南大求學階段,劉曉南、李開、張竹梅、馬毛朋、劉鴻雁等老師和同學對我關愛有加,讓我在求學路上不再迷惘。在上海師大儘管只有一年時光,但齊滬揚院長、張巍博士等諸位師友對我呵護備至,令初入社會的我也能感受到一份温暖。進入香港嶺南大學之後,田小琳、李東輝、馬毛朋等各位師友無論從工作上還是生活上,都讓我沒有在異鄉的陌生感和孤獨感,讓我迅速融入到香港的生活和工作節奏之中。同時,也要感謝上海古籍出版社的陳麗娟編輯爲這本小書的出版付出的心血。

重寫翻看多年前寫好的書稿,似乎在不斷回望往昔歲月,這讓我心中意緒萬千,嘆歲月匆匆流逝,嘆人生起伏難料。回首過往歲月,要衷心感謝人生中所有的收穫和失去,感謝我的祖母、父母和家人,感謝愛我的和我愛的人,感謝在漫漫浮生中還有詩歌一隅讓我可以休憩。

我是如此幸運,得到諸多師長的鼓勵與支持,讓我可以一直在音韻學和詩律學的田園內怡然耕耘。我是如此幸運,有家人和朋友的關愛，儘管人生之路風雨幾許，但我尚能勇敢面對。在閒暇時輕鬆快樂地閱讀自己喜愛的詩詞歌賦，在教學及科研的道路上一往無前，不斷探索，這是我現在的生活狀態。對於未來，我會不斷前行，探索更高的學術山峰。

　　進入中年，經常被一種百無聊賴的感覺充盈，做任何事都會覺得虛無、沒有意義。但回望過去，在記憶中看到那個勤奮、努力的白衣少年於人生路上努力地向前奔跑，内心又重新燃起了一份鬥志。"但盡人事、莫問前程"，回到熱愛學術的本身，休要理會浮躁虛無纔是最爲重要的。若此刻你問我未來是否願意在學術上繼續努力、不斷前進，我會在心中認真地説一聲"我願意"。

2020 年夏於香港舊咖啡灣寓所

圖書在版編目(CIP)數據

初唐詩格律演變研究 / 李斐著. —上海：上海古籍出版社，2021.11
ISBN 978 - 7 - 5732 - 0053 - 2

Ⅰ.①初… Ⅱ.①李… Ⅲ.①唐詩－詩歌研究 Ⅳ.①I207.227.42

中國版本圖書館 CIP 數據核字(2021)第 226548 號

初唐詩格律演變研究

李 斐 著

上海古籍出版社出版發行

（上海市閔行區號景路 159 弄 A 座 5F　郵政編碼 201101）

（1）網址：www.guji.com.cn

（2）E-mail：guji1@guji.com.cn

（3）易文網網址：www.ewen.co

啓東市人民印刷有限公司印刷

開本 890×1240　1/32　印張 14　插頁 2　字數 303,000

2021 年 11 月第 1 版　2021 年 11 月第 1 次印刷

ISBN 978 - 7 - 5732 - 0053 - 2

Ⅰ·3580　定價：69.00 元

如有質量問題,請與承印公司聯繫